瀛江记事

李济超 著

江西高校出版社
JIANGXI UNIVERSITIES AND COLLEGES PRESS

图书在版编目(CIP)数据

瀛江记事/李济超著. --南昌:江西高校出版社,2021.7(2022.2重印)

ISBN 978-7-5762-1582-3

Ⅰ.①瀛… Ⅱ.①李… Ⅲ.①长篇小说—中国—当代 Ⅳ.①I247.5

中国版本图书馆 CIP 数据核字(2021)第 122714 号

出版发行	江西高校出版社
社　　址	江西省南昌市洪都北大道96号
总编室电话	(0791)88504319
销 售 电 话	(0791)88522516
网　　址	www.juacp.com
印　　刷	天津画中画印刷有限公司
经　　销	全国新华书店
开　　本	700mm×1000mm　1/16
印　　张	23.25
字　　数	343 千字
版　　次	2021 年 7 月第 1 版
	2022 年 2 月第 2 次印刷
书　　号	ISBN 978-7-5762-1582-3
定　　价	78.00 元

赣版权登字 -07-2021-832

版权所有　侵权必究

图书若有印装问题,请随时向本社印制部(0791-88513257)退换

目录 / CONTENTS

第一章　　　/001

第二章　　　/005

第三章　　　/008

第四章　　　/013

第五章　　　/017

第六章　　　/020

第七章　　　/023

第八章　　　/027

第九章　　　/032

第十章　　　/035

第十一章　　/040

第十二章　　/044

第十三章　　/049

第十四章　　/052

第十五章　　/056

第十六章　　/059

第十七章　　/062

第十八章　　/066

第十九章　　/070

第二十章　　/073

第二十一章　/076

第二十二章　/081

第二十三章　/085

第二十四章　/088

第二十五章　　/093

第二十六章　　/096

第二十七章　　/099

第二十八章　　/102

第二十九章　　/104

第三十章　　/108

第三十一章　　/113

第三十二章　　/117

第三十三章　　/120

第三十四章　　/123

第三十五章　　/127

第三十六章　　/130

第三十七章　　/133

第三十八章　　/138

第三十九章　　/143

第四十章　　/146

第四十一章　　/149

第四十二章　　/151

第四十三章　　/154

第四十四章　　/158

第四十五章　　/163

第四十六章　　/167

第四十七章　　/170

第四十八章　　/174

第四十九章　　/178

第五十章　　/183

第五十一章　　/187

第五十二章　　/191

第五十三章　　/195

第五十四章　　/200

第五十五章　　/204

第五十六章　　/209

第五十七章　　/213

第五十八章　　/217

第五十九章　　/222

第六十章　　/227

第六十一章　　/233

第六十二章　　/238

第六十三章　　/243

第六十四章　　/247

第六十五章　　/252

第六十六章　　/256

第六十七章　　/260

第六十八章　　/264

第六十九章　　/269

第七十章　　/273

第七十一章　　/277

第七十二章　　/281

第七十三章　　　/284

第七十四章　　　/287

第七十五章　　　/290

第七十六章　　　/294

第七十七章　　　/297

第七十八章　　　/302

第七十九章　　　/307

第八十章　　/311

第八十一章　　　/316

第八十二章　　　/321

第八十三章　　　/324

第八十四章　　　/328

第八十五章　　　/331

第八十六章　　　/335

第八十七章　　　/340

第八十八章　　　/344

第八十九章　　　/348

第九十章　　/352

第九十一章　　　/355

第九十二章　　　/359

第九十三章　　　/363

第九十四章　　　/366

第一章

一

瀛江市是位于沿海盐场湾畔的一个县级市，由于地处北回归线以南，海洋性气候明显，又因为濒临南海大陆架，气候温和，雨量充沛，自古就是鱼米之乡。

瀛江市陆地总面积一千六百八十万平方公里，有山地、丘陵、平原、滩涂等，土壤较肥沃，适合种植多种农作物，是昔日岭南地区有名的农业大县。其境内海岸线长达一百一十七公里，有一湾五港，即盐场湾和瀛江、洲仔、石桥、后海、浅澳五个港口，平均每二十四公里海岸线就有一个港口，其中位于盐场湾顶部、为瀛江流域入海口的瀛江港，是全省最大的一个潟湖港和唯一的一个国家级渔港，航道水深三至四米，清朝初期还曾经是粤海关下设的七大总口之一，历史上曾是远近闻名的商埠。

瀛江市海岸多沙滩，奇岩怪石、岬角与海湾错落分布，阳光、海水、沙滩颇具特色，民国时期就有"东方的夏威夷"之称。后来沿岸一些地方盲目开发滩涂资源，大量滩涂湿地被无序转为城镇建设用地，加之随着经济社会不断发展，工业化的快速推进，沿岸电镀厂、化学制品厂等企业向瀛江肆意排放污水、倾倒废弃物现象日趋严重，污染了江面，损害了水体环境，致使瀛江日渐枯竭，幸存的近千公顷的滩涂也在慢慢干涸。昔日江清水晏、碧波荡漾的景象从此不复多见了。

瀛江是瀛江市境内一条主要河流，江面宽阔，水量充沛，发源于海拔三千三百三十米的三神凸山，蜿蜒于高山狭谷之间，最后流经瀛江市城区向南至瀛江港入海。因此，瀛江港货运水运一直十分繁忙，二十世纪八十年代初还成了全省对外开放的其中一个口岸装卸点。但是近些年由于陆路交通业日益发达，公路运输取代了水运，瀛江的许多码头也逐渐消失了。

瀛江是瀛江市的母亲河，江水灌溉了成千上万亩农田，滋养了世代居住在瀛江两岸的人民。只是近些年瀛江水也不像往年那样丰盈，只有到了春夏季节才能看到江水滔滔、波翻浪涌的景象。

岁月流逝，沧桑变迁。瀛江市，这个原本五谷丰登、水美鱼肥的农、渔业生产大市,近年来的社会经济发展水平却逐渐落后了。

二

就是在四年前的一天,滨海市国土局局长秦永明调到这个市,当选为瀛江市委书记。

秦永明五十二岁,中等身材,一双炯炯有神的眼睛,宽额深纹显得饱经风霜。秦永明是从乡镇基层起步的。他原来是西河县二轻塑料厂的工人,后借调到一个居委会农场当会计,二十世纪八十年代初第一批搭上"考干"班车,然后一步一个脚印从一个清贫纯朴的小会计,转变为一个谙熟政界规则、政治阅历丰富的领导干部。其间当过居委会民兵营长、主任、党支部书记,镇团委书记、组织委员、镇党委书记,西河县委常委、滨海市计生局局长、国土局局长、瀛江市委书记、滨海市委常委兼瀛江市委书记等等,多少艰难困苦、辛酸苦辣,自是一言难尽。

瀛江市是省委托滨海市代管的县级市。秦永明刚到这个撤县建市不久的城市时也是意气风发、踌躇满志,决心干出一番事业,不辜负组织上对自己的培养和期待。许多瀛江人至今还记得,秦永明当选市委书记后,不仅仅在全市领导干部大会上,还通过电视台向全市干部群众发表了讲话。当时,他慷慨激昂,激情洋溢,颇有气壮山河、战天斗地的豪迈情怀和动人肺腑的感染力。

掐指算来,秦永明到瀛江已四年了,从瀛江市委书记到进入滨海市委常委,可谓是一帆风顺、仕途顺畅。他希望自己有朝一日离开瀛江,到更广阔的天地、更重要的工作岗位上去施展自己的才能和抱负。

三

平心而论,秦永明在瀛江市这个县级市工作的四年间,还是干了不少实事,做出了一些贡献。在他任内,瀛江从一个社会经济发展水平较落后的农、渔业大县一举转变为一个工业强市,扶持培育了一批乡镇企业,盘活了一批陷入困境的国有和集体企业,并树立起一面面民营企业的旗帜,其中万亿达集团的创始人吴荣发还成为全省著名的民营企业家,被评为全国劳模,受到了中央、省委领导的接见和表彰。瀛江市国营海马酒厂也从一个名不见经传、濒临倒闭的小厂发展成为股份制上市企业。这些都是秦永明引以为荣的资本和政绩。秦永明到瀛江市以后,GDP数字开始像施了生长调节剂的野草一样疯长,芝麻开花节节高,惹得省、市领导也经常下来调研,组织召开现场会,要求总结推广瀛江经验。树大招风,与声名显赫同时相伴的是社会上对他的一些非议和传闻,说他好大喜功,不切实际,与民营老板关系密切,生活作风腐化堕落等等,流言蜚语潜滋暗长,像野草一样蔓延,让秦永明烦心。

秦永明心里曾为此愤愤不平,他想难道真干事、干实事的人就真的吃力不讨好,有时还要遭人非议?好在上级领导明察秋毫,不为谣言所惑,反而对他信任有加,这让他多少有了些宽慰。省委分管党群工作的副书记彭宏伟就十分器重他,力排众议,建议省委要重用他,推荐他进了滨海市委常委班子,并准备进一步任命他为滨海市委副书记。

会计出身的秦永明有一种儒雅斯文的气质,不过由于后来长期从事领导工作,且权倾一方,因此在瀛江市更拥有了一言九鼎的权力和威望,自然而然也有了一股不怒而威的霸气。

在瀛江市工作生活了近四年,秦永明感触颇深。这里是他人生的一个重要里程碑,在自己的整个人生中无疑将会留下浓墨重彩的一笔。这里有他为之奋斗,倾注了全部精力和心血的事业。自己在瀛江市既培养提拔了许多干部,也由于工作原因得罪了不少人。许多受惠于他的人得陇望蜀,希望获得更大的利益,而更多没有尝到甜头的人则心生怨恨,更有一些存在意见分歧的人在心里并不服他,总盼着他有一天会倒霉。

市长黄冲就是反对派中的代表人物。

四

黄冲原是瀛江县县长,撤县建市后自然过渡为首任市长。黄冲喜欢摆老资格,表面上对秦永明这个滨海市委常委、瀛江市委书记毕恭毕敬、唯命是从,可实际上却是阳奉阴违,暗地里干了不少拆台的事情。这些事秦永明心里很清楚,只是不动声色而已。

秦永明清楚,黄冲一直都在盼着自己能早日离开瀛江,他好顺理成章接任市委书记,主导瀛江市的大政方针。为此,黄冲四处活动,力争早日实现这一愿望。秦永明心中暗自发笑,他觉得黄冲简直是在白日做梦,他内心根本不想让黄冲这样一个时不时要与自己唱对台戏的人接替自己的职务。即使有一天自己要调离瀛江市,也要让一个自己信得过的人来掌控瀛江市的局面,不给一些别有用心的人滋生事端的机会。

秦永明心中的人选是副书记胡耀宗。胡耀宗可是他一手培养与提拔的，他最看重的是胡耀宗奉行中庸的处世哲学，待人做事温良恭俭，没野心也没有咄咄逼人的气势。

五

胡耀宗，个子矮小，脸庞瘦削，高高的颧骨上架着一副老视镜，见人总是笑眯眯的。胡耀宗以前是瀛江市下面一个乡镇的代课老师，因为文章写得好，被招到镇政府办公室当临时工，但实际从事文案工作，后被县政府办公室主任发现，为其弄了个招干指标调到县政府办公室，专门为县政府领导撰写文稿和报告，整日埋首文案之中，与世无争……直到秦永明来了，他才真正受到关注和器重。及至后来，秦永明对他青睐有加，常常带着他下乡出差。慢慢地，他就成了秦永明的专职秘书了，后来又提了科长、市委办副主任，然后下到基层镀金，在西山镇当了两年党委书记。胡耀宗在西山工作期间，群众对他的评价很高，他经常下乡入户，和农民群众打成一片，把一身白皙的皮肤都晒黑了。

两年后，胡耀宗又重回到市委办公室，没多久就做了主任，然后进入市委常委班子，接着出任市委副书记一职。在秦永明的关照和培养下，胡耀宗的仕途很是顺畅，几乎没有遭遇一点风雨和坎坷。

胡耀宗的升迁速度之快，令人啧啧称奇，可以说是瀛江市干部队伍的一个奇迹。胡耀宗的父亲是一个典型的基层干部，从村支书干起，经过二三十年的努力奋斗最后退休也不过是一个镇的渔盐办主任，论级别也就是一个正股级。老头子望子成龙之心可谓十分殷切，他这一辈子在政界上并无太大的建树，于是把全部的希望都寄托在胡耀宗身上，一心一意地调教他，向他传授自己用大半生的时间领悟和总结的从政经验，帮助胡耀宗过好从政道路上为人处事与待人接物这一关。

功夫不负苦心人，老头子苦心孤诣的努力终于得到了回报，胡耀宗终于成了堂堂的市委副书记，这可是胡家十几代人之中出的最大的一个官，人们都说胡家祖坟上终于冒青烟了。

第二章

一

赵国平,四十出头,器宇轩昂,高高的鼻梁,又黑又长的眉毛下,镶嵌着一双黑亮的眼睛,一看便知道这是一位正派人物。赵国平是土生土长的瀛江市人,毕业于名校岭大,后分配在省政府办公厅工作。因工作积极,勤奋努力,且有一股蓬勃向上的朝气,他受到省长王浩的器重。王省长把他调到身边当秘书,一步步拔擢到正处级。后来王省长有意把他放到基层去锻炼,赵国平选择回家乡瀛江市工作,王浩支持他的想法。

瀛江市的党政主要负责人秦永明和黄冲两人闹矛盾,不团结,工作上表面配合,但实际采取不合作的态度,都到滨海市甚至省里告对方的状。内耗严重,极大地影响了瀛江市各项工作的正常开展,滨海市委早就想要调整瀛江市委班子,准备把黄冲调开,另外为瀛江市选配一名市长。滨海市委有自己考虑的人选,而秦永明则极力推荐现任瀛江市委副书记胡耀宗,省委彭副书记支持秦永明的意见,但也不好直接干预,以免挫伤滨海市委的积极性。就在各方僵持不下之时,王浩举贤不避亲,明确向省委组织部推荐自己的秘书赵国平出任瀛江代市长。于是各方都顺水推舟,接受了这个方案。因此,赵国平被任命为瀛江市委副书记,代理瀛江市市长。

赵国平初回瀛江市时,对秦永明是带着崇敬之情的。在这个颇具开拓精神的市委书记带领下,瀛江市取得了令人瞩目的经济建设成就:GDP 数字位居全省十强县市第二位,被评为全国重点县市之一;树立了全省乃至全国闻名的民营企业榜样——万亿达集团,农民企业家吴荣发也成为一颗耀眼的新星;国营海马酒厂改制上市;瀛江市电风扇厂从国外聘请技师驻厂指导转产空调机;停产多年的瀛江市二轻机械厂再次成为国内起重机械行业的知名企业,产品吊滑车远销大江南北……这一连串令人眼花缭乱的成果也使得秦永明成为全省政坛的风云人物,前程似锦。

二

赵国平起程赴瀛江市上任时，王省长和他有一番临别谈话："小赵啊，瀛江市是你的家乡，你离开瀛江许多年了，瀛江市发生了巨大的变化，这一切与秦永明同志为班长的瀛江市领导班子和瀛江市广大干部群众的努力奋斗是分不开的。你这次回到瀛江市，站在了一个很高的起点上，但同时要求标准也会很高，你要变压力为动力，虚心向永明同志学习，服从他的领导，配合好他的工作，团结好周围的同志，争取使瀛江市的工作再上新的台阶。"

"您放心，省长。我一定谦虚谨慎、脚踏实地做好工作，不辜负省委和您对我的期望和培养。"

"永明同志前些天还专门打电话给我，表示热烈欢迎你到瀛江市工作，相信一定能和你配合好，共同把工作做好。你去瀛江后要主动找永明同志交心，多沟通，工作上的事千头万绪，永明同志是瀛江市的老领导了，各方面的情况都很熟悉，经验也比较丰富，而地方基层工作是你的弱项，你一定要加强学习，迎头赶上。"

赵国平来到瀛江市就任代市长，在瀛江市引起一场大的震动。原来有许多人认为上级领导会采纳秦永明的建议，就地选拔干部，而瀛江市委副书记胡耀宗和市委常委、副市长杨得胜的呼声很高，没想到最终却从省里"空降"了一位市长下来。赵国平不但年轻，而且有省政府工作背景，这是令人不可小觑的。

赵国平一到任，就主动找秦永明进行了一次谈话，表明了自己的决心和信心，称自己一定会在市委和秦书记的领导下努力做好政府工作，把经济工作搞上去。随后，他很快进入了角色，轻车简从带了政府办公室一个秘书和司机走访市直各机关单位，深入各个乡镇考察调研工作。

三

然而，近一个多月的调研使赵国平感到有些沉闷，可谓五味杂陈，百感交集。

瀛江市的事情远没有表面上那样简单，许多干部群众反映瀛江市委、市政府的工作存在严重的官僚主义，虚假浮夸现象非常突出。前几年，为了申请撤县建市，各个部门、各个乡镇大量造假，GDP数字及各项经济指标存在大量水分。还有因为"建市"扩城而失去土地被迫进城的农民,在成为市民后没有得到充分的就业保障和更多福利,造成他们生活困难,只能整天游行在街道上,致使社会治安状况恶化,黄赌毒严重。同时,不管是国企还是私企,多数工厂的经营也面临困难,难以为继,有的已经倒闭了,没有倒闭的也已经到了工资都发不出来的地步。更有甚者,一些干部群众反映公安局局长曹伟强就与黑社会性质组织交往甚密。

第三章

一

在瀛江市，曹伟强是个颇具争议的人物，知名度也很高。这并不是他有多么大的工作成绩和多么高的工作水平，而是因为关于他的一些"传奇"经历。

曹伟强，个子不高，但长得很敦实，虎背熊腰的，胳膊和腿肥大有节，真像成熟的莲藕。他出身寒微，父母是瀛江市石桥镇曹厝村一对老实巴交的农民。曹伟强初中没读完就辍学，回村里跟人学屠宰卖猪肉，后因练了几路曹家棍又身强力壮，就被镇里派出所招到刚成立的治安联防队当了一名联防队员。曹伟强热衷于这种带有刺激性的工作，积极性很高，抓赌抓嫖事事都冲在前面，作风泼辣，敢作敢为，表现十分抢眼。有一次，派出所正因一桩盗窃案审查一个嫌疑人，这个嫌疑人是有名的地痞二流子，满脸横肉，进出派出所、看守所如同平时串门一样。他拒不交代犯罪事实，企图抵赖，蒙混过关，办案民警审了一夜没有结果，一时束手无策。在一旁冷眼旁观的曹伟强按捺不住，一个箭步走到嫌疑人面前，抢起脚上的塑料拖鞋像剁猪肉一样，左右开弓当场就将嫌疑人剁得大呼饶命。嫌疑人随即如竹筒倒豆子一般交代了全部犯罪事实和同伙，派出所因此还连带破获了许多陈年积案，荣立了集体二等功。派出所领导严厉批评了曹伟强的粗暴行为，并责成他做检查，但内心对他是暗自嘉许，从此另眼相看。

曹伟强这人不是一头小牛犊，实际上他粗中有细，是一个极会见风使舵、溜须拍马的人。时任瀛江县公安局预审股股长的曹少坚，在瀛江公安系统内是个炙手可热的人物，已内定为副局长人选。曹少坚与曹伟强尽管不是同一个村的人，但毕竟是宗亲，按宗族的族谱和辈分来论，曹伟强应是曹少坚的叔辈，可是曹伟强却面不改色地称呼曹少坚为兄长，那一声声脆生生的"阿兄"直叫得曹少坚尴尬，曹伟强却若无其事。

曹伟强平时在家里什么家务活都不干，老婆生病躺在床上他都不会问一声。可是在曹少坚的家里，曹伟强却仿佛变了一个人，异常勤快，帮着曹少坚家里拖地，送孩子去上学，一切家务活都干得井井有条，几乎成了曹少坚家里不花钱的男保姆。曹少坚家的厕所下水道堵了，曹伟强二话不说，挽起袖子就用手掏;曹少坚因病住院,曹伟强端茶奉水,衣不解带地在病床前伺候着,一连几天撵也撵不走。他把曹少坚当作亲爹一样孝敬,自己的亲生父亲卧病在床,几次托人带信让他回去看看,他却总以工作忙为由推辞。

二

不知不觉间,曹伟强已经在石桥镇派出所联防队工作两年了。其间,他报读了县委党校的大专法学专业。尽管他在工作上努力表现,可是因为公安系统人事指标十分有限,很难转正。没想到第三年,派出所准备清退轮换一批联防队员,他也在清退名单之中。得知这一消息,曹伟强急忙找到曹少坚,号啕大哭:"哥,我都在派出所干了两年了,尽心尽力,工作积极努力,也因此得罪了社会上不少流氓地痞,他们早对我恨之入骨,扬言如果我出了派出所大门,就要打断我的腿,让我下半辈子坐轮椅。哥,你们千万不能清退我,否则我只有死路一条啊,我宁可死在这里也不愿回去受辱。这些年我没有功劳也有苦劳,你们不能不管我啊!"曹伟强说着,"咚咚咚"磕头如捣蒜,直至额头出血。

任曹少坚怎样拉拽安抚,曹伟强都不肯起身,依然声泪俱下,凄切惨烈,如丧考妣,观者无不为之动容……曹少坚无奈,只得说:"先起来吧,你的事我不会不管。这两年来你的工作也的确勤勤恳恳,任劳任怨,大家都有目共睹,公安队伍也需要你这样热血赤诚的人,你的事情我会专门向局里领导汇报。"

一个月后,曹少坚为曹伟强争取到了一个省人民警察学校的代培指标,曹伟强通过参加成人考试进入警校学习。曹伟强对曹少坚感激涕零。能够有机会进入省警校学习是相当难得的,毕业后就可以正式成为梦寐以求的一名人民警察了。

三

两年后,曹伟强回到石桥镇派出所成为一名正式民警时,曹少坚已经是瀛江县公安局副局长了。没过多久,瀛江撤县建市,原局长上调滨海市局,曹少坚又被提拔为公安局局长。

曹伟强往曹少坚家里跑动得更频繁了。曹伟强从此春风得意,一步步爬了上来,先是任石桥派出所副所长、所长,后来又调往市局任治安大队副大队长、大队长、市局副局长。

曹伟强虽然不算英俊帅气,但身体强壮,又是公安局领导,因此很有女人缘。一次偶然的机会,他结识了省医学院派到瀛江市中医院实习的女大学生徐丽莎。徐丽莎年轻美貌,长腿翘臀,青春洋溢,身上有一股大城市女孩子特有的现代时尚气息,走在瀛江市的大街上,回头率极高。自认识徐丽莎后,曹伟强一直在想方设法要将她变成相好。在他与徐丽莎结识后的一天夜晚,刚下夜班的徐丽莎独自一人回宿舍,经过一条僻静小巷时遇到了几个流氓的纠缠。就在他们即将施暴时,曹伟强从天而降……随后还亲自开车将衣衫不整、惊魂未定的徐丽莎送回宿舍……

事后有人说整个事件不过是曹伟强导演的一出"英雄救美"戏。当然,这只是人们捕风捉影的街谈巷议,并无事实依据,是凭空猜测而已。

后来,在一个场合,曹伟强引见徐丽莎与曹少坚认识。此时已是瀛江市公安局局长的曹少坚尽管一见徐丽莎便为之动心,但他还是不敢有非分之想。有一天,曹伟强突然约他和徐丽莎一起吃饭,自己却在中途借故离开。饭局结束喝得醉醺醺的曹少坚只好送徐丽莎回宿舍,刚在房间里坐一会儿,徐丽莎就忽然披头散发、衣衫不整地哭着冲出了房门。

事有凑巧,刚好这时有三个年轻人路过门口,见此情景,夺门而入,看到狼狈不堪的曹少坚,不由分说就把他和徐丽莎带到附近派出所。

在徐丽莎的指控下,曹少坚被组织上"双开"。五十二岁的他仿佛是伍子胥过昭关,一夜之间头发花白、神色呆滞、眼眶深陷,连声音都不如以前洪亮流畅,场景甚是凄凉,好多知情人都为之叹息。据说曹少坚在离开瀛江市时热泪长流,说了一句话。他说:"我是养了一头狼啊,这都是我自作自受。"

四

曹少坚出事后,瀛江市公安局局长的位子空了出来,曹伟强此时已是分管治安工作的副局长,自然觊觎局长的宝座。但公安局分管刑侦工作的副局长李力才是热门人选:其一,他为人正直,疾恶如仇,口碑很好;其二,他工作经验丰富,从警近二十年,屡破大案要案,功勋卓著;其三,他资格老,他升任公安局副局长时,曹伟强还是石桥派出所副所长。因为他一身正气,清正刚直,不怒自威,有一股天生的虎气,那时候曹伟强见了他都毕恭毕敬,比对曹少坚还客气。加上李力是局党委副书记,接任公安局局长是顺理成章的事情。滨海市公安局曾几次欲调李力到滨海市公安局任刑警支队长,都被瀛江市委给"挡驾"了,说他的成绩和能力是有目共睹的,瀛江市也准备委以重任,滨海方面只得作罢。

可是令人想不到的是,瀛江市委最终却向滨海市委和滨海市公安局报批曹伟强接任瀛江市公安局局长,而不是众望所归的李力。

据说,在瀛江市委常委会开会讨论此事时,有人仗义执言,为李力鸣不平,认为无论从工作需要出发,还是凭个人贡献,都应该是李力接任局长。但秦永明表现出了一把手的霸气,力排众议:"李力同志是一个老公安了,相信他会有这个气度和觉悟。居功不自傲,顾全大局,这是一个共产党员应有的品格。我们在用人上不能搞论资排辈那一套,市公安局的刑侦工作抓得比较好,但那是大家共同努力的结果,不是某一个人的功劳,公安局的工作成绩很大,问题也不少,局面复杂,任务艰巨,需要一个有开拓精神的干部来主持工作。我看曹伟强同志就有一股闯劲,有一股勇往直前的精神和气概,这正是当前公安工作中所欠缺的可贵的品质。有些老同志思想保守,墨守成规,不利于开创新的工作局面。当然,有李力同志的辅助和协助,相信曹伟强能很好地担负起职责。"

常委们面面相觑,鸦雀无声,曹伟强很顺利地成为局长。

五

事后有人认为瀛江市委在此事上有失公允,劝李力去滨海市局,滨海市局也再次表明了接纳意向,但性子很犟的李力说:"我是为了干事业,为群众做实事,保一方平安,不是为了升官发财,我熟悉瀛江市的情况,还是留在瀛江市比较好。"

秦永明为此事专门表扬了李力:"如果我们的同志都能像李力同志一样心胸开阔,不计较个人名利得失,不和组织上讨价还价,那么我们的工作就会更加顺利。大家要向李力同志学习!"

有人议论说,其实真正原因是李力本人生性耿直,不善于见风使舵、揣摩领导意图,有几次甚至公开顶撞秦永明,令他大为不快。秦永明私下里曾批评李力自恃才能,目无领导。也有亲近秦永明的人好意提醒他,说曹伟强这个人脑后有反骨,生性险恶,曹少坚就是前车之鉴,还是要提防一些为好。

秦永明听后意味深长地一笑,说:"会驯狗的人都知道,什么时候该给它丢根骨头,什么时候该给它拴上脖套,什么时候该用棍棒打它。只有拿捏好分寸,狗才会忠心耿耿、死心塌地地效忠主人。我既然能用一个人,就有办法治服他,像曹少坚那样胸无城府,最后当然会被他反咬一口。"

秦永明手里掌握了许多有关曹伟强违法乱纪的告状信,却一直不动声色地压了下来。有了这些材料,他随时可以置曹伟强于死地,让他万劫不复,这才是他胸有成竹的原因。也正因为如此,曹伟强心存忌惮,对秦永明敬畏有加。

徐丽莎在瀛江市发生了那两件影响不好的事情后,就回学校了。没到一年,她神情自若地又回来了,照样是妩媚多姿、花枝招展,更增添了一些香艳色彩。

曹伟强升任公安局局长不久,很快就把毕业后在外地一家中医院就职的徐丽莎以人才引进为由调入瀛江市公安局。徐丽莎穿上警服,于妖娆妩媚中平添了一股飒爽英姿,成了瀛江市公安局的警花。她先是在刑侦大队工作,后被派到市电视台《警讯》栏目担任主持人,接着又被破格提拔为办公室副主任,负责一些迎来送往的后勤接待工作。

第四章

一

赵国平到瀛江市与秦永明"搭班"任代市长后，秦永明的工作明显就轻松多了。这天傍晚，他又悄悄去了一趟省城。此次去省城可谓是公私兼顾，借向省委副书记彭宏伟汇报工作之机，为他的公子祝贺生日。秦永明此行还特意让万亿达集团的老总吴荣发同行。

省委宿舍大院位于省城市中心的西丽湖之畔，四周绿树成林，环境清幽宁静。晚上八点，秦永明和吴荣发的车就到达省委宿舍大院门口。在门口值班室登记后，秦永明嘱咐司机把车停在一处僻静的角落里等候，然后独自一人下车，沿着一条浓荫夹道、路灯幽暗的小径走向一幢小楼。

小楼共四层，应该是二十世纪七十年代所建，掩映在一片小树林的后面，是彭副书记居住的地方。秦永明来到门前，轻轻地叩了叩门。因为事先和彭副书记的秘书有过预约，只敲了一下，门就应声而开。

秦永明在客厅刚刚落座，彭副书记就缓步从二楼走了下来。彭宏伟的身体略微发福，举止显得沉稳有度、气势不凡："永明同志来了。"

秦永明闻声急忙起身："彭书记，打搅您休息了。"

彭副书记轻轻地"嗯"一声，招招手，示意秦永明坐下。

秦永明只坐了半个屁股，身体前倾，一脸虔诚地望着彭副书记。

"永明啊，这次省委常委会上讨论了你的任职问题了，有一些同志持不同意见，说下面存在一些对你不利的传闻，认为你在瀛江市的工作是毁誉参半。后来我在会上介绍了你的一些情况，说看一个干部要看主流，要看他们对地方经济发展所做出的贡献，你在瀛江市的政绩是有目共睹的，像你这样年富力强、精力充沛、勇于任事的干部要作为重点骨干来培养。关于你的一些负面传闻都是捕风捉影、查无实据的事情。我们不能因为一些不负责任的传闻就耽误了一个干部的政治前途，也不能因为有人说闲话就束手束脚不敢开展工作，这样既是对干部本人不负责任，也是对党和人民的事业不负责任。省委李书记听后开口了，你担任滨海市委副书记的事情就算定下来了，暂时仍然兼任瀛江市委书记，随后就会下文通知了。"

"彭书记，您就是我事业上的领路人，没有您就不会有我的今天，我永远都不会忘记您对我的培养和信任。"秦永明满含深情地说，眼眶中隐隐有泪光闪动。他似乎看到了自己锦绣的前程，心中的兴奋之情难以言表。

"好好干吧，不要辜负组织对你的信任。"

"我一定会努力工作，以实际行动来报答您和组织上的关怀和厚爱。"

二

这时，楼梯处传来声音，一个举止优雅、雍容华贵的女人走了下来，她就是彭宏伟的夫人罗婷，在省人民医院工作，任副院长。

秦永明连忙起身打招呼："罗姨，您还没有休息啊。"其实罗婷还没到六十岁，比五十出头的秦永明大不了几岁。

"小秦来了，快坐下，好久没见到你了，工作还顺利吧，要劳逸结合，注意身体啊。"

"罗姨，听说过几天就是文革的生日了，我提前来表示祝贺，还带来了一个企业家朋友，他跟文革也是朋友，您和彭书记能否见一见？"

"既然都是朋友，就快让他来吧，我们这里又不是侯门相府，哪来那么多规矩。"罗婷说。

秦永明打了一个电话，不一会儿就响起了敲门声，秦永明快步过去开了门。

可能由于陌生和拘谨，吴荣发进门后一时间有些不知所措，只是小心翼翼地站在门口，眼睛望着脚尖。秦永明走过去领着他来到彭书记面前："彭书记，这是我们市的民营企业家吴荣发同志。"

吴荣发双手紧捧着彭宏伟的手轻轻摇晃，激动得语音颤抖："彭书记，我们万亿达集团的员工们都想念您啊，我代表大家来看望您了。"

"哦，是荣发同志啊，去年上北京参加劳模表彰会时，我刚好出差，没遇上你。听说你把企业搞得不错，希望你再接再厉，继续为瀛江经济建设做出新的更大的贡献。你们聊吧。"彭宏伟脸上挂着慈祥的笑容，说完转身上了二楼。

三

离开省委大院，吴荣发在车上立即给彭文革打了个电话："文革，我是荣发，你在哪？我来看你了！"

文革是彭副书记的独生子，自从省司法警官学校毕业后，工作关系挂在了省司法厅，实际上没怎么去上班，大部分时间和一帮干部子弟、企业家们在一起玩乐，并且在省城承包了一个五星级酒店——大哥大酒店。

"是吴哥啊，欢迎欢迎，我还能在哪，在酒店啊，你快过来吧。"

听完吴荣发跟彭文革的通话，秦永明吩咐司机先送他回省政府招待所，然后再送吴荣发去位于西丽湖广场附近的大哥大酒店……

大哥大酒店高大豪华，门前有两个帅气的侍应生在迎门，门后有两个旗袍美女在向出入宾客问候致意。酒店内部装修奢侈华丽，金碧辉煌，宛如宫殿一般。

吴荣发在服务员的引导下走在铺着厚厚的羊毛地毯的过道上，仿佛走在一堆棉絮中，悄然无声。偶尔从过道两边的门缝里传来歌舞乐曲声和男男女女的欢笑声。

过道尽头的一间办公室里，瘦瘦的彭文革坐在一张与自己身材极不相称的宽大的老板桌后面。见吴荣发推门进来，他漫不经心地说："好久不见，请坐。刚才我老妈给我来电话了，说你专程为我祝贺生日来了，又叫你破费了。吴哥是有什么事需要兄弟帮忙吗？"

"哪里哪里，秦书记要来向彭书记汇报工作，我也很久不见兄弟你了，就特地跟着来了。"

"真没事，那好，我们去洗个桑拿，放松一下，我这里前些日子来了两个日本娘儿们，那皮肤白得跟牛奶似的，滑得像绸缎一样，走！"彭文革说完起身欲走。

"不忙不忙，兄弟。"吴荣发忙不迭地摆手，"要说没事嘛，倒也有些小事情，要麻烦兄弟帮个忙，行个方便。"

"我说呢，一定有事！怎么了，又要弄贷款了？我说你要钱也要得太猛了吧。"

"没办法啊，文革，哥哥我战线拉得太长了，建养殖基地，代管海马酒厂、机械厂，哪一方面都急需大笔资金周转。我知道，别人办不了的事情，到了兄弟你这里不过是一句话的事情，所以我只有来求兄弟你帮忙了。"

"需要多少？"

"越多越好，至少一个亿吧。"

"什么？你疯了，你以为银行是我家开的。"彭文革一听从椅子上跳了起来。

这时，彭文革的电话响了，是秦永明打过来的。彭文革打开免提，只听见秦永明说："文革，刚才没跟吴总一块儿去，是因为约好了要听个电话汇报。下次吧，下次再去拜访你。有个事跟你沟通一下，万亿达现在可是远近闻名的民营企业，在省里也排得上号的，更是我们瀛江市的一面旗帜。你出个面，帮他们联系贷款，也是对我们瀛江市经济发展的支持，他的信用是绝对没有问题的，我们瀛江市委市政府可以保证。"

"对对，文革兄弟，如果你能帮忙，我不会忘了你的……必有重谢！"

"好吧，那我尽力吧。"

第五章

一

　　断断续续下了将近半个月的冬雨,使瀛江的水比平常涨了很多,水流也急了。

　　这天,赵国平看天空放晴了,准备下乡了解一下冬雨以后农业生产情况。走出市委办公楼,他见司机正打开车盖在摆弄着,就知道行政科配给他的这辆小车可能又坏了,便对司机说:"别修了,到行政科去要辆面包车吧。"

　　面包车在瀛江上游岸边的一条被雨水冲刷得泥泞不堪的乡村公路上缓慢地行驶着,车轮很快就裹满了一层湿泥。司机不由埋怨起来:"唉,这条鬼路!"

　　赵国平一听,心猛然颤动了一下。只见他浓眉深锁,明亮而深邃的目光看了看前面的路就问司机:"你说,如果群众走在这样的路上,会怎么样?"

　　"肯定骂啊。"司机说,"也确实太难走了。"

　　"假如你是群众,你只是骂'这条鬼路'吗?"

　　"不,我一定骂政府。"

　　赵国平听了若有所思地点了点头。这能怪群众骂吗?要想富,先修路,喊了多少年了,可这路不就是没有什么变化吗?

　　面包车拐了个弯就停了下来,前面堵车了。一辆满载树苗的农用三轮车陷进了泥坑。一个农民模样的老人正看着车无可奈何地干着急。

　　赵国平下车走上前去:"老人家,来,我帮你,看能不能推出去?"

　　"谢谢,谢谢。"老农民看着赵国平连声说着感激的话。这时,司机也连忙跑过来帮忙。然而,三轮车还是没被推出泥坑,没法重新发动起来。

　　赵国平接过司机递给的毛巾擦了擦手上和脸上溅满的泥点,然后,走到不远处的一棵树下,给市委书记秦永明打电话,说自己准备临时动议开个农村道路建设现场会。挂了手机,赵国平走回来吩咐司机:"你打个电话给市委办,就说除了秦书记和人大、政协领导,让他们通知所有在家的常委和副市长,还有市委、市政府两办主任,发改、财政、交通、公路等单位负责人到这里开会。"说完,赵国平走到那位老农民面前说:"老人家,这树苗要往哪儿拉呀?"

"山谷村。"三轮车上的小伙子抢着回答,"我家承包了一片荒山,想抓住这雨后的机会,尽快栽些树。"

二

"啊,承包荒山栽种树苗,这样既能绿化又能防止水土流失,保护土地,到时候还可以增加经济收入,是个大好事啊。"赵国平高兴地握着老农民的手说,"不过,树都是春天种,哪有冬天种树的?"

"冬季种树,其实也一样。树木只不过是处于睡眠状态,但养分还是向根部聚集,所以不需要多少养分,非常适宜起苗造林。不过我们村地处山区,气温相对较低,因此对树木的保暖要求十分严格,要采用涂白覆盖、草绳缠绕、无纺布包裹,确保树木防冻、防虫。还要特别对新植树木多余的枝干进行修理,减少风阻,确保树木成活。"

"还确保树木成活?说不定夏季暴雨山洪一来……唉,这是个无底洞,真不知道什么时候能见到效益呢。"三轮车上的小伙子嘟囔着说,"我爸这人不会说话,一见当干部的就更不会说了,你别见笑。你肯定是个当干部的吧?"

"像吗?"赵国平说,"你能看出来?"

"我一看就像,不过本人从来对当干部的不'感冒',为什么?真正能给群众办事的干部不多。"小伙子牢骚满腹地抱怨说,"就说这路吧,一年能有几天好走?"

"别瞎说!"老农民制止说,"我们党还是好干部多。"

赵国平没有生气,也没有解释什么,反倒觉得这个小伙子直爽可爱。他在想,一个人就应该有自己的思想,为领导干部也好,做一名普通的群众也好,都应该这样。至于一些观点和看法不同,那是由于看问题的角度不同……想到这里,赵国平真有点羡慕起这个年轻人来了,自己的观点不必隐瞒,怎么想就怎么说。而身为领导干部,有些话却是不能讲、不敢讲、不想讲的。特别是回到瀛江这段时间,他更体会到这种自身约束。

赵国平平时不怎么抽烟,这会儿他突然特想来一口,可摸遍所有的衣袋也没找到烟,这时他才想起他的烟放在车上的包里。正欲开口让司机拿过来,小伙子已跳下车,递过一支"椰树"牌香烟:"廉价的,领导如果不嫌弃,就抽我这个吧。能帮我推车,就说明你是个好干部。"

赵国平接过小伙子的烟,狠狠地吸了一口,他感觉这烟很冲、很辣。抽着抽着,他又感到这烟竟然比平时自己偶尔抽的都要顺口。

三

等了好一会儿,在家的常委和副市长以及财政、交通、公路等部门的负责人陆续到了,一个个捂得严严实实的,嘴里不断发出"嘶、嘶、嘶"的声音。市委办公室主任带着负责会议记录的秘书走到赵国平身旁:"赵市长,除了公安局局长曹伟强带队参加省厅春雷行动,联合邻市蓁峰县公安到双沟村打击盗改销汽车犯罪,其余的都到了。"

市委常委、宣传部部长叶子菁是常委中唯一的女同志,幼儿园老师出身,还没到五十岁,皮肤好像长年不见阳光似的,几乎白得透明。一对深深的酒窝,生在下唇底下,更增添了唇边的妩媚。这时,她装作一副小女孩撒娇的样子,也来到赵国平身旁,嗲声嗲气地说:"哎哟,我的市长,这大冷天的,来这开会?"说着,她连续打了几个喷嚏。

赵国平瞪了她一眼,没理睬她,看了看大家说:"今天气温低,临时召集大家来这儿不为别的事,只是请大家伸出援手,帮忙把这位老人家的这辆车给推出去。"

领导们面面相觑,个个脸上满是不解。老农民父子更是不敢相信自己的耳朵。

赵国平对小伙子说:"上车去,把好方向盘。"

这时,政府办公室主任不知从哪里弄来了一些树枝杂草,垫在前轮下。年轻一些的领导跟着赵国平来到三轮车旁,年龄大一点的插不上手就站在一旁看着。小伙子上了车,发动开车。大家听着赵国平喊的号子,齐心协力使劲推。人多力量大,三轮车终于被推出泥坑。

"您,您就是新来的赵市长?"老农民一把握住赵国平的手,连声道谢。

"老人家,快上车,路上小心点啊。"赵国平把老农民扶上车,"好好地把荒山保护好,有什么困难就来找我,好吗?"

"不用,不用。"老农民边坐上车边说,"哪敢麻烦您。"

"谢谢你,赵市长。"小伙子说,"有事的话我会找你的。"

望着开走的三轮车,赵国平向大家挥挥手说:"辛苦大家了,回吧。"

第六章

一

市委、市政府大院中央有一座喷泉,用大理石筑成,上面镂着精致的雕刻。一尊象征面向新时代的不锈钢雕塑,由圆座托起,矗立在池子中心。喷泉把水花喷射到半空,像雨点般落在池子里,有一种悦耳的声音。

瀛江潺潺流经市委、市政府大院面前,从市委常委会议室向窗外望去,就能看到清澈的江水和两岸的垂柳。

会议桌的正面空放着一把椅子,赵国平就坐在左侧那把椅子上,两旁依次坐着刚才赶到现场的各位常委、副市长。赵国平不敢坐在正中那张椅子上。因为他清楚,位置决定权力,在这个会议室,正中那个位置有着它的绝对权威,是书记的。这是规矩。

赵国平看了看在座的各位领导以及后排坐着的财政、交通公路部门负责人,端起水杯喝了口水,然后轻轻咳嗽了一声说:"有一位名人说过,不要问国家为你做了什么,要问你自己曾为国家做过些什么。那么,我们究竟把一个什么样的瀛江带向新的世纪,这是值得我们每个领导深思的问题。"赵国平的眼光里充满了热情,他顿了顿说:"今天我要给大家讲个故事。很久很久以前,人类都还光着双脚走路。有一天,一位国王忽然想到偏远的乡野去走走,结果因为道路崎岖不平,遍地碎石子,硌得国王双脚疼痛难忍而败兴而归。回宫后,国王就想,那里的老百姓太惨了,每天都要在这样的道路上行走。于是,他下令把所有的道路都用牛皮铺起来,他觉得这是他对老百姓的关怀。可问题来了,就是把全国的牛都杀掉,也不够用来铺路呀?这时候,一个聪明的仆人向他进言,与其劳师动众杀那么多牛,何不用两小片牛皮包住双脚呢?国王如梦方醒,于是,原始的皮鞋就这样诞生了。"

这时,政府办主任接了个电话后走到赵国平身边轻声说:"财政厅的程奋前副厅长到了。"

"知道,你先去照应一下,会议结束我马上就去。"赵国平看了看在座各位领导,继续说,"这个国王的愿望是多么美好啊。可我们现在不是要解决'牛皮'鞋的问题,而是要弘扬务实干事的优良作风,坚持'干'字当头,兢兢业业干好每一天,认认真真做实每件事。坚持'实'字为先,摸实情、谋实策、出实招,决不做表面文章、决不搞短期行为、决不搞花架子,真正地解决好'牛皮'路的问题……"

二

赵国平上到瀛江宾馆三楼,并不见程奋前他们的影子。他打电话一问政府办主任,才得知他们已去了玄清山清玄寺了。

玄清山不高,山顶上的这座唐朝时修建的气势恢宏的寺庙清玄寺用全琉璃瓦盖顶,飞檐翘角,甚为壮观。赵国平登上山顶,远远就听到从清玄寺传来政府办主任的声音:"这匾额上'清玄寺'三个字是德宗李适敕赐,字体圆润浑厚,具有皇家的威严和气势。"政府办主任本来就是个书法爱好者,谈起字来当然是滔滔不绝:"清玄寺规模宏大,屡经扩建重修,现存的殿、楼、厢等建筑多为元代风格。"

赵国平对政府办主任的讲解很满意,到瀛江市以来,他喜欢使用这个主任,就是看重了这个人知识面宽,文章写得好,对瀛江的历史和现实底清数明,是个好参谋。

"这钟楼和鼓楼也挺特别的。"这是程奋前浑厚的男中音。

"是呀。"赵国平远远地就接着说,"左右钟鼓楼形制独特,二层木结构,采用三合土建筑,将山寺衬托得更加雄伟壮丽。"说着,他也来到了香烛竞燃、烟雾缭绕的大雄宝殿前。大雄宝殿面阔五间,进深三间,重檐歇山顶,单抄单下昂五铺作斗拱。

"可惜呀,殿的大梁上原来有一条用铁梨木制的辅梁,后来被一领导拆回家做了家具……"

赵国平的话让在场的人都感到非常遗憾。程奋前没想到离开家乡多年的赵国平,竟然对家乡的历史还这么熟悉。他握住赵国平的手说:"好啊,老弟你还是那么厉害,真不减当年啊!"

"好在哪里呢,奋前兄您都已经是地厅级领导了,而我却还在县处级岗位上蹉跎岁月。"赵国平说着"哈哈哈"大笑起来。

程奋前一表人才,高高的个儿,一举一动用群众的话说,一看就是当领导干部的材料。他和赵国平是省委党校中青班的同班同学,当时他俩都在省政府工作,一个是省领导的秘书,一个搞经济研究。赵国平在班里最年轻,手脚勤快,于是被大家推选为班长,可这几年他一直在副处这个位子上转悠,程奋前却一路高歌地冲上了副厅级的宝座。

三

玄清山,谁看都是一块风水宝地。清玄寺在半山腰建有一间接待所,外表看上去不起眼,但内部装潢很考究,都是星级宾馆的配置,让人感到很舒适。接待所总共两层才八间套房,一般不对外,只在接待贵宾时用。

在清玄寺接待所休息室,程奋前兴奋地说:"没想到你这儿还有个世外桃源呢。"

"你要觉得不错的话,就多住一些日子,我好好陪你转转。"

"哪有这闲工夫,厅里的事太多了。我这次来你这,是休公假的,纯属私人的活动,主要是图个方便,来为在中央党校的论文做新农村财经工作调研的。把调研报告初稿写好就回去,你帮我多提供些素材就行。"

"好的。"赵国平端起茶喝了一口,对旁边的政府办主任说,"这几天把程副厅长照应好了,这可是我们市的大财神哟,别忘了每天都送水果过来。"

"市长放心。"政府办主任说着离开了房间。

"怎么样,老同学,来瀛江有两个月了吧?"

"差不多,去年十二月底来的,在这里过元旦,快三个月了。"

"在老家做事好做吗?工作开展得怎么样?"

"改革开放都这么多年了,连条像样的镇通村道路都没有,你说好做吗?"赵国平半开玩笑半认真地说,"好了,别的不说了,您是财神爷,这次到我们瀛江,兄弟我可是要包吃包住的,但你必须得给我一些回报,比如对我们市的新农村建设的经济支持等等,最近,我们正准备对全市农村道路建设开展大会战……"

"有什么要求,你尽管说,你大小还是我曾经的老领导呢,是不是,赵班长……"程奋前说着走进卫生间,拿了块香皂在手中来回搓起来,然后,又用毛巾慢慢地擦了擦手。他的动作是那么的悠闲、那么的自信,给人一种不慌不忙的老练的感觉。

这时,政府办主任端着一盘水果走了进来,他麻利地收拾了一下茶几,把水果盘放在茶几上,然后又离开了……

第七章

一

赵国平自从到瀛江任职那天开始,每天上班都坚持提前十五分钟到办公室。这天,他一迈进市委、市政府大院,就在市委办公大楼前被一跪在地上的老人堵住了。

老人眼神呆滞,脸色青白,头发乱蓬蓬,衣服又脏又破,胸前挂着一块已破旧不堪的白布,上面的字也模糊不清了。得知面前就是新调来的市长时,老人立即哭喊起来:"青天大老爷,为我申冤哪!"

这时,上班的人们都围了过来。有人对赵国平说:"别理他,他是个疯子。"一个保安跑了过来,对着老人吼:"疯老头,不让你进来,你怎么又进来了?"他说着招呼随后跟来的几个保安:"来,把他抬出去!"

"慢,"赵国平上前搀扶起老人,"老人家,有什么事到屋里讲吧。"赵国平拍拍老人身上的灰尘,扶着老人向办公室走去。

在办公室,赵国平为老人倒了杯水,然后又让司机从车上拿来一包方便面,边为老人冲方便面边问:"老人家,有什么冤屈讲给我听听。"

"你真是个好人,真是个好人……"老人反应有些迟钝,只是一个劲地说着感谢的话,同时用一双干裂、粗糙得像松树皮一样的手把一沓皱巴巴的材料放在办公桌上,随后接过赵国平端来的方便面,大口吃起来。

从老人挂在胸前的那块残缺不全的白布和那些皱巴巴的材料上,赵国平了解了个大概。原来老人叫徐阿鳔,是半岛镇海墘村村民。一年前,儿子徐海生因为违法电鱼,被抓后顶撞了渔政人员几句,便被渔政大队大队长颜兴坚殴打致伤,一年来上访得不到处理。他只好让老伴照看受伤的儿子,自己为上访告状而流落街头。在那些材料中,还有一份摁了两百多个手印的村民请愿书。

二

看着把面碗舔得干干净净的老人,赵国平心里一阵酸楚,立即拨通了市信访局的电话。

少顷,信访局局长来到赵国平办公室,一看老人坐在沙发上,愣了一下,就上前要将他拉起来:"你怎么随便往领导办公室跑?"

赵国平拦住信访局局长:"是我请他来的,他上访的事你清楚吗?"

信访局局长说:"清楚。"

"那为什么迟迟得不到解决?"赵国平不解地问。

"这……"信访局局长微微张一下嘴,望着老人迟疑了一下,没有回答。

"老人家。"赵国平对徐阿鳔说,"你先到接待室等一下好不好,一会儿送你回家去,你要相信,我们会尽快处理这件事的。"

"真是好人,真是好人啊……"老人听后颤颤巍巍地走出了办公室。

"这究竟是怎么回事?"赵国平神色凝重地继续问信访局局长。

"本来事情非常清楚,由于渔政执法人员工作态度粗暴造成的,省局和滨海市信访局也来过批示,不过……"信访局局长又迟疑了一下。

"不过什么?"

"批示压在胡耀宗副书记那儿,他让缓一缓再说,可这一缓就是七八个月。"

赵国平知道,信访局在市委、市政府都有分管领导,公安局局长曹伟强也分管着政府信访工作。

"他没有说理由吗?"

"没有。"信访局局长压低声音说,"不过众所周知,渔政大队大队长颜兴坚是丰田养殖场老板陈清的小舅子,胡耀宗、水产局副局长卓武烈和陈清他们关系很铁,再说卓武烈是胡耀宗一手提拔起来的,又主持水产局工作,分管渔政大队,如果这件事情捅烂,卓武烈也要负领导责任。"

"啊,就是因为这些关系?……"

三

"卓武烈在水产系统应该有十年了,去年年底他们局长因病去世,虽然胡耀宗多次提议应该扶正卓武烈,但市委秦永明书记没有调整行局班子的打算。再说乡镇都要换届了,不可能为他专门'放个鼎煮粒蛋',所以他依然还是副局长。"信访局局长说,"听说最近组织部门要安排他去滨海市委党校学习。"

赵国平听后看了看办公桌上一份市委办公室刚刚送来的滨海市委党校后备干部培训班瀛江市的学员名单,上面有卓武烈的名字。只见他沉思片刻,掏出三百块钱递给信访局局长:"请你用信访局的车先把徐阿鳔老人送回家去,就说让他等候消息,我们尽快处理。这三百块钱给他买几袋米,让他先吃着,到了他家顺便看一下他家里的情况。"

"行。不过这钱哪能让你出,我们办就是了。"信访局局长把钱放在办公桌上,匆匆走出了办公室。

非常简单而清楚的事情,往往在我们一些部门变得复杂又困难起来,这恐怕就是权力、利益、关系在作祟。赵国平深深体会到作为普通群众的不易,真正受了委屈和冤枉却讨不回公道,反而被认为是疯子。是徐阿鳔老人疯了,还是我们的一些领导干部疯了?赵国平想着想着,翻了一下电话簿,就拨通了政法委暂时负责全面工作的副书记袁毅的电话:"老袁,我是赵国平。海塘村徐阿鳔关于他儿子被渔政人员殴打致伤的上访你知道吧?"

"知道,我正准备给你汇报一下情况。这件事检察院已经初查清楚。"袁毅在电话里说,"因为涉及执法人员,你没来之前我们已经向秦永明书记报告了,正准备这几天牵头召开一次相关的执法部门负责人会议,讨论一下这个案子。到时请你出席讲话。"

"好,到时我一定参加。"说完,赵国平挂上了电话。

四

几天后的一个上午,市委政法委会议室,袁毅主持召开相关的执法部门负责人会议。赵国平应邀参加了会议。

检察长吴思远首先详细介绍了市渔政海监大队大队长颜兴坚殴打渔民徐海生一案的初查情况,并说在调查中渔政大队极不配合,使一些询问无法进行。吴思远说:"作为渔政执法人员,只因一名渔民在海上违法电鱼同时顶撞了几句,就给这名渔民戴上手铐,带回渔政大队实施殴打。这种行为显然是不对的。而且我们的渔政执法人员态度还十分恶劣,居然不配合办案。同时,有的人还为检察部门该不该立案争来吵去。"

"我承认渔政大队有欠妥的地方,的确存在严重的作风纪律问题。可大家设身处地地想 想,现在海洋管理的难度越来越大,我们的工作态度难免出现一些偏差。"水产局副局长卓武烈接过话茬说。

"太轻描淡写了吧。"吴思远一听站起身,声音有点儿激动,"我们都是有子女的人,试想自己的儿女被人无辜殴打致伤,你能让打人者用一句欠妥或失误就搪塞过去吗?"

各执法单位负责人你 言我一语地热烈讨论着,只有公安局副局长李力默不作声地端着一杯茶,在慢悠悠地品着。他不开口,因为人家都是一把手,而他只是因为分管刑侦工作才参加会议的。

赵国平静静地听着大家讨论。大家对渔政大队大队长颜兴坚粗暴执法的行为表示愤慨,都认为对执法队伍开展一次从严整治教育是非常有必要的。

赵国平轻轻咳了一声,会场静了下来。"我想大家的思想应该明确下来,这个案件要站在对人民高度负责的立场上来对待。各有关单位必须排除干扰,秉公办案。检察院要在初查基础上尽快立案,尽快纳入正常法律渠道。如果办案还有阻力,检察院可以按规定采取一些措施。"赵国平说着看了卓武烈一眼,"渔政大队要全力配合,谁阻拦办案,就严肃查处。我提议暂停颜兴坚渔政大队大队长职务,大家有没有意见?"

卓武烈说:"渔政大队本来人手就不够,这样一来怕影响工作。"

五

赵国平不接他的话,只顾说自己的:"如果大家都没有意见,那好,接下来各单位同时要进行一次对执法人员的教育整顿工作,真正把人民满意作为我们工作的目标,避免类似事件的发生。"赵国平说着看了一眼一直没开口的曹伟强:"今天同志们都讨论得很好。我要说的是,不管我们研究什么问题,处理什么问题,都不要忘记我们党的宗旨。如果忘记了这一点,那么我们党走的群众路线就失去了它的意义。只要我们心中牢记为人民服务这一宗旨,我想,什么事情都会解决好的。"

赵国平清了一下嗓子,站起身接着说:"我们面对的问题主要是人民内部矛盾,相应的工作方法以说服、教育、协调、沟通等为主。群众称我们是'父母官''青天大老爷',可大家看看徐阿鳔老人,为了给儿子的不白之冤讨说法,苦苦跑了一年多,而我们有些所谓的'父母官''青天大老爷'却无动于衷、麻木不仁,这说明什么?说明我们牢记宗旨意识了吗?说明我们心中装着群众了吗?"赵国平说着从文件包里拿出那份有二百多个村民手印的申冤书,非常激动地说:"像这件事,早应该给群众一个说法了,你们看看,这两百多个签名和手印,它说明什么呢?这不是人民的呼唤吗?"

赵国平刚说完坐下,放在桌上的手机就震动了。他拿起扫了一眼来电显示,见是在省参加党代会的市委书记秦永明的,便走出门外按下了接听键。

秦永明吩咐他马上去石桥镇舟仔村处置一宗重大事件……

第八章

一

赵国平赶到位于舟仔村海边的石桥镇产业园区工地时，现场已是黑压压的一片，人头攒动，估计至少有二三百名群众。青壮汉子扯着嗓门吼，老的小的则坐在挖土机下一动不动。

赵国平第一次看到这种群体性场面，怔住了。他感到场面如绷紧弦的弩，可能一触即发，立即问镇党委书记在哪里。已先赶到现场的经贸局局长庄玉庆指着不远处的板房说："和镇长正在里面与村干部谈判。"

赵国平走进板房，只见几个村干部正与镇领导据理力争。镇党委书记见到赵国平，眼睛一亮，迎了过来："市长来了，给市委、市政府添麻烦了。"说着，他将屋里的这几位村干部一一向赵国平做了介绍。几句寒暄过后，赵国平感到空气中的火药味有点儿淡了。

但谈判最后还是不欢而散，村干部们离去时，扬言支持村民继续闹腾和上访。

石桥镇产业园区工程暂停施工后，市委、市政府决定由赵国平亲自挂帅，带领工作组进驻石桥镇舟仔村开展处置工作。

舟仔村是个渔村，赵国平的母亲就是这个村的。在舟仔村这几天，赵国平发现，舟仔村这么多年来没有什么变化，唯有村面前海边的这片滩涂已被施工单位围填成了陆地。赵国平记得小时候，每年暑假，他都会来外婆家住上一段时间，去海边赶海潮。那时的滩涂没有被污染，可以看到一群海鸥时而浅翔低旋，时而在岸边觅食徘徊。退潮后的滩涂，还会有好多人在那里，有的在捉螃蟹，有的在捡大麦螺……那时踩着软软的海泥，沿着泥螺爬行的纹线，可以捉到好多好多青蟹，每一次，他们的鱼篓都会装得满满的。有一次他还被一只青蟹的大螯夹住了中指，鲜血直流呢……

二

这天，赵国平又来到舟仔村。在镇党委书记的陪同下，他先到海边的小码头走了走。站在写着"拆"字的码头上,赵国平闻到熟悉的刺鼻的海腥味正扑面而来,他看到渔民们肩挑手提,正将一筐筐鱼鲜从渔船里搬上岸,岸上围满了外地前来收购的商贩……

随后,赵国平和镇党委书记踩着石板路,七折八弯,来到码头不远处的一幢墙壁、窗户都爬满各种绿色植物藤蔓的两层老楼房前。

这是村支书的家,门口外晾着一箩一箩的鱼面。进了屋,赵国平看到十几个渔民阿嫂正在用木棒槌敲打着制作鱼丸的鱼肉。村支书告诉他,这是他们村的渔家姑娘海产品公司的临时加工作坊,暂时先设在他家。村支书滔滔不绝地介绍说:"前面的码头是村民唯一买卖鱼鲜的地方,这个渔家姑娘海产品公司是前年我们村委会办的,专门生产鱼面、鱼饺、鱼饼、鱼丸、墨饼、墨丸、虾丸。这些东西纯手工,没有任何添加剂、色素,绝对是绿色无公害食品,销路很好。"

镇党委书记称赞说:"书记可是我们舟仔村的群众致富带头人哪。"

村支书给他们递过来一支烟,很谦虚地说:"什么致富带头人,都是生活所逼哟。"接着,村支书又显得很兴奋:"目前村集体收入和部分村民的收入基本都上来了。说真的,待挣够了钱,我们就建正规的流水线厂房……"

赵国平问镇党委书记:"石桥镇目前渔业生产形势如何?"

镇党委书记说:"这些年不行,主要是现在近海渔业资源枯竭,加上近几年围垦工程导致海域面积逐渐缩减,政府又采取了渔民转产转业措施,使大多数渔船被拆解了……"

三

"那一辈子靠海吃海的渔民,上岸后吃什么?"赵国平问。

镇党委书记说:"所以我们大力推进产业园区建设,目的就是拓宽就业渠道,实施劳动力有效地转移,可渔民们就是死脑筋,不理解,不支持。"

赵国平不解地问村支书:"书记,产业园区放在你们村,等于你们村掘到金矿,可你们为什么要阻拦工程,不让开工?"

"政府低价征用土地,高价出让,村民吃的亏太大了。你想想,这点补偿款到镇上还买不到半间商品房。我们没了码头没了滩,难道坐吃山空呀?"

"那你们有什么诉求?"

"我们多次提出:一、不要围填海边的滩涂;二、适当返还村级留用地;三、依照目前市场价格确定补偿金；四、按移民政策审批建房。还有，拟建的企业究竟生产什么我们应有知情权。"村支书顿了一下，继续说，"听说翻铜的、电镀的全要搬进来，我们这不是遭罪吗？可镇政府不同意。当然，镇里也为难，人微言轻，没办法。"

"土地好比黄金，一日一个样，政策也在变，你们不能将过去土地征用补偿安置款和现在的市场价格比较。"镇党委书记插了一句，"土地出让给了外来企业，日后怎样收回？"

"市长，我们还是去村委会吧，去听听广大村民的诉求，我代表不了他们的利益。"

"好，今天我就是来听你们的意见和诉求的。你要相信镇党委、镇政府也会尽力保障群众权益的。"赵国平看了一眼镇党委书记，说，"走吧，我们到村委会去……"

四

那天离开舟仔村，赵国平看天色还早，就让司机沿瀛江流域中下游方向走，顺便看看其他几个镇。

车到瀛江流域下游的半岛大桥时，赵国平让司机先到桥那边等，他自个儿步行过桥。然而，当他站在桥上放眼远望时，他毫无心思去感叹不远处瀛江入海口那大气磅礴的气势，只有极其强烈的怨念。他看到，眼前江面上除了航道中心，三百米至六百米处的内滩涂水域已基本被密密麻麻的用以养殖的"闸箔"定置网覆盖，各类生活垃圾，如塑料袋、破旧衣服、快餐盒以及各种废弃的橡胶、木板等随处可见。他发现由于江水没有流动，这些垃圾都搁浅聚积在江岸两边或堵塞在养殖网上，形成了一条"厚实"的垃圾带。

过了桥，赵国平索性沿江堤一路溯江向下游走去。在半岛镇社区堤段，他发现江面上的生活垃圾更多。他听一位住在附近的居民介绍，这些垃圾大多是从上游漂下来的，到了该江段后，由于水流减慢等原因，就堆积下来了。同时，两岸一些企业和居民把垃圾都倒在这里，从而使这里的垃圾越堆越多。这位居民说，真担心有一天遇汛期，垃圾会漫上江堤。

在这一江段，赵国平看到有些江水像墨汁一般黑，江面还时不时飘来阵阵令人作呕的浓烈臭味。他仔细一看，发现大量的污水正从岸边一个排水管道口涌出来。

　　离开半岛镇社区堤段,赵国平来到了该镇盐埕村。一位打小在瀛江边长大、现已有五十多岁的村民告诉赵国平,在他的记忆里,原来的瀛江水又清又蓝,在阳光照射下,江面波光粼粼。小时候谁家孩子患皮肤病,大人都会带其来浸泡瀛江水。可如今,江水变质了,又黑又臭,成了臭水江,夏天大家还真不想到江边"乘凉"呢。由于臭气熏天,靠江居住的一些村民连窗户都不敢开了,有的都已迁走了。

　　在现场,另一位村民叹息不止:"以前的瀛江水真的没臭味,江边根本没有垃圾,童年时我们常来这里玩,江里的鱼儿畅游其间,我们还常到江里游泳,在滩涂抓螃蟹、捉鱼虾、采贝壳。现在谁都不敢下水了,除江水发臭外,岸边还有这么多垃圾。"

　　"别说大人小孩不敢下江洗澡,"当地一名"讨海"的渔民气愤地告诉赵国平,"现在我们一下水作业,一沾上这些黄色的水,没半个小时,手脚就瘙痒,有时浑身还会生出红斑。"

　　"这些年,我们发现瀛江的鱼虾大量死亡,江里的贝类也已绝迹了。瀛江,这条曾经是我们赖以生存的清亮的'母亲河',现在好像在日夜哭泣,它在诉说何日能恢复旧日风采。"当地一名年轻村民忧伤地感慨。

五

　　在附近一处生活污水排水管道口,赵国平见到黄色的污水正从管道涌入平静的瀛江。他驻足观望,污水流入瀛江后搅起深黄色的气泡,在江面上形成了一个气泡带,缓缓地向下游瀛江港入海口漂去。

　　在这一江段,赵国平看到的不仅是江面上时不时有一条不规则的深黑色或黄色的水带流过,还闻到水带散发出一阵阵刺鼻的气味。驻足时间稍长,还真感觉到眼睛很难受,喉咙发干、发痒。

　　赵国平的"好奇"引来了不少群众,大家你一言我一语地告诉赵国平,对岸的海岬镇近几年有不少污染企业。他们也不清楚这些黄色的水是些什么水,从哪个地方排放出来的,也不知道到底有没有经过处理。

　　"开始我们并不知道这是黄色水带来的危害,像我们这些'讨海人'哪会知道这些呢!可是,一听说这不只是电镀水,还有可能是一些不法分子制那种害人的东西排出来的水,而且越来越严重,大家就开始怀疑了,于是专门到江里提一桶排出的污水,把活鱼放进去,没过多久鱼就死了!现在在瀛江很难捕捞到鱼蟹了……"一位老渔民向赵国平诉苦。

赵国平下到江边滩涂,试图寻些死鱼。那位老渔民愤怒地说:"哪里还会有死鱼,早就没鱼了。同志,看你像个当领导的,我殷切期盼你们有关部门能来管一管,关心关心生养我们的'母亲河'。"

那天,赵国平心情特别不好,他是忧心忡忡地离开半岛镇盐埕村回到城区的……

第九章

一

南江电视台《问政滨海》节目曝光瀛江市营商环境形同虚设,存在群众办事难等六方面具体问题。赵国平打电话请示在省里参加党代会的秦永明,当晚十时,就迅速主持召开瀛江市委常委会议,专题研究《问政滨海》反映的问题整改工作。

赵国平说:"这次《问政滨海》曝光了我市存在的问题,很到位,有被点穴之感。问政栏目反映出的问题,一针见血、直击痛点,暴露出我们工作中的短板弱项。我们瀛江是一个新建的城市,各方面的发展正处于滚石上山、爬坡过坎的关键时期,面临的发展机遇前所未有,面临的风险挑战也前所未有。我到瀛江的时间不长,深知肩上的担子很重、责任很大。就说一下半岛镇一位工商户跑了四趟办不到营业执照这个问题。前几天,我到市工商局窗口走了一趟,看到的情况的确令我震惊,没想到我们在打造营商环境的今天还会发生这种问题。"

据南江电视台《问政滨海》节目报道,去年十二月初,瀛江市和全省各地一样,发起流程再造攻坚行动,全面推进"一窗受理一次办好"改革,提升政务服务效能,打造一流营商环境。十二月三十日,瀛江市还印发了《优化提升政务服务推进"一件事一链办理"工作实施方案》,要求市直有关部委办局、各镇场区要在今年三月底前完成"一件事一链办理"改革相关工作规程。可记者最近在瀛江市几个服务窗口调查时发现,这项工作并没完成到位。

记者调查中发现,瀛江市几乎每个服务窗口的入口处都只是张贴着一份服务事项清单,以及嘱咐办理各个事项所需携带的材料。

那天,《问政滨海》节目记者还专门到瀛江市工商局办证窗口,以要开饮食排档为由,咨询相关流程,然而却得到了这样的答复:办企业或者公司的话是在这边办理,办个体户的话要去下面工商所。随后记者按照工作人员的指引,来到了下面一个乡镇工商所,而工商所工作人员则表示,工商所只能给核个名,下面的程序走不了。因为他们只能做这件事,办证必须去市局。

除了工商办证这件事之外,记者还专程跑了下面几个乡镇的计生部门窗口,以办理未婚证为由等进行暗访,同样无法在一个窗口完成"一链办理",还要跑多个部门和领导签字才可以完成各项审批。

二

"虽然我初来乍到,但作为市长,我还是有责任的,我首先做个检讨。半岛镇一个个体工商户跑了四趟工商局没办成营业执照,理由不是打不出单子,就是工作人员干活去了,并且遇到了两次'干活'去了。这窗口的人员究竟应该在什么地方干活?直到第四次遇上工作人员了,才知道工商户办理营业执照要到下面工商所,但下面工商所的人说,他们只能给核个名。这种服务态度确实是给我们瀛江的营商环境抹了黑,群众不可能满意,我都不满意,大家都不满意!这么差的营商环境,大家还有什么脸面谈招商引资?"

此刻,会议室像跟外面夜深人静、万籁无声一样鸦默雀静。

赵国平见状站起身,激动地说:"我相信我到瀛江之前,我们瀛江市的动员会应该也开了,文件也下了,而且要求各个单位部门的负责人都要到各服务窗口去走一走、看一看,检查一下落实情况,不知道大家去了没有,走了没有?"赵国平喝了口茶继续说:"责重如山,行胜于言。问题反映的是具体事项,解决问题要瞄准根源入手。我希望各级各部门一定要增强宗旨意识、群众观念,直面曝光的问题,面对群众的操心事、烦心事,真正把自己摆进去、把工作摆进去、把责任摆进去,深挖思想根源,查找存在的问题,让灵魂受触动、心灵受警醒,切实做到刀刃向内、自我革命、猛药去疴、担当作为。"

当晚常委会决定,针对《问政滨海》节目反映的问题和赵国平现场检查的工商局窗口"一链办理"问题,由市政府班子领导带领分管的有关部门负责人,分赴问题涉及的有关部委办局、镇场区,一线督导问题整改工作。

三

常委会临结束时,赵国平的声调又突然提高了:"还有一件令人揪心担忧的事情,就是瀛江遭受污染的问题。这条千百年来我们赖以生存的'母亲河',而今被破坏的状况非常严重。"他将自己近日对瀛江流域进行探访的过程做了通报:"……如果瀛江污染无法遏制,再过几年,瀛江肯定成为死江。如果再不整治瀛江污染,将祸及子孙后代!"

杨得胜一听赵国平谈到瀛江流域问题,第一个发出感慨:"是的,瀛江流域

瀛江记事

污染问题的确十分严重,部分群众在瀛江上无序地安插养殖'闸箔',一些企业污水污染物的直接排放,已成为污染瀛江港的罪魁祸首。"杨得胜说完顿了一下,接着说:"若不及时拯救,近年内,瀛江将可能失去生机和活力,瀛江港无形就成了一个垃圾桶。"

杨得胜看没人接他的话茬,便继续说下去:"我原先已做过调查,据了解,海岬镇目前有大中小型电镀厂或电镀作坊十多家,这些企业把大量含有氰化物、铬、镉、铜等电镀污水未经深入处理就直接排入瀛江。废水排放能否全部达标本身就是个大问题,加上许多生活污水无度排放,使得瀛江不堪重负。目前瀛江的水质绝对不可能达标,因为整条瀛江的污染属于典型的有机污染,造成目前污染严重的原因主要是海岬镇地少人多,只重开发、不重治理,污水排放量大。还有,对岸的半岛镇的一些群众无视有关规定,漠视海洋环境和社会效益,纷纷在瀛江上乱围乱占、违章设置'闸箔'定置网进行围网养殖,造成水流缓慢,水动力条件差,使江底淤泥堆积,自净稀释能力薄弱,导致下泄不畅。同时,在海岬镇城镇化建设过程中,由于围垦造地、抢滩造地,致使瀛江水域面积严重变小,水环境容量同时也变小。继续下去,瀛江还能叫国家级一级渔港吗?"

赵国平向杨得胜要了一支烟,点燃后,吸了一口说:"保护瀛江,我们应该做什么?我们需不需要对瀛江环境问题进行思考。这么多年了,瀛江环境怎么变成这样的,遭受污染的原因究竟是什么?是不是应该引起我们的高度重视,并从多方面采取措施进行整治。"见时间已近午夜,赵国平压低声调说:"今晚我不拍桌子,只是敲一敲。请各位常委回去后迅速将电视曝光的营商环境问题整改好,同时把瀛江问题都摆到桌面上,下次会议要进行专题讨论,每个人都要提想法、做法,散会。"

....

翌日上午,常委、副市长杨得胜率队到工商局和半岛等镇现场督导问题整改落实情况。杨得胜临下去时,赵国平一再嘱咐杨得胜,一定要强调工商局是瀛江市的关键窗口,要着力优化营商环境,严格落实"一窗受理一次办好"各项政策,确保审批事项进驻服务窗口,做到应进尽进,真正实现政务服务"一链办理"。要举一反三,全面查摆问题和不足,制定详尽整改方案,明确责任,限时逐条落实,确保所有问题整改到位,为办事群众提供一次办结的高效服务。

第十章

一

每个月的八日,是瀛江市党政领导干部信访接待日。赵国平知道,每到这一天,有接访任务的领导都会尽可能地推掉琐事,到现场与前来上访群众"零距离"面对面接触,倾听民声,化解民困。

瀛江市撤县建市以来,经济发展一直滞后,社会问题多,譬如群众行路吃水难、农村土地征用补偿、企业职工失业下岗、复退军人安置等等成为瀛江市的"老大难"问题,致使瀛江市成为群众上访的重灾区,几次被省里挂号严管。因此,赵国平不能不重视群众上访问题。这天是他到瀛江市任职后第三次带队接访,陪同接访的还有部分在家的常委和副市长,以及二十四个市直有关部门负责人。

赵国平刚刚落座,就接待了一位前来反映她丈夫因公负伤致残,由于方方面面的原因导致没有完全落实医药护理赔偿费,家庭也因此陷入了困境的大嫂。赵国平仔细看了她递交的书面诉求材料,认真听取她的陈述反映,并不时做着记录。在详细了解相关情况后,他现场做出批示,要求劳动部门迅速做出仲裁,并要求相关部门督促仲裁意见的执行。

"去年我都来了好几次了,前天看到领导大接访的公告,我本不想来。"在拿到赵国平的批示后,这位大嫂激动得声音都哽咽了,"没想到今天市长亲自接访我,还认真听取了我的情况反映,并现场就我家的问题进行了批示。我感到非常满意和感动,真是感谢党和政府对我们的关怀……"

这位大嫂刚走,信访局局长就进来告诉他,接下来的是一批下岗教师。信访局局长正说着,一个鬓角的头发散了几缕的中年妇女便冲上来问:"你就是赵国平,赵市长?"

"是的,我是赵国平。"赵国平看着这位怎么也有四十多岁的中年妇女,"请问有什么事需要我们解决的吗?"

中年妇女只顾低头摆弄着衣角,似乎还不想启齿。

"既然来了就说吧,或许能得到解决。"赵国平温和地鼓励着,"说吧,今天我们就是来解决问题的,如果我们哪个地方做得不够,我今天就向你诚恳地道歉。"

二

"我姓张,"中年妇女这才开口,"原来是东湖小学教师,有二十多年教龄了。前几年,学校把我辞退了。你说,这一辞退不是把我一生都给毁了吗?"

赵国平了解了情况,笑着说:"啊,张老师,我听明白了,你应该属于民办教师。当年我们因为师资力量匮乏,从社会上挑了一批高中生,作为民办教师充实到学校教书,随着师范毕业生的逐年增多,也就慢慢把民办教师给替换掉了,这是正常的教育发展规律,特别是我们瀛江市。希望你打开心结,不要总在这个事情上纠结了。"

张老师一听,很不高兴:"把我辞退了,我谁都不怨,但我只想要个说法。"

刚到瀛江时,赵国平就听信访局汇报工作时说过,全市两百多名下岗民办教师和代课教师曾经聚众讨说法,市里为此专门拿出补偿方法的事。赵国平想了想说:"市里不是已经给你们一定的赔偿了吗?"

"我们不干。"张老师一听情绪激动起来,"我们就是要求回去上班,政府以为拿几个钱就可以打发我们,绝对不行,要是再不给解决,我们就要去北京……"

看赵国平没言语,张老师又说:"我今天来和你商量商量,我们市下岗教师有多少,我不知道,这次上访的加起来不到六十人,能说会道的也就十多人,他们都听我的。"

"这么说,我们市的下岗教师上访是你带的头?"赵国平将计就计地问。

"可不能这么说啊。"张老师紧张了,"只不过是我说话好使而已。反正大家都是为了混一口饭吃。"

"既然你说话好使,那你先把大家给稳定住了,我们要开会研究一下你们的诉求,看能不能满足你们的要求。"

"你们开会研究研究。"张老师用不相信的口气说,"那就没指望了,要研究多久才能有个结果,我们都来很多次了。"

赵国平笑着回答她:"具体时间不好说,有关领导出差在外,什么时候回来还说不定,我已经答应开会研究了,你就放心地回去吧,还能骗你?"

张老师还是半信半疑,就要了赵国平的手机号码,说是随时问问进展情况。

赵国平也没犹豫，就把号码告诉她。她还是不放心，用自己的手机打过去，听到赵国平的手机响了，这才放心地说："市长还真没骗我，我等着你的好消息啊。"

"放心吧。回家等消息，多做他们的思想工作，争取让他们接受补偿，别再要求重新上岗了。"

"我们也知道自己的学历不够，这么多年也没教书，重新上岗当教师就是白日做梦，多要点补偿才是真的。"

赵国平听完她的话，已经知道这些上访人的底线了，心中也豁然开朗。

三

张老师走了，赵国平坐在信访局接待室里，琢磨着古代时是如何处理群众信访问题的。

赵国平大学时是读地方政府管理学的。他知道，上访在古时谓之鸣冤。不平则鸣，古今同理，群众积怨难平，或认为裁定不公，就可向更高一级的衙门申诉，以求得公正的裁决。早在尧舜之时，便已有"进善旌""诽谤木"以及"敢谏鼓"等直诉形式；西周时又设立了"路鼓"和"肺石"；秦汉时设有公车司马令，专门负责接待直诉事务。从魏晋开始，才设置了"登闻鼓"制度，使直诉制度渐趋制度化和正规化。所谓"登闻鼓"，是取"登时上闻"之意，源自西周的路鼓，一直沿用至清末民初。自从有了"登闻鼓"，平民百姓击鼓鸣冤，要告状可就方便多了。杨三姐告状就是用的这种形式。闻鼓升堂，是对衙门官员的起码要求，如果敲到点子上，冤案还可能立刻得到解决。

赵国平心想，如果在市委、市政府大院门前设个"登闻鼓"，信访群众可以随便来敲，是不是就不会发生越级上访的事件了。赵国平想着，自嘲地笑了笑，他骂起了自己怎么净想些不着边际的事。现在解决信访的办法，就是构筑好党和政府与人民群众之间的连心桥，多给群众一些反映问题的途径和渠道。话说各级领导都高度重视，开展了"开门'接访'察民情、主动'约访'排民忧、带案'下访'解民难、上门'回访'暖民心"的"四访"活动，可为什么就不见实效呢？要解决信访问题，有时候是不是可以采用一些既不违法，但也上不了台面的方法？这些办法都是基层不得已而为之，却也立竿见影。

赵国平让政府办主任把教育局局长叫来，嘱咐教育局局长对这个张灿玲老师侧面了解一下，如果可行，是不是在哪个学校给她找个做饭或清洁的活，先把她稳住。

教育局局长也就五十岁左右,可头发稀疏了,鼻梁上架着一副金丝眼镜,十足的学者派头。听完赵国平的吩咐,他立即连声回答:"请市委、市政府放心,保证完成任务。"说完,他觉得不对,又重复了一遍:"请市长放心,我保证完成任务。"

赵国平笑了笑,没言语。少顷,他激动地对现场陪同接访的部门领导干部说:"对待来访群众要把解释和解决相结合,对于符合政策的要给予解决,对于不符合政策的要细致耐心地解释,只要把工作做细,把道理讲清,相信群众还是会理解的。不要遇到什么问题就相互推诿,要以友善的态度和群众进行沟通交流,实实在在地为群众多做实事,真心实意地为他们解决热点难点问题。"

四

这天上午,只来了一批信访的教师和几个反映家庭贫困的群众,赵国平看没有其他信访的群众了,便打算趁中午休息到城区比较繁荣的龙山路走一走,也算体察一下民情,下午再回来接访。

因为信访局距离龙山路不是很远,赵国平没叫上司机,也不让信访局派车送,便自个儿出门坐上一辆载客机动三轮车,往龙山路而去。

坐在三轮车上,赵国平一路上就听这开车的师傅在唠唠叨叨抱怨:"汽油不但没降价,反而涨了啊。很多人都骂坐我们的三轮车贵,还涨价。可我们不涨价,就得赔钱。你说我们能白干吗?"

赵国平随口应了一声:"说来也是。"

开车的师傅一听有同感的,又接着说:"还有去医院看病也极贵,刚才带我老婆去看个感冒,医生就说要做化验,还要做 B 超,花去我三百多块钱,这在过去,开几块钱的药就行了,现在倒好……"

赵国平感慨地说:"是啊,看病太贵!"

"但这些都不是我们这些小民管的。就像刚才去看病,你不听医生的,不去抽血化验做 B 超,他就不给看。医生说的也有道理,总不能凭你说感冒就给你开治感冒的单吧。"开车的师傅说着叹了一声,"唉,现在都说撤县建市了,可我们却下岗失业了,每天早上眼睛一睁,我们惦记的还是柴米油盐。"

赵国平听着这开车的师傅喋喋不休的埋怨,也觉得有道理。赵国平问:"师傅,你一天能拉多少客,挣多少钱?"

"还能挣多少钱,就城区这里,目前单靠这机动三轮车过日子的起码有两千多辆,僧多粥少,竞争啊！比方拉你,从市政府到龙山路,顶多也就四块钱。"

"反正,勤快点,还是不至于饿肚子吧。"

"那是。要有点积蓄,就得等待政府能为我们减负,把社区的治安费、卫生费什么的给取消了,最好把小孩上学的学杂费也给免了。说实在话,我们开三轮车也算是自谋职业,给政府减负……"

不知不觉,三轮车来到了龙山路。

赵国平下车时,开车的师傅又开口了,他突然说了一句令赵国平震惊不已的话:"那些当领导干部的,向上爬时,应该对遇到的人好点,多做些为他们谋幸福的事。因为掉下来时,他还会遇到他们……"

第十一章

一

赵国平到瀛江任职,已有三个月了。经过这三个月,他对瀛江市的工作局面有了一个新的认识。这天,他忧心忡忡地找到刚从省里参加党代会回来的市委书记秦永明汇报调研结果,也谈了自己的看法,认为瀛江除了历史欠账多,在工作中还存在一些干部责任意识淡薄的现象,比如遇事做和事佬,无原则和稀泥,把一团和气当作宽容。有的以执行上级指示为理由,被动地完成规定动作,你不推他就不动。发生问题了,推诿扯皮,欺上瞒下,拒担责任。遇到"难缠"的人与事躲着走,以及看风向做事,做表面文章,雷声大雨点小等等。还有群众反映走私、制贩毒犯罪严重,黑恶势力横行霸道、气焰嚣张,有的人甚至有恃无恐,可能背后有黑社会性质组织的保护伞在起作用,要予以认真查处……

随着谈话的深入,秦永明脸上的笑容也逐渐消失了,变得严肃起来。他一边听着赵国平的工作汇报,一边踱步思考着,任由赵国平畅所欲言。

赵国平结束了工作汇报,望着一声不响的秦永明,等待他的回应。

许久,秦永明方才从沉思中回过神来,脸上立马恢复了热情的笑容:"国平同志,辛苦了,你初来乍到,工作要做,更要保重身体,注意休息,劳逸结合。我知道你的出发点和主观愿望是好的,但任何事都不能操之过急,要知道欲速则不达的道理。今天的谈话就到这里,暂时限于你我之间,不要扩散。"停了一会儿,他又说:"我们做领导的,不仅要调查研究,更要透过现象看本质,做出正确的分析判断,要分清哪些是别有用心的人故作耸人听闻之词。做工作嘛,难免会伤及某些人的利益,有一些牢骚话和偏激言论在所难免,我们要保持清醒的头脑,意志坚定,不要立场动摇啊!"

赵国平正欲说话,秦永明做了一个坚定的手势制止了他,语气温和地说:"你辛苦了,先回去好好休息吧。"

望着赵国平离去的背影,秦永明眼里闪过一丝阴郁的光芒,若有所思。今天的谈话是否预示着一场政治博弈的开始?他的心情一下子变得烦躁起来。

二

几天后,瀛江市委在瀛江宾馆召开常委扩大会议。

瀛江宾馆原先是县委招待所,位于幽雅宁静的北堤路。三十年来,瀛江宾馆几经改造扩建,已变成了一个设施一流,豪华美观,集餐饮、会议、娱乐、住宿等功能于一体的星级宾馆。进入宾馆大门,是一处宽阔的广场,假山凉亭、草地小径、流水淙淙。左面是歌舞厅和餐厅,正面是宾馆主楼,右面是会议中心。

瀛江宾馆二十世纪七十年代初建成,虽然楼体老旧,外观朴素,只有四层楼高,但内部设施和装修都是参照四星级宾馆,包括服务和管理,也是星级酒店的水平。那些满面笑容、身材修长苗条的服务员一个个水灵灵的,好像院子里盛开的水仙花一样,娇艳迷人。瀛江宾馆平时主要以接待上级领导,承接市委、市政府和政府各部门的会议和培训活动为主,没有公务活动时也对外开放,一些生意人也常在这里招待瀛江市政府各部门的头头和实权人物,宾馆总经理由市政府办公室副主任兼任。

由于这样一种准官方性质,又是瀛江市城区为数不多的高档宾馆,因此几乎没有工商税务或公安部门来骚扰检查,省了许多麻烦。一九九五年撤县建市那年,宾馆也紧跟潮流开设了桑拿、美容等服务项目,吃住娱乐一条龙服务,以致后来有传言说这里公然提供色情服务,但这种传言当然遭到了宾馆总经理的公开驳斥,政府的宾馆怎么会有色情活动……

瀛江市城区人民路有一幢八层高的四星级酒店——人民大厦,可是酒店开业没有半年便因巨额亏损而停止运营,至今空置荒废。瀛江市毕竟只是一个县级市,消费水平不高,又不是交通枢纽和旅游胜地,外地游客不多,因此完全面向市场的人民大厦与瀛江宾馆命运迥异。瀛江市的群众都说瀛江宾馆完全是靠公款消费支撑起来的。

三

这天,瀛江宾馆会议中心的小会议室座无虚席,十一个市委常委和列席会议的人大、政协的领导们按位就座。在椭圆形会议桌的一端,秦永明居中而坐,两旁依次是副书记、代市长赵国平和副书记胡耀宗以及常委、副市长杨得胜等常委们,列席会议的市委委员则在后排就座。

"同志们,"秦永明首先发言,他目光轻柔、温煦和蔼,笑盈盈地环视了一眼全场,"今天召开市委常委扩大会议,主要是专题讨论我们市的经济工作问题。一直以来,我们市的经济建设工作在滨海市委、市政府的正确领导下,在同志们的共同努力下,取得了辉煌的成就,这都是有目共睹的。但目前有少数同志对过去的工作持虚无主义的态度,否定一切,对未来的发展悲观失望,丧失信心,这是十分错误的,也是不可取的。更有个别道德败坏、用心险恶的人躲在阴暗角落里煽阴风点鬼火,制造散布谣言,唯恐天下不乱,把瀛江市改革开放以来形成的蓬勃发展、蒸蒸日上的大好局面说得一团漆黑、乌烟瘴气,企图干扰和破坏瀛江市的社会经济发展,这种阴谋是不可能得逞的,我们要坚定信念,旗帜鲜明地与之进行坚决斗争,让他们原形毕露,彻底暴露在光天化日之下。"

秘书出身的胡耀宗满脸虔诚,埋头记录,不时对秦永明投去充满敬畏的目光。其他的常委则是一片肃然,只有秦永明洪亮有力、颇有气势的声音在会议室里回荡。

赵国平低头喝了一口浓茶,一股苦涩的滋味在口中弥漫开来。他弄不懂秦永明是暗有所指、不点名地批评自己,还是泛泛而谈。如果是前者,对一个初来乍到的市长如此声色俱厉地批评,说明秦永明这个人作风霸道,听不得任何不同意见,企图刚开始就给自己一个下马威,按瀛江人的说法就是——"先扇你两巴掌",以树立自身的绝对权威,震慑对手,使对手知难而退,不敢造次。难怪有人说书记、市长"尿不到同一个尿壶",赵国平想想,在心里苦笑起来。

秦永明话锋一转:"我们要坚定立场,不为所动,继续把瀛江市的社会经济建设工作抓好抓实,让群众真正感受到撤县建市后的变化。今天开会的目的就是研究讨论瀛江市下一阶段的经济发展思路和规划,市委、市政府有一个初步的设想,请大家集思广益,畅所欲言,然后形成一个决议,会后立即贯彻实施。"

四

瀛江市委常委扩大会议整整开了一天,几乎是在秦永明的绝对主导下通过了会议决议:一、加大力度清理整顿市容市貌,美化城区形象,改善投资环境;二、继续加大对重点企业包括重点民营企业的扶持力度,为它们提供融资便利,创造优良的发展环境;三、加大招商引资和产业转移力度,到省内外几个经济发达的城市建立办事处,全面开展招商引资工作;四、筹建瀛江市海产品批发市场,使之成为岭南地区的水产品流通中心和全国闻名的水产品交易市场;五、盘活国有企业存量资产,加快兼并重组工作,该拍卖的要拍卖。

会议还制定了具体的实施方案和步骤,把责任落实到个人和单位。至于赵国平等人提出的要进一步做好"三农"工作,加强农村减负,扶持中小企业,抓紧落实失地进城农民就业保障、下岗工人再就业工作和特困家庭的社会保障,切实加大力度整顿治安环境,严打走私、制贩毒品和三抢两盗等建议和意见,秦永明根本就不屑一顾。

秦永明认为,当前最核心的工作是要培育重点企业,通过招商引进大项目和资金,只有这样才能有利于GDP的快速增长。靠几家中小企业就能使GDP快速增长?靠农民小打小闹种几个番薯,渔民捕捞几条小鱼小虾,GDP猴年马月才能上去?至于说到社会治安,总体上是好的,但话又说回来,哪个城市能保证完全没有犯罪活动存在,这些都是小事,现在要集中精力抓大事,至于失地农民就业保障、困难家庭和下岗工人这些事,那是发展过程中的阵痛,需要在继续深化改革中逐步解决。

秦永明一席话滴水不漏,面面俱到,直说得赵国平等人瞠目结舌。

会议在团结紧张、严肃活泼的气氛中取得了圆满成功。

会议结束的时候,秦永明请市委常委留下来,继续召开常委会,临时提议增补市公安局局长曹伟强为瀛江市委常委。

这简直是在搞突然袭击,让所有与会常委猝不及防。代市长赵国平和常委、副市长杨得胜等人坚决反对,指出曹伟强存在诸多的缺点,还有一些关于他的负面传闻。但秦永明态度坚决,胡耀宗率先表态支持,其他常委也就顺水推舟了,常委会议以微弱优势通过了秦永明的提议。

第十二章

一

不久,市委书记秦永明上省委党校处级领导干部进修班学习去了,为期一个月。赵国平临时主持瀛江市委全面工作。

这天,赵国平和纪委书记到滨海市参加全市作风建设工作会议,在回瀛江的路上,就决定下午两点召开常委扩大会议,迅速部署学习贯彻,同时听一听招商引资的工作汇报。

下午两点,瀛江市委常委扩大会议在瀛江宾馆的小会议室如期召开,全体常委、副市长悉数参加,人大常委会副主任、政协主席和有关部委办局负责人也列席会议。会议的议程有两项:一是由纪委书记传达上午滨海市作风建设工作会议精神,并通报最近滨海市查处的六起违纪违规典型案例;二是由市经贸局局长庄玉庆汇报产业转移工作情况。

市纪委书记传达完滨海市作风建设会议主要精神并通报了六起违纪违规的典型案例后,会场气氛和谐。赵国平照例让大家谈谈想法,表表作风建设的决心。

可大家却是你一言我一语地说着六起案例,兴奋点似乎在解剖案例上。

政协主席许冠文有点儿驼背,干瘦干瘦的,两鬓斑白,头顶有点儿秃。此刻,他似乎只对其中滨海市国资办原主任赖立受"双规"这个案例感兴趣:"诸位听说没有,他交代出来的金额达到三百多万元,我看五年之内是看不到他了。"

大家听后哈哈大笑起来⋯⋯

市政府党组成员薛乃彪一直都没说话,这会儿也开口了:"赖立这人特别会抓住上级领导的兴奋点,每次出差都给领导们带点东西,虽然钱不多,但都能挠到领导的痒痒肉。听说有一次他给省国资委黄主任送了个镶金的小棺材,说是棺材棺材,升官发财,结果让黄主任给臭骂了一顿,说他心里只有官财,没有工作,要建议滨海市委调换他的职务。"

组织部部长张鸿升很少在常委会议上表明观点,今天看大家很活跃,他本也想说一件趣事,但还是没有开口。他谨记临来时,滨海市委组织部部长对他的告诫,知道瀛江市的情况复杂,各种关系盘根错节,所以在一些场合一般很少表态、谨慎发言。

二

赵国平看常委扩大会议都开成这个样子,心里顿时很不舒服。这怎么能形成"干事业一条心、抓工作一盘棋、谋发展一股劲"的氛围呢?难怪省委对瀛江的干部队伍有看法。他赶紧拦着说:"行了,同志们,大家还是谈谈自己对作风建设的看法,其他事别扯太多了。"

赵国平说完,大家纷纷表态一定按照党的群众路线的总体要求,从自身做起,从分管的单位抓起,认真落实党中央各项决策部署,不折不扣地执行党的路线方针政策,以实际行动践行党的根本宗旨,遵守工作纪律,做践行群众路线的表率。

大家表态完毕,宣传部部长叶子菁又扯开了。她好像不"发嗲"不被别人注意,就会觉得心里空荡荡似的。只见她煞有介事地说:"现在还真是不得了啊,随时就会有人用'大哥大'一个电话举报你,高科技可是方便了对干部的监督啊。"

市委常委、星河经济试验区党委书记卢子俊平时就看不惯叶子菁这矫揉造作的样子,瞟了她一眼说:"可中央没规定只用'大哥大'才能举报你?"

"如果是我,纵有一百个'大哥大',对叶常委我都于心不忍,仙姿玉貌,这么漂亮,那不太可惜了。"公安局局长曹伟强打趣说。

叶子菁娇滴滴地扭了一下头,嗔怪地白了曹伟强一眼,说:"曹局长真坏,我哪有你好看哦,你健壮有肉感。"

大家一听都笑了起来……

常委、副市长杨得胜除了发言表态,一直都没随便开口,这会儿听了叶子菁和曹伟强的话,与纪委书记不约而同地也"哧"的一声笑了,随后都摇了摇头。

赵国平怕他们越扯越远,立即做了总结发言。他神色严肃地说:"从整体上看,我们市干部队伍的主流还是好的,绝大多数同志对自己要求严,作风过硬,工作干得好,但对照党和人民群众的要求、对照形势发展的要求,也有一些同志在思想上、作风上和工作上存在很大的差距,有的问题甚至相当严重,对此,我们必须高度警醒。"说到这里,他放在桌上的手机震动了起来,他没看是谁的电话,就直接关了机,然后接着说:"要不断开创瀛江改革发展的新局面,就必须加强干部作风建设,这是事业的需要、社会的期盼、群众的呼唤。因此,我们要充分认识到加强干部作风建设的重要性和必要性。市人大要充分发挥依法监督的作用,加强对政府各部门依法行政的检查力度,特别是行政执法部门要严格执法程序、改善执法方式,绝不允许再发生像前阵子渔政大队那样打骂人的执法现象;市政协要积极参政议政,广泛发动政协委员多提有建设性的意见;市纪委要把监督检查经常化,对违反党纪国法的举报要高度重视,认真查处。"赵国平说着用笔敲了敲桌面:"同志们,我们都是全市干部群众的标杆,上有所好下必甚焉,所以我们必须认真践行群众路线,行正、立直、不作秀,真做人,给全市带个好头,这样才能真正转变作风,执政为民……"

三

市委常委扩大会议继续进行,市经贸局局长庄玉庆对产业转移项目进行了较为详细的汇报,同时着重把几个项目的谈判和结果做了重点说明,并向常委会议提出立即洽谈上马的建议。

赵国平让大家发表意见的话音刚落,杨得胜就把他对闪亮集团所了解的情况说了出来,同时把几年来媒体曝光他们的材料也拿给大家传阅,大家看后一片惊叹。

市委副书记胡耀宗听后清了清嗓子开口了:"我觉得杨得胜副市长对闪亮集团的评判为时过早,还有,现在有些舆论监督可信吗?毕竟谁也没看见闪亮集团会破坏我们多少环境吧。闪亮集团带着诚意来到我们市,这是产业转移大形势,是我们难得的招商机遇,稍纵即逝啊。市里的氮肥厂、罐头厂等几家国有企业目前都要停工了,就连下面几个乡镇水产站的晒脯场也都面临倒闭,按照小企业合并重组的相关政策,现在能正常生产的几家集体小企业预计将来也要减少一半。"胡耀宗说着点燃了一支烟,吸了一口,继续说:"不当家不知柴米贵,赵市长没到之前,我临时主持了一段时间政府全面工作,才知道财政税收已进入了前所未有的吃紧时段。如果再不新上项目,全市的财政收入几乎就要崩溃,刚性支出保不住,大家都要挨骂的。一句话,我同意引进闪亮集团项目,而且要加快谈判进程,争取早日落地开工。"

赵国平听后问分管国土的副市长王万里:"市里每年给闪亮集团返还一千万元的土地出让金,你们同意没有?"

王万里没有回答,眼睛朝向胡耀宗。

胡耀宗面露愠色，慢条斯理地说："我没同意，一千万元太多。不过，就算返还一千万的底线，我觉得也能接受，没有无本的买卖啊。"

赵国平看着胡耀宗说："问题的关键已经不是钱的事情了，听杨副市长的介绍，一旦属实，闪亮集团的电镀厂一投产，污水一排放，整个瀛江后果就更加不堪设想了。而我们正准备整治瀛江的行动方案不就成了一张白纸……"赵国平说着喝了口水，然后摆摆手，让大家充分发表意见。

大家你看看我，我看看你，都看出副书记和常委、副市长意见相左，谁也不抢第一炮。会议气氛空前紧张起来了。

赵国平看大家都不想先开口发言，便开始点将似的喊名字，他第一个点了杨得胜。

"刚才我的发言就已经表态了，我不同意。"杨得胜毫不犹豫地说，"我分管城建工作，招商引资这档子事我也急，但是再急也不能把瀛江市出卖了。"

胡耀宗听后轻蔑地瞪了他一眼，没有言语。

赵国平继续点名表态，但剩下的同志不是大谈招商引资的重要意义，就是顾左右而言他，都不说闪亮集团的项目上不上。

四

此刻，赵国平再也按捺不住气愤的心情了，他拍了一下桌子说："大家心里都得有一条底线。我们可是代表着瀛江市一百五十多万人口的决策者，有责任维护党和人民的利益不受侵害，有使命为瀛江市的科学发展保驾护航。"赵国平说着站起身："看看瀛江的今天，难道大家还无动于衷？平时大家开会的时候，可以跟跟风，看看脸色，就说是为了团结吧。今天不行，今天的决策直接影响瀛江市的明天。今天大家都必须拿出为党和人民高度负责的态度，说说自己的看法。"赵国平端起茶杯，没喝，然后，又把杯子重重地放到桌上。

叶子菁和大家第一次看到赵国平发火，不禁都坐直了身姿。

"商人嘛，无利不起早，无鱼不下钩。当然，我们今天可以迎合招商引资、产业转移的大气候，明天大家退休的退休，调转的调转，升迁的升迁，而留给瀛江的可是一场噩梦。就像前不久石桥镇工业产业园区建设问题，说明了什么？当时选址有没有经过认真调研和严格论证？有没有征求群众意见？为什么一定要把好端端的滩涂围填成了陆地？那舟仔村的群众干什么去了？渔港和滩涂可是他们几代人的依靠。大力推进产业园区建设，就是拓宽就业渠道，实施劳动力有效转移，这是好事。但是我们凡事必须做到得民心、顺民意啊，因为我们的权力是党和人民赋予的，我们就要为党和人民把好舵，就要为瀛江市的人民负责。我不再往下说了，希望大家洁身自律。"

叶子菁看着神色凝重的赵国平，只见他那对炯炯有神的大眼睛射出了严厉的光芒。她嘴角一翘，抢先表态了："我可不想成为瀛江的千古罪人，我也不同意上。"

随后，除了胡耀宗和曹伟强，大家纷纷表态不能上，不能只顾眼前的政绩利益，做祸国殃民、贻害子孙后代的事。

自从赵国平临时负责瀛江市委全面工作以后，胡耀宗在班子上的气场变弱了。今天，他更觉得自己在班子里真有点儿被边缘化了，只好咬着牙一个字一个字地从牙缝中迸出一句话："我保留意见。"

第十三章

一

星期天,赵国平约财政厅的程奋前副厅长一起去乡下走走。

"钓鱼还是吃野味?"程奋前问,"快别骗我了,有什么事直说吧,你堂堂市委副书记、市长,哪有闲工夫。"

赵国平笑着说:"你忘了我们俩的约定了?"

"哪能忘了,下农村基层,进村入户体察民情呗。"

面包车从宽阔的城区大街驶出,与他们一起去的还有信访局局长。车在一条靠海的乡村公路上行驶着,极目远望,金灿灿的海田上,海鸥在低吟浅唱,海水轻盈地舒卷起浪头,一层层地自海边翻涌过来,宛如一幅美丽的大海写意画。

离开乡村公路,车拐了个弯驶入一段村道,来到一个小渔村,在村口的一块空地停了下来。信访局局长说去徐阿鳔家,下了车还要走一小段沙滩路。程奋前从面包车拿出一小篮子鸡蛋和两包营养品,随赵国平他们向徐阿鳔家走去。

沙滩小路两旁是一片茂密的木麻黄树林,有几户村民星星点点散居着。经过一座石板桥时,一个小男孩骑着自行车从桥那边过来了。自行车很破,车头插着一根钓鱼竿,车后架上挂着一个小竹篓。他好像没看见赵国平他们似的,从桥上直冲过来。赵国平向他摆手,他愣了一下,也没有停车,快到赵国平他们面前,他才抬起一只脚抵在前轮上当刹车,车子才停下了。小男孩八九岁的样子,唇上已长了一圈淡淡的茸毛。赵国平问:"小朋友,你今年几岁了?"

小男孩没有回答他,只是用手指比画了个"八"。

"那你上学了没有?"

小男孩两脚支在地上,摇了摇头,细长的眼睛闪烁着清澈和单纯。

"为什么不上学啊?"

小男孩这才开口:"我家没钱,我爸讨海死了。"说完,他骑着自行车向海边驶去。

望着小男孩摇摇晃晃骑着车远去的背影,赵国平深深地呼了一口气,对程奋前由衷地感叹说:"乡下最好的是空气,比城里好得多。最不好的是贫穷,恐怕有好多孩子像这男孩一样,连学也上不了。"

二

不知不觉,他们来到了徐阿鳔家门口。映入他们眼帘的是一间用乱石砌筑的瓦屋,墙根边长满了青苔和一些杂草。窗户上只有一小块玻璃,其余都糊上了报纸,门上挂着一领几乎散落的竹帘。

"谁呀?"屋里传出徐阿鳔老人沙哑的声音。

信访局局长挑开竹帘说:"老人家,赵市长看你来啦。"

老人目光混浊,对他们端详了一阵,立即惊讶不已,喜出望外地转身把在床上的老伴叫起来:"快,青天大老爷来了。"

屋里光线昏暗,到处是灰尘和蜘蛛网。赵国平看到眼前的景象和这对老人令人哀怜的样子,心里一酸,眼睛随之一下子湿了,连忙上前扶起他们。

徐阿鳔一边搬竹椅子让赵国平他们坐,一边一个劲地说:"不敢想啊,还真来了,好人哪⋯⋯"

赵国平看见靠墙角的竹床上躺着一个年轻人,知道应该就是徐海生,便走过去俯下身轻声地问:"伤在哪里?"

徐海生只是一脸惊诧地望着他们,根本没有一点反应。他母亲见状,抬起衣袖擦了擦眼泪,伤心地告诉赵国平:"你得大声问他,他受伤后耳就聋了。"

信访局局长大声对徐海生说:"赵市长看你来了。"

徐海生连忙费力地坐起来,眼睛里泛着泪光,连声说:"啊,谢谢,谢谢。"

信访局局长又说:"赵市长问你伤在哪儿。"

徐海生指了指耳部,又指了指脚部。

程奋前看着徐海生,不由顿生恻隐之心,眼眶含泪地悄悄走出门外。

"好人啊,真是好人啊⋯⋯"徐阿鳔老人口里念叨着,拿出几个碗,给赵国平他们倒水喝。

过了一会儿,程奋前又回到屋里来,走近徐海生的床,摸了摸他的脚,大声问:"在医院看过没有?"

"看过,医生说要做手术⋯⋯需要很多钱⋯⋯"

见徐海生欲言又止,程奋前说:"放心吧,明天就送你去医院治疗,身体康复后我让市长给你找个事做。"

徐海生流泪了,赵国平向程奋前点了点头。

三

赵国平的办公室,窗明几净。墙上的一幅书法作品笔走龙蛇、气势磅礴,写着"敬廉崇俭"四个字,给整个办公室平添了几分威严,令人油然而生一股敬畏之意。

此时,政法委副书记袁毅、检察长吴思远和法院院长正坐在对面的沙发上,向赵国平汇报颜兴坚殴打群众致残案的进展情况。吴思远说:"对徐海生的法医鉴定已做出来了,耳鼓膜破损、小腿骨骨折,属轻伤。颜兴坚立案后态度很好,案件也已侦查清楚,可以起诉到法院了。"

赵国平给法院院长端上一杯热茶,问:"像这案子到法院最后可能是什么结果?"

法院院长说:"按刑法量刑应该是三年以下有期徒刑。"

赵国平沉思了片刻,问袁毅:"你的意见呢?"

"应该纳入正常法律渠道,该起诉就起诉,该判刑就判刑。"袁毅接着汇报说,"还有,刚刚接到公安局报告,说昨天上午水产局的车在海东镇出车祸了,撞上一辆与它同向行驶的两轮摩托车,致摩托车上两人当场死亡,司机弃车逃离现场。昨天傍晚,该局雇用的临时司机郑娘标到海东镇交警中队自首,说是他撞的。而郑娘标的爱人今天早上却找到公安局,说郑娘标这几天感冒都没出家门,昨天只是在下午接了个电话才出去,怎么可能在海东镇撞人?"袁毅顿了顿又说:"这事真的很奇怪,根据调查,肇事的那辆车一直由卓武烈开着在滨海市委党校参加培训学习,怎么能由郑娘标开着跑到海东镇?昨天水产局也没有给郑娘标安排任务。我分析这里面有问题。"

赵国平说:"你打电话给公安局,让他们督促交警中队认真鉴定一下现场,再讯问一下郑……郑什么?"

"郑娘标。"

"对,抓紧讯问一下郑娘标,争取弄个水落石出……"

第十四章

一

时隔不久，瀛江市又发生了一件影响很大的事件，事情是由城管局引起的。

瀛江城区的人民路、陵园广场、龙山路白天黑夜都被用板车流动叫卖、占道经营的街头小商小贩霸占摆摊，卤肉粥、煎蚝烙、炒粿条、炸豆干、薯粉鸭汤等，似乎全世界的小吃都聚集在这些路段。小商小贩随意摆摊占道经营，食客的车辆又乱停乱放，一些载客机动三轮车又在这原本狭窄的街道上乱停拉人，导致这些路段拥堵现象时有发生。

市容清理整顿工作在建市前一直是由城管大队负责的，城管大队是一个临时性机构，过去挂靠在市建设局，人员大多是从社会招聘来的闲散人员，甚至还有一些是小混混。对此，群众议论纷纷，县里许多领导也有所耳闻，颇有微词。

但建设局也有苦衷，城管工作吃力不讨好，正经人谁愿意做这得罪人、遭人记恨的工作？人员又不在正儿八经的国家工作人员编制内，没有多大前途。城管队员们大都身强力壮，敢打敢冲，面对一些难缠的小商小贩和蛮不讲理甚至是暴力抗拒的人有的是办法，所谓卤水点豆腐，一物降一物。撤县建市后，由于城管工作的重要性日益突出，城管大队升格为城管局，城管局属二类局，局长暂由建设局一名副局长兼任，城管队员们一夜之间成了"正规军"，积极性倍增，热情高涨。

城管局认真贯彻执行市委、市政府关于清理整顿市容环境的决定，严禁小商小贩沿街占路摆摊，流动经营，同时取缔城区污染严重的非法运营的载客机动三轮车。一时间，身着制服的城管队员们骑着摩托车或开着执法车，斗志昂扬，乐此不疲，呼啸来去，把那些在大街小巷用板车流动叫卖、摆摊经营的街头小商小贩，擦皮鞋的驱赶得鸡飞狗跳、望风逃窜。如遇一两个性格倔强、不肯服管的人，立马就会激起城管队员们的冲天怒火。城管队员们蜂拥而上，由争吵叫骂进而演变成动手掀摊，没收器具。

二

经过数天的清理整顿,瀛江城区市容市貌取得初步成效,得到了市委书记秦永明的充分肯定,多次予以公开表扬。城管局副局长刘壮雄更是受宠若惊,工作更加卖力,成天督促手下的兄弟们乘胜追击,扩大战果。

然而,时间一长,民怨沸腾。刚开始人们还以为整顿市容市貌只是为了应付上级部门的突击检查,风头一过便一切如常。可谁知此次行动却是一场持久战,城管队员们成天在大街上晃荡。

那些小商小贩和三轮车工友们都是一些生活无着的下岗职工或无业人员,还有就是土地被征收的原城郊农民。他们整日里早出晚归,风吹日晒,做点小生意赚点小钱维持一家人的生计,日子本就过得十分艰难,于是一个个叫苦不迭:"我们谁不想在家里享福,但不出来摆地摊做点小生意,一家老少吃什么,喝西北风啊?"

"你们吃什么,关我们屁事!我们只知道执行上级的指示,要治理整顿市容环境,误了大事,你们谁能负得了这个责任!少废话了,赶紧滚开!"

因此,不断有群众向市委、市政府领导反映城管局粗暴执法的问题。此事也引起了赵国平和杨得胜等领导的高度关注。由于城管局局长还兼任建设局副局长,因此城管局日常工作由副局长刘壮雄主持。赵国平就让城管局局长和副局长刘壮雄来市政府汇报工作。

刘壮雄暗忖,市长要召见自己,莫非是自己近期的工作积极努力,领导要表扬了?

三

说起这个刘壮雄,可是有些来头的人物。刘壮雄生得牛高马大、肥硕壮实、皮肤黝黑、满脸横肉,粗大的胳膊上还有几条清晰的疤痕,听说那是参与街头斗殴时留下的。刘壮雄本是一个不学无术,专以打架斗殴、吃喝玩乐为能事的街头小混混,初中一毕业就已开始在社会上胡混。可是他有一个"能干"的母亲,他母亲和市委原来的一位副书记许冠文关系暧昧。顶不住刘壮雄母亲的软磨硬泡,许冠文亲自出面把刘壮雄安排在瀛江市建设局工作,后来逐步提拔,让他担任新成立的城管局副局长。

此刻,刘壮雄一阵风似的赶到市政府去。当他兴冲冲地走进赵国平的办公室,见市长和城管局局长表情严肃地坐在那里时,心里"咯噔"了一下。果然,城管局局长劈头盖脸地狠狠训了他一顿,要他切实转变工作作风,注意群众影响。

刘壮雄满面媚笑的大胖脸立刻变成了一张苦瓜脸,仿佛患着牙疼病似的哼哼唧唧地说:"赵市长,有些具体情况你们可能不太了解,有些人吃饱了饭无事可干,专门告刁状。城管工作一直吃力不讨好,秦永明书记也是大伤脑筋。那些小商小贩,你对他们好一点他们就翘尾巴,和你对着干;你对他们狠点,他们反倒服服帖帖。不狠一点就无法正常开展工作,我们也有自己的难处啊,赵市长。"

听着刘壮雄的这些奇谈怪论,赵国平一时竟然气得说不出话来。他盯着刘壮雄那个猪头一样的大脑袋,发现他脸上掠过了一丝不易察觉的得意笑容,心中不由感慨起来:思想觉悟和个人素质这么低的一个人,竟然成了堂堂城管局副局长,我们对干部的选拔任用存在严重的失职和缺陷啊。赵国平对刘壮雄的极度厌恶感油然而生。这小子太嚣张了吧,竟然还话里有话,抬出秦永明来压自己,完全不把自己这个新任代市长放在眼里。他这样有恃无恐,无非是仗着自己一身匪气和背后的靠山。

四

赵国平在心中告诫自己一定要保持冷静,他强压住心中升腾的怒火,打电话叫来分管城建工作的常委、副市长杨得胜。杨得胜是一个瘦弱沉稳的中年男人,性情随和,脸上总是挂着淡淡的笑容。

赵国平像是对着杨得胜又像是对着大家说:"我们还是不是人民的政府?我们发展经济的出发点和落脚点是什么?难道不正是为了造福于广大人民群众吗?现在城管工作如此混乱,弄得群众怨声载道,我们难道没有更妥善的解决办法吗?你看看,这些都是群众的告状信,反映城管野蛮执法问题的告状信。"赵国平说着有些冲动地把手中的告状信向空中扔去,那些纸片飞得满地都是,他是在借此最大限度地表达自己的不满。

杨得胜弯腰拾起那些纸片,粗略看了几眼,苦笑不语。

赵国平缓和了语气说:"老杨,对不起,我太冲动了!"

"赵市长,我完全理解您的心情。建市不久,我们就曾考虑过引导小摊贩进规范的市场经营,可是市场容量毕竟有限,各种税费负担又重。再说,这些小商贩多数是城区附近的失地农民,他们更不愿意进市场,目前也没什么太好的办法。对于取消载客三轮车的问题,你没来之前,市政府曾考虑给予一些补助,助其转变行业,另谋生路,可是市财政十分紧张,各种经费开支缺口很大,保干部职工工资和办公经费是第一要务,其他的支出只能无限期后延了。方方面面都要用钱,实在是……"杨得胜说着喝了口水,看了一眼刘壮雄又接着说,"我们曾向永明书记建议暂缓取缔载客三轮车,灵活对待小商小贩的问题,毕竟他们都是些下岗职工或失地农民,不能操之过急,总有一个过程嘛,可是秦书记批评我们工作缺乏魄力,不敢担当,前怕狼后怕虎。"

赵国平也感到很奇怪,为什么非要取缔载客机动三轮车?瀛江市毕竟只是一个小小的县级市,城区也就是一个镇的规模,用群众的话说,一泡尿可以从南堤撒到对岸北堤。街道又窄,载客三轮车可是一种很实惠、很合适的代步工具,有什么必要全部换成清一色的出租车,出租车刚起步,踩一脚油门就滑到头了,反而没有三轮车实用。难道就为了上级部门来检查、外商来考察时好看一点?这是典型的面子工程嘛,领导要面子,群众就要跟着受折腾。赵国平想着叹了一气,他觉得有必要和秦永明认真谈一下关于市容环境治理整顿的方式方法问题了。

第十五章

一

"打人啦,城管打人啦!"这天,繁华的马车街人来车往,熙熙攘攘,突然有人惊呼起来,人们一听纷纷向事发地聚拢过去。一时间,各种传言也随之像长了翅膀似的在城区四处传播开了……

事情起因是这样的,钟小亮和妻子原先都是瀛江市城区旁边的河畔镇食品站职工,两人都有一份稳定的工作和收入,还有一个漂亮的小女儿,一家三口过着幸福快乐的生活。可是随着市场逐步放开搞活,食品站受到个体经营户的极大挑战,经营状况每况愈下,难以为继,夫妻俩便双双下岗了。钟小亮想回家务农种地,可自留地又在撤县建市时让政府规划征用了。但生活还要继续,已容不得他们感慨惆怅。于是,钟小亮拿出最后一点积蓄买了一辆机动三轮车,每天早出晚归到城区载客谋生。最近市里要取缔非法载客机动三轮车,为怕惹麻烦,他便在家里歇了几天,可是一天不出门载客就没有收入来源,万般无奈之下,这天他又开车出门了。

这一天,钟小亮提心吊胆,瞪大双眼四处张望,一看到城管的身影就赶紧逃之夭夭,从早到晚也没挣到几个钱。眼看太阳西沉,肚子咕咕作响,他正准备回家吃晚饭,忽然听到前面一声断喝:"停下!好啊,你小子狗胆包天,政府三令五申取缔载客机动三轮车,你都当作耳边风了,看我今天不收拾你!弟兄们,没收车辆!拖走!"一个矮壮结实、队长模样的城管人员说完一挥手,立即就有几个城管队员猛冲上来,又拖又拽,把三轮车往执法车上装。

这辆三轮车是自己赖以谋生的工具,钟小亮眼看城管队员们又摔又打,心疼不已,他苦苦哀求,紧紧抱住三轮车不松手。

"你还不给老子滚开!"这时,一个满脸横肉的城管队员冲上去劈胸揪住钟小亮,欲将他甩开。可是钟小亮体格结实,甩了几次,纹丝未动。城管队员恼羞成怒,破口大骂。钟小亮见他动粗口,便一把将他推开,没想这个队员恶向胆边生,随手捡起地上的一块石头,冲上去对准钟小亮的额头就猛砸下去。

"啊!"钟小亮一声惨叫,倒在地上,顿时便昏迷过去……

二

这时,围观的群众越来越多,围得水泄不通。看到钟小亮倒卧在地,人们炸开了锅,惊呼起来。城管队员们见势不妙,骂骂咧咧地悻悻离去。

有好心人立即拨打电话呼叫救护车。消息传到市政府大楼里时,赵国平和秦永明、杨得胜刚好正在讨论城管工作问题。听说又出了如此大事,赵国平"呼"地站了起来,马上指示相关人员处理善后事宜,通知医院紧急救护伤者,命令公安局立刻派人勘查现场。

赵国平和杨得胜一行人前往医院探望伤者钟小亮,在医院大门口就碰见了满嘴酒气急匆匆赶来的刘壮雄。

刘壮雄上气不接下气,气喘吁吁地说:"赵市长、杨市长,那个人不听劝阻,暴力抗法,我们城管队员也是迫不得已进行自卫,一时失手才……其实这些人不让他们尝点儿苦头,他们就不会长记性……"刘壮雄滔滔不绝地说着,直到瞥见赵国平用利剑一样的目光直视着他,他才猛然住嘴。

赵国平再也按捺不住,怒吼起来:"刘壮雄同志,你就算没有党性也不能没有起码的人性吧?"说罢,他头也不回地走进医院大门。

刘壮雄呆若木鸡,面色煞白。

赵国平来到病房门口,门口外面已聚集了好多围观的群众。里面钟小亮仍然处在昏迷中,他的妻子正坐在床边嘤嘤哭泣。秘书上前轻声说:"赵市长和杨副市长来看望……"

围观的群众听说市长来了,立即便有人高喊:"市长,您要为我们群众做主啊,要严惩打人凶手。"

在众人的呼声中,刘壮雄面色紫胀,像一只熟透了的茄子。

"同志们,请安静一下,这里是医院,不要影响病人休息。"赵国平走向满面泪光的钟妻:"我们的工作没做好,让你们受委屈了,今天的事情我们一定会严肃查处,给你一个满意的交代。现在先治好病,有什么事情可以直接找我。"赵国平说完转身交代医院院长一定要尽全力治疗钟小亮,并让城管局先垫付全部医疗费用,不能耽误治疗。

三

事发当晚,刘壮雄得到秦永明的指示:"我们要以客观冷静的态度来对待此事。城管队员在执法过程中遭遇暴力抗法行为,没有保持冷静,没有以说服教育为主,这是我们的失误。事情发生后,有一些人兴风作浪,散布谣言,城管队员要理直气壮地开展工作。"秦永明接着还通知市委宣传部,禁止瀛江市所有网络平台和电视台报道此事,要采用冷处理的方式。

在曹伟强的亲自主持下,公安局在经过调查取证后得出结论:这是一起相互斗殴事件,城管队员工作方法简单粗暴,责成批评教育;钟小亮主动攻击城管队员,挑起事端,本应追究责任,但因情节轻微且钟小亮已受伤正住院治疗就不再做出任何处理。

调查结论甫一宣布,社会上群情激愤,舆论哗然。

市委书记和市长采取了截然相反的态度,发表了完全不同的意见,让人们吃惊。尤其是秦永明的讲话私下里传开后,整个瀛江市更像炸了锅一样,各种议论充斥在大街小巷之中。

四

翌日,《滨海日报》和省报都相继报道了此事,省、市领导也先后打来电话过问情况,指示妥善处理。

秦永明在接到省、市领导的电话后,当晚就在瀛江电视台发表讲话。银屏上,他表情严肃,义正词严地说:"这是一起典型的粗暴执法伤人事件,打人者国法不容,我们市委、市政府决不姑息养奸,包庇纵容。"

随后,打人的那个满脸横肉的城管队员被公安局拘留,刘壮雄做出检讨。同时,市纪委牵头,公检法等部门联合组成调查组,立即对此事展开调查。城管局也当即专门派人给钟小亮送去了医疗费,并承诺在钟小亮伤愈出院后再商讨赔偿问题。

与此同时,社会各界纷纷解囊,踊跃捐款。事情总算暂时平息了下来……

赵国平对于在瀛江城区取缔载客机动三轮车问题一直也是不以为然,可秦永明态度坚决,不容更改。他说:"城管打人不对,但那是属于工作方法上的问题,这并不代表我们的工作方向是错误的。我们瀛江能够撤县建市来之不易,这几年,国家已经不鼓励撤县建市了,所以,我们要倍加珍惜,为了树立瀛江这个新建市的新形象,做出一些小的牺牲是完全有必要的。"

在秦永明的坚持下,瀛江市的载客机动三轮车最终还是被取缔了,从此载客机动三轮车作为一种颇具特色的交通工具在瀛江市城区变成了历史。

第十六章

一

　　为了进一步发展地方经济,秦永明带领由市委、市政府的部分领导以及相关部委办局和镇场区的负责人组成的考察团,先后考察了福建省晋江市、石狮市、浙江省义乌市、乐清市和江苏省江阴市、昆山市等六个城建最好且经济繁荣的沿海县级市,学习借鉴了这些县级城市的区域经济发展经验。民营企业万亿达集团的董事长吴荣发也参加了,考察团中居然还有徐丽莎。

　　徐丽莎与考察工作有何关联呢?但大家都知道这肯定是曹伟强在市委、市政府研究考察团成员人选时推荐的。曹伟强把徐丽莎列入考察团成员,理由是她是东北人,又有过医务工作经历且普通话说得好,对外便于衔接工作,对内可以负责保健和协助一些后勤工作。其实他嘱咐徐丽莎真正的工作是照顾好秦永明,保证他的身体健康。大家对此只是心照不宣,相视一笑。

　　秦永明作为瀛江市委书记,同时也是滨海市委常委,是副厅级干部,像他这个级别的干部还不够资格配备专职保健医生,但许多事情都是可以变通的。

　　在长达半个多月的考察活动中,徐丽莎几乎与秦永明形影不离、亲密无间,考察团成员视而不见,刻意保持一定的距离,不去打扰她,好像都在尽量为她与书记多提供单独相处的机会。好在这种旅游性质的考察本就没有多少公务要办,没有多少工作需要汇报,大家乐得各自方便,各得其乐。

　　秦永明带团外出考察期间,在家的市委副书记、代市长赵国平主持市委、市政府全面工作。

二

　　赵国平针对市容环境治理整顿工作中存在的问题进行了调研,召开市长办公会议,提出了一个解决方案,即以疏通引导为主,以行政处罚整顿为辅,既有效进行市容治理整顿,保持和维护整洁有序的市容环境,又要确保特困人员和一些失地进城农民能够从事小本生意经营活动,有一个谋生的饭碗。因此,他对于瀛江市的占道摆摊经营提出了一个全新的规范管理办法,即允许摆摊经营,从事街头修理、小商品服装、早点中餐夜宵、瓜果蔬菜摊等经营活动,但必须保证五个前提条件:一是不得违反交通规则,影响交通安全和道路畅通;二是不得危害消防安全,杜绝火灾隐患;三是不得扰民,影响居民区居民的正常生活秩序;四是确保饮食清洁卫生,从业人员必须办理卫生许可证和个人健康证;五是注意环境卫生,摊主对于摆摊经营范围内的清洁卫生工作负有责任,须缴纳一定数额的环卫费,由环卫工人负责清扫工作;六是遵纪守法经营,接受相关部门的监督检查,违反者给予批评教育,屡教不改者依法予以处罚或取缔。

如此一来,瀛江市的市容环境清理整顿工作难题迎刃而解,既保障了小商小贩的生计,又方便了市民的购物消费,同时有了一个整洁有序的城区环境,一举多得,皆大欢喜。

毕竟群众也希望在不影响生活便利的前提下拥有一个花园般优美整洁的市容环境。就是城管局也乐观其成,这样一来大大减少了城管工作负荷,小贩的对立反感情绪也得到了有效疏通化解。

秦永明一行人结束考察工作回到了瀛江市,对于赵国平主导的市容治理整顿工作不置可否,因为他有更重要的工作要抓,他对同为沿海地区的这几个县级城市欣欣向荣的发展态势有着很深刻的印象,大有一种时不我待的紧迫感。他说这些地区的经济工作为什么做得好?一是招商引资工作抓得紧;二是商品流通大市场建得好,一个专业市场常常可以带动当地一个产业群的兴起。我们瀛江也是有名的海滨之乡,海洋水产品丰富多样,我们要在这方面做好文章,可以考虑建一个在全省乃至全国都有影响力的海产品交易推广平台,带动瀛江市海洋产品加工生产和贸易流通,促进地方经济发展。

三

随着招商引资及营造投资软环境的工作在瀛江市委、市政府的倡导下全面展开,全市党政机关和干部都行动起来了。

为了有效开展招商引资工作,瀛江市专门成立了一个招商局,因为暂时还没有招商局这样一个机构和人员编制,所以采取了一个变通的办法:招商局和经贸局合署办公,一个机构一套班子两块牌子,经贸局局长兼任招商局局长。本来招商引资工作属于经济工作范畴,是市政府的工作内容,但秦永明坚持党委统筹经济工作大局,市委要加强对经济工作的领导,因此特地安排胡耀宗亲自抓招商引资工作,以示市委对此事的重视程度,也预示着市委要主导招商引资工作。

实际上胡耀宗只是秦永明的一个传声筒,他并没有什么工作思路和建设性意见,一切唯秦永明马首是瞻,对秦永明毕恭毕敬、点头哈腰、唯唯诺诺,贯彻落实秦永明的指示从不过夜。但胡耀宗也有一个长处,就是很少恃宠生娇、得意忘形,更不会盛气凌人,至少在表面上与各方都维持着良好的关系。胡耀宗身为主管党群工作的市委副书记,实际上是瀛江市委第三号实权人物,地位仅次于秦永明和赵国平,但他一直表现得谦和有礼、举止大方,这也是胡耀宗的过人之处,他并不是周围的人所说的仅仅靠耍笔杆子写公文材料而飞黄腾达的。

正因为如此,胡耀宗在瀛江市政界人脉很好。尽管他私下里利用职权把自己的兄弟姐妹、亲戚故旧安排在各个热门的机关单位,也没有引起太多人的反感,更没有人去告状举报。

四

根据市委、市政府的决策部署,瀛江市招商局准备先在省内沿海经济发达的广州、深圳、珠海、东莞等几个大中城市设立招商引资办事处,重点针对这些城市的瀛江籍商界成功人士进行招商,鼓励他们回家乡投资置业,当然也开出了极其优惠的条件,例如信贷扶持、税收减免、地价优惠等措施。市政府又在全市机关单位大量抽调精兵强将,帮助招商局充实招商工作队伍。那些擅长社交活动、人脉关系广泛的人都被借调到招商局来,人事关系保留在原单位,工资也由原单位发放。每个办事处大致配备两到三人,一名主任,一名副主任,每人都有一个头衔,这样既便于开展工作、对外交往,也有利于调动招商人员的工作积极性。

各个办事处的初期开办费为十万元,用于租房、交通、通信等费用开销,这笔资金由市财政以办公费名义优先拨付。各办事处如需针对招商对象或当地政府部门开展公关活动,所需活动经费实报实销。如果有重大招商意向或重点招商对象,则由招商局局长或市委、市政府领导亲自赶赴当地招商。

这种撒大网捕小鱼、广种薄收的做法是否会有成效,谁的心中都没底,但能借此机会出去见见世面、开开眼界倒是一个难得的好机会。反正工资奖金由单位照发,在外的吃住行和各种费用都实报实销,干好了还可以按招商引资额的千分之五的比例获得奖励,这样的好事又何乐而不为?因此各机关单位的工作人员都热情高涨,积极性很高,纷纷踊跃报名参加。被选中的招商人员都乐不可支,他们欢天喜地地打点行装,准备随时奔赴目的地而去。

第十七章

一

瀛江市近期建设了两个重点工程项目,一个是瀛江市海产品批发市场,另一个是瀛江市文化中心。按照秦永明的提法,这是瀛江市委、市政府撤县建市后为进一步加快全市乡镇实现同城化发展的工作重点,是市委、市政府通过采取"东优南扩",大力推进城市建设,对城市进行提质扩容,实现城市建设大变化,让人民群众共同享受经济快速发展取得的成果。

瀛江市的"东优"是通过加快瀛江城区改造步伐和提升城市经营管理水平等优化提升老城区城市品位;"南扩"则是将南部乡镇进行规模化建设,并逐步将其与城区连为一体,以扩大城市规模,实现城市扩容。

瀛江市海产品批发市场由政府主导,位于瀛江市南部海岬镇的国家一级渔港——瀛江港,距高速公路出入口三公里,项目总投资五亿元,计划用地四十万平方米。批发市场先期以银行贷款投入建设,完成土建工程,然后寻找投资商接手,注资经营,负责市场的后期运作和管理。

一般来说,招商引资都是先由地方政府进行项目规划论证,然后寻找投资商注入资金,银行再贷出配套资金投入建设运营,可是瀛江市委、市政府发展瀛江经济的愿望比较迫切,等不及投资商和资金到位,便由市政府担保,让银行贷款先行投入施工建设,然后一边运作一边寻找合适的投资商接盘。但确切地说这是由瀛江市委书记秦永明亲自拍板决策的,是为了发展瀛江市海洋经济,这是一个到哪里都说得过去的冠冕堂皇的理由,别人也就无从反对了。

其实,真实原因是组织上正在对秦永明进行考察,有可能提拔他为滨海市委副书记,只是还缺少一些过硬的、拿得出手的政绩,因此秦永明急迫的心情也就可以理解了。只是这样一来,作为行政管理主体的瀛江市政府兼有投资经营主体的身份,万一瀛江市海产品批发市场无人接盘或经营不善,那么瀛江市政府就要对投资的结果承担经济责任。

二

瀛江市政府并非市场主体,总不可能把人民赋予的行政管理权抵押给银行吧？甚至也不可能把市委、市政府大楼抵押给银行，那么对银行所做的担保最终也只能是一句空话，是一件根本不能成立的事情。可是这种听起来很滑稽，甚至有些像笑话的事情却是在瀛江这个新建市中活生生地存在着，还成了不可改变的事实。

这真应了一句老话，不怕做不到，只怕想不到。秦永明多次强调，我们发展地方经济要有决心和魄力，不能等不能拖，要拿出大革命时期我们的先辈那种敢为人先的革命精神和勇气，不要患得患失，前怕狼后怕虎，改革没有先例可循，要敢于摸着石头过河，不要见了红灯就绕道走。这些改革开放的经典言论，秦永明熟记于心，张口就来，并且能够活学活用，到了融会贯通、出神入化的地步。

瀛江市海产品批发市场的规划方案是要建设成全省乃至全国沿海地区颇具影响力的集生产、加工、冷藏保鲜、仓储、运输、制冰等为产业链的大型海洋渔业特产及深加工产品贸易大市场，立足本市，面向全省，辐射带动周边沿海城市。首期工程投资两亿元，将推出上千个经营门店和摊位，以后视经营发展状况再陆续推出二期乃至三期工程，不断扩大规模，逐步建设发展成兼有出口和内销功能的瀛水地区永不落幕的展示、交易、流通平台，对接海洋渔业商品博览会和"广交会"。这是一个雄心勃勃、构思宏伟、令人热血沸腾的发展计划。

为了这个宏大的计划，秦永明可谓是殚精竭虑、费尽心机，他期待着有那么一天，自己能和瀛江市海产品批发市场这个宏伟浩大的工程一起永载瀛江市的史册，万世留名。他甚至幻想着自己升迁到更重要的领导岗位后，来瀛江市考察工作，在人们的前呼后拥下和不绝于耳、争相称颂的声音中，检阅和感受瀛江市海产品批发市场的辉煌成果和兴旺景象。这些梦想和幻觉无时无刻不在激励和鼓舞着他，使他常常不由自主地亢奋起来，好像一个喝醉了酒的人。

三

瀛江市文化中心也在瀛江市南部，位于历史文化名城石桥镇，与位于海岬镇的瀛江市海产品批发市场相距十多公里，晨昏相伴，遥相呼应。

瀛江市文化中心规模宏大，构建技术沿袭了唐宋建筑风格，楼分四层，四角攒顶覆盖着碧色琉璃瓦，各层有斗拱凿景彩绘。宽阔的庭院绿荫笼罩，亭台水榭，曲径通幽，极具古朴优雅、宁静幽深之美。站在顶层，登高望远，石桥镇的镇容和远处大海一览无余。

瀛江记事
YINGJIANG JISHI

为什么要将瀛江市文化中心建在石桥镇？在一次项目建设可行性研讨会上，秦永明说："去年我和滨海市委政策研究室程主任一块儿闲扯时，程主任说石桥镇是北方人到岭南的聚居地之一，明朝初期就在此设卫，为全国三十六卫之一，与天津卫、沈阳卫、威海卫齐名，历史人文底蕴深厚。从当地民间绘画和雕刻等艺术就可以看出来，江东地区几百年前政治、经济、军事活动的中心应该就在石桥这里。"

"对，史书里也有记载，石桥镇的确是个经贸活跃繁荣的海防重镇。"胡耀宗接过了话茬，"卫的设立，以及屯田制的实施使不少下级军官和士兵定居石桥，加上移民，使中原文化、军旅文化、宗教文化等外来文化和本土文化相互渗透交融，逐渐使石桥发展成明清时期江东地区沿海官兵民众混杂、商贾经贸活跃的大都市。不久前，石桥镇就被建设部、国家文物局评为中国历史文化名镇。"

秦永明说："石桥镇的饮食、游艺、婚俗、礼节、庆典、绘画、说唱艺术等都为明朝文化积淀添了浓墨重彩的一笔。北方人带来了丰富的异地文化，也带来了近代文明，他们的子女与当地居民通婚、融合，形成新的居民结构和独特的文化，这种文化具有极其鲜明的地方特色。因此，我们作为一个新兴的县级城市，就应该开发建设这个文化中心。同时还可以在里面设置一个民俗展览馆项目，充分利用石桥的古卫城历史，复制良好的古文化氛围，依据一些史籍，利用现代科技手段，通过民间实物和影视资料的展播等形式，向游人介绍北方文化，从民居、饮食、歌舞、婚俗、礼节、说唱艺术等方面让旅游者感兴趣，来增加我们的地方经济收入。"

市委常委、宣传部部长叶子菁很佩服秦永明的说法："是啊，顺着书记的思路走，我觉得民俗展览馆还可以分为实物展区和民俗风情表演区两部分。实物展区可分为生产生活区、礼仪祭祀区、神话传说区、风物特产区四个展区。在生产生活区展示北方人民在长期生产生活和渔猎等活动中使用的生产及生活工具，以此再现北方人及先祖在江东地区生产生活的场面，那该多有意思。而礼仪祭祀区就要展示北方人传世的神像、神偶、子孙绳、家谱、祖先牌位、金、银、铜锁、祭祀用品等。通过这些展品，游人能够领略北方文明的风采，以及影响本民族的历史渊源。"

胡耀宗更是兴致勃勃，他接着说："那神话传说区，就该用图片、实物、动漫等形式，全面展示北方人世代流传经久不衰的神话传说，反映北方人的喜、怒、哀、乐和他们对美好生活的向往和追求。而风物特产区，我觉得应该用图片与实物相结合的方式,系统展现江东地区北方人发祥地物产的丰饶,以及北方人对当地物产的开发和利用,对世人的影响。还有民俗风情表演区主要用来表现北方人婚俗、歌舞、祭祀礼等民俗活动,以便吸引游客参与其中,满足游客求新、参与的心理。"

叶子菁今天兴致最高昂,她抢过话茬连声说:"对,对,突出本地区风土人情、民俗文化,能增强文化旅游的内涵,还能和生态旅游结合,把文化资源转变为可开发的旅游文化资源,既能创收,又具有保护自然环境、维护生态平衡的作用,可以使旅游业成为一种可持续发展的绿色产业。"

秦永明一听就笑……

四

文化中心建成后,原在城区的市图书馆、博物馆"二馆"就全部搬迁到此。图书馆可藏书一百四十万册,设有一千个阅览座位,但每天到此阅览的读者寥寥无几,都只是一些石桥镇当地的中小学生。博物馆建筑面积为两万平方米,但展品不够丰富,因为瀛江市只在二十世纪五十年代时在石桥镇田尾山发掘出一些钱币、酒具之类的物品,就再也没有发现过多少有历史研究价值和年代久远一点的文物。

没什么展品,这就缺乏说服力了,再说也与如此宏伟壮观的文化中心不太相衬,为此市委宣传部只能要求文化局组织博物馆人员远赴北京潘家园、西安大唐西市等古玩市场,去买回一些似是而非、真假莫辨的古玩文物回来充实展台,因此博物馆从未引起过人们的关注和反响,而民俗展览馆项目的设想也就不了了之。

文化中心建成开放以后,除了市委、市政府硬性要求,组织一些机关单位干部职工、学校学生等前来参观浏览了一番之后,就沉寂了下来,再也无人问津。投资巨大的一座文化中心就此门可罗雀,处于荒废闲置的状态……

但不管怎样,瀛江市委、市政府还是专门在城区通往海产品批发市场和文化中心的海边规划兴建了一条路面宽阔、绿树成行的沿海大道,以突出和带动海产品批发市场和文化中心的建设发展,使其成为瀛江市最漂亮的一道风景线。

沿海大道全长十八公里,按照城市街道标准规划,路基宽度三十二米,道路两侧各预留十五米绿化带,进深五百米。瀛江市委、市政府还在该道路靠陆地区域预留了一大片工业或其他发展用地。

第十八章

一

　　为了迅速把沿海大道发展成一条繁华热闹的街道，以此带动和促进海产品批发市场以及文化中心的发展，实现同城化，瀛江市委、市政府动员市直各机关单位在大道附近征地建房。于是，瀛江市公检法、财政建设国土人社等单位纷纷在这里兴建办公大楼。一时间，一幢比一幢气派壮观的高楼大厦如雨后春笋一样冒了出来，其中有一幢还近似美国的白宫。这些单位在这里建大楼，既响应了市委、市政府的号召，实现城市建设大变化，让领导们满意，又改善了办公居住环境，一举两得，何乐而不为，因此大家的积极性很高。

　　不知不觉，沿海大道在短时期内就成为瀛江市新崛起的行政新区的一条大街道了，它不仅是瀛江撤县建市后建设史上浓墨重彩的一笔，更成了瀛江市经济社会发展史上的奇迹。

　　秦永明为此神采飞扬，意气风发。他在沿海大道建成通车剪彩仪式上豪情万丈地说："一条沿海大道，一座文化中心，一个大型的海产品批发市场，奠定了瀛江市作为现代化城市的基础，标志着瀛江市的经济发展和城市建设从此进入了全新的历史时期，这是我们瀛江市的形象和象征，是我们一百多万瀛江人民的骄傲，具有划时代的重大意义！事实证明，我们瀛江市的党员干部和人民群众是有创造力和奋斗精神的，有了同志们的团结奋斗和共同努力，瀛江市就能创造出一个又一个经济发展的奇迹来！"

　　然而，沿海大道建成后，文化中心依然未能摆脱惨淡经营、苦苦支撑的困境，最后连整座中心的日常维护管理费用也成了问题，难以为继。

二

　　瀛江市海产品批发市场建成投入使用后，营业门店和摊位的招商工作也很不理想，没有多少客商前来入驻经营。整个市场行人稀少，显得空荡荡的，异常冷清。市委、市政府期待中的万商云集、繁荣兴旺的景象始终没有出现。

　　最后，市委、市政府决定由市委副书记胡耀宗亲自带队出去招商，可是效果也并不如意。这件事令秦永明很头疼，胡耀宗知道他心烦，却又不知该如何劝解，于是处处小心翼翼，连一句无关紧要的话都要经过深思熟虑后才说，生怕自己哪句话说错了，挨秦永明的批评。

当时上马瀛江市海产品批发市场这个项目，市委副书记、代市长赵国平和常委、副市长杨得胜曾婉转地表达了反对意见，认为刚刚撤县建市，经济基础尚还薄弱，不能一下子就把规模搞得太大，要立足于本地实际情况，建一个小型的交易市场就可以了，不要弄到最后劳民伤财，得不偿失……几句话把正在兴头上的市委书记秦永明说得很不高兴，脸上立马晴转多云。

赵国平和杨得胜等人理解秦永明的心情，他带团到外面进行考察后，深受鼓舞，决心走一条以大市场带动生产加工业发展，然后以生产加工业促进大市场进一步发展壮大的良性循环道路，一举把瀛江市的经济发展引入快车道。

"我们要努力实现超常规发展、跨越式发展！"这是秦永明经常挂在嘴边的口头禅。可是沿海经济发达地区，由于得改革开放风气之先，早已形成了一个开门办厂、出门经商的热潮，当地政府也因势利导，营造了良好的政策环境和规模效应，像福建省晋江市、石狮市，浙江省义乌市、乐清市等经济发达县级市，早已是一村一品种、一镇一产业，生产加工业蓬勃发展、如火如荼。有了产品就要寻找交易平台，有了生产加工业的有效发展和强力支撑，沿海地区的批发大市场也是办一个成一个，办一个兴旺一个，最后越办越多，越办越好。

可是瀛江既无交通便利条件又无政策环境优势，人们的观念也相对落后，要么在机关单位、工厂企业上班，要么就去经济发达的深圳、珠海、东莞等城市打工，再就是部分人利用渔船到公海走私电器、香烟、红油、旧服装、旧摩托车，远没有形成家家办厂、户户经商的全民皆商的局面。但话说回来，瀛江人的头脑还是挺活络的，二十世纪八十年代初，他们的二轻企业、街道工业就已经生产电风扇，那时，东莞、佛山、中山等地都派人来参观学习。还有他们生产的起重吊滑车在全国也是数一数二的。

三

可眼下建设这么大规模的批发市场，哪有那么多人来进场经营，本地即便有充足的产品可供批发，但由于路途遥远又失去了价格优势，因此超大规模的批发大市场本身就只能是一个不切实际的想法。可是秦永明一意孤行坚持上马，多数常委投其所好，表决通过了瀛江市海产品批发市场的项目，到今天又成了一个烂摊子。

事情到了这个地步,秦永明也只好放下姿态,主动把自己的想法与赵国平进行多次交流。"撤县建市主要就是为了提高地方知名度,为地方提供一次扬名的机会,形成'横空出世'的效果。但像我们这种缺乏地理资源优势的县级市,我看,现在我们是不是要学会把'四种人'请来,造一造舆论氛围,扩大扩大影响,借此予以广泛宣传。"秦永明说,"'四种人'就是领导、名人、文人、老板,他们各有各的优势。领导来了,可以把掌权管钱的人带来;名人来了,可以迅速提高一个地方的品牌效应;文人来了,可以妙笔生花,提升一个地方的知名度和美誉度;老板来了,可以带来更多更多的财富。当然,要这些人来,你要舍得花本。"

"是啊,这年头,举办经贸洽谈活动好像也是一件很时髦的事。全国各地有人文的炒人文,没人文的造人文。我想起来了,李谷一的一首《浏阳河》,就把湖南浏阳唱红了大江南北。王洁实和谢丽斯的一首《外婆的澎湖湾》,就把台湾的澎湖列岛唱成了天然的旅游胜地……"赵国平听后一副感触很深的样子,他怕秦永明在海产品批发市场和文化中心这两个项目丢面子后再丢面子,于是便有点儿牵强附会地说出了一大串有关巧借人文大打经济发展仗、促进经济快速发展的事例……

于是,瀛江市也准备举办经贸洽谈活动了。秦永明、赵国平亲自出马,他们连续跑了多次省城和深圳、珠海、东莞,钱花了不少,一个老板乡亲一个老板乡亲地找,苦口婆心地向他们介绍家乡环境,动员他们回乡投资置业。但乡亲老板们还是金口难开,一直没个准信。

不过,再难也要搞,大家都在搞。秦永明说:"我们瀛江市有那么多外出经商的成功乡亲,要是不搞,就没有面子,就说明我们瀛江市没人气,说明我们瀛江的工作做得不好。"

四

经过一系列的跑关系、做工作,这件事终于还是筹备完毕,最后定在端午节这天举行,地点选在海岬镇,以龙舟搭台,经贸唱戏,举办龙舟竞赛暨经贸洽谈活动。

端午节这天,瀛江市上下热闹异常,大家都好像过年似的。

海岬镇海边大道,更是一副张灯结彩、莺歌燕舞的盛世场景。只见整条海边大道人山人海,彩旗、三角旗随风飘舞,连附近人家的阳台上、楼顶上、窗户上都站着或趴满了观看的群众,气氛十分活跃。大道旁的瀛江市海产品批发市场面前小广场上,锣鼓喧天,一对狮子踏着武术鼓曲正在观礼台前时而翻滚打跳,时而腾空抢珠,不时赢得人们一阵阵热烈的掌声。一个个写有"热烈祝贺瀛江市首届龙舟竞赛暨经贸洽谈活动隆重开幕""加快经济社会发展步伐,建设和谐幸福瀛江"等大字宣传标语的氢气球,在江风的吹拂下,在广场上空似一位位踩高跷之人跳着秧歌舞。

前来祝贺的兄弟县区、滨海市直各单位都来了不少人,但滨海市委书记刘文军和市长林杰豪却没有来,只来了一个滨海市人大常委会副主任、一个副市长、一个政协副主席。友好邻邦东溪市葵峰县的书记方智平和县长王家新也没有来助威,连刚从瀛江市调走的黄冲和副市长蔡继贤以及离退休的几个老领导,还有秦永明经常引以为自豪的初中同学、现滨海市委政研室程主任都没有来。但是赵国平的"亲戚朋友"、省里几个厅局的领导反而来了十来个。赵国平虽然嘴上不说,但脸上有时还是多少闪过一丝讥讽的笑。

上午九点多钟,小学生铜鼓队进场了。就在准备开幕时,天空突然淅淅沥沥地下起雨来。秦永明立即在欢迎辞中加入了"六月水悠悠,碧波跃龙舟。龙舟鼓咚咚,财源伴雨来"这首打油诗。

在催人奋进的龙舟鼓声中,项目推介、项目签约、项目开工庆典好戏连台。文化中心、海产品批发市场、沿海大道靠陆地区域用地开发、城区金城商住小区、玄清山旅游开发区等四个投入十八亿六千万元的项目举行奠基动工仪式。海岬造船厂、碣湾国际宝石工艺厂、湖东富海洋种养基地等一批项目客商与瀛江市签订了项目意向合同。据了解,当天签约项目十四个,其中签订协议四个、签订意向十个,总投资额达六十八亿三千万元,涉及旅游开发、轻工电子、五金塑料、家具配件、渔具生产、农业开发、水产养殖、宝石工艺等二十几个产业。

大家都很兴奋,议论了好一阵子。但谁都不知道这次活动,瀛江市可是"瘦鸡婆拉硬屎",花去了一百多万元呢。

反正,活动总算圆满结束了。

第十九章

一

招商工作本是属于政府的工作范畴，但秦永明还是有些担心，他看赵国平、杨得胜等人对此事并不是很热心，怕他们阳奉阴违，因此龙舟竞赛暨经贸洽谈活动结束后，他还是提议把瀛江市海产品批发市场的招商工作继续委托市委副书记胡耀宗具体负责。

胡耀宗刚开始还是信心满怀、兴致勃勃，见秦永明仍然把一些重要事项交由自己来负责，说明了秦永明对自己的极大信任，自己一定要努力工作，不辜负秦书记的信任和期待。可是，后来他发觉这次经贸洽谈活动的成效并不明显，招商引资工作依然举步维艰，不免暗自叫苦起来，有点不堪重负了。但他认为事情不到最后关头就不能放弃，只能强打起精神支撑着。那段时间，他的心情非常郁闷，在外面又要装出一副精神焕发的样子强撑着，回到家里就常常莫名其妙地对妻子发脾气，吓得妻子不知所措，还以为他在外面有了相好，开始嫌弃自己，故意找碴吵闹了。

这天，胡耀宗西装革履，器宇轩昂。他让瀛江电视台派记者采访自己，他想通过接受采访的方式，给自己也给别人打气。"……我以负责任的态度告诉大家一个好消息，在市委、市政府的正确领导下，经过同志们的共同努力，瀛江市海产品批发市场的招商工作已取得了突破性进展，已和一大批老板签订了合作意向书。"说着，他顿了顿，喝了口水，"还有一个老板专门从台湾给我打来电话，表达了投资瀛江市海产品批发市场的意向，承诺注资一亿美金……"

电视银屏中的胡耀宗激动得满面通红，最后一句话几乎是声嘶力竭地喊出来的："同志们，瀛江市海产品批发市场正式启动运营后，将极大地推动瀛江市经济建设加速发展，我们将迎来一个新的历史时刻！"

所谓台湾老板要到瀛江市海产品批发市场投资一亿美金的事情，其实是驻东莞招商引资办事处的钱建国打电话向胡耀宗汇报的。

二

事情的起因是这样的,钱建国有一次和一个在东莞市厚街做生意的老乡喝酒聊天时,得知有一个台湾老板要回大陆寻找投资项目,他这个老乡的朋友的朋友和这个老板有过一面之缘,老乡答应通过朋友的朋友向这个老板推荐瀛江市海产品批发市场的项目,促成他去瀛江市做投资考察。

钱建国连夜就给胡耀宗打电话汇报了情况,把老乡所说的八字还没一撇的台湾老板到瀛江考察的事情说得像真的一样,并称自己已和该老板见了面,该老板亲切友好,拍着胸脯保证向瀛江市海产品批发市场投资。而胡耀宗在接受电视台记者采访时又把台湾老板对钱建国的保证做了虚构处理,说成是该老板亲自给自己打电话敲定的事情。他想,自己好歹是一个市委副书记,总不能通过钱建国来向自己传达老板的投资意向吧,那样自己岂不是很没面子?

牛皮是吹出去了,接下来是耐心等待。然而,好长一段时间过去了,别说没有台湾老板前来考察投资,就连外省的商人也是凤毛麟角,很少出现在瀛江市。胡耀宗多少有些尴尬,从此再也不喜欢接受记者的采访,更不敢在电视上露面讲招商引资的话了,人前人后更是绝口不提那一亿美金的投资事项,仿佛这件事根本就不曾发生过,只不过是自己做了一个美梦而已。有时有人谈及这件事,他便含糊其词,搪塞过去。

数月后,总算还是有几个老板来到瀛江市考察投资环境。市委、市政府给予高度重视,隆重接待,为老板们在瀛江市考察期间提供了吃住玩乐一条龙服务,有关招商引资的部门、单位一把手也如众星捧月一样围着老板转,陪同老板考察。

而在深圳、珠海等地的几个招商引资办事处,却一直毫无收获。招商人员不好意思向招商局交差,于是苦苦哀求那里的企业老板,到瀛江市考察一下,做个样子让领导看看就行,至于是否真的投资无所谓,只要把眼前的事情糊弄过去就行。有的招商人员实在没辙了,干脆一咬牙,花钱请个小店小老板,打扮一番后冒充投资商来瀛江吃喝几天……

三

瀛江市招商引资工作弄得有点儿像菜市场买猪肉,出什么样的价格就可以买到什么样的肉,里脊肉一个价,五花肉又是一个价。它有一条不成文的规定,凡投资意向在五百万元以下的，由招商局一般干部接待，吃住标准相对较低；凡投资意向在五百万到一千万之间的，由招商局局长亲自出面接待，接待规格和标准也相应高了许多；至于投资意向在几千万甚至上亿的，由市委、市政府领导亲自出面接待，按最高标准招待，并根据具体的投资金额决定是由常委、副市长杨得胜，还是副书记胡耀宗，或者是代市长赵国平和市委书记秦永明来接见。

既然市里有这样的惯例，那些在外招商的工作人员便都努力把客商的意向金额往高处报，这样一来可以引起市领导的重视，自己脸上有光彩；二来又能使客商受到高规格、高标准的接待，感到受重视，感动之余，做出实际投资决定的可能性就增加了几分。

当然来考察的客商们也都好面子，谁都不愿意被人看不起，受冷遇，因此来考察的客商一个个都做出一副财大气粗的样子，煞有介事，唬得市委、市政府的领导们一愣一愣的，走马灯似的接待考察团，小心翼翼地伺候着，每天好吃好喝、大鱼大肉地招待着，招待会、欢迎会开了一个又一个。客商们吃饱喝足了也都信誓旦旦地表示回去研究后马上落实投资意向，可是离开瀛江市以后就如同放猪八戒喝水，一去不回头了，给他们打电话不接，或者干脆说到国外去了，至于何时回国暂不能定。市委、市政府领导们刚开始是满腔热情、翘首以盼，继而有些焦虑和失落，最后就只剩沮丧和懊恼了。

如此这般折腾了几个来回，钱没少花，可是一点儿成效都没有。

第二十章

一

瀛江市的人民群众开始不乐意了，说几年前忙忙碌碌，不惜一切代价撤县建市，到头来也只是县长实现了市长梦，而他们却始终感受不到他们期待看到的"县"到"市"的变迁和"市民"的依靠。而眼下政府这样招商引资，岂不是把国家的钱打了水漂吗？请客人吃一顿饭就相当于他们几个月的工资。有一些工作几十年的退休工人和离退休干部更是气得连血压都高了，脸红脖子粗地嚷，这不是浪费钱吗？

可是说归说，骂归骂，群众也不过是在私底下发发牢骚而已，谁也不会真正去向市委、市政府反映意见，反对招商引资工作，这可是关系到瀛江市改革开放、发展经济的头等大事啊，难道你一个小群众比市委、市政府的领导还要高明？

招商引资活动热火朝天地持续了一段时间后，后来还真的有了一点成效。驻珠海招商引资办事处的招商人员余小良邀请到一个老板来瀛江投资，总体投资规划是买下海产品批发市场第一区的所有四十间门店，同时在海岬镇麒麟山海边办一个大型养殖场，从事海鱼和淡水鱼养殖，除了保鲜销售内地，还要建一个工厂，发展产品深加工业，生产鱼罐头，形成一个完整的产业链。这是一个宏伟的计划，一期投资三千多万元，以后陆续扩大投资规模。

招商局喜出望外，如果这个投资规划能顺利实施，那么瀛江市将崛起一个起码类似于佛山"甘竹"一样的大型鱼类罐头产品加工企业，于是马上上报市委、市政府，都立即行动起来，在海岬镇麒麟山海边划出了一大片滩涂，铲平了一大段沿海防护林带，搞好了"三通"，就等待这老板进场。可是这老板又有了一些变化，说先搞一下试点，看看效益如何再做进一步决定，最终只是投资一百几十万元在海边放置了一批"鱼排网箱"而已……

二

即便如此，招商局也开动宣传机器大张旗鼓地予以宣传报道，专门请《滨海日报》驻瀛江记者站记者以"招商引资工作结出喜人硕果,大型养殖基地落户瀛江"为主题,撰写新闻通稿在《瀛江》报和广播、电视台等媒体上连篇累牍地予以报道,甚至向《滨海日报》和省报投稿,以期在省内造成一定的影响力。

赵国平是市长,是主持市政府全面工作、主抓经济发展的。市委书记秦永明对经济工作如此热心,也是替赵国平分担担子,赵国平也不好说什么。对于招商引资工作,他也是支持的。眼下全国一盘棋,各地都是这样,瀛江市也不可能例外。

可是赵国平主张发展经济要实事求是、循序渐进,要扎扎实实地一步一步搞。他反对如此大张旗鼓、大吹大擂地营造声势,更反对这种浮夸之风。他对秦永明说:"秦书记,我们的招商引资工作是不是有些急于求成了,走入了形式主义的误区?我们应该对招商引资工作予以规范,坚决制止弄虚作假的行为。"

秦永明和颜悦色地对赵国平说:"国平同志,你是省里下来的,以前长期在省政府机关工作,对基层工作可能会有一个需要熟悉了解和适应的过程,基层工作是很琐碎繁杂的,千头万绪。你最近是不是听到了一些风言风语了?我们做领导干部的要有自己的主见和立场,千万不要被闲言碎语所左右啊。"

赵国平正要说话,就被秦永明用一个坚定的手势挡了回去:"干实事的人总会被别人议论,评头品足,反而是混日子的人如鱼得水,优哉游哉,这是一股歪风,我们要坚决抵制。做任何事情都会遇到一些意想不到的困难和挫折,这是前进中的问题。"秦永明喝了水,加重了语气:"我们领导干部在任何时候都要有克服困难的信心和勇气,如果我们领导干部立场动摇,左顾右盼,我们如何带领同志们前进?下面的同志还怎么可能有积极性?困难只是暂时的,也是完全可以克服的!"

三

其实,秦永明对赵国平到瀛江任职以来的表现一直是嗤之以鼻的,他内心里对赵国平充满了鄙视和不屑。他想这样的人怎么能成为瀛江市的市长?政治上太不成熟了,书生意气太浓!这样婆婆妈妈的性格能干成什么大事?如果不大张旗鼓地营造声势和气氛,瀛江市欣欣向荣、蓬勃发展的大好局面从何处得以体现?GDP数字从哪里来?没有节节攀升的GDP数字,上级组织对你的考核评语就会大打折扣,你在上级领导心目中就没有位置,瀛江市的工作就得不到上级领导更大的支持和重视。我们这些人的个人前途和进步就会受到影响。这是现今政界流行的游戏规则,你连这个都不明白,还在我面前夸夸其谈,谈论什么大道理,真是迂腐之见、陈腐论调。

当然,这些想法一直藏在秦永明的内心深处,他表面上是不会显露丝毫的。再说,冲着王浩省长的面子,他不可能让赵国平难堪,更不可能得罪他,否则那就不是他秦永明了。

第二十一章

一

瀛江市海产品批发市场的招商工作仍然没有一点起色,而文化中心却日益热闹起来了。

市委、市政府为了营造招商引资的软环境,除了在提高行政审批效率、简化办事程序上下功夫,还努力为外来客商创造一个轻松愉快的休闲娱乐环境。瀛江宾馆虽然也提供各种休闲娱乐服务,但那毕竟是高档宾馆,消费水平高,一般人少有问津,况且地处城区,经常要承担市里各机关单位的会议和接待等任务,所以对外开放的时间也极不正常。因此秦永明把文化中心打造成独具特色的休闲娱乐城便提到了议事日程上来了,他想,反正文化中心濒临关门,闲着也是闲着。

最后,市委、市政府召开联席会议做出决定,把图书馆、博物馆迁回城区,同时给予文化中心更多优惠的发展政策。例如,凡在此开办旅游业、卡拉OK、酒吧等服务项目的,一律优先办理工商营业执照,随到随办,并且给予税收优惠条件。市委、市政府还明确对公安局提出要求,除非发生杀人放火等恶性重大违法案件或重大事故,有关行政执法单位一律不得擅自进入文化中心巡查执法。如确有必要进入文化中心巡查或执行公务的,须经市委分管政法的副书记签名同意,以此确保文化中心欢乐祥和的休闲娱乐的氛围不受破坏和干扰。

对此项禁令,公安局的人自然是心领神会,严格遵照执行。如此一来,离城区十多公里处的文化中心仿佛成了一个世外桃源,卡拉OK、理疗门店、酒吧等像雨后春笋一样冒了出来,很快就布满了整个中心。入夜以后,原本宁静幽深的文化中心里歌声缭绕、霓虹闪烁,浓妆艳抹的女郎莺声燕语招徕过往行人。社会上的闲散人员、个体私营老板、机关单位的干部,还有一些外地来瀛江出差的旅客,闲暇业余时间都来逛文化中心。久而久之,文化中心名声大噪,甚至有附近一些县市的人还专门开车来玩,傍晚时分开车出发,抵达石桥镇后先找一家饭馆吃饱喝足,然后再到文化中心去品阅"休闲文化",纵情声色。

许多老干部对此不满,他们说:"这哪里是什么文化中心,这样搞是要出问题的。我们强烈要求市委、市政府予以高度重视,公安部门要对文化中心进行检查整改。"

对于这样的言论,秦永明不置可否,佯装不知。倒是公安局局长曹伟强适时表明态度,以示忠心,他出来讲话了:"其他沿海地区的经济为什么发达,说一千道一万还是人家观念开放、思想解放,我们有一些人思想僵化保守、故步自封,这样是会拖我们瀛江市改革开放、发展经济的后腿的!"

二

关于文化中心的负面传闻和议论越来越多,市委觉得有必要做出一个姿态,给大家一个交代。领导们平时都很忙,要批阅文件、要参加会议、要听取下边工作汇报、要接待上级领导,因此要抽出一点宝贵的时间来深入基层调研工作、接触普通群众是很难得的,即便是下到基层考察工作,多数时候也是做做样子,在陪同人员众星捧月般前呼后拥下转一圈,走一走形式而已。

这天,市委书记秦永明终于在市委副书记胡耀宗、市公安局局长曹伟强等陪同下来到文化中心考察调研。秦永明的到来,使文化中心一下子更热闹了。

在接到秦书记要到文化中心考察的通知后,曹伟强连夜让文化中心管委会派人通知各经营户,要求注意自身形象和影响,不要做出一些出格的事情来,同时要努力营造繁荣和谐的景象。如果有谁破坏了考察工作,将会受到严肃处理,清理出场。因此在秦永明等人来考察的时候,文化中心里理疗门店的技师们全都换上了护士穿着的白大褂,浓妆艳抹的形象暂时销声匿迹……

秦永明一行人信步前行,走马观花地边走边看,看到文化中心繁荣兴旺的景象非常高兴。曹伟强等人还临时组织了一些门店的经营业主来向秦永明介绍反映文化中心的情况。这些人当然是天花乱坠般把文化中心夸成了一朵花,连声赞颂市委、市政府决策英明、措施得力,才营造了繁荣和谐的文化中心。

按照事先排练好的程序,秦永明和蔼可亲地询问大家:"不是有人对文化中心的现状存在不同的看法吗?我今天就是来听大家的意见和建议的,请大家有什么说什么,知无不言,言者无罪。只要是有利于我们市委、市政府改进工作的,我们都愿意洗耳恭听。"

秦永明话音刚落,现场就响起了一片雷鸣般的掌声,那些经营业主纷纷说:

"没意见没意见,这里一切都很好,我们拥护市委、市政府的正确决策。"

秦永明听了眉开眼笑,频频点头。

这时,人群中有一位老人径直走向秦永明,曹伟强见状,立即对旁边几个工作人员使了个眼色,几个工作人员就一拥而上围住老人,用温和亲切的语气说:"老人家,这里人太多,拥挤,您小心被挤着了,年纪大了可要注意身体啊!您先到旁边休息一下吧。"说着,他们连扶带搡、半拉半拽地将这位老人往人群外带去。

这位老人是离休老干部,他对文化中心日夜莺歌燕舞的景象十分反感,这天刚好在现场,他便要表达反对意见和满腔愤慨。

然而,这位老干部一支烟还未吸完,就发觉秦永明已坐上小车,绝尘而去了……老人气得几乎吐血,脸憋得通红,却一句话也说不出来,站在那里呼呼地喘着粗气。

三

秦永明用半个小时结束了对文化中心的考察调研工作,他以实际行动回应了干部群众关于文化中心的种种议论和传闻。

考察活动本身就表明了市委书记以及瀛江市委对此事的一种态度,但自始至终秦永明又都没有对文化中心现象做出一个字的评价,无论是正面的还是负面的,这就为自己留下了回旋的余地。从政为官,任何时候都不要把话说满、把事做绝,要时刻为自己留出一条退路和回旋的空间,这是秦永明从政以来的一条个人准则,是只可意会而不可言传的。从秦永明的秘书成长为现在瀛江市委副书记的胡耀宗也对此深有体会,他对秦永明佩服得五体投地。这才是领导艺术啊!胡耀宗常常在心里感叹着。

秦永明虽然没有对文化中心现象做出直接评论,但瀛江市的媒体在秦永明一行人结束了对文化中心的考察活动后却积极行动起来了,开足马力对考察调研活动进行宣传报道。一时间,瀛江市的报纸、广播、电视等媒体上充斥着秦永明考察文化中心的报道。《瀛江》报在头版头条刊登新闻稿,内容大意是:秦永明在听到关于文化中心的一些议论和传闻后,闻风而动,立即对文化中心进行实地走访,听取各方意见,了解实际情况,以此对市委、市政府的行政决策效果进行检验。事实证明,市委、市政府关于创立休闲娱乐一条街,实行封闭式管理的举措是正确的,实际运作效果良好,社会各界交口称赞。对文化中心现象提出非议和责难的只是极少数人。文化中心的运作管理模式是成功的,应该对文化中心的经验进行总结和推广。文化中心为广大群众提供了一个休闲娱乐场所,极大地丰富了人民群众的业余文化生活,这也从一个侧面体现了瀛江市百业兴旺、社会稳定、人民安居乐业的大好局面。

市委宣传部把宣传方案呈交秦永明审阅时,秦永明自己都觉得内容有些肉麻,不伦不类,但他欣赏的不是宣传方案的内容,而是宣传部门的办事效率和态度。秦永明对宣传方案内容不置一词,只是泛泛而谈地写了一段批语:新闻报道要注重事实,讲求实事求是。

市委常委、宣传部部长叶子菁接到这个批件后,不知这是批评还是赞扬,是同意还是否决,苦思良久也不得其解。她不敢造次,更不敢当面去问秦永明,后来想到当过秦永明秘书的市委副书记胡耀宗,觉得他多少应该能揣摩秦永明的心思,于是便去向胡耀宗请示。

四

胡耀宗听了叶子菁的汇报后,淡然一笑说:"我怎么好代替秦书记做指示,这件事你们自己把握吧!"话虽如此,胡耀宗心里却像明镜似的,他知道秦永明既欣赏叶子菁的忠心和办事效率,又不肯对报告明确表态,以免把话说得太满,没有了回旋的空间,于是批了一段可退可进的话。如果将来事实证明宣传方案内容是正确的,那么他的批示就是肯定性质的;反之,他的批语就是否定性质的,指出了宣传工作所应遵循的准则。

叶子菁听了胡耀宗的话,心里更是没底。她想,到底是秦书记的秘书出身,连风格做派都学得一模一样。她满脸哀伤地进一步恳求道:"胡书记,您是分管意识形态的领导,好歹给一个明确的指示,我们也好开展工作。"

胡耀宗到底是个性格温和的人,他看到叶子菁一筹莫展的样子,真的是为难到极点了,于是松口说:"我也只是提个建议,具体怎么落实你们按照秦书记的批示自己斟酌着去办,到时候可别把责任往我身上推啊!"

"那当然那当然,胡书记这是在批评我了,我就有几个胆子也不敢把责任往您身上推啊!"

胡耀宗听后这才缓缓地说:"秦书记的批示是原则性的,是指导宣传工作的总的方针。如果你觉得你们的宣传方案是实事求是的,那么秦书记就是同意的,反之就是否定的。秦书记既然没有明确否定你们的报告,你们就去贯彻执行,即使做错了也是因为对秦书记的指示领会不够、体会不深,是水平问题而不是态度问题。做工作哪有不犯错误的,改了就是好同志。秦书记欣赏的是你们的态度。"

叶子菁如梦初醒,如同鸡啄米一样连连点头称是,好像参禅悟道一样豁然开朗,不由打心眼里佩服,要不怎么人家就做了市委书记呢。

瀛江市代市长赵国平和常委、副市长杨得胜却对文化中心现象提出了反对意见,要求对文化中心进行整改。但秦永明此刻正在兴头上,哪里肯听这些迂腐之词,他指着报纸上的那些溢美之词说:"这些都是人民群众的呼声,他们热烈拥护市委、市政府的决策,我们要顺应民意啊。"

第二十二章

一

不久，瀛江市委、市政府联席会议又做出决定，说是要扩大战果，趁势盘活瀛江市海产品批发市场资产，让瀛江市海产品批发市场发挥作用，实际运转起来。

瀛江市海产品批发市场自建成以来一直闲置，占压了大量银行贷款，这几乎成了市委、市政府的一块心病。几家银行负责人隔三岔五就哭丧着脸来找市长赵国平诉苦，赵国平也是不胜其烦，但没办法，自己是主管经济工作的，推托不得，只好耐着性子对他们温言抚慰，让他们多体谅市政府的难处。

最后，瀛江市海产品批发市场的门店几乎是以成本价对外发售。一楼门面房可以用来经营生意，二至三楼可以住人，宜商宜住。凡在瀛江市海产品批发市场购房经营的业主还可以享受各种优惠政策，其优惠条件和措施几乎是照搬了文化中心的那一套。海产品批发市场发售因为有文化中心运作成功的范例，的确令人心动。消息一经传开，就连外地人都闻风而动，纷至沓来，竟出现了排队购房的景象。在瀛江市海产品批发市场购房的业主中，有的人是做投资，转手倒卖或出租牟利；有的人是自住并经营生意；有的人是出于从众心理，觉得大家一窝蜂地去抢购肯定是物超所值的。

目前，瀛江市海产品批发市场的经营项目已经改为这三大块：水产品批发、休闲娱乐业、旅店餐饮业。一时间，瀛江市海产品批发市场变得热闹异常，热火朝天。

然而，瀛江市海产品批发市场的商住两用房大约卖出去了几百间后，又慢慢趋于平静了，地段好的门店几乎卖完，地段偏僻的门店还是很难卖出，但总算回收了部分的投资。市财政局一开始还想把这笔钱挪作他用，暂时应一下急，可是赵国平却一再强调一分一毫也不准挪作他用，要先归还银行欠款。为防夜长梦多，生出一些旁的枝节来，他亲自督促财政局局长把这笔款都分别划到几家银行的账上，归还了部分银行欠款。银行行长千恩万谢，自此再没有天天来找他了……

可是清静没几天,就发生了一件让大家都不得安宁的大事。文化中心出事了!……

二

那天,公安局110接到报警,分管刑侦的副局长李力立即亲自带队赶赴文化中心D幢二楼的海浪花理疗中心的一间房间,现场一位年约七旬的老人倒在床上,已经无生命体征。

李力迅速组织刑侦人员认真勘查现场,收集相关资料,然后将海浪花理疗中心的店主和服务人员带回公安局协助调查。整个文化中心因此停业整顿。本来因为瀛江市海产品批发市场的兴起而变得十分萧条的文化中心一下子变得更加冷清了。业主们纷纷关门大吉,或者移师瀛江市海产品批发市场或改行做其他行业,或干脆去外地发展。曾经热闹非凡、风光一时的文化中心几乎在一夜之间就败落凋敝了。

瀛江市公安局经过努力侦查、详细取证后得出了侦查结果,死者并非他杀,而是因太激动突发心脏病而暴亡。这是一起因心肌梗死而导致的意外事件,死者年事已高,又患有严重的心脏病……

虽然公安局尽量对外保密,不公布死者的相关情况,可是世上没有不透风的墙,没几天死者的身份便揭晓了,他竟然是瀛江市河畔镇党委书记姚永久的父亲。这条消息在瀛江市引起了一阵不小的轰动,成为瀛江人茶余饭后的谈资,人们津津乐道。

"啧啧,真是人老心不老啊,都半个身子进棺材的人了,还有这心思!"

"是啊,泥土都快埋到脖子的人,真不知羞耻!"

传闻越来越多,越传越邪乎,慢慢地就偏离了正题,引申到别的方面去了。

"听说这老流氓是河畔镇党委书记姚永久的亲爸呀,啧啧,你说这样的父亲还能教育出什么样的好儿子来,有其父必有其子,姚永久肯定也没少干这种事!"

"现在当官的有这种事还不是小事一桩啊,以前还有人来查生活作风问题,现在屁事都没有。"

"这种人怎么就当了党委书记了,听说还有可能会进市委常委班子呢。你说我们群众要落在这种领导手里还能安生吗?"

"人家有后台,他的丈人是政协主席呢。"

三

政协主席就是许冠文。许冠文因到了年龄,在市委副书记的任上退居二线,到市政协任主席,级别提为正处级。那次,当组织上找他谈话时,许冠文就提出来,他为党和人民工作了这么多年,没有功劳也有苦劳,唯一的要求是让在外事局当副局长的女婿姚永久到基层锻炼。组织上同意了,于是就把姚永久调到河畔镇任党委书记。

许冠文就一个独生女儿,姚永久是"倒插门"的,因此许冠文把姚永久这个上门女婿当作儿子一样培养,临退前算是尽全力扶了一把。他曾对姚永久说:"永久啊,今后只能靠你自己了,我已经无能为力了,你好自为之吧!"

姚永久面对岳父点头如捣蒜,连连称是。

自从发生了海浪花理疗中心的事件后,刚开始姚永久还强作镇定,照常上下班,照常大会小会发表讲话,滔滔不绝,有条有理。如果按瀛江的风俗和惯例,家里死了上岁数的老人可是属于白喜事,要大摆筵席,请人做法事超度,尤其是像姚永久这种仕途顺畅的干部,可以想象场面会更加热闹。可是姚永久却一反常态并没有大肆操办,只是私下里安排家人亲友低调处理老父的后事,悄悄地送到火葬场火化了事。他巴不得这种丑事如风过无痕般掩盖过去,就像从没发生过一样。可是纸包不住火,最终秘密还是没有守住,弄得沸沸扬扬,满城风雨。

这些天,姚永久再也顾不得上班了,甚至也顾不得悲伤,每天坐在家里用电话遥控指挥河畔镇的事务,剩余的时间里苦思冥想,寻找对策以摆脱目前这种受众人关注非议的尴尬局面。姚永久平日里是最喜欢出风头的,越是受到大家的关注他越是扬扬得意、意气风发,可是眼前受到的这种关注却不是什么好事情,不但丢人现眼,弄不好还会影响自己的仕途,祸福难料,吉凶难测。

四

姚永久的老婆许丽丽因为公公的事情在外也受了不少奚落和嘲讽,心里有气,回到家里就板着脸,又摔又打的,还指桑骂槐:"哼,真是开了眼了,这世上怎么还有这样的老人,不为自己着想,也该为儿女考虑一下吧。把丑事弄得满城风雨,叫儿女们以后怎么出去见人?不成器的老东西,早死早超生!"

姚永久一来刚死了亲爹,心里多少会有一些悲伤;二来现在自己因为丑闻整天愁得如热锅上的蚂蚁一样，许丽丽不但不来劝慰一下，还唠叨不休，指桑骂槐，一时间怒不可遏，大声对许丽丽说："你这个做儿媳妇的平时对老人尽了多少孝道，回过我家几次，你关心过老人吗？好像我家给你丢脸似的，我还真丢脸呢！事到如今你还好意思说东说西，我怎么就娶了你这么个女人……我这辈子真倒霉！"

许丽丽平日里仗着许冠文的势，经常在姚永久面前颐指气使、盛气凌人，姚永久处处让着她、宠着她。她没想到他今天竟然敢骂自己，突然间就爆发了，哭骂着大声嚷嚷起来："好你个白眼狼啊，你也不想想你当初是副什么倒霉相，家里穷得叮当响。当初要不是你死皮赖脸缠着我，我爸会招你？做梦去吧！要不是我老爸帮衬你、提拔你，你能有今天？还不知死在哪里哩。你现在人模狗样的像个人了，就在我面前抖起威风来了，你还有良心吗？"

此刻，姚永久气不打一处来，一时竟失去理智，扬手就狠狠打了许丽丽一个耳光。这一个耳光积蓄了新仇旧恨，使足了力气，许丽丽脸上立刻出现了几个通红的手指印。

许丽丽一时间竟愣住了，既不哭也不闹，她用惊诧和哀伤的眼神直愣愣地看着姚永久，就像看着一个外星人似的，看得姚永久心里发毛。许久，她才从牙缝里进出几个字来："好，打得好，姓姚的，你等着！你别以为我爸失势了，管不着你了，你就敢跟我抖狠了，我爸既然能把你抬起来，就可以把你踩下去，你不要太得意忘形了。"说完，她一扭头，摔门而去。

第二十三章

一

瀛江市政协主席许冠文这天正在家里闲坐无聊,忽然门开了。他抬头一看,见女儿披头散发、满脸泪痕地回来了,不觉大惊失色。

在听了许丽丽声泪俱下的叙述后,许冠文一言不发,内心里却是怒火升腾。好啊你小子,这是要造反了,今天不给他点厉害瞧瞧,不把这个马头整过来,那以后就别想再给他套上笼头了。许冠文随即给姚永久打了一个电话,让他马上回家里来。

姚永久知道是福不是祸,是祸躲不过,带着一种近乎悲壮的心情很快回到许冠文家里。许冠文像一头狂怒的狮子一样咆哮,劈头盖脸骂了姚永久一通,手指头几乎要戳到姚永久脸上去了:"混账东西!你胆子越来越大了,敢动手打人了,你自以为翅膀硬了是吧,我还没死呢!你不要太得意忘形了!"

许丽丽也在一旁撒泼帮腔。

姚永久苦着一张脸,站在那里一言不发,任由父女俩如暴风骤雨一样对自己发泄。他心里有一些悲哀,别人只知道我娶了个好老婆,找了个好靠山,要风得风要雨得雨,有多少人羡慕我、嫉妒我,可又有谁知道我背地里受了多少气,时时处处忍气吞声,在许丽丽面前我就像一条狗一样!别人只看见小偷吃肉,却不曾看见小偷挨打,天下哪有白得的好处,这就是娶官老爷女儿的代价呢!

二

许冠文发作了一通后,慢慢冷静下来了。他也只是想给姚永久一个教训,杀一杀他的气焰,让他不要得意忘形。他也不想把事情做得太过了,女儿已经跟了他,难道还真要为这事离婚不成?大家毕竟都是一家人,都在一条船上,一荣俱荣,一损俱损。自己已是日落西山的人了,也不可能再培养扶植第二个姚永久了,弄掰了对谁都不好。话又说回来了,自己的女儿也有不是之处,人家姚永久毕竟刚死了父亲,正在悲伤的时候,你做妻子的也该多关心体谅他,不能动不动就撒泼使性子,搞得人家姚永久也寒心呢。想到这里,许冠文也觉得自己太冲动了,自己这是怎么了,近来越来越容易冲动失态了,自己当市委副书记时那种沉稳有度、不怒自威的气势到哪里去了,难道就因为失落和惆怅而改变了自己的性格吗?许冠文在脑子里转了几个念头后,脸色变得和缓了,他招手让姚永久坐到沙发上来。

姚永久此刻尚未从暴风雨般的斥骂中醒过神来,加上又有着丧父之痛,神情凄惨、委顿,一时间竟有些万念俱灰的样子。他见许冠文转眼间又换了一副面孔,变得慈祥和蔼了,心里不知是温暖还是恐惧,畏畏缩缩的,不敢坐。

许丽丽到底是女人,见自己男人这副失魂落魄的样子,心软了,气也消了一大半。刚刚撒完泼,马上又开始撒娇了,她转向许冠文:"爸,你看看你怎么搞的,把他弄得灰头土脸的,我们小两口吵个架,您做长辈的也不在旁边劝解一下,反而火上浇油,哪有您这样做长辈的。"

许冠文闻言一时气结,说不出话来。人家到底是两口子啊,一下子就站到一起去了,我这个做父亲的也不如她的如意郎君亲近了。他狠狠地瞪了许丽丽一眼:"我是上辈子欠你的呀,凭什么要为你当牛做马,还猪八戒照镜子——两头不是人。"

三

许丽丽难为情地笑了。许丽丽这人虽然泼辣霸道,但心机却不深,脾气来了又打雷又下雨,一会儿工夫过去的事就过去了,刚刚还哭得泪人一样,此刻又破涕为笑了。

许冠文大半辈子在政界如鱼得水、游刃有余,有一半的原因是多亏了他的老婆在背后配合辅助。要不,人家怎么说一个成功的男人身后都有一个成功的女人呢。这时,他的老婆走了出来。

许冠文的老婆刚才一直在里间偷听外面的动静,等到姚永久挨训挨得差不多了,觉得火候也够了,她方才出来打圆场,做好人,收拾残局:"唉,睡个觉也睡不踏实,硬是被你们给吵醒了。老许你也真是的,不要一天到晚把嘴巴搁在永久身上,虽然你批评教育他也是为他好,都是自己家里人也不会见怪,但永久好歹也是个镇党委书记,在外头也是有头有脸、人人敬重的人,被你们爷俩弄得不尴不尬的,像什么样子!老许啊,你真是越老越不会说话了。"说着,她狠狠地剜了许冠文一眼。

　　许冠文做出一副有冤无处申的样子："我就是被你们母女俩拿来出气的人，左右都不是人，都是我的错。你会说话，以后什么事你来管，我还不伺候了！"

　　"爸，该做的事情要做，该批评的也要批评，你要虚心接受，这才是老黄牛的精神嘛。"许丽丽又开始撒娇了。

　　许冠文哭笑不得。屋子里刚才还是剑拔弩张、紧张激烈的气氛，转瞬间又变得和风细雨、一团和气了。

第二十四章

一

文化中心的事情还没有完全平息,瀛江市又发生了一起更令人震惊的爆炸性事件。

省公安厅在瀛江市有关方面毫不知情、事先毫无任何征兆的情况下,从省内各地调集了公安、边防、武警等警力,配备防暴犬,甚至还有海上快艇和警用直升机,以迅雷不及掩耳之势于凌晨三点突击围剿了瀛江市海岬镇北城村。这一次打击猝不及防,三千多名公安、边防警察和武警官兵宛如神兵天降一般突然出现在北城村,迅速分赴村内外九个制贩毒团伙的三十五个据点展开集中清剿收网行动。

村民们以为还是老一套,只不过是市公安局或者辖区派出所的人来走个过场,造一造声势就过去了。可是这次却是完全错误地估计了形势,他们打开门就见到处停满了军车和警灯闪烁的警车,以及一队队神情严肃的公安民警、武警战士,细一看竟然个个都是陌生面孔,不是瀛江本地的。这一惊可非同小可,好像头上冷不丁打了个炸雷一样,好多人顿时惊得目瞪口呆,浑身的血液似乎都停止了流动,牙齿直打战,一句话也说不出来。

这一次是省公安厅开展的"雷霆扫毒"清剿行动,由公安厅禁毒局张政委亲自带队,三千多名警力分为五十五个抓捕小组,对盘踞村内的多个涉毒犯罪团伙展开集中收网。当晚,北城村上空,负责执行探照追踪、空中警戒、航拍取证等任务的警方直升机用高音喇叭喊话:"村内的犯罪分子,你们已经被包围、无路可逃,立即投案自首,公安机关将依法处置!"

抓捕行动刚开始,第三十四号抓捕组的民警就在八号抓捕点发现一个结晶房,现场抓获了四个犯罪嫌疑人,缴获冰毒十四公斤……第十六号抓捕组的民警跑步穿过狭长的小巷,来到了二十六号抓捕点。房门打不开,民警就翻墙进去,在这个抓捕点的三楼,发现里面堆满了正在冷藏的冰毒,现场抓获了重大嫌疑人欧小波等人,查获五十多公斤冰毒成品,以及一大批制毒原料和一整箱的现金……第九号抓捕组的民警,悄无声息地进入了一栋豪华别墅,这是重大嫌疑人、北城村制贩毒"开山元老"欧小涛的家。民警制服了欧小涛之后,在其房间发现了一支AK47、一支仿64式手枪,枪里装满了子弹,已经上膛……

在紧张抓捕的过程中,省公安厅指挥中心不断传来抓获犯罪嫌疑人的捷报……

行动从凌晨三点开始,一直到天亮,共捣毁制毒工场三十八个,抓获了九十一个犯罪嫌疑人,缴获冰毒一千四百五十多公斤。九十一个衣衫不整、头发凌乱、神情慌张、脸色苍白的犯罪嫌疑人被先后押上警车带走。

二

瀛江市公安局局长曹伟强得知消息,立即带着局机关、治安和禁毒大队全体民警气喘吁吁赶过来时,此次围剿行动已行将结束。

曹伟强在晨曦中远远望见北城村村头布满路障,有武警设卡站岗,村前祠堂大埕上整整齐齐地站立着一排排全副武装的民警和武警官兵,其中一位站在架有无线电的指挥车旁边的中年汉子气度不凡、神色严峻,心里忖度此人可能就是行动负责人,便立即小跑上前。一看,原来是省厅禁毒局张政委,便立正举手敬礼,并高声要求参战,但立刻遭到拒绝。曹伟强见张政委脸色铁青,神情凛然,一言不发,不觉有些气馁,垂手立在一旁。

省公安厅这次出乎意料的大动干戈,采取突然袭击式的行动,其中深意不言自明。省公安厅乃至更高层领导对瀛江市北城村近年来出现村民直接或者间接参与制贩毒活动的现象深为不满,曾组织过行动进村实施抓捕,但都遭遇村里老幼妇孺纠缠,以及不法分子起哄堵路、围攻谩骂等阻碍执法、暴力抗法的行为,甚至存在镇、村个别干部和派出所民警为犯罪分子充当保护伞的情况,于是对瀛江市公安局和相关领导已经失去了信任,因此才组织实施了这次突击行动。此次行动既一举捣毁了瀛江市的这个大毒村,也给瀛江市某些领导敲响了警钟:要么认真履行职责,加强打击制毒贩毒,要么主动让贤,让能干事、愿意干事的人来干,瀛江不可能由某些人一手遮天。

张政委一脸严肃,对曹伟强视若无睹,自顾自指挥民警和武警官兵把抓获的制贩毒犯罪嫌疑人逐个押上了警车,准备带回省城做进一步处理。

这一下让曹伟强急得如热锅上的蚂蚁,如果这件事情闹大了,他这个公安局局长不仅难辞其咎，弄不好还得就地免职。假如再挖地三尺，说不定还会给扣上一顶涉嫌充当制贩毒保护伞的帽子。想到这里，曹伟强额头上的汗就下来了。他讪笑着再次上前和张政委交涉，他多么希望能将这些犯罪嫌疑人就地交由市公安局处理，这样瀛江市就掌握了主动权，可以把整个事件的不良影响控制在最低限度："张政委，您和同志们都辛苦了，我们工作疏忽，劳烦你们亲自动手，我作为瀛江市公安局局长向您做深刻反省和检讨，今后一定认真整改，把工作做好。这些犯罪嫌疑人是不是交由我们瀛江市公安局来处理，我们一定会认真对待的！您看……"

张政委一言不发，表情冷得像冰一样，毫无通融之意。

曹伟强感到一丝寒意向他袭来。此刻，他急得如猴子跳圈一样在原地打转，跺脚搓手，一筹莫展。眼看参加行动的全体警察和武警官兵已集结完毕，整装待发，马上就要带人走了，曹伟强更是急得头上冒汗。

三

"曹局，是不是打电话向市委秦书记汇报一下情况？"

旁边不知道是谁跟曹伟强悄悄地说了一声，曹伟强一听，眼前瞬间一亮，壮起胆子立即拨打秦永明的电话，电话很快接通了："秦书记您好，我是曹伟强，不好意思这时候打搅您休息，有个事情向您汇报。省公安厅突然对海岬镇北城村采取了行动，事先并没通知我们配合。省厅禁毒局张政委是总指挥，他带队来的。现在行动已经结束，他们准备把抓获的嫌疑人全带回省里去处理，您看……"

"你们公安局是怎么搞的，这点事情都处理不好，海岬镇北城村的事情怎么惊动省厅了？你尽量向张政委说明一下情况，我马上过来！"

此刻，秦永明的头脑已完全清醒了。他开始迅速地分析问题、寻找对策。从政经验丰富、政治嗅觉敏锐的他知道这件事情极不寻常，这不是一次普通的打击制贩毒行动，背后一定有着含义深刻的政治企图。这件事表面上是冲着打击北城村的制贩毒来的，实际上是敲山震虎，是冲着瀛江市委和瀛江市公安局来的，更确切地说，可能是冲着他秦永明来的，省里有人要整他？秦永明想到这里有些不寒而栗。这件事的始作俑者会是谁呢？是代市长赵国平？他的背后可是省长王浩啊。但自己和他至少表面上是一团和气的，他有必要对自己下此狠手吗？秦永明用手轻拍了一下额头，暂时抛开了头脑中那些乱七八糟的想法，现在不是考虑这些事情的时候，当务之急是处理好眼前的事情。

秦永明努力地让自己平静下来，看了看时钟，此刻已是凌晨五点了。他酝酿了一下自己的情绪，然后果断地拨打了省委副书记彭宏伟的电话："彭书记您好！我是秦永明，一大早就打搅您休息了，有个事情急需向您汇报。省公安厅突然检查了我们下面的一个村，据说这个村可能有人制贩毒，我们希望把抓获的犯罪嫌疑人交由瀛江公安局来处理，省厅禁毒局的张政委坚持带回省里去，您看……"

"我知道了，你先和省厅的同志交涉一下，我会协调的。"

"好的好的，好好……"秦永明后面两个好字还没说出口，手上握着的听筒里已传来了"嘟嘟嘟"的声音。秦永明打心眼儿里佩服，彭副书记到底是高层领导，思维敏捷，言简意赅，干净利落啊。

四

秦永明很快就赶到了现场，曹伟强小跑着上前，向张政委介绍："张政委，这位是我们瀛江市委书记秦永明同志，同时也是滨海市委常委。"曹伟强加重语气强调了后面的话。

张政委本来是一直板着脸的，此时脸上终于漾出点笑容，礼貌地和秦永明互相握手致意。

"张政委，北城村出现这么严重的制贩毒情况，是我们的工作没有做好，辛苦你们了，我们今后一定要加强队伍整改，给犯罪分子以严厉打击！"秦永明指了一下旁边小媳妇一样低眉顺眼的曹伟强，"我们瀛江市委的意见，嫌疑人就不要麻烦省里带回去处理了，希望给我们公安局一个将功补过的机会，留下来让他们去审。"秦永明心里明白，被抓的犯罪嫌疑人弄不好有些与瀛江的一些党政干部有瓜葛，真要带回省里去，必定会扯出萝卜带出泥，生出许多不必要的麻烦来。

"秦书记，我们也是奉命行事，希望您能理解。"

秦永明连连点头，也不再说什么。他明白凭自己滨海市委常委的这块牌子还不足以让张政委俯首听命，他只是想先稳住他，争取时间而已。停了一会儿，他大声指着曹伟强，有一句没一句地说着一些不咸不淡的话："老曹啊，马上给同志们安排早餐。你看同志们整整一个晚上的行动,都很辛苦啊。你们公安局要向省里的同志学习这种吃苦耐劳的精神,改进工作作风啊……"

"不必了。已经接到厅里命令,我们马上就撤。"张政委一听,立即打断秦永明的话。他轻轻地向秦永明摆了摆手,然后拿起手持式扩音器命令全体参战民警、武警官兵登车返回。

数十辆军车、警车当即启动,依次驶出,浩浩荡荡地驶向省道,很快就消失在初现的朝霞中。

清剿行动车队刚刚离开,市委副书记胡耀宗才急匆匆地赶到北城村。他见秦永明等人早已在现场了,想到出了这么大的事情,市委书记都亲临现场,自己却还在床上睡大觉,不觉有些内疚、惶恐。他嗫嚅着说:"秦书记,我也是刚刚才得到消息……"

秦永明没有理睬他,他此刻正是心烦意乱的时候,站在那里狠狠地抽着烟。

第二十五章

一

关于省公安厅突击围剿北城村的事情很快就在瀛江市传开了，整个瀛江市瞬间好像烧开的油锅一样沸腾了，人们议论纷纷，各种小道消息传得飞快。刚开始各种传闻还是有根有据、客观真实的，后来传着传着就变味了，有些好事之徒开始添油加醋、胡编乱造，把整个事件演绎得荒诞离奇，充满了神秘色彩。

翌日一早，在一群议论公安厅围剿北城村的人群中，有一个像瘦猴似的小伙子，正眉飞色舞、唾沫横飞地讲述着北城村的事情："昨天晚上我是亲眼见到的，半夜两点钟左右的时候，我吃完消夜，准备回家，经过大富豪路口看到黑压压的一片站满了人，我还以为是旧寮村和沃尾村的人打群架呢。走到跟前一看，哎哟，吓死我了，那些人全都穿着警服背着枪，还牵着大狼狗呢，吓得我赶紧……后来我才知道是公安厅来北城村抓制毒的，抓了200多人要带回省里去。我们瀛江公安局的曹局长不同意，市里的秦书记赶来了，省厅的人还是不听秦书记的话……"

瘦猴似的小伙子正在那里漫无边际地胡吹乱侃，旁边一个老年人笑着骂道："你小子勿在这里瞎吹了，搞不好把你也抓进去，治你个造谣生事的罪！"

小伙子一听不服气，倔着脑壳说："阿伯，我这不是在吹牛，我是亲眼看见的，我还骗人不成！"

人群中传来一阵哄笑声，小伙子脸红了，悻悻地说："不跟你们说了，不信就算了。"说着，他低头挤出人群走了……

退休老干部老张这些天也变得神气活现了，走到哪里都是昂首挺胸、目不斜视的样子。老张是海岬镇人，退休前是瀛江市民政局的一个干部，大半辈子都是老实巴交的，不显山不露水，一直是市民政局的一个普通干部，一直干到退休了才从股级干部升了半格，享受副科级待遇，算是一个"安慰奖"了。

二

瀛江是县级市，副科级也就相当于副局长的级别。虽然老张连一天副局长也没当过，但他仍然很高兴，心想组织上还是慧眼识人的，这是对他个人工作成绩和能力的一种肯定和褒奖。老张从此逢人便说自己是副科级干部，以此为荣。时间长了，人们就给他取了一个外号叫"张科"，他倒也不以为意，微笑着点头答应，好像自己就真的上了一个档次。老张的儿女们却都是气鼓鼓的，老爷子在民政局干了半辈子，无权无势，没有为家里人谋到半点福利，几个儿女都在市里工厂里上班，又苦又累，工资还低，心里都有气，因此见不得老张在外面吹牛，但老张偏偏又喜欢在人前显摆自己。以前市里组织老干部聚会，老张都按时参加，在聚餐会上喝得脸红脖子粗，兴高采烈地捧了一堆纪念品回来，逢人就一本正经地说我刚刚在市里开完会回来的。不过是一个老干部聚会，他却弄得像是刚参加了市委常委会一样。

那天，几个离退休老干部聚在一起商量给省里和滨海市委写举报信，举报海岬镇北城村有村民制贩毒，还存在镇、村个别干部和派出所民警充当保护伞的事情。老张也参加了，他喜欢凑热闹，各种聚会场合都少不了他，以此显得自己受人关注。当时老张神情严肃地参加聚会，却一言不发，他没有什么主见，只是听别人说。后来写举报信的事情定下来了，有人激他："老张，你是海岬镇人，你敢不敢签这个名、带这个头啊，谅你也没这个胆量。"如果换作别人，会想到这是发生在自己老家的事，揭丑这种事情能躲就要尽量躲，但老张却偏往上凑，认为这是大家对他的重视和信任，于是二话不说，连举报信的内容也没来得及看清楚，就第一个在举报信上签了名。

三

围剿海岬镇北城村的事情发生后，不知是谁透露是因为老张带头举报的，人们就对老张刮目相看了，说老张平日里看着不显山不露水的，关键时刻还有这种胆略！现在老张走在路上，人们都抢着和他打招呼，语气里透着一股敬佩，老张也感觉特舒坦。

有人说老张这个人不简单，肯定有来头。于是人们开始捉摸老张这个人，到底是什么来头。后来终于有人查出来老张原来是当过兵的，是部队退伍回来的。于是人们又开始议论纷纷，揣测加推理，凭空想象出了这样一个故事：老张在部队时是首长的警卫员，后来这位首长转业到了省里当领导，本来好几次要调老张到省里去工作，但老张人很正直，说自己在瀛江习惯了，不肯去省里，但是老张和首长一直有联系，只是老张为人低调，不愿声张罢了。海岬镇北城村村民制贩毒的事情闹得很凶,老干部们都看不惯,老张这时主动出面给省里老首长打了个电话,老首长当天就把省公安厅厅长给找了去,当面交代他要严查海岬镇北城村村民制贩毒的事。公安厅厅长本来要亲自带队,后来考虑怕动静太大,走漏了消息,于是派了省厅禁毒局政委带队下来。政委是专门搞这个事的,蛮有经验,半夜三更带着部队神不知鬼不觉地围了北城村,结果把那些制毒的嫌疑人都堵在被窝里了,有的连裤子都来不及穿。

人们把上述故事传得沸沸扬扬,越发觉得老张了不起,于是对老张生出了一些崇敬之意。有人当面向老张求证故事的真实性,老张也不作答,只是一副虚怀若谷、莫测高深的样子,人们见了他这个样子,越发相信故事是真的了。从此人们见了老张,也不再称他"老张""张科"或"张老头"了,而是一致称他为"张老",仿佛他一夜之间成了一个德高望重、手眼通天的老干部了。

四

这天曹伟强来向秦永明汇报工作,说这次省公安厅突击围剿北城村是因为瀛江市有人向省里和滨海市写了举报信,省里领导震怒了,才有了这次行动。

秦永明立刻召开市里相关领导开会,讨论这件事情。"我们欢迎广大干部群众监督我们的工作,欢迎他们发表意见提出建议,以利于我们改进工作。但我们同时要防止极少数别有用心的人造谣生事,兴风作浪,干扰瀛江市改革开放工作,破坏瀛江市来之不易的和谐稳定的大好局面。对于极少数居心叵测、蛊惑人心、唯恐天下不乱的坏人,我们要依法处置。"秦永明说着,转向市委宣传部部长叶子菁,"我们要开动宣传机器,要用正确的理论和客观真实的新闻报道去占领思想和舆论阵地,去引导人们,不要让极少数用心险恶的人钻了空子,恶毒攻击,肆意诽谤,把瀛江市改革开放工作说得一塌糊涂、一无是处。"

叶子菁连连点头。

第二十六章

一

瀛江市城区的社区街道都建有许多"老年人活动室",许多老人闲暇时喜欢来这里喝茶聊天,或搓个麻将打个扑克下下象棋什么的。有时候他们也来点小彩头,一盘下来输赢也就是三五毛钱,完全是图个乐子。派出所的人对这种事情向来是不去认真管理的:一来输赢额实在太小,不足挂齿;二来参与者都是些老年人,也不好处理。老张退休后也喜欢这种娱乐活动。这天,他和几个老人在"老年人活动室"里搓麻将,说好打一圈输赢两毛钱,然后就开始兴致勃勃地垒长城。

刚打完一圈,老张他们正在点钱,几个民警就闯了过来,当场抓了个现行。几个民警也不顾当事人哀告求饶,硬要把人带回派出所处理。围观的人一个个目瞪口呆,心想今天这派出所是怎么了,这点小事批评教育几句就行了,至于兴师动众吗?

老张等几个人被民警带回派出所做笔录。

老张刚开始还以为没什么大问题,心想,自己不就和几个老哥们聚在一起搓几盘麻将,输赢也就三五毛钱,这点小事还算个事情吗?他们一定是误会了,以为我做了什么见不得人的坏事,但派出所是依法执法的机关,他们不会冤枉我,相信事情很快会搞清楚的,到时候最多批评教育几句就会放我回家了。他平静地对民警说:"同志,你们可能是误会了,抓错了人。我大小也是个享受副科级待遇的退休干部,一辈子奉公守法,不贪不占,这一点你们可以向我的邻居和单位去了解。你们能快一些处理吗?我还等着回家吃晚饭呢。"

一位民警厉声说:"抓错你了?我们抓的就是你!你自己干了什么事你自己心里清楚,老实交代你的问题,不要存在侥幸心理。你既然是退休干部,更应该懂得坦白从宽、抗拒从严的道理!"

老张一下子就蒙了,怎么还用上"坦白从宽,抗拒从严"这样的字眼了?好像自己是一个十恶不赦、劣迹斑斑的惯犯一样,一下子从人民的内部矛盾转为敌我矛盾了。老张这才意识到事情的严重性,急忙说:"警察同志,你们肯定是误会了,我不过是搓了几圈麻将,人老了就只有这点娱乐,如果搓搓麻将都不行,那我就认错还不行吗?"

"砰"的一声,一直坐在边上冷眼旁观的另一个民警按捺不住了,猛地拍了一下桌子,把老张吓了一跳。只见他指着老张说:"你给我放老实点,你也不看看这里是什么地方,你光天化日之下公然聚赌,还一副死猪不怕开水烫的样子。你说赌得小,赌得小就不是赌博了?有哪条法律上写着,赌得小就不算赌博的?你们表面上输赢几毛钱,可是你们私底下赌注下得大,这也不是没有可能的。今天到了这里,你必须老实交代。"

二

老张活了大半辈子,从没被人这样指着鼻子训过,他感到很屈辱,他颤抖着嘴唇说:"同志,你说话客气点好不好?我究竟是犯了多大的错误值得你这样大声嚷嚷?我好歹也是个国家干部,我参加工作那会儿你还没出生呢!我孩子都和你一般大了,你就这样大声训我?"

"少跟我来这一套,训你,训你是轻的!你知道你犯的事是什么性质的问题吗?是诽谤罪!是诬陷罪!是要负刑事责任的!你鼓动一帮退休干部向上面写什么举报信,凭空捏造并散布虚构的事实,大肆造谣诬蔑,说什么瀛江市治安混乱,还存在什么庞大的制贩毒品的团伙,严重损害了瀛江市的形象,危害了瀛江市社会经济发展,已经构成了犯罪,你知道吗?"

老张这下惊呆了,他现在总算明白了事情的原委,原来是有关北城村的举报信得罪了有关部门,他们现在要公报私仇,把自己往死里整了。他开始感到慌乱了,巨大的恐惧感死死地攥住了他,使他几乎透不过气来,面孔煞白。他从来没和公安局打过交道,更没有坐过班房受过讯问,自然也不懂什么法律条款,现在听这个民警又是诽谤又是诬陷的,振振有词说得有鼻子有眼的,难道真的是由于自己的无知而铸成了大错,触犯了法律?我的老天爷啊。我老张老实巴交一辈子,不招谁不惹谁,临到老了还成了罪犯了,还要去受审坐牢,这可怎么办啊。

这边老张的家人听说老张被派出所的人带走了,开始还不觉得什么,以为不就搓了个麻将,输赢又不大,批评教育几句就会放回家的。老张爱人还骂着说:"一把年纪的人了,也不知道检点,还进了派出所了,不管他,让他去吃点苦头,受点教育。"

三

后来,有人气喘吁吁地赶过来报信说:事情闹大了,老张不仅仅是公开聚赌这么简单,还犯有诽谤罪和诬陷罪,是要坐牢的!听说市公安局都惊动了,连局长都亲自坐镇办案,还说什么要从重、从快处理,打击一小撮坏人的嚣张气焰。

老张爱人听说老张突然间已成了"一小撮坏人"了,还要被拉去坐牢,双腿一软,一屁股坐到地上开始号啕大哭起来。老张的儿女们得知后也马上赶了回来,一大帮子人坐在家里愁眉不展,唉声叹气。

有邻居好心地提醒说:"哎呀,现在都火烧眉毛了,你们还有心思在这里哭,赶紧想办法救人要紧啊!老张不是有个老首长在省里做大官吗?听说他老家北城村抓毒品的事情就是老张打电话汇报给老首长,省里才派部队来处理的,现在还等什么?赶紧给省里的老首长打电话啊!"

旁边看热闹的人都跟着急得跺脚,都说:"就是啊,赶紧打电话吧。"

老张爱人也顾不得许多了,边哭边说,"省里谁认得他啊,哪里有什么老首长,都是老张自己和别人瞎编出来的,一大把年纪的人了,还不知轻重,就喜欢到外面去吹牛,这下好了,把自己吹进去了!"说罢又是号啕大哭,老张的儿女们也羞得把头埋进大腿里。

众人方才恍然大悟,摇头叹息着:"唉,老张怎么这样啊,这种玩笑也是开得的?这一下弄不好还真要落个什么造谣诈骗的罪名呢。"围观的人们原来真的以为老张在省里有靠山,打个电话公安局就得乖乖地放人,他公安局的人再横还能横得过省里的官?大家都等着看这戏剧性的一幕。现在真相大白了,原来是子虚乌有的事情,大家一下子失去了看热闹的兴致,陆陆续续散去了,留下老张一家人哭哭啼啼的,一筹莫展。

第二十七章

一

　　曹伟强恨透了那帮写举报信的老干部，没事你就待在家里享清福嘛，偏偏要无事生非写什么举报信，把市委、市政府和公安局都说得一无是处，把瀛江搅得鸡飞狗跳，不得安宁，害得自己半夜三更像孙子似的跑上跑下，逢人就点头哈腰赔笑脸，还要挨秦书记的骂。现在这件事还悬在那里，还不知道省里市里要给瀛江方面和自己一个什么样的处分呢。每每想到这些，曹伟强就对老张恨得牙根痒。他也知道这事不是老张一个人干的，但法不责众，抓的人多了，影响就大了，搞不好会弄巧成拙，造成不好的后果。现在把这个带头的老张给办了，也是对其他人的一个警告和威慑，所谓杀鸡儆猴、擒贼擒王嘛。因此曹伟强这几天忙得脚后跟打后脑勺，整日里找人开会，寻找法律依据，督促办案人员落实老张的口供，初步定下来准备以诽谤罪起诉老张。现在还有一些技术性的问题要处理好，法律问题可是开不得玩笑的，容不得半点纰漏，要弄得真像那么回事，才好服众。

　　退休干部老赵听说了老张的事情后非常不安，也很着急，因为当时是大家聚在一起商量着给省里和滨海市写举报信的，是他打趣老张，激他带头在举报信上签名的。大家彼此很熟，所以顺嘴开了一个玩笑，没想到却留下了后遗症，导致事情发展到今天这个地步。老赵觉得自己无论如何也不能袖手旁观，必须想办法帮老张一把。

　　老赵急忙找到当时一起写举报信的那几个老哥们，对他们说："我们作为老党员、老干部有权利向上级组织反映情况，提出意见。如果认为我们举报不实，有夸大其词的成分，可以进行调查，但这和诬告、诽谤是两个性质完全不同的问题。现在有人想要借此打击报复，公安局把老张抓进去了，听说还要移交给检察院以诽谤罪进行起诉。老张为人厚道，他并没有把我们大家牵扯进去，但无论于公于私，我们大家都不能袖手旁观。如果老张真的以诽谤罪定了罪，那我们这些人也是帮凶、从犯，难辞其咎。"

　　大家听老赵这么一说，义愤填膺，群情激愤。于是，大家一起到市委要求见市委书记秦永明,请求他主持公道,不能任由公安局公报私仇,打击报复。

二

老赵一行人很快来到市委、市政府大院。市委大楼门口值班的人听了他们的来意,赶紧向市委办公室报告。瀛江市是一个小城市,有什么事情很快就传开了,市委办公室余副主任也大致听说过民政局退休干部老张的事情,他很同情老张,觉得市委书记秦永明是一个很有原则的人,不会纵容曹伟强他们胡来,于是急忙来到秦永明的办公室向他汇报。

"秦书记您好,向您汇报一件事情。门口来了一帮离退休的老同志,他们要求见您,向您反映关于老干部老张涉嫌诽谤罪的问题,您能不能抽个时间见他们一下?"

秦永明见平日里沉稳庄重的老余风风火火地来见自己,以为出了什么大事情,后来听他说是老干部们要见自己反映情况,当时就火了:"老余你也是市委的老同志了,今天不是我批评你,做事情一点章法都没有。做任何事情都要讲程序和方法,公安局的事情可以向政法委和分管政法工作的领导去反映,再说大院门口不是有我们的信访接待室吗?可以通过正常渠道来反映问题嘛,你们市委办不是分管信访局的吗?这是你们职责范围内的事情,不要什么事情都推给我,动不动就把矛盾上交,没有一点责任心。今天这个人点名要见我,我就得见;明天那个人又要见我,我也要见。我成了什么人了?你们这样做不是让我难堪吗?如果不见,有人就会说我这个市委书记脱离群众,高高在上;如果瀛江市的群众每天都为一点小事情就吵着要见我,我还要不要办公了?我看干脆我到信访局去,你老余来我这里办公好了!"秦永明这番话说得很重,说完也不再理余副主任,低头继续看文件。

余副主任听秦永明这么一说,当时脸上就红一阵白一阵的,难堪极了。他呆立了片刻,见秦书记再没有指示了,便几乎是倒退着走了出去。

三

余副主任来到市委大楼门前。老赵他们正翘首以盼,远远地望见余副主任灰头土脸地过来了,大家心里一沉,知道此路不但不通,老余还为此受了连累。大家也都闷闷的,不再开腔。

余副主任不明不白地遭了一通数落,心里不顺,他今天也决定豁出去了。

他以前和老赵是同事,在一个办公室里办过公,只因老赵年长几岁就先退休了,大家都很熟。余副主任把老赵拉到一边说:"老赵你们也是一根筋,干吗非要见秦书记?秦书记日理万机哪有空见你们?你们可以去找他,他这个人很和气,也好说话。"

哪个他?老赵愣了一下,立马就恍然大悟,余副主任是让他们去找代市长赵国平,自己怎么把这个事给忘了。赵国平虽然来瀛江市时间不长,但为人正直、谦和大度,在群众中间口碑很好。再说赵国平是省政府派来的干部,整个瀛江市也只有他敢和秦永明持不同意见。秦永明平时虽然霸道,说一不二,但也要让赵国平三分。老赵连声称谢,和同伴们说了这事,大家也都一致赞同。

代市长赵国平听说有一群退休老干部要来办公室见他,向他反映一些问题,他感到很高兴,他很愿意通过老同志们来了解一些具体情况,体察民意。

老赵和另外两个代表来到赵国平的办公室,赵国平热情地让座,并亲自为他们斟茶倒水,递烟。老干部们见了赵国平亲切热情的态度和举动,心里都有一股暖流在涌动,反而像小孩子一样扭扭捏捏,有些拘谨了。

赵国平见大家这个样子,微笑着说:"我来瀛江一段时间了,早就想着要去看望同志们,和大家交流一番,可是杂事多,一忙起来就没顾得上,倒是同志们先来看我了。大家都是老同志了,为党和人民工作多年,经验丰富,原则性强,希望你们发挥余热,积极建言献策,监督帮助我们改进工作。你们都是我们瀛江市的宝贵财富啊。"

一席话更是让老赵他们心里暖融融的,大家也都放松了,于是你一言我一语地把老干部老张的事情说了。末了,老赵说:"赵市长,我们这些老同志都在瀛江市工作生活多年了,对老干部老张是非常熟悉和了解的,老张最大的特点就是老实厚道,大家和老张都是出于公心向组织上反映问题,我们愿意以党性人格担保老张绝不会蓄意诽谤,恶毒攻击市委、市政府,这其中肯定有什么误会。"

赵国平也大致听到过一些关于此事的传言,他凭直觉认为公安局处理此事的态度有些偏激。只见他沉默了一会儿说:"感谢大家来向我反映问题,提出批评和建议。知无不言,言无不尽,言者无罪,闻者足戒。这是我们的一条基本原则。关于老干部老张的问题我会向公安局了解情况,妥善处理的。"

老赵他们听了赵国平的这番表态,非常感动,说了一些感谢的话,然后就告辞了。

第二十八章

一

因为北城村出现严重的制贩毒的事情,瀛江市委受到了滨海市委的严厉批评,省禁毒委准备发文在全省范围内通报批评瀛江市,被省委彭副书记出面制止了。

彭副书记说:"在事情还没有调查清楚之前,先不要匆忙下结论,不要挫伤了下面的同志抓经济建设工作的积极性。在改革开放中会遇到许多新问题、新事物,下面的同志工作疏忽、管理不善在所难免。瀛江市是新建市,市委发展经济的主观愿望是良好的,在经济社会发展的过程中出现这些那些事情也是难免的,这是工作方法问题不是态度和立场问题,不要一棍子把人打死。要相信下面的同志有认真检讨、自查自纠、改正错误的觉悟和勇气。瀛江市是我们省改革开放以来新建的其中一个县级市,树立起这样一杆改革开放的大旗不容易,不要因为某一方面的问题就全盘否定。"

省内一些新闻媒体准备报道打击北城村严重制贩毒事件,后来又是彭副书记打电话给省委宣传部,谈了一点个人意见,大意是我们新闻宣传工作要坚持正确的舆论导向和立场,要宣传报道主流社会现象和改革开放的大好形势,不要总是去报道一些非主流的阴暗面。各家新闻媒体单位也就偃旗息鼓了。

瀛江市委主动向滨海市委汇报了情况,称瀛江市委、市政府绝对不会包庇和纵容北城村村民严重制贩毒的事情,一定要自查自纠,举一反三,认真总结经验教训,在瀛江全市掀起一场大清理清查行动,严厉打击制贩毒行径。报告中还专门提到了瀛江市委书记秦永明在瀛江市委宣传部关于严厉打击北城村村民制贩毒,引导群众走正道创业致富的宣传方案中批示的"新闻报道要注重客观事实,讲求实事求是"的事情。

二

在代市长赵国平的亲自过问下,老干部老张终于被公安局释放回家了。但"死罪可免,活罪难逃",老张虽然侥幸免诽谤罪和牢狱之灾,却受到了社会一些人的非议。老张在瀛江市成了一个臭名昭著的人物。

"现在有的退休老干部对别人是马克思主义,处处挑剔,无事生非,可是自己却道德败坏,心理阴暗,大搞低级庸俗的一套。一味搜奇猎艳,热衷于放大某些阴暗面,造成不良的社会影响。民政局的那个退休干部老张就是这方面的典型,他本来只是民政局的一个普通干部,却成天在外面自吹自擂,说自己是什么副局长。"

"权欲熏心,真是自我膨胀到了极点!更有甚者,他还到处招摇撞骗,说自己在省里有靠山,有后台,经查明纯属凭空捏造,他这样做想干什么?想达到什么目的?"

"是啊,对这种人要保持高度警惕,千万不要上了他的当,中了他的流毒。"

从此老张就羞于见人,整天躲在家里不出门,偶尔从大街上走过,人们也都交头接耳、指指点点,好像看一个怪物一样。

老张从公安局释放回家后,整日待在屋子里长吁短叹,自怨自艾。本来就很瘦的他很快就瘦得皮包骨头了。只有老干部老赵始终如一,隔三岔五来看看他,劝慰、开导他。

老张却是充耳不闻,慢慢地竟有些神情呆滞,举止异常。老张的家人连忙把老张送到医院诊疗,医生开了一大堆化验检查的单子,又是查血、验尿,又是做心电图、脑电波。医生皱着眉头看完一大堆检查结果单后说老张没什么病,可能是心情不畅,慢慢调理一段时间就好了,于是开了一些安眠药和调养的药。

时间过得很快,转眼已是秋季了。老张的病非但不见好,反而一天天沉重起来。

第二十九章

一

省公安厅在"三海"地区开展"雷霆扫毒"清剿行动,组织三千名警察围剿了北城村,轰动了全国。不到半个月,瀛江市公安局分管禁毒工作的副局长夏秋荣因与"三海"地区猖獗的毒品犯罪有关,被立案调查。之后,公安局法制、治安、禁毒等股室大队负责人也相继被查,"三海"地区的五个派出所所长全部被撤职……

海岬、海东、海西三镇,为瀛江市"三海"地区。多年来,该地区海岬镇北城村由于地处偏僻,毒品犯罪问题非常突出,一些群众利用违法犯罪换取效益的弊端日益凸显,就连个别农村基层干部都暗中制售毒品,造成社会治安极不稳定。这些不利因素引起上级党政和公安机关的高度重视,"三海"被国家禁毒委列为毒品犯罪的"重灾区"进行挂牌整治。"摘帽"后,党政干部认为一劳永逸了,公安部门放松警惕,甚至裁撤了禁毒队伍……

去年,"三海"地区再次被国家禁毒委列为毒品重点整治地区,随后,瀛江市委、市政府班子多人先后被调离原来的岗位。省委当时就是考虑到瀛江这种特殊情况,才打破不能任用本地人在当地担任主要领导的这个不成文规定,直接把赵国平调回老家任职的。

赵国平记得很清楚,那天,省委常委会一结束,省长王浩就把他叫到办公室,对他说:"国平啊,这次省委决定派你去瀛江市,是经过慎重考虑的。瀛江是你的老家,这几年发展情况你应该了解,连续三年多项经济指标在全省倒数第一,毒品和走私犯罪的问题依然突出,干部队伍腐败问题也很严重。你去瀛江,省委给你充分的信任,就是让你帮助瀛江市委迅速打开局面,扭转瀛江目前的不利形势,把社会治安搞稳,把经济蛋糕做大,把干部队伍带好。过段时间,秦永明很可能另有任用,到时候可能考虑你作为市委书记的人选。你是土生土长的瀛江人,对那里的情况熟悉,又是读政府管理学的,年富力强,省委对你寄予很高的期望……"

二

省公安厅在"三海"地区开展"雷霆扫毒"清剿行动半个月后，也就是赵国平来到瀛江市的第四个月，滨海市委专门制定了"三海"地区社会治安集中整治工作方案以及重点打击制毒贩毒和走私违法犯罪的行动方案，成立由滨海市委书记为组长的专项整治行动领导小组。接着，滨海、瀛江两级各从市直机关单位抽调近两百名干部，同时调集了一百多名警察，成立专项整治行动工作队，进驻"三海"地区，对北城村进行地毯式彻查余毒的工作。

一个月来，专项整治行动工作队充分发挥职能作用，在当地党政机关和公安部门配合下，一手抓管控，一手抓综合治理，有力稳定了"三海"地区社会治安局势，得到上级有关部门的充分肯定。

过了一些日子，省里就要来考评"三海"地区综治工作了，而群众对社会综治的满意率达到多少呢？带着这些问题，代市长赵国平请示了市委书记秦永明，决定由市委政法委牵头组织召开一次座谈会，邀请"三海"地区基层干部参加，为社会治安整治"把脉挑刺"。

这天下午，四十多位来自"三海"地区的基层村（社区）支部书记、主任应瀛江市委政法委之邀，由各镇党委书记、镇长带队来到市委政法委会议室，听取"三海"地区社会治安突出问题的情况汇报，并就群众的感受向政法机关进行反馈。

赵国平亲自主持座谈会。开场白过后，他让政法委暂时负责全面工作的副书记袁毅向大家汇报开展专项整治行动以来的情况。

"……截至目前，'三海'地区社会治安专项整治行动共立刑事案件八十二宗，破获三十宗，与去年同比破案率上升了百分之六十二；处置治安案件一百六十二起；抓获各类犯罪嫌疑人一百七十二人；缴获毒品两千多克；缴获假币一百三十万元；没收枪支三支，制造毒品原料及工具一批，有效促进了'三海'地区社会治安局势稳定……"

赵国平见袁毅汇报完毕，接过话茬说："成绩属于过去，问题要用实际行动来解决，要用群众满意度来说话。"说完他摆摆手，开始让大家踊跃发表建议和意见。

然而，大家闷声不响，会议室瞬间静得连一根针落地都清脆有声。

三

赵国平没想到座谈会会陷入僵局。他见谁都不愿意吭声，便开始按照惯例，挨个请他们发言了。他第一个请的是一位社区支书。

这位社区支书也毫不犹豫，只见他站起身就放开嗓门大声说："过去的这一个月，'三海'地区公安机关和进驻'三海'地区的两级工作队的工作，群众还是表示满意的，但依然存在好多好多不尽如人意的问题，比如对犯罪案件没有速侦速破、速破速判……"

随后大家纷纷发言。一位年纪较大的社区支书感慨万分地说："经过公安机关和两级工作队的努力，现在'三海'地区的社会治安状况确实比以前好转了，尤其是毒品、走私等这些违法犯罪得到了有效遏制。治安好了，群众能不满意吗？"

"还有，公安机关必须加大自身的宣传力度，增加工作透明度。"

"是不是应该采取一些措施，解决警力不足的问题。最近我们社区还是发生了一起抢夺案件，报警后，民警是及时赶到了，可一脸无精打采的样子，说昨晚又办了一通宵的案件，是因为没人手还是……"

"对了，不久前我们村的一个村民去派出所报案，等了两个小时，才有人来受理……"

见没人要发言了，曹伟强激动地站起身说："谢谢大家。综合大家的意见，我代表市公安局来表个态，在今后工作中，'三海'地区公安机关一定保证主动配合进驻'三海'地区工作队的工作，积极应对，更好地完成各项目标任务。同时，我们一定进一步落实责任，强化责任追究，对工作不力、措施不落实的单位和个人，严格按照有关规定给予严肃处理。请大家相信我们。"曹伟强说完顿了一下继续说："针对毒品和走私犯罪问题，我们公安机关一定保证在市委、市政府的直接领导下，在两级工作队的支持下，进一步强化措施，建立'打、防、控、管'的严打长效机制，形成'围、追、堵、截'的强大攻势。同时在人民群众的配合下，掀起新一轮的严打整治高潮，通过打现行和抓逃犯，杜绝治安隐患。"

最后，赵国平做了总结发言，他十分诚恳地说："今天邀请大家来这里，主要是请大家为我们的工作'挑刺'，为'三海'地区社会治安状况'把脉'，你们的意见和建议都是我们下一步工作的重点和主攻方向。当前，'三海'地区重点整治工作还在深入进行，我希望公安机关必须认真总结前阶段工作经验，剖析存在的问题,按照上级的工作部署,不断调整工作思路,研究新的对策,以强硬的措施和铁的纪律推进整治工作,力争取得更明显的成效。"

四

赵国平的话音刚落,现场随即响起一阵"哗哗哗"的掌声。

赵国平喝了口水,继续说:"在加强对'三海'地区社会治安集中整治的同时,也不能放松对毒品、走私犯罪等问题的重点整治。市委近期准备再从市直机关抽调四十四名年轻干部,到'三海'地区的村、社区挂职,会同当地党政和两级工作队成立驻村工作组,开展为期一年的驻村整治,协助村、社区对毒品、走私犯罪进行排查和清理。同时,帮助这些村、社区开展村容村貌整治和群众转产转业的民生帮扶工作。当然,我们是不是也应该承认,社会治安状况存在问题,跟我们基层组织也是有一定关系的。北城村'两委'班子软弱涣散,全面瘫痪,一些干部还参与制贩毒品,造成村社会治安状况和'脏、乱、差'现象非常严重就是一个典型例子。接下来市委还要对全市农村基层组织存在软弱涣散的问题,逐个排查摸底、登记造册,把群众反映的热点难点问题摆上台面,制定'一村一策',对症下药进行整顿。"

现场随即又响起了一阵"哗哗哗"的热烈掌声。

赵国平站立起来,向大家摆了摆手:"同志们,我们瀛江市不重视农村基层组织建设,真的是不行了,大家说对不对。"

"对!赵市长说得太好了!"现场又响起了一阵热烈的掌声……

散会后,袁毅见村、社区书记主任们都已走完,便拿出一份材料递给赵国平:"赵市长,全市禁毒整治万人大行动工作方案已拟好,主题暂定为'携手禁毒清源,共建美丽家园'。听滨海市政法委许书记说,估计过两个星期,省考评创建平安和综治工作的工作组就要来了,我想我们是不是争取这两天把这动员大会开了。"

赵国平翻了儿页,还给袁毅:"你交给市委办,让他们通知晚上开常委会,将行动方案拿给大家过过目,讨论讨论,同时把行动分工定下来……这件事是该抓紧做。秦书记到滨海市委汇报工作去了,就不用通知他了。"

第三十章

一

自从出了文化中心的事件和省公安厅突击围剿北城村缉毒等事情后,市委书记秦永明郁闷了一段时间,于是他想再出去散散心。可是这次他不想去太多地方,就去了号称人间仙境、休闲天堂的山东省蓬莱市(2020年6月撤销,设蓬莱区)。因为蓬莱市也是一个海滨县级市,可它是中国优秀旅游城市、中国最佳休闲旅游城市、国家历史文化名城,还是国家环保模范城市、国家卫生城市,城市建设方面有很多值得借鉴的经验。这次考察团成员尽量精简,就市委常委、副市长杨得胜,市委政研室、政府经研室、财政局、建设局、国土局、环保局、城管局、旅游局等几个与城市规划建设和管理有关的局负责人。考察课题是如何处理因城市化进程的加快而造成生态环境日益恶劣的问题。

飞机在华灯初上的时候降临在位于蓬莱市潮水镇的烟台蓬莱国际机场,考察团十多个人出了机场大厅,登上预订的一辆中巴车向蓬莱市区驶去……已是市公安局宣教室副主任的徐丽莎这次又是考察团的成员。此时,她和秦永明就坐在前排座位上。

"司机,你们蓬莱市都有哪些大酒店?给我们介绍一下。"

司机从车后镜上看了一眼西装革履、气度不凡的秦永明和打扮得花枝招展的徐丽莎,心想这肯定是香港哪个大财团的老板带小秘出来寻欢作乐,开口就问大酒店,于是便殷勤地介绍起来:"我们蓬莱是个旅游城市,不仅风景优美,经济也发达,高档酒店就更多了,有三仙山、中国湾、华玺、渤海、盛唐国际、蓬莱阁等等,你们要住就住华玺大酒店吧,环境很好,但价位比较高,不知你们准备去哪里?从那里步行三百米就可以到达海滨浴场和蓬莱阁景区,亚洲最大的海洋公园——海洋极地世界也在附近……"

"走吧,只要环境舒适就好。"秦永明说着转过身问徐丽莎,"小徐你说呢?你觉得去哪里住比较好?"

"您是老板,当然由您来决定了。"说着,徐丽莎略带羞涩地笑了,"反正我一切行动听您指挥。"

秦永明微笑着说:"这可是你说的啊,一切行动听我指挥,包括在任何地方,你都要为我服务啊,不然我可是要批评人的!"平日里庄重严肃、不苟言笑的秦永明现在竟然讲起了痞话来。

徐丽莎不知该如何作答,脸颊瞬间红了起来。她嗔怪地冲秦永明使了一个眼色,示意别让后面的人听到。秦永明却不以为意,因为身后这些部门负责人几乎全是他一手提拔的。再说在几千公里之外的蓬莱,谁会认识我和你徐丽莎,真是多虑。

半个小时后,中巴车终于来到华玺大酒店。考察团里负责后勤工作的市委政研室庄主任急忙上前办理了入住手续,并特地把秦永明和徐丽莎安排在门对门的两个标准间里,考察团其他成员则是两人共住一个标准间,只有秦永明和徐丽莎是特例,一个人住一间。

二

秦永明正在房间里洗漱,门口传来敲门声。政研室庄主任进来请示说:"秦书记,吴荣发老板来了,他想见您。"

"吴荣发?他怎么会在这里?"秦永明满脸诧异,"快让他进来吧!"

这次考察活动是以城市规划建设和管理为主的,而吴荣发是做实业的企业家,因此没有带他一块儿出来,没想到他却不请自到了。秦永明正想着,身材矮小的吴荣发满脸笑容已走了进来。

"荣发,你怎么会在这里?你真是神出鬼没。"

"我是一贯紧跟秦书记的,秦书记您大驾亲征,我岂能坐在家里无动于衷,自然要来鞍前马后为您效力,做一些跑腿的工作总还是可以的。秦书记,我已在楼下餐厅里备好了酒宴为大家接风洗尘,您待会儿就下来用餐吧。"

吴荣发是通过考察团的其他成员了解到考察团行程安排的,他提前一天赶到了蓬莱,他本来住在环境幽静的另一家酒店,后来听说秦永明临时选择了海边的华玺大酒店,因此也迅速搬了过来。

考察团一行人很快就来到楼下餐厅里的"仙人阁"包厢。秦永明自然坐在首席,徐丽莎自然是紧挨着秦永明落座。吴荣发虽然富甲一方,还是瀛江市政协常委,但他没有正式的官方身份,因此就只能坐在门口的座位了。好在吴荣发并不计较,他自有自己的目标和追求,志不在此。在座的各位领导在他眼中都是财神爷,只要把他们伺候好了,他们高兴了,各种好处和利益自然就会滚滚而来。

待大家坐定后,吴荣发清了清嗓子,站起来发言说:"秦书记,各位领导,我吴荣发比大家早来了一步,今天向大家表示欢迎,向考察团的同志们致敬!"说着,吴荣发还举手齐额向大家敬了一个礼。

大家都热烈鼓掌,欢声笑语在包厢里回荡,气氛一下子变得活跃起来。

吴荣发接着说:"各位领导请安静,下面我们请我们的书记讲话,大家欢迎!"说罢带头鼓掌,包厢里立刻掌声雷动,像一个万人大会的现场,气氛热烈。

秦永明脸上笑意盈盈,把身子坐端正,双手向下压了压,示意大家安静,随后立刻进入角色,好像真是面对着万人的大会场做报告似的:"同志们都辛苦了,今天也不是什么正式的会议,大家都放松些。我也没有别的话要说,预祝我们此次考察活动圆满成功吧! 祝同志们生活愉快!"

大家又是热烈鼓掌,包厢里充满了欢快热烈的气息。

三

这时,坐在秦永明身边的建设局局长开始发言了:"秦书记就是开明、亲和,没有一点架子,时时处处和我们基层干部打成一片,能在秦书记的领导下工作是我们瀛江市广大干部的荣幸和福分!"建设局局长的脸上满是向往的神情,就像一个话剧演员一样,很有激情,富于感染力。他的话立即引起了大家的共鸣。

"是啊,秦书记除了开明亲和,工作上很有魄力和开拓精神,来瀛江工作后大刀阔斧,锐意改革,使瀛江市发生了翻天覆地的变化,有秦书记这样的领导,真是我们一百多万瀛江人的福分啊!"

"是啊,秦书记整日废寝忘食,公而忘私,一心扑在工作上面,我们瀛江有秦书记这样的带头人,一定会取得更快、更好的发展。"

秦永明似听非听,微笑着坐在那里,一言不发,表情很是得体。你不能表现出太高兴很受用的样子,这样大家就会在心里笑话你秦永明太浅薄、太庸俗,只喜欢听歌功颂德、逢迎拍马的话。而且在下属们恭维讨好自己时,你如果表现出一副受宠若惊的样子,那岂不是自降身份了? 但是也不能表现得太冷漠或不毫在意的样子,那样就会伤害了大家的感情,或者人家会误以为你这个领导对他有成见,是故意在冷落他,无端地生出一些不必要的揣测和疑虑来。

一场普通的饭局弄得有点像开会了。吴荣发不是党员干部,自然轮不到他发言,但他脸上仍保持着热情灿烂的笑容,耐心听着大家依序发言。徐丽莎自然也不用加入巴结讨好秦永明的行列中去,她有另外的方式来表达自己对秦永明的敬意。徐丽莎听着大家对秦永明的颂扬之声,心中充满了崇敬喜悦之情,她用一种火热深情的目光注视着秦永明。秦永明虽然已是人到中年,可以算是过来人了,但此刻沐浴在徐丽莎这样令人销魂的目光里,也禁不住有些心旌摇曳。

好在大家都知道今天不是正式的会议,发言都很简短,言简意赅,各人的台词很快都背完了,会议也就接近了尾声。

见桌上的菜都快凉了,吴荣发抓住时机,举杯起立开始祝酒:"秦书记,各位领导,我预祝此次考察活动取得圆满成功,我敬大家一杯!"他说完一仰脖,把满满一杯酒倒进嘴里。

大家也都纷纷举杯相碰,仰脖痛饮。吴荣发又殷勤相劝,招呼大家吃菜,并亲自往秦永明、徐丽莎等几个主要客人面前的菜碟里夹菜。一场本来极普通的酒宴,在经过了冗长烦琐的铺垫后终于进入了正题。于是大家开始觥筹交错了。

四

这顿饭足足吃了两个多小时,桌上已是杯盘狼藉、残羹剩肴了。吴荣发眼见差不多了,站起来客套地说:"秦书记,各位领导,看看还要加些什么菜。"征询的目光从秦永明开始,依次在各人脸上转了一圈。他虽然喝了酒,但礼节丝毫不乱,颇见章法。

大家就都把征询的目光投向秦永明,只见秦永明的目光象征性地扫了大家一圈后,说:"今天大家长途跋涉,都很累了,我看今天就到这里吧。早点回房休息,明天还要工作。"

这时,吴荣发又说:"万丈红尘三杯酒,千秋霸业一杯茶。秦书记,各位领导,我有个建议,我们是不是来个什么余兴节目?听说东莱路有一家叫椰林的酒吧,音乐很棒,环境也很好,我们要不要去体验一下?"

听吴荣发这么一说,大家又来了兴致,变得兴奋起来,又都扭头看着秦永明。可秦永明心想,像他这种身份的人怎么能去那种场合?就算要去也不能和这么多下属一起去,身为领导干部该时刻注意影响。他很有原则地说:"我看算了吧,不是我扫大家的兴致,我们身为党员干部,任何时候在任何地方都要注意影响,酒吧那种场合不适合我们去。"说着,他和徐丽莎走出包厢,一行人随着鱼贯出了包厢,走向电梯间。

来到电梯口,吴荣发向大家使了一个眼色,让大家放慢脚步落在后面,借口电梯太小要走楼梯上去或等下一部电梯。见秦永明的电梯上去了,吴荣发压低嗓音悄悄地说:"各位领导,我们今天违背一下秦书记的指示,偷偷出去感受一下蓬莱的夜店,以后我们瀛江也要建高档酒吧,这也应该是考察内容之一啊。"

大家一听兴奋了,都说:"还是你老吴办法多,考虑问题周全。"说着,大家兴致勃勃地来到酒店大门外,分乘四辆的士直奔东莱路而去……

第三十一章

一

翌日早晨,一个特殊的旅游团队出现在蓬莱街头,一行人边走边看,边看边发表评论,并啧啧赞叹。这就是瀛江市来的考察团。考察团第一天的任务是观摩蓬莱市容市貌。

蓬莱是全国著名的旅游城市,也是经济发达、城市建设出类拔萃的县级市。蓬莱不仅有优美的自然风光,而且有壮观的城市风貌,市容也非常整洁美观,很早就获得过全国卫生先进城市的称号,市区的马路和街道上几乎很少看到垃圾和纸屑。举目远眺,高楼林立,街道宽阔整齐,绿荫满目,鲜花吐艳,令人心驰神往,赏心悦目。

徐丽莎是第一次来到蓬莱市,她兴奋得像一个孩子一样又说又笑,跑跑跳跳,一副活泼可爱、娇憨可人的样子。秦永明背着手不紧不慢地走在后面,举止沉稳有度,用一种欣喜、怜爱的目光注视着徐丽莎。

"蓬莱市真是太美了!"徐丽莎玩累了,回到秦永明身边,脸上充满了无限向往的神情,说,"秦书记,我们瀛江市不是也靠海吗?怎么不能把我们瀛江市也变成蓬莱呢?"

"小徐同志啊,你说得也太容易了,城市建设不是空口说白话,是需要大笔资金投入的,我们瀛江市底子薄,财政哪有那么多钱?"

秦永明的一席话好像兜头一盆冷水,浇灭了徐丽莎满腔的热情,徐丽莎疑惑不解地问:"秦书记,既然你知道不可能,那为什么还要千里迢迢跑到蓬莱来考察呢?难道仅仅是为了来旅游?"

"倒也不是这样。我们市里这几年都会组织各单位的人到外面考察学习。学习他们城建工作先进经验,是我们作为新建市的工作内容之一,也体现了我们市委、市政府对城建工作的重视。不过,各地有各地的优势,我们有我们的实际情况,别的城市的一些先进经验就算可以照搬照学,但我们目前的财力、物力还跟不上。"

"那我们考察以后准备怎么做呢？"

"考察回去撰写一个考察报告，列出一个城建工作的远景规划来，至于具体实施是十年八年以后，还是几十年以后那就难说了，反正到时候我很可能就不在瀛江市委书记的岗位上了，新来的书记和市长又会有新的规划和方案。另外，我还准备写一本关于城市建设与管理的书，已经和省里的一家出版社约好了。"

"您每天工作都那么忙，哪有时间静下心来写书呢？"

秦永明开心地笑了："你真是傻得可爱，不过我喜欢你这个样子，没有心机和城府，和你在一起永远也不需要为自己设防。"

"我不理您了，您这到底是在夸我还是损我？"

"其实我的那本书早就开始写了，胡耀宗带领办公室的两个秘书到图书馆和城建部门查阅了一些资料，又专门到省城请教了一些专家学者，再结合我们瀛江市的实际情况，按照我拟定的题目和写作大纲，还有我提出的一些观点，他们已经开始撰写初稿了，等我结束考察工作回到市里恐怕草稿就该出炉了，我再在原稿基础上做一些修改和发挥，就可以了。这样，观点和思想都是我的，他们只是帮我组织一下文字罢了。"

二

徐丽莎听后不免啧啧称奇，原来著书立说这么方便，这可真是开了眼界了。秦永明和她在前面边走边谈，聊得火热，后面考察团的成员们如影随形，尾巴一样跟着。

不知不觉已近中午了，吴荣发屁颠屁颠地跑上前来说："秦书记啊，这眼看都到中午了，同志们都有点累了，我们是不是找个地方填填肚子呢？"

徐丽莎看着吴荣发脸上时时洋溢着讨好的笑容，而且总是不厌其烦地为大家服务，感到这个人也挺可爱的。

秦永明扭头问徐丽莎："小徐同志，你觉得怎么样啊？"

"吴总，我们去哪里吃饭啊？"

"秦书记、徐主任，我刚才了解过了，附近海边有一家渔家乐餐馆，那里的海鲜都是老板家里人从海里现捞上来的，新鲜得很，我们就去那里吃饭吧？"

徐丽莎听说餐馆就在大海边，可以凭窗观海，吹着海风，听着海潮声，享受美食,想一想都觉得无比美妙和浪漫,于是鼓掌叫好。

秦永明本不想为了吃一顿饭兴师动众跑那么远,他认为就近找一家就可以了,但是见到徐丽莎兴致这么高,便欣然允诺了。

于是,考察团一行人打了三辆的士,浩浩荡荡直奔附近海边而去。一行人来到海边的一家渔家乐餐馆,照例是订了个包房,秦永明等人来到海鲜柜旁点菜。果然都是鲜活的海鲜,海鲜柜里专门盛放着海水,泡在海水里的各式鱼虾都很生猛,螃蟹和龙虾都是张牙舞爪、耀武扬威的样子,形状怪异、颜色鲜艳的各种海鱼在水箱里游弋往来,异常灵巧。

餐馆离海边不远,仅百余米之遥。海边停泊着几艘小渔船,渔民们正忙碌着把刚刚从海里捕捞上来的海鲜往岸上卸,然后搬到餐馆里来。徐丽莎是第一次近距离地接触如此鲜活的海洋生物,显得兴奋异常。她站在海鲜柜前,乐得脸上都露出灿烂的笑容。

三

菜点齐了,上菜还要稍等一会儿,考察团的一行人便先来到海边看风景。举目远眺,海面上海鸥在飞翔,远处的海面上漂浮着几艘渔船。更远处是几座小岛,耸立在万顷波涛之中。潮水一阵阵地冲上沙滩,很快又退了回去,周而复始,发出闷雷一样的潮声。海风裹挟着海腥味迎面吹来,清凉舒爽。

"我有一所房子,面朝大海,春暖花开……陌生人,我也为你祝福,愿你有一个灿烂的前程,愿你有情人终成眷属,愿你在尘世获得幸福,我只愿面朝大海,春暖花开……"徐丽莎这时深情地朗诵起海子那首著名的诗,只见她赤脚站在海滩上,任潮水浸过自己白皙的双脚,任海风吹拂自己乌黑秀美的长发。她一会儿张开双臂,好像要拥抱眼前的大海,又好像是要凌空飞去,一会儿闭上双眼,聆听着海潮声,又好像在尽情沐浴着海风。

吴荣发听见徐丽莎朗诵的那首诗歌中有"房子""开花"什么的,于是走上前殷勤地说:"徐主任真是有文采啊,这首诗真美,恐怕我们瀛江市里没有几个人能写得出这样的好诗来。"顿了一下,他又接着说:"徐主任,你应该就在海边买一套别墅,可以面向大海,再在屋前种上一些花,春天花就会开了,有空就来这里度度假,那多好啊!"

徐丽莎听了吴荣发的吹捧,嫣然一笑说:"吴大哥,你可真会开玩笑,以我现在的工资水平,我就是半辈子不吃不喝也不可能买得起海边别墅啊!"

"徐主任你也太谦虚了,以您这样的条件,只要想要,那还不是轻而易举的事情!"他在心里暗想,以你和秦永明的亲密关系,你只要帮我在秦永明面前美言几句,给我弄点好处,我送你一套别墅那还不是小菜一碟。

秦永明听吴荣发越说越离谱了,不满地看了吴荣发一眼。这个吴荣发今天是怎么了,脑子进水了?居然在这种公开场合讲这种话。

吴荣发正在嬉皮笑脸地和徐丽莎套近乎,冷不丁看到秦永明冷峻的目光,猛吃一惊,知道自己言多有失,赶紧转移了话题:"徐主任真是活泼啊,我们先去吃饭吧,菜都上齐了,等一会儿再来看海。"

第三十二章

一

午餐自然是以秦永明为中心,大家不厌其烦、喋喋不休地说着一些恭维讨好的话,同时也对今天上午的观摩活动发表感慨,齐声赞叹蓬莱的城建工作做得好,具有超前意识,我们瀛江也要奋起直追,苦干加巧干,把瀛江建设得更加美好。大家仿佛在开赛诗会一样,你方唱罢我登场,极尽华美的辞藻和动听的语句,又像是开动员会一样,纷纷在秦永明面前表决心、做保证,那样子就像明天就要走上战场参加战斗一样。在今天这样难得的和市委书记零距离接触的场合,大家都不想错失向书记表忠心的机会。机不可失,失不再来,干革命工作就要有这种舍我其谁、勇于争先的气概。

吴荣发在旁守候了好久,急得抓耳挠腮。好不容易才争得一个发言的机会,他充满激情地说:"秦书记,各位领导,今天有幸参加考察团的观摩活动,有很多感触。作为民营企业,我们应有一种责任感和紧迫感,我们万亿达集团要为瀛江市的城市建设和发展做出新的更大的贡献,回馈家乡,建设家乡。如果瀛江城市建设方面有什么新的项目要上马,比如市政工程什么的,请各位领导一定要考虑到我们万亿达集团,给我们一个表现的机会,我们一定会尽心竭力,效犬马之劳!"

吴荣发不知是因为刚喝了一点酒还是因为太激动,脸憋得通红,好像在和谁赌气吵架一样,一副拼命三郎的样子。无利不起早,他屁颠屁颠地从瀛江尾随到蓬莱来,自然是有所图的。他敏锐地觉察到瀛江市将会在市政工程方面有一些新的动作,因此捷足先登,率先做一些铺垫工作。不是说我们中国是一个礼仪之邦,讲究礼尚往来、投桃报李吗?考察团这两天的"生活娱乐"都是由他负责策划安排的,每次都是他抢着买单。

考察团的成员都很感动,多么纯朴直率的同志啊,倒不是说因为吃了他几顿饭,但人家的确是带着诚意"扑面而来"。于是,大家都纷纷点头附和吴荣发:"是啊,是啊,万亿达集团这几年发展迅速,为我们瀛江市的经济发展做出了巨大的贡献,这些都是有目共睹的,是我们瀛江的光荣,万亿达集团有实力有诚意,把市政工程交给他们去做让人放心,这也是对瀛江市的人民负责!"

二

秦永明面对这种一边倒的呼吁和倡议之声,照例是一副面带微笑、似听非听的样子。但吴荣发心里明白,自己首战告捷,收到了预期效果。在座的可都是决定瀛江市政工程的实权人物,在他们之间达成了一种"共识",形势于己大为有利。当然,接下来还有许多工作要做,要一步步地来,他像一个胸有成竹的战场指挥员一样,已开始在心里谋划下一步的行动方案了。

考察团一行在海边餐馆吃完了饭,又三五成群沿着海边沙滩散步、看海景,悠闲自在,轻松惬意。时间过得很快,眼看已下午三点多钟了,众人方才依依不舍地打的回到蓬莱市区,又在蓬莱人民广场流连徜徉了许久,看着宏大壮阔、整齐洁净、鲜花盛开、碧草如茵的人民广场,宽阔的马路上车水马龙,井然有序,不免又是一番啧啧赞叹。

夕阳西下的时候,考察团结束了一天的考察活动,回到华玺大酒店休息。

回到华玺大酒店后,众人先各自回房间洗漱,然后到楼下餐厅吃饭。晚上八点,秦永明把建设局局长等几个主要成员叫到房间,对当天的观摩活动做了一个小结,然后安排第二天的考察行程,决定从第三天开始,考察团分散自由活动,以小组为单位自行拟定考察目标和重点项目进行考察,视具体情况通过省政府驻山东办事处与蓬莱的有关部门接洽联络,向他们学习取经。这样一来,考察团就放了鸭子了,大家乐得无拘无束,随心所欲。整天陪在秦永明身边,时时刻刻小心谨慎,生怕有说错话、办错事的地方,大家都有些拘谨、放不开,不能尽情地"考察"。现在好了,秦永明安排大家分散活动,好像发了一道赦令一样,皆大欢喜。

吴荣发本想和秦永明一起活动,但仔细一想,他有徐丽莎相伴左右,自己岂不是当了一个"大电灯泡"?那样的话未免太不识相了。他只得退而求其次,转而与建设局局长同进同出。

翌日一早,秦永明和徐丽莎在酒店餐厅吃完早餐,就包了一辆出租车,出发游览蓬莱的旅游景点。在出租车上,出租车司机眉飞色舞,滔滔不绝地向两人介绍了蓬莱市的一些著名景区。两人决定先游览三仙山,然后再到蓬莱阁、海洋极地世界、八仙渡海处,再到渤海、黄海分界的田横山等景点。出租车很快就来到风景优美的海滨路,沿着宽阔平坦的道路向前飞驰,沿途满目苍翠,奇花异草,美不胜收。

三

转眼之间,瀛江市考察团在蓬莱市已待了四五天了,该去的地方都去了,该玩的地方也都玩了。大家虽然都有些疲劳,但干工作是不能怕苦怕累的,考察团的成员们都有这个思想觉悟,因此没有一个人喊累,情绪高涨、兴致勃勃地准备继续下一站的行程。眼看就要离开蓬莱市了,吴荣发忙前忙后,为大家准备了一些土特产。蓬莱是海滨城市,海产品自然很丰富,其中海参干和鲍鱼干是送礼馈赠的佳品,因此他为考察团的成员每人备了一份价值在两千元左右的海参干和鲍鱼干,考察团有十几个成员,仅这一项支出就在三四万元。这一趟蓬莱之行,吴荣发的开销很大,但他心里明白,舍不得孩子套不着狼,付出总是会有回报的,所以他表现得很豪爽大气。他还特地买了一条价值不菲的金项链送给徐丽莎,对于这么贵重的礼物,徐丽莎坚辞不受。

"吴大哥,你太客气了,无功不受禄,我怎么能要你这样珍贵的礼物呢?"

"徐主任,"因为徐丽莎是瀛江市公安局宣教室副主任,所以吴荣发一直很客气地称她为徐主任,他说,"承蒙你看得起我,一直叫我吴大哥,我心里非常感动。我父母早逝,也没有兄弟姐妹,我是多么希望有你这样一个漂亮可爱的妹妹啊,那将是我最大的幸福。做哥哥的送妹妹一点小礼物,那还不是应该的吗?如果你不要,那就是瞧不起我,我就把它扔到海里去!"吴荣发说着,不知道是动了真感情,还是临场发挥,硬是挤出了几滴眼泪来,很是伤感的样子。

徐丽莎一时被吴荣发缠得无可奈何,不知该如何来应对他,于是就把项链接了下来。

这天下午,考察团一行人浩浩荡荡离开了华玺大酒店,前往潮水镇的烟台潮水国际机场,乘机飞往厦门。在厦门住了三天后,考察团就结束了近半个月的考察活动,回到瀛江市。

第三十三章

一

回到瀛江市后,考察团成员都安排本单位的笔杆子撰写考察报告,准备呈交市委、市政府。

胡耀宗亲自主持市委办公室综合科替秦永明赶写的关于城建工作的学术著作这时也已出了初稿,按秦永明的意思书名暂定为《论县级市环境的生态建设与管理》。全书重点论述了县级城市建设过程中的生态和谐、环境保护和可持续发展等问题,并且提到了国内外一些著名城市的城市建设发展模式和成功经验。这本书文采飞扬,主题鲜明,论据充分,条理分明,颇有学术价值。秦永明看后感到很满意,只是对一些章节的措辞稍做修改后,就让胡耀宗联系出版社,准备付梓。

听说后来这本书出版发行后,的确在社会上造成了一定的影响力,省报和省电视台甚至为此专门采访了秦永明。秦永明儒雅斯文、侃侃而谈的形象通过电视银屏传遍了全省各地,"学者型干部"的称号不胫而走,得到了广泛的好评。一般而言,"学者"给人以学识渊博、谦谦君子、求真务实的感觉,因此在领导干部前面加上"学者型"几个字作为界定和修饰,往往能收到意想不到的良好效果。经过一番精心运作和炒作,秦永明从此变成了一个"学者型"领导干部。

常言道,上有好者下必甚焉。自从秦永明出版发行了《论县级市环境的生态建设与管理》一书,提出了建设绿色自然、环境优美的城市和人居环境之后,上行下效,一时间,瀛江的许多领导干部也争相模仿起来。

二

瀛江市建设局局长廖振贵组织局办公室的几个笔杆子,成立了写作班子,也要效仿秦永明著书立说。秦永明本是高中毕业生,肚子里多少有些墨水,而且从政多年,他的书虽然是胡耀宗等人代笔的,但是书中的基本观点和思想都是他本人提出来的。而廖振贵尽管是滨海市委党校在职研究生毕业,实际上也就是初中文化水平,他哪里会有什么独特的观点和思想呢?经过一番绞尽脑汁、搜肠刮肚的思索后,他终于拟定了书稿名称,叫作《县级城市建设中的若干问题》,然后叫办公室把历年来他的讲话发言稿以及相关的规章制度等掺杂在一起,再经过润色加工,好歹也写成了一本书。然而,这样的书稿几乎没有出版社愿意出版发行:一来书的内容质量太差,水平不够;二来他的级别和影响力与秦永明不可同日而语,所以廖振贵压根就没想要通过正常渠道出版发行。

廖振贵知道秦永明的书是以市委办公室的名义发文要求瀛江全市党政机关、各乡镇党委政府订购,要求全面普及,认真学习,全面提高瀛江市党政干部的理论素养和文化水平,力争让瀛江市的全体党员干部都来关心和促进瀛江市的城市建设和环境保护工作。而他当然不可能像秦永明那样把自己写的书在瀛江全市摊派推广。好在瀛江市建设系统下面也有许多下属机关单位和隶属建筑企业以及房产开发企业,可以要求这些单位来订购。他写的书一共印刷了两千本,除了这些下属单位或企业订购了一部分外,其余的全都堆放在一间废弃的办公室里……

三

一时间,瀛江市许多领导干部出书成风,都想成为"学者型"干部,几乎到了病态的地步。就连瀛江市公安局局长曹伟强那样满口粗话的人也写了一本叫作《新形势下如何推进公安工作》的书。曹伟强写书和发行的过程基本与建设局局长廖振贵大同小异,所不同的是,他是在瀛江市公安系统内对书籍征订指标进行了摊派。

省委副书记彭宏伟在一次关于干部队伍建设的工作会议上谈到干部理论修养和文化水平的问题时,就专门提到了瀛江市委书记秦永明。他说:"我们很早就在干部队伍建设活动中提出了'四化'要求,像滨海的瀛江市委书记秦永明同志就是党员干部知识化、专业化、革命化、年轻化的典型代表,我们的改革开放、经济建设工作需要有一大批像秦永明同志这样的学者型干部,深谋远虑,着眼全局,时刻把党和人民的利益和事业放在心中,不仅身体力行,勤奋务实,还积极主动进行理论探索和研究,建言献策,以实际行动为改革开放事业做出了巨大的贡献,同时也在广大群众中树立起了新时期干部队伍的全新形象。秦永明同志作为瀛江市委领导班子的班长和带头人,不仅严格要求自己,而且带动和培养了一大批高素质的学者型干部,瀛江市的党员干部中掀起了一股学习文化知识和经济建设理论的高潮,这是一个十分可喜的现象,值得借鉴和推广!"

彭副书记的讲话通过《南江日报》、南江电视台等报纸广播和电视银屏,还有省委文件在省内广泛传播,《滨海日报》和滨海市电视台也对秦永明和瀛江市的干部出书现象进行了深度跟踪报道。一时间,秦永明又成了众人皆知的新闻人物和新时期党员干部的杰出代表,出尽了风头。

第三十四章

一

万亿达集团近来正在筹备一个大型的庆典,即万亿达集团成立三周年的庆典暨荣获瀛江市政府授予重点企业荣誉称号的庆祝大会。

为此,吴荣发专门找秦永明和胡耀宗汇报了这次庆祝活动的安排和打算,秦永明深表赞成,并准备借万亿达集团大型庆典之机,在瀛江市影剧院举办规模盛大的表彰大会,表彰和奖励那些为瀛江市经济发展做出重大贡献的企业和个人,同时也是对瀛江市改革开放重大成果和经济发展现状的一次全面的展示和检阅。秦永明指派市委副书记胡耀宗具体筹备此事,于是,瀛江市经济建设成果表彰大会和万亿达集团的庆典活动都进入了紧锣密鼓的筹备阶段。

吴荣发是瀛江市首屈一指的民营企业家,近年来万亿达集团实行多元化发展,屡创佳绩,先后成立了服装厂、五金家具配件厂、海产品速冻公司和海洋水产品养殖基地等企业,发展势头迅猛。在三十多年前,深圳经济特区成立初期,身为一介农民的吴荣发只身一人赴特区南头一服装厂打工,并在服装培训班学习。三年后,学成了一身裁缝技术并且在外拓宽了眼界和思路的吴荣发回到家乡瀛江市石桥镇创业,并逐步发展壮大。

吴荣发是一个从小就饱受磨难的人,父母早逝,留下了孤苦伶仃的他和一间透风漏雨的破房子。由于年龄还小,只有十多岁,加上身材矮小、瘦弱,地里的农活他基本都干不了,靠着生产队和亲友的接济过着饥一顿饱一顿的生活,有时实在饿极了就出去乞讨。

那年,吴荣发先是跟着他的堂兄来到特区蛇口郊区种菜,不料没多久,园地就让招商局工业区给征了,他的堂兄也就回家了。有一天,百无聊赖的他来到蛇口兴海大道。看着繁华热闹、车水马龙的街景,他心中不禁一阵惆怅,思索自己除了种菜又能够干些什么。当时正是特区建设初期,大量新生事物不断涌现,层出不穷。农民进城打工也成了一种新生事物,逐步普及开来。可吴荣发和村里的人一样,除了种地外无一技之长,只能干一些力气活,或者在建筑工地干杂工,或者干脆到码头车站去当搬运工。吴荣发身材矮小,干不了这力气活,又没有技术和文凭，没有哪个用人单位肯接收他，有的单位门卫甚至像撵狗一样拿着扫把往外撵他，他只能像没头苍蝇一样在特区大街上东一头西一头地瞎逛，开始了自己的流浪生活。他饿了就买一个馒头吃，渴了就到公共厕所洗手池的水龙头上去喝一点自来水，困了就找一处僻静的墙角倒头就睡。好在当时已是春天，天气一天比一天暖和，所以不怕冻。日子就这样在焦虑和彷徨中一天天地过去，转眼之间吴荣发来深圳已经有两个多月了，身上带的一点钱也几乎快花完了，于是由一天吃三个馒头改为一天只吃一个馒头。吴荣发此时也有些气馁和沮丧，打算回瀛江去，可是一想到就这样灰溜溜地回去会更加惹人耻笑，吴荣发连死的心都有了。连回家的路费也没了，他在深圳几乎陷入了绝境。

二

这天，吴荣发在蛇口招商局门口的一个招工信息栏中看到附近南头村有一家港商投资的服装厂在招收女缝纫工，有无经验俱可，而且包吃包住，按月发工资。他眼前一亮，觉得这是个不错的工作，坐在那里踩一踩缝纫机，既轻松又自在，自己也干得了。虽然招聘启示上说只招女工，但吴荣发认为，死马当作活马医，先去试一试再说。

吴荣发按照招聘启事上的地址来到了南头这家服装厂，找到门卫说明了来意，想要应聘当缝纫工。

门卫指着工厂门口的招聘启事说："你到底是男还是女啊，你不识字啊，你不看这上面写的只招收女工吗？"

吴荣发据理力争，说："只要能把活干好，又何必管他是男是女呢？我一定能干好这份工作的。"

门卫懒得再和他磨叽，一把将他推了出去，不再理他了。

争取被他们招进去上班，几乎已经是吴荣发留在深圳生存下去的最后一线希望了，他无论如何也不肯放弃。于是他开始软磨硬泡，天天都去服装厂门口找门卫央求，结果自然是每每遭拒。就这样又过了十多天，吴荣发已是身无分文，连每天买一个馒头的钱都没有了，每天只能喝一点自来水充饥，饿得头脑发昏，四肢无力。即便如此，他每天还是咬牙坚持着到这家服装厂门口去央求人家收留他。门卫见到吴荣发一天天憔悴下去，面黄肌瘦，一副有气无力的样子，似乎已经是无路可走了，于是产生了一丝恻隐之心，便向香港来的厂长报告了吴荣发的事情，问厂长可否破例收一名男缝纫工。厂长瞪了门卫一眼，扭头就走了。门卫也只能是无可奈何地摇摇头。他也知道,厂里几乎是清一色的女工,很少会有男缝纫工。

　　吴荣发每天都到这家服装厂附近的一幢大楼的墙角处睡觉。这天早晨醒来,由于已经好几天没吃饭了,他身体虚弱,没有一点力气,一睁开眼就感到肚子里咕咕作响。他准备到附近公共厕所去喝点自来水,然后再到服装厂门口去求门卫。他想站起来,可是试着动了好几下,都觉得浑身无力,好像虚脱了一样,连站也站不起来了。他只得又躺回墙角,打算再休息一会儿。不知不觉中,他又昏昏沉沉地睡了过去。

三

　　这天,服装厂的那个门卫有些纳闷,每天都准时来服装厂门口"报到"的矮个子今天怎么不来了?是终于灰心了还是有别的事情做?由于近半个月来两人几乎每天都见面,多少有些熟识了,门卫竟然隐隐地有些替吴荣发担忧起来。到了傍晚时分,他看到前面不远处的大楼旁边围着许多人在看热闹,于是便走过去看,见是面如纸色、昏睡不醒的吴荣发,便赶紧上前把吴荣发背回厂里门卫值班室,又到厂对面小馆子买了一碗桂林米粉来喂他。

　　吴荣发慢慢醒过来了,见是门卫救了他,不停地道谢:"谢谢你救了我,大伯,我以后再也不来给你添麻烦了。"说完,他挣扎着站起身向门外走去。

　　门卫见状觉得有些凄楚,问吴荣发:"你这是要去哪里啊?"

　　吴荣发神情木然地说:"我也不知道要去哪里,去我该去的地方吧!"

　　门卫听吴荣发这么一说,担心出事,忙对吴荣发说:"你在这等一会儿。"说完,他一溜小跑跑到了厂长办公室,再次向厂长报告了吴荣发的事情,恳请厂长收留他。

　　厂长这次一听便叫门卫带吴荣发来办公室。厂长对吴荣发说:"你虽然身体矮小,但志气很大,身处逆境,不折不挠,我是佩服你这股执着的精神,今天才破例收下你的,但你一定要好好干!"

　　吴荣发扑通一声跪倒在厂长面前,泣不成声。

　　从此,吴荣发就留在南头村这家服装厂当了一名男缝纫工。偌大的一家服装厂,有一百多名女工在这里上班,却只有吴荣发一个男性缝纫工,成了百花丛中一点绿。车间里先是安排吴荣发跟一个中年女工学习缝纫技术,同时也干一些杂活。当了两三个月学徒工后,他终于正式上岗当了一名缝纫工,从此与服装行业结下了不解之缘。

吴荣发自知自己这份工作来之不易,因此勤奋好学,踏实肯干,且为人谦逊有礼,嘴巴也很甜。工友们先是对他有一些同情,后来又出于感动,再后来又变成了敬佩,都愿意毫无保留地指导他,帮助他。吴荣发在工友们的指导和帮助下,很快就熟练掌握了缝纫机的操作方法和技巧,还有缝纫手艺,业余时间又参加培训班学习服装裁剪技术。一年以后,吴荣发竟成了这家服装厂的一个技术全面、业务熟练的技术骨干。此时的吴荣发,工作起来更加吃苦耐劳,经常加班加点地工作,他分内的工作总是完成得又快又好,并且常常超额完成任务,还乐于助人,成了服装厂厂长信任、工友喜爱的人。

四

有一次,厂里接了一个大订单,工人们都加班加点地工作,争取按时完成订单。可就在这节骨眼上,一位香港过来的负责裁剪工作的技术员生病了。一个萝卜一个坑,别人都在超负荷地工作,这位技术员留下的裁剪工作无人接替,厂长急得如同热锅上的蚂蚁。

可谁也没想到,这时吴荣发来到厂长面前,毛遂自荐,主动请缨:"厂长,如果相信我,我除了完成自己分内的任务,还可以在晚上多加会儿班,完成生病的那位师傅留下的裁剪工作。"

厂长上下打量着吴荣发说:"你开什么玩笑,你从来没学过裁剪技术,你怎么可能干得好?"

当时,服装厂都是实行流水线作业模式,裁剪、缝制,甚至钉扣子都被分成了好多个单独的工序,尤其是裁剪这道工序更为重要,因为是批量下料裁剪,如果稍有差池,一大批布料就彻底报废了,而且还会耽误工时,不像是缝制工序,如果出错了最多只是一件衣服报废了。

吴荣发见厂长犹豫不决,反而异常自信地说:"您不试一下怎么就知道我不行呢?"说着,在众目睽睽下他着手当众演示。只见他镇定自若、胸有成竹地打开一捆布料,在案板上铺展开来,然后量尺寸、画线、拿剪刀裁布料,动作熟练,如同行云流水,一气呵成。

围观的工人们顿时傻了眼,接着齐声叫好,热烈鼓掌。厂长更是笑逐颜开,喜上眉梢。

第三十五章

一

　　吴荣发认真地履行了自己的承诺，他几乎每天都是第一个进入车间工作，每天晚上最后一个离开，就这样坚持了一个多月，一丝不苟、保质保量地完成了双份的工作任务，更为服装厂分了忧，解决了一个不大不小的难题。厂长为此专门表扬了他，并且决定给他涨五百元工资。

　　吴荣发找到厂长说："厂长，那些都是我应该做的，如果没有您和厂里收留我，我早就饿死在街上了，哪里还有我的今天！我无论如何也不能报答您和工厂对我的恩情。如果厂里要表扬我、奖励我，我不要钱，只要一台旧缝纫机，可以吗？"

　　厂长一听毫不犹豫，当即答应了他。以当时的市价来说，五百元钱可以买两三台崭新的缝纫机了，吴荣发主动提出来只要一台旧的缝纫机，可见他是多么忠厚淳朴啊。

　　其实，当时正值改革开放初期，市场经济正处于起步阶段，市场上仍存在商品短缺的情况，名牌缝纫机更是紧俏商品，要凭票购买，而且常常缺货，并不是有钱就可以随时买得到的。当时在很多地方，姑娘出嫁，如果有一台缝纫机做嫁妆，那是一件十分光彩的事情，会让左邻右舍、乡亲街坊羡慕、议论好长时间呢。厂长以为吴荣发是在为将来自己结婚准备一件家当，却并不知道这个矮个子心中有一个宏伟的理想。这个理想激动得吴荣发心潮澎湃，不能自已。吴荣发不贪图奖金，只要缝纫机，除了他心性淳朴没有贪念外，还有一个最重要的原因，那就是他心中始终埋藏着一个不为外人所知的愿望：他在等待时机，回家乡去自主创业，在瀛江开一个小小的服装作坊。吴荣发谦虚好学，在紧张繁忙的工作之余，又报名参加了一个为期三个月的服装培训班，每天晚上八点钟去培训班上课，学习最基本的服装设计理论和技术，为自己的创业梦想做好准备。

　　三个月以后，吴荣发从服装培训班结业了，此时的他已基本上掌握了全套的服装缝纫手艺和基本的服装设计技巧，他觉得时机已经成熟了，于是向厂长提出辞职。吴荣发先是对厂长表达了诚挚的谢意，感谢他在自己流落街头时收留了自己，但他出来一年半了，很想念自己的家乡，他想要回家了。

厂长再三挽留，见他去意已决，也只得作罢。

二

两年前，吴荣发跟他堂兄离开了西山村去蛇口种菜。时间一长，人们就慢慢淡忘了这件事情，好像西山村根本就没有过吴荣发这个人一样。谁知就在大家几乎彻底忘记了吴荣发的时候，吴荣发回来了！

那天，当有人看到矮小的吴荣发用一根扁担挑着一副担子晃晃悠悠地出现在村里的小路上时，大家都奔走相告：吴荣发没有死，他又回来了，还带回来一台名牌缝纫机。

吴荣发回到自己那间小破屋，打开门，屋子里久不住人，已落满了灰尘。他做的第一件事情就是把那台名牌缝纫机重新组装好，擦拭干净，摆在屋子中央。许多来看热闹的人都好奇地摸着那台缝纫机，左瞧瞧右看看，好像在欣赏一件艺术品。此时，吴荣发的脸上洋溢着自豪的笑容，心想终于有人肯用赞赏的眼光来打量自己了，等着瞧吧，终有一天，你们会更加佩服我的！

吴荣发就在自家的破屋里开了一个服装作坊，以来料加工的形式为村民们缝制衣服，开始了最初的创业生涯。村民们自己买好布料，然后找吴荣发量身定做新衣，吴荣发则收取一点手工费。刚开始很少有人来找吴荣发做衣服，大家都不太信任他，怕他糟蹋了自己的布料。后来终于有人抱着试一试的心态找吴荣发做新衣，买好了布料交给他，又让他为自己量好尺寸，末了千叮咛万嘱咐，千万不要做坏了。吴荣发胸有成竹，笑而不答。两天后衣服做好了，顾客穿上新衣试了一下，大小尺寸丝毫不差，衣服很合身，而且做工精细，简直就像是镇上买回来的成衣一样，不禁大为惊奇。从此，吴荣发的名声就在十里八乡传开了，大家都知道西山村有个矮子裁缝手艺很好，都宁肯买好布料走很远的路来找吴荣发做衣服。时间一长，吴荣发的生意好得出奇，简直有些忙不过来了，来做衣服的人还要排队等候。于是，吴荣发的名声越来越响了，成了远近闻名的裁缝师傅，连附近石桥镇都知道有吴荣发这个手艺精湛的乡下裁缝，甚至有镇上的人也带了布料跑到西山村来找吴荣发做衣服呢。

吴荣发在西山村开了近一年的裁缝作坊，虽然生意很好，名气也有了，但是赚钱不多。乡下人做一件衣服，手工费很低。吴荣发觉得这样下去发展前景不大，顶多也就是混口饭吃，一辈子也只是个普普通通的裁缝师傅。他心中又开始谋划着一个更大的设想：他要走出西山村，到石桥镇去办一间大的服装作坊，像模像样地大干一番!

说干就干,吴荣发很快就来到石桥镇上,租了一间民房,开始了自己新的创业生涯。当时石桥镇上也有许多"裁缝",但手艺不精,都还停留在手工缝制的阶段,做出来的衣服不但线脚粗大、不匀称,而且款式也很老土,常常还会有衣服不太合身的毛病。

吴荣发就不同了,毕竟是在大型服装厂学过艺的人,不但手艺精湛,而且是用缝纫机缝制衣服,又快又好,做工精细,加上做出来的服装款式新颖,又很合身,吴荣发做的新衣让顾客很满意。一传十,十传百,吴荣发在石桥镇上一炮走红,有了知名度,生意也日渐红火起来。后来,吴荣发就有了石桥镇"第一裁缝"的美称。

三

人的欲望和追求是没有止境的,得陇而望蜀,也正是因为有了不断增长和放大的欲望和追求,才有了不断创造和发展的动力。吴荣发也是如此。

吴荣发在石桥镇上开办服装作坊已有半年了,生意也一直很好,但他不甘心就这样止步不前,他希望有更大的发展。他决定再到南江省城去考察一下市场,开拓一下眼界,为下一步的发展寻找新的方向。

省城有一条叫上下九的街,那是一条狭长破败的老街,两边是低矮老旧的旧式民房,偏僻而又冷清。当初省会的市委、市政府为了解决一批待业青年、社会闲散人员的就业问题,就把这条街划为小商品一条街,让他们摆摊经营,卖一些针头线脑、背心裤衩、文胸袜子、纽扣一类的小商品,自谋生路。这样既解决了他们的就业问题,又消除了潜在的社会不稳定因素,一举两得。连当时的决策者都始料未及的是,这样一个临时应急的权宜之策,竟无意之中催生了一个万客云集、兴旺发达的服装市场,而且影响深远,覆盖面广,成为南江省改革开放以来成立最早、规模最大、影响最广的以私营个体户为主体的服装大市场。上下九街服装市场不断发展壮大,那些最早进场经营的待业青年、社会闲散人员正逢其时,成了第一批下海弄潮的人,很快都赚得盆满钵满,一个个都成了财大气粗的人。他们应当是改革开放后第一批先富起来的群体,从某种程度上来说是属于时势造英雄。当时许多捧着国有企业、机关单位铁饭碗的人谁又会有那样的先知先觉和勇气,肯毅然舍弃手中的铁饭碗去当一个毫无社会地位和生活保障的个体户呢?

第三十六章

一

　　改革开放初期，人们的服装颜色与款式单调，干部服和中山装一统天下，整齐划一。上下九街的商贩们看准其中的商机，从深圳盐田与香港连接的沙头角偷偷贩运一批批款式新潮、颜色各异的服装回来倒卖，很快就被闻讯赶来的市民和客商们抢购一空，生意火爆。上下九街的商户们整天忙着发货收钱，数钱数到手发软，乐得合不拢嘴。当时货不愁卖，最让上下九街商户们发愁的就是货源得不到保障，从沙头角偷偷贩运过来既费时又费力，还经常断货。眼看着送上门来的生意和钞票白白流失，商户们痛心疾首。后来有个别上下九街的服装商户利用这些从香港过来的服装做样板，委托本地服装厂加工，做出来的服装和香港服装看不出有明显的差别，而且既省时又省力，供货还及时。这种做法效果很好，大家群起响应，于是南江省城的许多服装厂都纷纷开始为上下九街的商户们加工生产服装。

　　吴荣发也来到了上下九街考察服装市场，他看着眼前热火朝天的景象，深受鼓舞，一个大胆的想法开始在脑海中浮现，我也要开一个服装厂，为上下九街的商贩们加工生产服装！

　　吴荣发兴冲冲地回到石桥镇，准备创办服装厂，可是办服装厂需要大笔的启动资金，吴荣发当时还远没有这个实力。朋友给他出主意，让他找银行贷款。可是吴荣发在石桥镇上两眼一抹黑，既没熟人又没关系，有谁肯贷款给他呢？他抱着试一试的态度来到镇上的信用合作社，找到合作社张主任，怯生生地说明了来意。可是没容他把话说完，信用社主任就把他推出了办公室，还在他背后愤愤地骂了一声："这世道真是越来越邪门了，一个破裁缝也敢来伸手要贷款，你算什么东西？你以为随便什么人都可以来贷款吗？给你贷款，你拿着贷款跑了我找谁去？"

二

　　吴荣发碰了壁，有些气馁。朋友又建议他去找镇政府的镇长。当时石桥镇的镇长是许冠文,他在石桥镇上是一个敢作敢为、颇有威望的人物,只要他发了话,信用社主任就不敢不听。

吴荣发一听,连忙双手直摆:"你们别拿我寻开心了,信用社主任我都找不着,被人家连训带骂地赶了出来,现在去找镇长大人,那不是自寻死路吗?还不要被人家用扫帚扫出来啊,不行不行!"

朋友笑骂说:"你这个矮子,做衣服那么聪明,心灵手巧,怎么不通人情世故呢,俗话说伸手不打送礼人,你出点血,表示一下,效果自然就不一样了。"

吴荣发一听顿时豁然开朗,当即依言行事。

一天晚上,吴荣发提了一瓶酒、一条烟,深一脚浅一脚地摸索着来到镇政府大院。好不容易找到了许镇长的家,壮起胆子敲开了他的家门,畏畏缩缩地站在那里把来意说了一遍,言毕满面笑容地双手奉上手中的礼品:"许镇长,这是我的一点薄礼,不成敬意,请您笑纳。"

许冠文斜眼看了看吴荣发手中的"薄礼",不禁面色一沉,义正词严地说:"吴师傅,你把我们党的干部看成是什么人了?你把我许冠文看成是什么人了?你以为凭你这点礼物就可以收买一个共产党人的党性和良心吗?你不要以为自己有两个臭钱就忘乎所以了,你太狂妄了,你这是在用糖衣炮弹拉拢腐蚀党员干部,你知道吗?"

吴荣发被许冠文连珠炮似的发问和指责惊呆了,他想要解释什么,许冠文却不由分说把他从家里推了出去,"砰"的一声关上了房门。

吴荣发接连两次碰壁,彻底没辙了,不免有些沮丧。他一个人呆呆地在门口站了很久,才怏怏不乐地回到了家里。

三

朋友听说吴荣发送礼的经历后,不免嗤之以鼻:"你真是个小气鬼,你把人家许镇长当作什么人了?人家是一镇之长,是我们石桥镇上的'父母官',你一瓶酒一条烟就想打发人家?"

吴荣发若有所悟,立马选用最好的布料,凭着自己几年的裁缝经历所练就的眼力,有脑海中回忆许冠文的身材体形,连夜加班为许冠文赶制了一套中山装,又买了两瓶好酒和两条上等香烟,第二天晚上再次来到许冠文的家中。

"你怎么又来了?"许冠文看见嬉皮笑脸的吴荣发,瞥了眼他手中的礼物,神情有些缓和地说,"你这种做法是错误的,你想要贷款就去找信用社,我又不管贷款,我帮不了你的忙。"

吴荣发谄笑着说:"许镇长,您误会了,我这次不是来找您帮忙贷款的。您是我们石桥镇的'父母官',一心一意扑在工作上,为我们石桥镇的发展和群众的幸福生活操碎了心,自己却保持着艰苦朴素的作风,勤俭节约,连一身新衣服也不肯为自己做。我们深受感动,您真是我们的好领导、好干部啊,石桥镇有您是我们群众的福气……"吴荣发说着眼眶也泛红了,眼泪在眼眶里打转,哽咽得说不出话来。

许冠文以为他是有感而发,其实吴荣发是想起了自己坎坷的人生以及两次碰壁遭拒的经历,一时悲从中来。吴荣发无意间曾读过一篇介绍电影演员表演哭戏时要借题发挥、多想一些难过的事情的文章,今天现场试验了一下,效果很好,他暗想当一个演员其实也很容易的。

许冠文也没有料到一个默默无闻的小裁缝却对我们领导干部,对他许冠文有着如此深厚的感情,不免在心里感叹,我们的人民真是淳朴善良啊,我们只不过是做了一些分内的本职工作,却能得到他们如此的爱戴,他们真是太可爱了。

四

吴荣发低头感伤了一会儿,见气氛大大缓和了,于是又抬起头来恭恭敬敬地说:"许镇长,我估摸着您的身材,为您赶制了这套服装,这不是我吴荣发个人的心意,是我们全体石桥镇人民的心意,请您务必要收下!"吴荣发说完放下衣服和烟酒,不待许冠文有所表示,就赶紧告辞了。

许冠文听说过吴荣发的裁缝手艺不同凡响,又见那套熨烫得整整齐齐的中山装衣料考究,做工精细,当即忍不住试穿了一下,没想到衣服却很合身,就好像是比着许冠文的身材量好尺寸后定做的一样。许冠文不免为吴荣发的诚意所感动,也赞叹他的手艺精巧。

俗话说,佛靠金装,人靠衣装。许冠文穿上一身新衣后,立马显得精神抖擞,气度不凡。他望着镜子里的自己不觉自我陶醉了。他想,过几天他正好要到县里去开会,这身衣服送得真是太及时了。从此,他从刚开始对吴荣发感到厌恶和蔑视,到后来的感动,又到现在的赞赏,情感发生了巨大的变化,他竟略微有些喜欢这个身材矮小的小裁缝了。唉,人家也不容易啊,到处求爷爷告奶奶的,不就是为了办一个服装厂嘛。他决定帮吴荣发这个忙。

第三十七章

一

翌日,许冠文专门找来信用社主任,一本正经地和他谈了一些工作上的事情,其中重点谈到了党中央关于要大力推进改革开放工作,要努力扶持私营个体工商户,要允许少部分人先富起来的问题。

信用社主任听了连连点头称是,说我们信用社接下来要组织学习中央文件和许镇长的指示精神,要加深认识,提高思想水平,自觉主动地为广大人民群众服务。

在谈话接近尾声的时候,许冠文好像是无意间谈起了吴荣发的事情:"听说我们镇上有个手艺很不错的裁缝,在群众中口碑很好,他姓什么来着?"许冠文说着故意顿了一下:"啊,对了,好像是姓吴,对,姓吴,叫吴荣发,听说他想办一个私营服装厂,我看很好嘛!值得鼓励和提倡,这也是为我们石桥镇的经济建设添砖加瓦嘛!"

信用社主任自然是心有灵犀一点通,原来以为许镇长是专门向自己宣讲中央的政策精神,原来却是另有深意啊!信用社主任很认真地说:"过去我们在思想上还存在一些误区,工作上有一些欠缺的地方,今天听了许镇长您的开导教育,深受启发,我们一定贯彻落实中央政策和您的指示精神,努力把工作做得更好!"信用社主任嘴上这么说着心里却并不认同,你许镇长要给吴荣发贷款,打个电话通知一下就行了嘛,何必兜这么大个圈子,东拉西扯,连中央政策都搬出来了,小题大做。

没过几天,吴荣发从石桥镇信用合作社拿到了第一笔三万元贷款。吴荣发去信用社办手续那天,信用社主任意味深长地说:"想不到你吴裁缝还蛮神通广大的,和许镇长都攀上关系了,我还真是小瞧你了!"

二

吴荣发拿到银行贷款后,很快就向石桥镇工业交通办公室租赁了位于郊区的一间厂房。这间厂房原先是石桥镇农具厂,是二十年前建的,改革开放后便倒闭了。厂房面积很大,四周是土砖砌就的围墙,车间门前还有一块很大的平地和一口不大不小的池塘。农具厂倒闭后这里一直空置着,没有哪个单位愿意搬到这么偏僻的地方来,石桥镇的镇办企业也不太多,所以这里竟成了一块鸡肋,吴荣发以极低的价格把厂房租了下来。

　　吴荣发很快开始招兵买马,在石桥镇上贴出招聘广告招聘工人,工人陆陆续续来到后就开始收拾清理厂房。这天,吴荣发正带领工人们打扫厂房,门卫老陈气喘吁吁地跑来说:"吴老板,好像有个领导来了!"

　　"老陈,你看错人了吧,领导怎么会来我们这里呢?"

　　"是真的,是真的,领导的车就在厂门外面,人已走进来了!"

　　原来是许冠文刚从县里开完会回来,正好路过吴荣发新租赁的厂房,就顺便来看看吴荣发的服装厂筹备得如何了。许冠文这次去县里开会,就是穿着吴荣发送给他的那套藏青色的中山装去的。穿着新衣的许冠文人显得特别有精神,给人一股朝气蓬勃的感觉,在一帮乡长、镇长中特别显眼,县长还特地来和许冠文单独交谈了几句,并且拍了拍他的肩膀说:"不错不错!"

　　不知道县长是说许冠文人不错还是身上的新衣不错,但是逻辑思维很强的许冠文硬是把它们串联到了一起,成了互相关联的几件事情。

　　老陈正兴奋地说着,许镇长已背着双手走进厂里来了。吴荣发一溜小跑地迎出门外,双手伸向许冠文,许冠文只是用手轻搭了一下吴荣发伸向自己的手,就径直向车间里走去。

　　"镇长您怎么亲自来了,有什么事情派人通知我一下就行了。"

　　"我来看看你这里办得怎么样了,怎么？不欢迎?"许冠文站在空荡荡的车间里,双手叉腰颇有气势地四处打量着,好像一位指挥千军万马的将军。许冠文觉得双手叉腰这种造型很好,很能体现出领导干部的威风和魄力来。他觉得大凡一个成功的领导干部,首先要给人魄力十足的样子,那样人家才好信赖你,一心一意地追随你干革命工作。如果一个领导干部总是垂头丧气,一脸晦气的样子,那多半是要倒霉了,按现在的话说可能是被纪委找去谈话了。

三

　　吴荣发听许镇长说是专门来视察的,可见镇长对于私营企业还是十分关心和爱护的,顿时感到无比的温暖。吴荣发像模像样地喊了几句口号:"热烈欢迎镇长来我厂视察工作,向许镇长学习致敬!"

许冠文看了一会儿,忽然觉得少了些什么,对吴荣发说:"吴荣发,你这里好像少了点什么,怎么没买缝纫机呢?这可是服装生产所必需的啊!"

吴荣发正为买缝纫机的事情发愁,当时缝纫机这样的商品还要凭票供应,吴荣发去镇商业站提出订购三十台缝纫机,这样的好事如果放到现在,任何一家公司都会乐坏,可是当时石桥镇商业站是国有的,商品还是计划供应的,所以架子自然也就很大。商业站经理并不拿正眼看吴荣发,很有原则性地说:"你一个人要买那么多缝纫机干什么?我们现在是每家每户限购一台,你如果一次要买几十台,就先回去打个报告上来,回头我们开会研究一下再说。"

吴荣发看见经理这副不紧不慢的样子,焦急地问:"请问,报告交上来以后要多久才能批下来呢?"

"这个就不好说了,我们总归要按正常的程序去办吧,先是我们五金家电柜写出要货计划,说明原因,然后是上报到商业站开会讨论,最后再向县里的商业局去申请商品调配指标,这一套程序走下来最少也要几个月到半年的时间吧,你以为是你们自己家里办事啊,有那么容易吗?"

吴荣发哭笑不得。

吴荣发见许冠文主动提起买缝纫机的事情,不觉心里一动,连忙把自己买缝纫机遇到的困难报告给许冠文,许冠文听了只是轻轻"哦"了一声,再也不提此事,然后又四处转了一圈就回去了。

四

当晚,吴荣发又买了两条好烟,两瓶好酒,送到许冠文家里。许冠文嗔怪地说:"荣发啊,你这样做不是逼我犯错误吗?我真要批评你了。"嘴里虽然是责怪的话,脸上却丝毫看不出恼怒的样子,反而是和颜悦色的。

吴荣发听到许冠文竟喊自己"荣发"了,说明已经把他当成自己人了,心里不由温暖起来,忙迭声说:"许镇长您对自己的要求也太严格了,这点东西我真不好意思拿出手,再说您帮了我那么大的忙,我都没有感谢您呢!"

许冠文听后没有出声,只是顿了一会儿又说:"荣发啊,你做的这套衣服挺合身的,就好像是比着身材做的一样。我这次去县里开会,县长也夸我这套衣服做得好呢。"

吴荣发真是有些受宠若惊了:"我的手很笨,只怕衣服穿在镇长身上会辱没了镇长的形象呢!连县长也夸我做得好,那可真是我的光荣了。只是不知我有没有这个福分,为县长也做上一套呢?"吴荣发用试探的眼光望着许冠文。

"也好,我手里正好有县长的身高尺寸,你拿去照着做一套吧,一定要用心做好了。"许冠文说着递给吴荣发一张写着字的纸条。

"那是肯定的,那是肯定的,您放心,我一定会用心做好的。"吴荣发点头哈腰地说着,离开了许冠文的家。

两天后,一套新的中山装就做好了,颜色和布料与许冠文那套衣服一模一样,只是这次却是奉命按县长的身材尺寸来做的。吴荣发又趁夜里来到镇长家,把那套新衣交给了许冠文。

许冠文看了以后很是满意,做出要掏钱付账的姿态,却被吴荣发死活拦住了:"许镇长您这不是让我难堪吗?您和县长不辞劳苦,一心为民,我们群众都看在眼里记在心里,不知道该如何来报答你们的恩情。这套衣服不光是代表我吴荣发个人,更是代表了全体石桥镇人民的一片心意啊。你们如果连这都不肯收,那就是官僚主义,脱离群众了!"

许镇长听了吴荣发的话,眉开眼笑地说:"荣发啊,你这嘴巴越来越会说话了,我都说不赢你!"

吴荣发的脸上笑开了花,却努力做出一副难为情的样子来。

五

翌日,许冠文专门打电话给石桥镇的商业站站长:"吴荣发要办服装厂,是我们石桥镇改革开放以来涌现的第一件新生事物,是完全符合中央政策精神和值得鼓励提倡的事情,你们商业站要从石桥镇经济建设的全局来考虑和对待这个问题,要努力克服困难,为私营企业的发展创造良好的条件。"

商业站站长在接到许冠文的电话后,半个月后就从滨海市商品物资调拨站把三十台缝纫机提了回来,并专门派车送到了吴荣发的厂里。

许冠文把吴荣发送给自己的烟酒和那套专为县长做的中山装,找机会送给了县长。

吴荣发后来的发展,许冠文功不可没,他起到了极其重要的推动作用。后来,许冠文又多次出面帮吴荣发弄了一些银行贷款,大力扶持万亿达服装厂的发展。万亿达服装厂投产以后效益良好,吴荣发从省城上下九街商户们那里拿回一批批订单,然后组织工人生产,再把做好的服装拿到上下九街去交货,生意做得很顺,逐步上了正轨。后来,他又跑到广州十三行去买回一些款式新颖的服装回来作为样板模仿,那些新款式都很好卖,深受上下九街商户们的青睐。

  由于订单纷至沓来,生意兴隆,吴荣发就不断扩大生产规模,招收工人,添购设备。有石桥镇镇长许冠文的支持,找银行贷款自然不是问题,吴荣发的企业就像滚雪球一样迅速发展壮大起来了,他很快就成了富甲一方的企业家,本人也早就由以前那个面有菜色、卑微懦弱的小人物摇身变成了志得意满的大老板。

  万亿达服装厂的创办和快速发展壮大也成为许冠文在石桥镇主政期间的一项主要政绩。

  吴荣发逢年过节都要去许冠文家里表达一个普通群众对镇领导的"爱戴和拥护"之情。一来二去,两人的关系越发密切起来,后来两人竟成了无话不谈的好朋友。

第三十八章

一

改革开放前,许冠文只是石桥镇理发店的一个理发匠,地位卑微,默默无闻,二十多岁还找不到媳妇。那时的理发店可不如现在的发廊新潮、服务项目多、花样百出、收费也高,开个发廊也可以发财。许冠文所在的理发店属于集体经营,工资收入也不高,勉强可以养活自己。理发这种行业在当时也没有发展前景,如果不是机缘巧合的话,许冠文也许就会这样平淡无奇地度过一生了。许冠文仅初中毕业,可是他在业余时间爱读书看报,尤其是热爱文学,也尝试着写一点"豆腐块",以借此打发时间。没想到后来因为写作改变了他一生的命运。时间长了,许冠文逐渐能写得一手好文章了,竟然有几篇文章陆陆续续地在地区和县里的报刊上发表了。

有一天,石桥镇党委黄书记无意间在报上看到了一篇文章的作者名叫许冠文,开玩笑说:"咦,我们镇理发店的那个小伙子不也叫许冠文吗?他也会写文章?"后来仔细一看,文章内容竟然就是石桥镇上发生的一些事情,还写了石桥镇党委政府一班人真抓实干、勤奋务实,带领全镇人民为实现"四个现代化"而努力奋斗的感人事迹。文章还着重提到了石桥镇党委黄书记的名字。

"这个许冠文还真是个人才呢!"黄书记说着"啪"的一声拍案而起,"他思想进步,品行端正,文章也写得好,在理发店里埋没了人才。"黄书记每个月都要到理发店去理发,因此对那个木讷呆板、性格内向的理发师许冠文还是有印象的。一个月后,许冠文就被借调到镇党政办上班。

许冠文从一个人人都看不起的理发匠一下子就到镇政府上班,虽然只是借调,但许冠文仍然非常高兴,甚至一度怀疑自己是否在做梦,也许自己的人生将会发生重大的改变了?

二

许冠文工作积极,勤奋努力。他每天提前一个小时到达办公室,擦桌子扫地,打开水,再把办公桌上的办公文具和文件夹都规整放好,等到办公室其他人员来上班时,办公室早已变得干净整洁、井然有序了。镇政府里的工作人员有什么需要跑腿或出力气的活都习惯叫许冠文去办,许冠文也都非常高兴地接受,一阵风似的跑来跑去。

平时,办公室里其他人员抽烟喝茶聊天的时候,许冠文就端端正正地坐在办公桌前,低头看文件或是做一些抄抄写写的工作。许冠文写报告很有灵气,有时候接到镇领导撰写报告的任务,许冠文都会事先翻阅一些报刊和上级文件,认真学习领会中央政策精神,揣摩上级领导意图,等到把问题都弄通、弄懂了,胸有成竹的时候,再加班加点,又快又好地写完报告。许冠文写的报告不仅很有文采,理论性也很强,并且总是恰到好处地表现镇党委政府的工作成绩,石桥镇安定团结、经济发展等,深受领导好评。久而久之,这些类似于命题作文一样、几乎千篇一律的文件报告,许冠文就已经写得得心应手了。

那时,镇党委政府主要有两个方面的重要工作,一是抓一些诸如春种秋播、抗旱排涝、征收费用等方面的实事;一是上传下达一些文件报告。可别小看了这写报告的工作,工作成绩是要时刻进行自我总结的,如果你不总结,不主动向上一级部门汇报,有谁知道你都干了什么工作,做了哪些事情呢?如果只埋头干事,不认真总结,那就好像是在黑夜里抛媚眼一样,白费力气了,甚至可能吃力不讨好,产生一些不必要的误会。因此写报告对于石桥镇党委政府来说是一项非常重要的工作,书记、镇长都是常抓不懈的,而许冠文自然也就有了写不完的报告,编不完的报表了。有一次,石桥镇的书记、镇长到县里去开会。中午休息时,县委办公室主任还专门过来表扬他们抓办公室工作抓得很好。县委办公室主任问:"你们石桥镇办公室工作做得非常好。也不知道你们从哪里弄来了一个秀才,报告写得很好,很有理论水平。"书记和镇长一听,乐得脸上笑开了花,嘴里却谦虚地说,"哪里哪里,我们下面的工作人员哪里比得上县里的笔杆子,主任说笑话了!"

县委办公室主任都表扬了,慢慢地,石桥镇的绝大部分文件报告都交由许冠文来撰写了。这几乎成了一个不成文的规定,谁也没有觉得有什么不妥,大家好像都忘了许冠文只是一个借调来的工作人员,工资至今还在理发店里领。

许冠文自己倒没觉得什么,依然是一如既往、任劳任怨地工作。

瀛江记事

三

春来冬去，寒暑更替，转眼间许冠文已借调到镇政府工作近两年了。理发店的许多同事也开始有了怨言，说："这许冠文是怎么回事啊，人在镇政府上班，工资却还要在我们理发店里拿。我们一天到晚辛辛苦苦，累死累活的，他却一天到晚坐在办公室里喝茶看报，享尽清闲，这不是在剥削我们工人阶级吗？"

其实，许冠文心里也暗暗着急，自从借调到镇政府来工作后，自己老老实实做人，认认真真做事，对领导也是毕恭毕敬的，对同事都以礼相待，无论是分内分外的工作自己都毫无怨言地去做，可是几乎没有人为他在领导们面前说上几句好话，也很少有人来表扬他，好像这一切都是天经地义、理所应当的。逢年过节，办公室分一些猪肉、海产品什么的，不但没有他的，而且他比任何人都忙碌，跑前跑后帮着张罗，等一切都弄妥了，别人排队领取的时候，他却一个人坐在角落里……这个时候大家好像都把他给忘得一干二净了。

每到这时，许冠文的心里是着急的，但他表面上却不动声色，工作一如既往，热情努力。下班后，他还是继续坚持到镇党委黄书记家里去帮忙干点杂活，比如买米拖地、接送小孩上下学、给书记老父亲端痰盂之类的活都让他抢着干了。可他从来不在书记家里吃饭，甚至连一口水都不喝。

许冠文的父母都在农村，只有许冠文一个人在镇上，借调到镇政府后，因为经常要加班写材料，他就干脆搬到镇政府值班室后面的宿舍里住。每到夜晚，筋疲力尽、腰酸腿软的许冠文回到宿舍里，浑身像散了架一样，倒在床上就不想动弹，翌日还要强作出一副精神抖擞的样子去镇政府上班，不能让人看出有半点松懈的样子来。又过了很久，镇领导们仍然不提许冠文转正的事情，仿佛根本就不存在这样一回事似的。

四

一天深夜，正在宿舍里酣睡的许冠文被一阵急促的敲门声惊醒，黄书记的老婆火急火燎地对他说："小许啊，你快去看看，孩子他爷爷得了重病，好像很严重，老黄又到县里去开会了，这可怎么办啊？"

许冠文一听二话没说，穿上外套就往外走。到了书记家里，只见老爷子腹痛难忍，正满床打滚，直呼救命。许冠文上前背上老爷子就往医院赶。身材瘦弱的他背着一百几十斤重的老人走了几里路才到医院,累得几乎虚脱了。

医院诊断为急性阑尾炎,需要马上做手术治疗。然而镇医院医生业务水平和医疗条件有限,手术过程中出现大出血,需要马上输血,否则会有生命危险。可是镇医院是一个小医院,库存血浆不够,许冠文想到自己是O型血,当即挽起袖子就为书记的父亲输了一大袋血。等到手术做完,老人病情稳定了,许冠文又让书记的老婆先回家休息,自己在老爷子病床前守候照料。

翌日上午,从县城赶回来的黄书记见了许冠文,紧紧地握着他的手说:"小许,太辛苦你了,快回家去休息吧,今天就不用上班了,算你公假。"

在许冠文的印象中,这好像是黄书记第一次和自己握手,而且握得这么用力,好像在向他传达一种信任和力量一样。

许冠文有些受宠若惊,他语无伦次了:"不,不,这个我,应该的,应该的,革命工作嘛……"话未说完,许冠文又觉得似乎不妥,帮助抢救书记的老爸到底是好人好事还是革命工作,许冠文自己也拿不准,想着脸上就红了。

许冠文脚步蹒跚地来到医院大门口,又困又累,加上昨晚又献了一大袋血,熬夜守护时受了一些风寒,身体虚弱到了极点,头昏沉沉的,胸口像压了一个大磨盘一样几乎喘不上气来。他站在医院门口,仰望着刺眼的阳光,想起自己辛酸坎坷的人生经历,心中无限悲苦,一时间心里酸甜苦辣,五味杂陈,令人伤感的往事一齐涌上心头。他突然觉得头有些晕,接着眼前一黑就什么也不知道了。

许冠文由于劳累过度,身体虚脱,加上心绪愁苦,晕倒在医院的大门口。

五

这天,书记老婆似乎有些动了感情,她对黄书记说:"老黄,小许平日里对我们真是非常忠诚,这次为了救你老爸连命都差点搭上了,你要再不想办法帮他转正,别人会怎么看我们?人家会说你太没有人情味了,你以后还怎么在镇上做人?"

黄书记听后只是闷头抽烟,沉默不语。

书记老婆见他一言不发,又说:"镇里反正也离不开小许写材料,给谁转正不是转,难道小许就硬是不行?"

过了几天,许冠文休完病假回镇政府上班,黄书记就把他叫到自己办公室,亲自为他倒上一杯茶,慌得许冠文手足无措,连声称谢。

"小许啊,你到镇里工作已有一段时间了吧。"黄书记很严肃地说,"你工作积极,表现良好,要求进步,这些大家都是有目共睹的,我们镇政府也需要你这样的优秀人才。从今天开始,你就正式成为镇政府的工作人员了,你到办公室张主任那里领一份转干表,办理一下相关手续,老张那里我已交代过了。"

许冠文双手紧握黄书记的手,久久不愿松开,几乎哽咽着说:"谢谢黄书记,谢谢组织上对我的关心和培养。"

从此,许冠文工作更加努力,工作报告更是写得妙笔生花,文采飞扬。他和黄书记一家的关系也更加密切,往来更频繁了。在黄书记的大力提携和培养下,许冠文仕途畅通,步步高升,慢慢地竟坐上了石桥镇镇长的位子。

第三十九章

一

刘长金是一个身材瘦高的男人,他的父亲刘发家在新中国成立前是石桥镇有名的商人,经营着当时石桥镇最大的杂货店,家境殷实,是石桥镇上有名望的大户人家。刘长金的父母望子成龙心切,希望刘长金把家业发扬光大,因此为他取了一个吉利而俗气的名字。可是刘长金这个名字却并没有为他带来好运,后来政府对工商业者实行公私合营政策,刘发家的杂货店就被联营改造,后又被镇合作社合并。

刘长金的父母去世后,刘长金便成了一副落魄公子的潦倒模样,好在石桥镇合作社为刘长金安排了工作,让他有了一份稳定的收入。

范小芳是石桥镇有名的美女,生得妖娆妩媚,杏眼含春,颇有姿色。过惯了衣食无忧生活的她就经常怨天尤人地发牢骚,自叹命苦,嫁给了这样一个倒霉的人。刘长金也只得装聋作哑,不去理会她,天长日久就得了妻管严的毛病。年轻娇美的范小芳生性风骚,经常和镇里民兵指挥部的民兵在一起打情骂俏,刘长金也只装作不知,不去计较。认识刘长金的人都说刘长金脾气好,能忍,也不知道是在夸奖他还是贬损他,反正刘长金逢人总是一副嘻嘻哈哈、知足常乐的样子,大家也只得摇头叹气了。

范小芳自从生下了儿子刘壮雄后,日子过得更加窘迫了。范小芳只得托人介绍到石桥镇政府食堂谋了一份临时工作,做了一个负责烧火做饭、端茶倒水的炊事员。范小芳生得细皮嫩肉,曾经过着养尊处优的生活,如今却要低三下四地去服侍别人。每日里烟熏火燎地炒菜做饭,更是满腹怨气无处发泄,她在外面只得强忍着,回到家里就冲刘长金一通河东狮吼。刘长金也只能赔着笑脸为她端茶递水,揉肩捶背,曲意逢迎。

二

范小芳每天要为镇政府各个办公室烧上几十瓶开水,镇里的领导一般都回自己家里吃饭,来了客人也到镇上的餐馆里招待,平时镇政府食堂只为少数几个单身同志做一些简单的饭菜,镇里领导需要熬夜加班时,食堂就要做一些夜宵送过去。范小芳虽然在家里动辄发火,但对工作还是十分上心,尽职尽责,对镇里领导也极尽巴结讨好,时时刻刻赔着笑脸,极其殷勤。

镇里干部多数是些工农干部,是从农村基层上来的,文化水平普遍不高,性情粗鲁但非常豪爽,那些男同志们平时爱开玩笑,讲黄色笑话,过过嘴瘾。自从范小芳来到镇政府食堂做了炊事员后,镇政府的男人们大都喜欢往食堂跑,来食堂里吃饭的人也多了起来,各个办公室里打开水的活也有人抢着去干了,有时甚至不等暖瓶里的开水用完就拎着暖瓶去了。平日里冷冷清清的食堂也变得热闹起来,常常充溢着欢声笑语,偶尔夹杂着打情骂俏的声音,平添了许多生气。

范小芳虽然与镇里的那些一般干部混得熟稔,打得火热,但她心里知道这些人是驴屎蛋蛋外面光,毫无实权,办不成什么大事,而且家里都有老婆。他们既想着在外面偷点腥,打点野食,又不想付出任何代价,不想惹上任何麻烦。范小芳是一个极有心计的女人,她对这些人只是外热内冷,严守分寸。打情骂俏,眉来眼去,甚至推推搡搡的都行,但绝对不做过分出格的事情。她知道镇里真正有实权能办实事的人只有两个:书记和镇长。可他们平日里都是一副凛然不可犯的样子,不苟言笑,一时半会儿也找不到亲近的机会。但她始终留了个心眼,等待着机会的来临。

三

这个时候,许冠文已是一镇之长了。一镇之长的他自然不屑与一般干部为伍,别人都对范小芳笑脸相迎,唯有他总是很严肃的样子,很少和范小芳说笑,平常讲话也是一本正经的样子。有时候范小芳主动献殷勤为他沏茶倒水,他也是爱理不理的,低下头去看文件,一副日理万机、肩负重托的样子。

但范小芳毫不气馁,她感到许冠文只是在假装正经。

许冠文结婚后,老婆被安排在镇粮管所工作,在粮管所也分了房子。他平常都回粮管所那边吃饭睡觉,偶尔工作得太晚,要加班修改或审阅一些材料,就会留在镇政府的宿舍里过夜。

皇天不负苦心人,这一天,机会终于来临了。这天,许冠文去下面的一个生产大队检查工作,半路上淋了一场雨,回来后就觉得身体不适,头脑昏沉。下班后,他独自回到镇政府宿舍准备休息一会儿再回粮管所那边的家,可是躺在床上没多久就昏昏沉沉地睡去了。

这一切都被范小芳看在眼里,她马上熬了一碗热腾腾的红糖姜汤,给许冠文送去。

许冠文被叫醒后就把这碗红糖姜汤喝了,然后又倒在床上蒙头大睡起来。不知过了多久,他被一泡尿憋醒了。这时,屋子里已漆黑一片了,屋外也是静悄悄的,万籁俱寂。他感觉到头还有些微痛,想起自己整日里操劳工作,如今病了,身边竟连个嘘寒问暖、端茶递水的人都没有,心里不免有些难过。正在胡思乱想间,一个身材丰满、曲线傲人的女人悄然进屋了。许冠文吃了一惊,定睛一看原来是炊事员范小芳,就问:"小范啊,这么晚了,你怎么还没有回家啊?"

"许镇长,您废寝忘食地为大家工作,现在生病了,身边连个伺候的人也没有,我不放心,所以自愿留下来照顾您。"范小芳轻声说着。

许冠文听着范小芳柔和得像催眠曲一样的声音,感到有一种莫名其妙的躁动在浑身游走。"哦,谢谢你了,我已经好多了,你赶快回家吧,我这里不需要你照顾了。"许冠文尽管平静地说着,可是声音却抑制不住微微颤抖,他有些为自己感到羞愧。

第三十九章

第四十章

一

"许镇长,您的身体不是属于您自己的,是属于全镇人民的,我是镇里的炊事员,我有责任照顾好您。这也是全镇人民交给我的光荣任务!"范小芳坚持着说。

许冠文不知道全镇人民什么时候交给她这个任务了,怎么自己竟一点也不知道呢?他不再说话了,在黑暗中摸索着穿鞋下床。

范小芳赶紧上前拦住了他:"许镇长,您这是要去哪里啊?您想喝水吗?我去帮您倒,您就在床上躺着吧!"

许冠文一泡尿已憋了好久了,哪里还能再喝水!他红着脸小声说:"不是的,我想出去方便一下。"

范小芳低声嗔怪说:"哎呀,您现在正患感冒呢,刚刚发了一身汗,可千万不能出去见风啊,再受了风寒,感冒就会加重了。"范小芳此刻就像一个温和的大姐姐,又像一个慈爱的母亲,让许冠文感到无比的温暖。

"可我总不能就这样一直憋着吧?"

范小芳用手轻轻把许冠文按坐在床沿上,然后从旁边拿出一个搪瓷面盆来,放在许冠文的脚边说:"许镇长,您就往这面盆里尿吧,尿完了我帮您去倒掉。"

许冠文有些吃惊了:"不不不,这怎么能行呢,怎么能麻烦你为我做这种事情,这太那个了,要不得的。"

范小芳却显得很平静,她背过身去说:"您现在是一个病人,有什么不行的,您是为全镇人民日夜操劳才生病的,我代表全镇人民为您做这点小事,那还不是应该的吗?"

二

许冠文实在是憋得太久了,他想了想,既然是"全镇人民"的意思,他就只好恭敬不如从命了!于是,他便站着往面盆里小便了。

范小芳很快把小便端出去倒了,又清洗干净,重新放回屋子里。

"小范啊,谢谢你了,我这里没什么事了,你回家去吧。"许冠文的声音干巴巴的,他嘴上说让范小芳马上回家去,可心里不知为什么却有一种强烈的期待,期望她能留下来,一直陪着自己。

屋子里依旧很暗,两个人都看不清对方的表情。范小芳似乎也刻意和许冠文保持着一种默契,她不想去开灯,这样两个人都能沉浸于黑暗中。过了好久,范小芳才幽幽地说:"许镇长,自从我进了您的屋子后,您已说过好多次让我走了,我就这么让您讨厌吗?"

许冠文有些感动,他急忙分辩说:"不,不,小范你可能误会我了,我是愿意你留下来的,可是……"许冠文很快意识到这样说不妥,马上纠正说,"我的意思是很感谢你对我的照顾,但我担心这么晚了你不回家去,你家里人会担心的,再说别人看见了影响……"

"许镇长,您放心好了,我看着您睡着后就走。"范小芳说着上前轻柔地扶着许冠文在床上躺下,为他盖好被子,掖好被角。她做这一切的时候,就像一个贤惠温顺的妻子,显得那样自然得体,毫无扭捏之态。

许冠文的心里再次漾起了一股暖意来。黑暗中,他隐约看到近在咫尺的范小芳胸前那对饱满挺拔的双峰此刻正在急促地起伏,嗅到范小芳的身体散发出的那股女人体香,他的心跟着扑通扑通地乱跳起来了。他在心里想着,这个小范也是三十出头生过孩子的人了,可是身材却仍然保持得这么好,丰乳细腰,肌肤细腻,那个刘长金真是有福啊!他凭什么能拥有眼前这样如花似玉的女人,他为党和人民做出了什么贡献?他又何德何能过着美人相伴的生活?许冠文想到这里心中充满了愤恨和嫉妒,又生出一股强烈的占有欲来。

三

"许镇长,您睡着了吗?我走了啊。"范小芳见许冠文好久都不开口说话,轻声叫着许冠文。

"哎哟,我的头太疼了,疼死我了!"许冠文不好直言挽留她,于是装着呻吟起来。

范小芳闻言伸手去摸许冠文的额头,看是否发烧。

许冠文再也把持不住自己了,一把握住范小芳的手,放在自己胸前:"小范啊,我这里难受得很,你说怎么办啊?"

范小芳急忙往回抽自己的手,抽了一下没抽动,也就任由许冠文握着,故作羞怯地说:"许镇长,您都病成这个样子了,还动歪心思……"

许冠文分明从那声音里感到某种鼓励。他想,我如果再不有所动作就不是一个男人了。想着想着，他猛然使劲地把范小芳拉倒到自己怀里，嘴巴狠狠地吻在范小芳的嘴唇上，好像一个饿极了的婴儿一样不顾一切地吮吸着，范小芳只是假意地推了一下，就停止了挣扎，无比温顺地任由许冠文搂着自己狂吻。

许冠文的手也开始像蛇一样在范小芳身体上急速地动，很快，他就顺利地解开了范小芳的衣扣，然后奋身而起把范小芳压倒在自己的身下……

桃色新闻永远是人们最感兴趣的话题。不久以后，关于许镇长和炊事员范小芳之间的那点事就在镇政府大院里悄悄地流传开来。每每人们凑在一起时都会饶有兴致、神情兴奋地窃窃私语。大家见了范小芳表面上客客气气的，然后都会在她身后扮个鬼脸，接着相视发出会心的一笑。

许冠文跟范小芳不一样，他毕竟是一镇之长，是石桥镇的"父母官"，谁也不会傻到去调侃许冠文，更不敢在镇长面前嬉皮笑脸或者在他背后扮鬼脸。而许冠文也看不出有任何变化，仍然是一副庄重严肃、不苟言笑的样子，镇政府的工作人员向他汇报工作，谈事情照样是一如既往的毕恭毕敬。

四

打那次开始，范小芳进出许冠文办公室的次数明显多了起来，说是去为领导送茶水，可是常常要在许冠文的办公室里待很久，弄得有些要向许镇长汇报工作或是送文件的人也感觉很不方便，生怕撞见什么不该撞见的场景。时间长了，工作人员进许镇长办公室之前都要互相打听一下"她在不在里面"。这个"她"成了一个特定的代称，大家都知道"她"是指范小芳。确定"她"不在办公室里后，大家才敢敲门进去，这弄得许冠文也很尴尬。

许冠文和范小芳晚上留在镇政府加班的时间越来越多了，通常是许冠文借口要加班批阅材料，所以就留在镇政府大院的宿舍里过夜。而范小芳就堂而皇之地说要留下来为镇长端茶送水，做夜宵，搞好服务工作，也大大方方地留了下来。这一来，流言蜚语越传越广了，到后来，关于许冠文和范小芳的桃色传闻整个石桥镇已是人尽皆知了。

刘长金被老婆戴了绿帽子，却无动于衷，看不出有任何变化，每天走在大街上见到熟人仍满面笑容地主动打招呼，好像很开心的样子。自己的女人公然红杏出墙，这是任何一个有血性的男人都无法容忍的事情，可是刘长金竟然一副若无其事的样子，于是人们摇头感叹，纷纷对刘长金投以鄙夷的眼神，都说：这世上竟然还有这样的男人。

第四十一章

一

范小芳为领导"热情服务"很快就有了回报,范小芳进镇政府工作不到一年,许冠文在镇党委会上提出来把她转为镇政府正式干部,调入镇妇联工作。许冠文在会上说:"范小芳同志在镇政府工作近一年来,脚踏实地,兢兢业业,把后勤工作搞得有声有色,深受同志们的好评。像这样对工作认真负责、能干事、肯干事的好同志,我们要把她充实到干部队伍中来,这样有助于我们把工作做得更好……"

许冠文讲完以后,包括镇党委书记在内的镇党委委员们都默不作声,无人回应。有的人埋头喝茶,有的人一个劲地抽烟,把一张脸藏在烟雾里面,就是没有人接着表态。许冠文却神色如常,并不觉得难堪。后来许冠文再接再厉,在镇党委会议上又提了几次关于范小芳转干的事情,大家实在拗不过许冠文,只得勉强通过了。

到镇妇联办公室去上班的第一天,范小芳打扮得像个新娘子,脸上洋溢着幸福的笑容。她首先就来到许冠文的办公室,对他的"培养和关心"表示由衷的感谢,然后就昂首挺胸地到妇联办公室报到去了。

二

世上没有不透风的墙。半年后,许冠文被提拔为石桥镇党委书记。不久,他和范小芳偷情的事情终于被他的老婆知道了。他老婆找他大闹了一场之后,一气之下跑回娘家去了,并信誓旦旦地发誓要和许冠文离婚。可是许镇长的岳父岳母却是"通情达理、深明大义"的人,非但没有安慰自己的女儿,责骂许冠文,反而给自己的女儿兜头浇了一盆凉水,让她"清醒"过来。

镇长岳父"语重心长"地教导自己的女儿:"傻女儿啊,男人年轻时在外面花一点,拈花惹草算多大个事啊,何况冠文是堂堂的一镇之长。过去的皇帝还有三宫六院呢,那要是你还不翻天了?他也只是一时糊涂干了蠢事,迟早是会回头的。你这么一跑,又要闹离婚,不是主动把他让给别人了吗?别人还巴不得呢！你在这里又哭又闹，外人在一旁看热闹讲闲话，他真要是垮了台，对你有什么好处，对我们这个家有什么好处？我和你妈都老了，也不指望跟你享福了，只是你两个弟弟还眼巴巴地指望着跟你沾点光，将来好安排个工作什么的，你这么一闹，大家都没指望了。"

一席话说得许冠文的老婆"茅塞顿开"。她心想，幸亏是老爸指点迷津，要不然就铸成大错了。再一看自己两个弟弟和女儿丽丽正满脸忧戚地站在一旁，眼巴巴地望着自己，一副大祸临头的样子，许冠文的老婆便回心转意了。她二话不说，抹干眼泪，牵过女儿丽丽就连夜回家去了。第二天她神色如常，照常上班，仿佛什么事都没有发生过一样。

三

后来，许冠文被提拔进了瀛江市委班子。

许冠文临离开石桥镇的时候，刘长金和范小芳竟然相携前来为他送行。刘长金深情地握住许冠文的手，依依惜别，说了许多动情的话语。无非就是许冠文劳苦功高，勤政为民，对石桥镇的经济发展做出了巨大的贡献，石桥镇全体人民将会永远怀念他等诸如此类歌功颂德的话，讲到最后竟有些像读悼词一样。刘长金眼眶发红，居然差点掉下泪来。外人看了，还以为这是一对生死与共、患难之交的战友或知心朋友。

许冠文初见刘长金时有些吃惊，脸色竟红了起来，后来见刘长金热情诚恳，又不免觉得有些尴尬，于是很矜持地说了一些诸如"为人民服务""这些都是我应该做的"一类的套话。最后，他还拍了拍刘长金的肩膀说："你是一个难得的好人，心胸宽广，像大海一样，你放心，我许冠文是不会忘记你们的，老实人是不会吃亏的，我心里有数。"

果然，许冠文是一个很念旧、讲感情的人，他调瀛江市半年以后，就通过关系把范小芳调到了瀛江市妇联工作，又过了两年，把刘长金调到了市属某企业去上班，最后又把刘壮雄一手培养成了城管局副局长。多年以后，刘长金和范小芳都退休了，两人常常在瀛江市大街上并肩散步，那种恩爱和谐的样子令人羡慕感动。

第四十二章

一

许冠文把吴荣发作为勤劳致富、创办私营企业的先进典型上报到了瀛江市里，正好时任瀛江市委书记的秦永明很关注这方面的事情，也想在瀛江市树立起一面发展民营经济的旗帜，于是亲自接见了吴荣发，对他大加鼓励。

吴荣发顺势而上，从此和秦永明结下了不解之缘，两人日益打得火热起来。由于有了秦永明和许冠文的大力支持，吴荣发找银行贷款就更加容易了，他的企业从此取得了跨越式的发展，同时也成了秦永明、许冠文政绩的体现。

瀛江市经济建设成就暨先进企业表彰大会召开在即，与会人员除了瀛江市市、镇、村三级领导干部，还有公私企业代表和社会各界人士，更重要的是省委副书记彭宏伟近期要来滨海市考察调研工作，正好顺道出席瀛江市举办的经济发展成就表彰大会。

由于省委彭副书记也出席大会，滨海市委、市政府主要领导人刘文军，林杰豪自然也要陪同彭副书记参加大会。这样一来，瀛江市举办的经济成就表彰大会的规格档次无形之中被拔高了，也显得更为盛大和隆重，滨海市甚至是南江省报纸和电视台的记者也蜂拥前来采访。

这可是破天荒的事情，瀛江市委书记秦永明不敢掉以轻心，专门召开市委常委会议，部署表彰大会的筹备工作。秦永明激动地说："我们瀛江市经济建设成就暨先进企业表彰大会召开在即，这是我们瀛江市社会风貌和经济成果的一次全面展示，是会载入瀛江市发展史册的大事件，省里和滨海市的领导也将会出席这次大会，这充分说明我们瀛江市的经济建设和各项事业都取得了重大成就，也充分表明了上级领导对瀛江市经济工作的重视和支持。我们一定要全力以赴，把这次会议开成一次团结的大会、胜利的大会，一次鼓舞瀛江市全体党员干部和人民群众士气的大会！"

秦永明强调了本次大会的重要性后，接着对方方面面的具体工作做了安排布置，并明确分工，责任到人。他还专门强调了社会治安和群众上访的工作："我们瀛江市的社会治安工作一直是做得很好的，社会稳定，安定团结，但是也不可麻痹大意，掉以轻心，尤其是在会议召开和上级领导来瀛江视察期间更加要提高警惕，确保万无一失，会议期间绝对不能发生任何治安或刑事案件，也要防范和劝止一些恶意上访事件，有些人热衷于无事生非，上访成瘾，一点鸡毛蒜皮的小事情也要去上访，搞得影响很不好。这些事不仅关系到与会上级领导的人身安全，更关系到我们瀛江市的社会形象和民风问题，对于试图借此机会兴风作浪、干扰破坏会议的极少数居心叵测的人，我们要采取非常规手段严肃处置！"

秦永明声音洪亮，掷地有声，整个会议室里都回荡着他的讲话声。市委常委、市公安局局长曹伟强认真做着记录，满脸肃穆庄重的表情。

二

散会后，秦永明让曹伟强留下来，特别叮嘱曹伟强："伟强同志，这次会议的安全保卫工作由你全权负责，如果出了一点纰漏唯你是问！"

曹伟强忙点头称是。

曹伟强回到公安局就召开局党委会议，对大会的安全保卫工作进行具体部署，要求会议期间所有公安民警一律取消休假，全员上岗，加强巡逻和访察，严阵以待。他安排治安大队和巡警大队配合各辖区派出所对娱乐场所和旅馆进行了全面的清查整顿，抓获了一些吸毒、嫖宿和赌博人员，还对一些有违法犯罪嫌疑的人进行了集中抓捕，并要求各个派出所对有前科和案底的人员进行重点盯防。

一时间，瀛江市大街上警车呼啸来去，全副武装的公安民警和身着迷彩服、配备警棍的联防队员成群结队地上街巡逻，深入社区访察，形成了一派治安管理的高压态势，极大地震慑了犯罪分子的嚣张气焰，有些有案底和前科的人甚至悄悄前往外地躲藏，等过了眼前这个风头再回瀛江市。整个瀛江市也披上了节日的盛装，大街小巷挂满了大小不一的红色横幅，各个机关单位、公私企业门前也是张灯结彩，充满了喜庆祥和的气氛。

主会场瀛江市影剧院门前悬挂着大红灯笼和大的横幅，八个巨大的氢气球高高飘浮，悬停于半空中，球体下分别垂下一条长长的竖幅，分别写着"热烈欢迎省市领导莅临检查指导工作""向省市考察团领导同志和各位嘉宾学习致敬""热烈庆祝瀛江市经济建设社会发展取得重大的成就""热烈庆祝瀛江市先进企表彰大会隆重召开"等诸如此类的标语口号。

大会召开的当天,阳光明媚,清风送爽。这天上午八点钟,瀛江市高速公路霞光出口处黑压压地站满了人,这些人衣着光鲜、穿戴齐整、喜气洋洋,乍一看好像是哪户人家的迎亲队伍,其实是瀛江市委书记秦永明率瀛江市各套班子主要领导、企业代表、媒体记者等专门在此迎候省、市领导。上午八点半钟,滨海市委书记刘文军和市长林杰豪乘车来到瀛江市,与瀛江市各套班子汇合,共同迎候省委彭副书记一行人。

三

这时,秦永明请示刘文军说:"刘书记,向您汇报一件事情,我考虑由我和公安局的曹伟强同志带领警卫人员向省城方向行驶,主动迎接引导彭副书记的车队,您看……"

刘文军和林杰豪交换了下眼神,点头应允。

秦永明、曹伟强两人随即率领几个公安民警,分乘一辆本田和两辆警车一路向省城方向行驶,并与彭副书记的秘书保持联系。直到与西河县交界处,他们才望见省委彭副书记的车。

原来相邻的西河县委主要领导听说省委领导过境,也专门前来迎候欢送,顺便简短汇报工作。其实汇报也只是一个形式,走个过场,真正重要的工作内容都已写成报告材料专门上报了。但就是这个形式也是非常重要的,这一方面体现了上级领导干部在基层干部中具有较高的威信和较好的群众基础,另一方面也体现了基层干部对上级领导的尊重和爱戴,容易给上级领导留下好的印象。因此无论是上级还是下级,都很重视这样的形式,积极配合走好过场,这种别开生面的"马路汇报会议"蕴藏着重大的内涵。

省委彭副书记在西河高速路口收费站下车与西河县委领导握手寒暄,温言勉励。彭副书记一边等候秦永明的车队来迎接自己,一边很有气势地双手叉腰,向着西河县城方向眺望,一副高瞻远瞩的样子,算作是对西河县做了检阅和关注。

没多久,秦永明率领的瀛江市车队就来到了西河高速路口收费站,大家热烈握手、互相祝贺道别后,彭副书记一行人在秦永明等人的簇拥下上了车,秦永明、曹伟强带领瀛江市车队在前引导开路,彭副书记的车在后紧随,浩浩荡荡地向瀛江方向行驶。

彭副书记的车队已驶出好远了,西河县委一班人还恭立在路口处挥手致意,久久不愿离去。

第四十三章

一

上午十点,彭副书记的车队来到瀛江市霞光高速公路收费站,滨海市委主要领导刘文军、林杰豪满面笑容地迎上前去。秦永明率先从前面的车上下来,身手如同二十来岁的小伙子一样敏捷,一个箭步抢先来到彭副书记的车前,打开车门,顺势用手挡住车门上框,躬身迎候,另一只手轻轻搀扶彭副书记下了车。

彭副书记气度雍容、和蔼可亲,依次和刘文军、林杰豪、秦永明、赵国平等人握手寒暄,连称同志们辛苦了。他的手和那些热切地迎上来的双手只是轻轻一握旋即离开、稍触即离。但是在赵国平面前停留了一小会儿,他对赵国平说:"你从省里下来工作有一段时间了,工作还顺利吗?"说着,他还含笑慰勉了几句。

轮到曹伟强了,只见他穿着一身簇新的警服,"啪"的一声就立正敬了一个标准的礼。他正欲说些什么,却见彭副书记的手已伸过来了,只得赶紧用双手捧住。没承想,彭副书记却不经意地抽开了手,走向下一个人。

车队前有警车开道,后有警车殿后,十多辆小车像一条长龙般浩浩荡荡地驶过宽阔平坦的建设大道,驶过热闹繁华的人民路,然后向左拐来到了瀛江市影剧院前宽阔的广场上。一路上,街道两边站着许多看热闹的群众,人们议论纷纷:有的说是省里下来的领导干部;有的说是中央下来的;也有人说瀛江市的各项工作做得很好,省里的领导专门来开现场会进行表扬,瀛江市的领导要高升了;也有人说省里的领导可能是下来访察民情的,瀛江市有人要倒霉了。总之,瀛江市是要出大事情了!直到活动都结束好几天了,大家在一起时还啧啧感叹,议论不休。

二

上午十点半,瀛江市先进企业表彰大会在瀛江市影剧院里准时召开,会议现场气氛热烈,井然有序。瀛江市各套班子领导都在主席台上就座,省委彭副书记和滨海市委领导刘文军、林杰豪等人坐在主席台的中央位置,两边依次是瀛江市委书记秦永明,市委副书记、代市长赵国平,市委副书记胡耀宗等人。

会议由胡耀宗主持,赵国平做了政府工作方面的报告,表示瀛江市的经济建设取得了一些成绩和进步,但同时也要清醒地认识到还存在着一些困难和不足之处,言词客观中肯,毫无浮夸之气。

秦永明回顾总结了瀛江市过去一段时期的工作成绩和突出成果,声称瀛江市各项工作都已进入了正轨,走上了发展的快车道,瀛江市已进入一个全新的发展阶段,并表示瀛江市委、市政府一班人将继续奋发努力、戒骄戒躁,团结广大干部群众,脚踏实地、真抓实干,把瀛江市的各项工作做得更好,全心全意地为瀛江市人民谋利益,求发展。秦永明的讲话声情并茂,慷慨激昂,颇有感染力。

滨海市委书记刘文军和市长林杰豪也做了简短的发言,肯定了瀛江市各方面工作所取得的成绩,勉励瀛江市党政干部再接再厉,更上一层楼,把瀛江市的改革开放和经济建设的工作推向新的高度。

省委彭副书记最后做了总结发言,彭副书记嗓门不大,语调平稳,但是很有气势和感染力,偌大的会场里鸦雀无声,十分安静。

秦永明满脸虔诚,在笔记本上认真做着记录。

彭副书记首先代表省委、省政府向瀛江市先进企业表彰大会的顺利召开表示祝贺,对瀛江市在经济建设过程中所取得的重大成就表示赞赏,并热情洋溢地表扬了瀛江市党政干部群体勤奋努力、锐意进取的工作态度和精神。他说:"像秦永明同志这样有胆识、有魄力的干部是我们党和人民的宝贵财富,我们的改革开放事业就需要一大批像他这样的优秀干部。"彭副书记的讲话几乎把先进企业表彰大会演变成了对秦永明的表彰大会。

秦永明听着彭副书记的表扬,兴奋得像一个幸福的新郎一样,满面红光,越发昂首挺胸地坐得笔直。

会议接着对瀛江市各个先进企业进行了表彰,对优秀企业家进行了重奖,宣布重奖先进企业代表吴荣发一百万元人民币。

三

这一消息后来传开后,整个瀛江市都轰动了,奖励一个私营企业老板这么大一笔钱,这在瀛江市可是开天辟地头一回,就连滨海市也没有过如此壮举,由此可见秦永明敢为天下先的勇气和魄力。人们心中说不清是羡慕，是赞扬，还是反感和惊讶。其实关于重奖优秀企业家一事，瀛江市委内部还是存在一些争议的，代市长赵国平、常委、副市长杨得胜等人就表示反对，他们认为奖励应重在精神激励，物质激励应适度。好钢用在刀刃上，瀛江市财政要花钱的地方还很多，比如希望工程、学校危房改造、拖欠教师工资等。但秦永明坚持要达到一种震撼性的效果，以此激发瀛江市各个企业展开创建先进企业的竞赛，掀起一股比学赶帮的热潮。

会议在暴风雨般热烈的掌声中结束了，省委彭副书记和滨海市委、市政府领导刘文军、林杰豪等人在瀛江市党政干部的簇拥下，离开瀛江影剧院，上了停在广场上的小车，前往位于北堤路上的瀛江宾馆。短短几分钟的车程，瀛江市公安局也不敢含糊，安排警车开道，并且拉响了警笛，警笛声反而吸引了更多的瀛江市民前来围观。十字路口暂时禁止其他车辆通行，市公安局局长曹伟强甚至亲任交通指挥员，站在十字路口中央打着手势指挥交通，并向车队敬礼，可是车队很快就从他面前开过去了。曹伟强的心里有些疑惑，不知坐在车里的领导们是否看清了他。

四

下午三点半，瀛江宾馆会议室召开了工作汇报会。

汇报会由秦永明代表瀛江市委、市政府主持，他首先向省、市领导介绍了与会的瀛江市党政干部，然后简略汇报了瀛江市各方面的工作开展情况，着重谈到了瀛江市广大干部群众在省、市党委政府正确领导和大力支持下所取得的成绩，会议按预定计划和步骤有条不紊地进行，相当顺利。

为了这次汇报会，秦永明专门组织瀛江市委一班人多次召开会议，进行了部署，包括对座次、入场先后顺序、发言的内容时间，以及各种细枝末节的问题和发生意外情况后的应对措施都事先做好了安排，甚至对与会人员的表情语调都做了明确要求，既不要使会议气氛过于沉闷压抑，弄得跟批评与自我批评的民主生活会一样，又不要使气氛过于松懈活泼，以免弄得跟联欢晚会一样，让省、市领导同志感觉瀛江市的干部作风轻佻浮躁，总之要达到团结紧张、严肃活泼的最佳效果。

赵国平对这种追求形式主义的做法不以为然，但秦永明很严肃地说："我们做任何工作就是要有一种认真负责、全心投入的精神和态度，这样才能把各项工作做得更好。"

秦永明说这番话的时候,神情庄重,就像一个战前的指挥员,又像是一个联欢晚会的总导演。他非常明白这样的工作汇报会是千载难逢的大好机会,得以在省、市领导面前充分展示瀛江市党政干部的精神风貌和政治素质,这也是对他这个瀛江市领导班子班长的领导能力和水平的一次检验。

果然,省委彭副书记赞扬瀛江市的领导班子有一种积极向上的精神风貌,很有活力,是一个紧密团结的颇有战斗力的领导班子。

工作汇报会很快就结束了,稍事休息后,又举行了小范围的宴会,只有瀛江市委常委陪同,这样就不会过于嘈杂和拥挤。晚宴以后,省委彭副书记和滨海市的领导刘文军和林杰豪就在瀛江宾馆内下榻。

五

为了接待上级领导,瀛江宾馆已经停止对外营业,有些还没有退房的住客也被婉言劝离了。整个瀛江宾馆还实行了戒严,由武警战士和公安民警共同守卫,公安局局长曹伟强更是日夜守候在现场。他曾经向秦永明信誓旦旦地保证,就是一只蚊子也不会轻易让它飞进瀛江宾馆来。曹伟强虽然已由瀛江市委报批为瀛江市委常委,但滨海市委直到现在也没有正式批复,曹伟强心中既充满了期望,又有些焦虑不安,生怕夜长梦多,节外生枝。因此他决心加倍努力地做好这次守卫工作,也让省、市来的领导同志看看他认真负责的工作态度。

省委彭副书记被安排在宾馆三楼,整整一层楼只有他和秘书、司机几个人住,楼道两边和电梯口、消防梯都有警卫人员把守。刘文军、林杰豪等人则被安排在二楼的房间里。

经过了一天的长途奔波和紧张忙碌的工作后,彭副书记感觉异常疲倦,白天还是神采奕奕、精神矍铄的样子,此时却疲软地靠在房间内的沙发上,幽暗的台灯光投射在他脸上,显得是那样苍老、疲惫。

第四十四章

一

彭副书记已经五十九岁了,已接近被安排到人大、政协等"二线"工作的年龄,如果不能再上一个台阶,进入正省级干部的行列,就将会退休,从此结束政治生涯了。每当想到这些,他就有一种紧迫感和无限的惆怅。组织上曾有过考虑,打算安排他到省政协去接任主席,那样的话他就成为正省级干部,可以工作到六十五岁,但他认为还不如当省委副书记。他还有更大的追求,以他的资历和能力,就是干一任省长甚至是省委书记也是够格的。

随着退居二线的日期日益临近,彭副书记越来越重视干部的培养选拔工作,他决心在自己还处于全省政治舞台中心的时候,把更多年富力强、既肯干实事又听话的干部选拔充实到更重要的领导岗位上来,这样就能够保证有人延续自己未竟的事业,自己在退居二线后还可以发挥重要的影响力,况且自己是分管干部工作的,选拔任用干部本就是自己主要的工作职责和权限范围内的事情。

彭副书记很欣赏瀛江市委书记秦永明,多次在公开场合表扬他工作积极肯干,谦虚谨慎,有进取心和魄力,并且说像这样德才兼备的好干部应该让他更快更好地成长起来,在更重要的工作岗位上为革命事业做出更大的贡献。他已经很明确地表明了自己的态度,要提拔重用秦永明。近期,省委将对全省地市级领导班子做一次大范围的调整,省委组织部正加紧考察干部,彭副书记在组织部报上来的后备干部人选中把秦永明列为重点培养干部。秦永明现在是滨海市委常委兼瀛江市委书记,彭副书记暗示滨海市委向省委推荐秦永明为滨海市委副书记,为今后进一步接任滨海市长或书记打好基础,进行必要的过渡。

二

可是滨海市的刘文军和林杰豪等人却对此态度暧昧,迟迟不肯明确表态。彭副书记此次来滨海和瀛江考察工作,准备更进一步促成此事。彭副书记在省委是分管组织和纪检工作的,此次来瀛江这样一个县级市参加企业表彰大会,未免有越俎代庖之嫌,但他就是要为秦永明宣传造势,表达省委对秦永明的肯定和支持,使秦永明在众多的后备干部中脱颖而出。

秦永明对此是心有灵犀一点通,他从内心深处感激省委彭副书记对自己的培养和关怀。自己在瀛江市辛辛苦苦工作了这么多年,没有功劳也有苦劳,也应该走上更高一级的领导岗位,去施展自己更大的政治抱负了。秦永明认为自己就是一匹难得的千里马,而彭副书记则是善于识马的伯乐,千里马常有而伯乐不常有啊!如果没有彭副书记做自己政治上的后盾,自己很难顺利地取得政治上的进步。

这次彭副书记调研,瀛江市委对整个行程的任何一个细小环节都进行了认真考虑。

秦永明今天也在瀛江宾馆内住宿,不过他住在一楼的房间里。这样省委、市委领导和瀛江市领导正好从三楼到一楼依次排列,从高到低。秦永明从政多年,对于揣摩上级领导的心意这门学问还是颇有造诣的,因为他知道,像彭副书记这个层次的领导干部早已是喜怒不形于色了,他们的心思是极难揣摩的。此刻,他坐在房间里,把今天的所有活动过程和场景在脑海中像放电影一样过了一遍,努力揣摩彭副书记的心思。

彭副书记虽然虚怀若谷,但毕竟任何事情都是有蛛丝马迹可以探寻的。今天下午召开的工作汇报会上,彭副书记多数时候不动声色,表情平静,可是轮到自己汇报工作时,彭副书记的脸上似乎掠过一丝赞许的微笑,并微微颔首。这种微笑虽然如雁渡寒潭般稍纵即逝,但就是这电光石火般迅即变化的表情也被秦永明敏感地捕捉到了,这至少是传达了一个好的信息。平常雄辩滔滔、口才极佳的秦永明当时竟然有些紧张激动,语音略微颤抖,但这正是他想要的一种效果,因为下属在上级领导面前略显紧张拘谨,充分说明了对领导的崇敬和爱戴之情,就好像时下的追星族们,有哪一个粉丝见到自己心中的偶像不是又哭又笑、举止癫狂呢?

三

翌日上午,省委彭副书记和滨海市领导刘文军、林杰豪一行在秦永明、赵国平等人陪同下离开城区,专程到吴荣发的万亿达集团进行考察。

万亿达集团总部和服装厂、五金家具配件厂等万亿达下属部分企业都建在距石桥镇三四公里之外的西山村。

彭副书记一行先是到了石桥镇,但并没有进镇政府,而是直接拐上宽阔平坦的荣发大道向西山村驶去。石桥镇党委书记率领镇党委政府班子成员一大早就在镇政府迎候,可是彭副书记一行却径直去了西山村,慌得他们一帮人连忙坐上车,迅速赶往西山村。

荣发大道是万亿达集团为了连接石桥镇和西山村而投资兴建的,所以叫荣发大道。这是一条宽敞平坦的四车道柏油马路,林荫夹道,鸟语花香。一路上悬挂了许多欢迎标语和横幅。不到三十分钟,彭副书记一行就到了西山村。

临近西山村口时,远远地就见到左侧建有一栋三层楼高的楼房,这是万亿达集团专门用于接待客人和各关系企业业务人员的招待所。招待所的右侧是一幢三层楼高的酒楼,酒楼后面是一个很大的鱼塘,波光粼粼,岸边有水榭凉亭,鹅卵石铺就的小径围绕鱼塘。如果是盛夏季节,水面上荷花齐放,争奇斗艳,自然又是另一番秀美的景色。鱼塘既可以养鱼,又是一道景观,酒楼的客人们凭水临窗,身心愉悦,可以助酒兴。招待所的左侧是一片住宅楼,是万亿达集团中层以上干部和工程技术人员的住宿区。

酒楼的右侧还有一座影剧院,但已经荒废了,平日里杂草丛生,只有在年底万亿达集团召开全体职工大会时才会当作会场使用一次。影剧院的旁边是一个小型购物商场,出售日用百货、烟酒什么的。影剧院斜对面是一个很大的院落,宽阔静谧,院子四周砖墙围绕,院子里有栋别墅,那是吴荣发住的。紧邻别墅院墙的一排平房则是万亿达集团的办公场所。

荣发大道的两端路口和吴荣发别墅门口设有专门的岗亭和汽车路障,岗亭里有身着制服的保安人员日夜值守,平日里是不允许其他车辆通过的。今天为了迎接省、市领导,路障全部打开。车队直接行驶到万亿达集团的办公区前面停下来,吴荣发率先下车,带领万亿达集团的员工热烈鼓掌。几个年轻漂亮的女孩子上前向彭副书记、刘文军、林杰豪、秦永明、赵国平等主要领导献花。

刹那间鞭炮齐鸣、鼓乐喧天,一队身着彩色服装的舞龙队伍在荣发大道上舞起了长龙。

四

鞭炮声和鼓乐声停息下来以后,吴荣发红光满面、喜气洋洋地代表万亿达集团致欢迎词:"尊敬的省委彭书记,滨海市委市政府刘书记、林市长,瀛江市委市政府秦书记、赵市长,以及各位领导、嘉宾,我谨代表万亿达集团全体员工,向你们的到来表示最热烈、最诚挚的欢迎。我们万亿达集团从创办初始,就得到了瀛江市委市政府,石桥镇镇委镇政府的关心和鼓励。在市委市政府和镇委镇政府的正确领导和关怀下,在社会各界的帮助支持下,全体万亿达集团员工团结奋斗,锐意进取,取得了可喜的成绩。万亿达集团将加倍努力,勇攀高峰,为瀛江市的经济发展做出新的更大的贡献,同时欢迎考察团来我们万亿达集团指导工作!"

彭副书记兴致盎然地环顾了一下四周,然后说:"荣发同志啊,你这里环境不错啊,就像一个世外桃源,是一个修身养性、陶冶情操的好地方啊。"

吴荣发的脸立即笑得像一朵盛开的鲜花,本来个子就矮的他,腰也几乎弯成了九十度:"彭书记,请同志们一起到办公室里就座吧。"

彭副书记却不想进办公室,他遥望着远处的田野说:"我们某些领导干部有个不好的习惯,出了办公室的门就进了车门,出了车门又进了酒楼的门,这样一来岂不是脱离人民群众了吗?我们是下来考察工作的,不和人民群众多接触多交流,怎么能听到广大群众的心声呢?我们还是到前面去看看吧。"彭副书记说罢带头走向远处的田野。

此时正是秋季,天高云淡、秋风送爽,田野里稻浪起伏,满目金黄。彭副书记沿着田间小路缓缓行走,不时停下来用手抚弄一下稻穗,或者双手叉腰、举目远眺、指指点点,一副高瞻远瞩、胸怀全局的样子……

西山村的村民们站得远远的,兴致勃勃地围观这些领导。

五

滨海市委书记刘文军是一个热衷于农业生产的人,立志要振兴和发展滨海市的农业。因为他对招商引资工作不是十分热心,无论是大会小会,或者是向省里领导汇报工作,言必称农业是滨海市经济发展的基础和命脉,因此就有省里领导觉得他跟不上形势,有些落伍,讲出来的话也不合时宜。

刘文军三十八岁就担任滨海地委书记,后来撤地建市后又改任市委书记,一晃十多年过去了,已年近五十的他,却一直还是待在滨海市,没有挪动过位置。刘文军主动走到在远处围观的村民们面前,和他们聊天,向他们了解情况。

村民们本来有些拘谨,后来见他为人和气,没有官架子,也就你一言我一语地和他聊了起来。

　　吴荣发在这边陪同彭副书记,眼角瞥见刘文军在那边和村民们聊得火热,又不知聊些什么内容。那些村民们平时说话都是口无遮拦的,吴荣发怕他们在刘文军面前随口胡扯一通,心里不免有些忐忑不安。秦永明也觉得刘书记这样做有些欠妥:彭副书记正带领大家考察工作,刘文军却不打招呼跑到一边去和人开小会了,这样多少有些不合规矩。于是,他建议彭副书记回去。

　　彭副书记在田野里转了半天,出了一身细汗,正好也有些累了,于是就往回走……

第四十五章

一

这些年，万亿达集团在瀛江市委、市政府的支持和培育下取得了飞速发展，已经从草创时期的服装小作坊变成了工贸一体化、多元化发展的民营企业集团。总部位于石桥镇的万亿达集团是瀛江市第一大民营企业，也是南江省的著名企业，成了瀛江市民营经济领域的一面高高飘扬的旗帜。

吴荣发原先在石桥镇镇长许冠文的支持下，陆续从镇信用合作社拿到一些小额贷款，稳步发展，后来通过许冠文结识了市委书记秦永明。在秦永明的支持下，吴荣发可以直接从瀛江市的银行申请到大量的银行贷款，发展速度明显加快。后来，他又通过秦永明引见省委彭副书记的公子彭文革，通过彭文革的牵线搭桥可以从南江省银行得到更大数额的银行贷款，从此万亿达集团取得了跨越式的发展，最后成为一个闻名遐迩的规模私营企业。

吴荣发曾私下里对万亿达集团发展壮大的成功经验进行过自我总结，认为集团之所以取得如此快速的发展，并不是因为自己有多么出类拔萃的经营管理能力或者多么远大的眼光，是因为有秦永明和许冠文做自己的后盾，使自己有源源不断的银行贷款，让万亿达集团像吃了催长剂的猪崽一样，一天天变得膘肥体壮起来。

吴荣发虽然能很顺利地获得银行贷款，但他永不满足。有一次在和彭文革喝酒吃饭时，他又提到了贷款的事情。这次，彭文革有些不胜其烦了，开玩笑地说："吴哥，你干脆自己开个银行算了，这样用起钱来更方便一些！"

吴荣发知道彭文革是在讽刺他，脸霎时红了一下，有些尴尬，但随之一个大胆的想法就冒了出来：是啊，我怎么没想到这一点呢？我完全可以自己开一个银行啊！他立即把自己的这个想法对彭文革说了。

彭文革瞪大了眼睛，像看着一个疯子一样看着他："吴哥，你脑子没被撞坏吧？我不过是随口开个玩笑，你还当真了？银行哪里是随便就能开的，省里也没有这个审批权限，恐怕要拿到中央去批呢，谁能帮得了你这个忙？"

吴荣发笑了笑，不再说话了。他知道心急吃不得热豆腐，这种事情急不得，需要一步步来,但从此他就下定了要自办银行的决心。

二

万亿达集团的核心企业是服装厂和五金家具配件厂,吴荣发虽然文化水平不高,但他从省城和滨海市聘请了大量技术人员来万亿达集团工作,给予高薪和优厚的待遇,因此,五金家具配件厂和服装厂都能够顺利运转,可是由于管理不善、效率低下,万亿达集团一直处于亏损经营状态,完全靠银行贷款支撑着。当然,这些内情外人是不得而知的,在万亿达集团对外公布的经营报告中,万亿达集团业绩良好,稳定盈利。

本来吴荣发还算有一些自知之明,他知道自己能力水平有限,只想把老本行服装企业做大做强,不想进行多元化发展。可是秦永明却批评他过于保守,缺乏进取心,鼓励他上大项目,实行超常规发展。因为万亿达集团发展壮大也为瀛江市树立起了良好的形象,同时也是秦永明赖以炫耀的政绩。

迫于秦永明的压力,吴荣发也只好赶鸭子上架,勉为其难先后创办了海产品速冻公司、海洋水产品养殖基地等企业,这对吴荣发来说可是一件苦差事,他感觉自己就像是坐上了一辆超高速行驶的汽车,速度是加快了,有了一种轻飘飘的腾云驾雾般的感觉,可要命的是,自己根本无法对高速行驶的汽车进行掌控,不知它会驶向何方,何时才会停下来。好在秦永明通过各种关系和渠道源源不断地为他的企业输血,给他弄来大量的银行贷款,他的万亿达集团才得以借新债还旧账,苟延残喘地支撑下去。

三

中午,万亿达集团在酒楼举行了盛大的午宴,招待彭副书记一行人。

酒宴一共摆了四桌。吴荣发点头哈腰地为几位领导斟满了酒后,就坐在角落里,等候彭副书记讲话。

彭副书记笑意盈盈地环顾了一圈,见大家都安静下来了,都用崇敬的眼神望着他,于是站起身,清了清嗓子,开始发表讲话:"同志们,我们省的私营经济在改革开放以后取得了迅猛的发展,日益发展壮大,瀛江市在这方面走在了全省的前头,万亿达集团就是我们南江省的一面先进旗帜,为我省私营企业的发展树立了榜样。今天和同志们一起考察了万亿达集团,我深受鼓舞,也感到很欣慰。万亿达集团的发展成果表明,瀛江市乃至南江省在经济发展方面取得了巨大的成果,形势喜人。我们要一如既往,继续大力支持像万亿达集团这样的民营企业,为他们创造好的发展条件和经营环境,帮助他们取得更大的发展。"

彭副书记的话音刚落,屋子里就响起了热烈的掌声,尤其是吴荣发,两个手掌都拍红了,脸上红光满面,兴奋异常。

彭副书记又转向吴荣发说:"荣发同志,在经营中还有没有什么实际困难?有什么问题需要政府部门出面帮助协调解决的吗?"

吴荣发脸上堆满了笑容:"彭书记,感谢您和组织上对我们民营企业的关怀和鼓励,瀛江市委、市政府一向都很关心和支持我们民营企业,给我们创造了很好的发展环境,我们非常感谢!"

秦永明接口说:"私营经济是我们国民经济的重要组成部分,支持和鼓励你们发展是我们应尽的责任和义务,同时也是贯彻省委和滨海市委的指示精神,我们希望你们日益发展壮大,取得更大的成功!"说着,秦永明转向刘文军和林杰豪两人:"刘书记,林市长,您二位也给大家讲几句吧!"

刘文军连连摆手说:"我就不必再说了,刚才彭书记已经讲得很全面,既对我们的工作做出了肯定,也提出了新的要求,我们在今后的工作中要努力贯彻执行。看看林市长还有什么要说的吗?"

林杰豪笑了笑:"彭书记和刘书记都已经讲了,我个人完全赞成和拥护,我没有什么要讲的了,祝万亿达集团取得更大的发展!"

秦永明又扭头征询赵国平的意见。

赵国平抬头望了望在座的各位:"我也来说两句吧,刚才彭书记、刘书记、林市长和秦书记都已经讲得很全面,为我们的经济工作定下了基调,我在这里对万亿达集团提一点期望,希望万亿达集团在今后的工作中要更加注重抓管理,提高经营水平和效率,杜绝挥霍浪费现象,把有限的资源都用在最需要的地方,走内涵式高效率的发展道路,也希望你们戒骄戒躁,努力奋斗,再创辉煌!"

四

大家照例对赵国平的讲话报以掌声,不过相较于对待彭副书记等人的掌声就要稀落了许多。前面几位领导的讲话更多的是在鼓励和表扬,而赵国平的讲话则像是在告诫和提醒。

虽然如此,吴荣发的脸上仍然是笑开了花,并且努力比刚才笑得更灿烂更热情,他希望自己的这张笑脸能给赵国平留下深刻印象。在瀛江市的干部中,吴荣发觉得秦永明、许冠文都很热情随和,很好打交道。赵国平来到瀛江后,自己也曾多次主动和他接近,希望能和他走得更近一些,赵国平外表虽然很亲切,没有一点官架子,可是却很讲原则,给他送礼他是绝对不会收的,说话办事也是一副公事公办的样子,该办的事他很痛快地给你办理,不符合规定的事他绝对不肯通融,吴荣发觉得赵国平有点莫测高深的样子,自己的那套公关术在赵国平面前一下子失去了作用。

  吴荣发笑着站起来向大家敬酒:"尊敬的彭书记,各位领导、各位来宾,首先我代表万亿达集团全体员工热烈欢迎各位领导同志来我集团考察及指导工作,你们的到来是对我们万亿达集团的鞭策和鼓励,也是我们万亿达集团发展的最大动力。今天是我们万亿达集团具有纪念意义的一天,这一天将永久载入我们万亿达集团的发展史册,我向各位领导表示最大的敬意和感谢,我敬各位领导一杯,我先干为敬,各位领导请随意!"吴荣发说完一仰脖子把一杯茅台酒倒进了嘴里。于是大家纷纷举杯相碰,宴会的气氛一下子变得轻松热烈起来。

第四十六章

一

中午休息时间,吴荣发邀请彭宏伟、刘文军、林杰豪以及秦永明和赵国平到自己的别墅去喝茶,其他的一般干部就安排到招待所休息去了。

出了酒楼,斜穿过荣发大道就是吴荣发的别墅大门。整个别墅颇具江南园林风韵,大门呈月亮形,门口值班的保安人员向来宾们立正敬礼。别墅四周是极普通的砖砌围墙,围墙里面却是一个清幽静谧的小天地,院落里有一株参天大树,枝叶沙沙作响,几丛修竹随风摇动,红瓦粉墙的一溜平房前有花圃、草坪,还有一个大水池,水池上有小拱桥直通水池上的凉亭,水池里的锦鲤在欢快地游弋……

一行人在院子里站定后,彭副书记就双手叉腰站在院子里四处观看了一番。他笑着对吴荣发说:"想不到荣发同志还是一个颇有情趣、很会享受生活的企业家啊,你这里好像是世外桃源一样,别有洞天,确是一个怡情养性的好地方啊。等将来有一天我退休了,我可要来你这里好好休养一番,到时候你可不要推托啊!"

吴荣发笑着说:"彭书记肯来这乡野之地,是蓬荜生辉了,是我们几辈子也修不到的福分,只怕请也请不到彭书记您这样的贵客啊!"

别墅一共有三栋连体的套间,中间都有圆形拱门相通。中间的屋子里是一个大型客厅,铺着豪华地毯,几排真皮沙发整齐地摆放着。正面墙壁边摆放着一个大型投影机,左右两边的墙边各有一个大型水族箱,箱子里的水是恒温的,装满了海水,箱底铺着海沙,几缕海藻在水中舞动,色彩艳丽的海鱼在小小的珊瑚丛中穿梭游弋,仿佛是一个袖珍型的海底世界。两个身着工作服的漂亮的女孩子侍立在一旁,微笑着面对大家。

二

别墅里还有专门的酒吧间、卡拉OK室、桑拿室,酒吧的酒橱里摆满了各种洋酒,大家在吴荣发的引导下参观浏览了一圈,不免在心里啧啧赞叹,这个貌不惊人的吴荣发还蛮懂情趣，很会享受啊。大家在客厅沙发上落座，两位服务小姐迅速上前为客人们倒上咖啡或茶水。

赵国平笑着对吴荣发说："荣发同志，作为一个农民企业家，你的物质生活还是很丰富的，可是也要加强理论学习，充实提高自己啊。我看你这别墅里什么都不缺，就缺一个书房。"

吴荣发闻言讪笑着说："赵市长真是一针见血啊，我平日里净瞎忙活了，闲下来看书的时间少，再加上文化底子薄，能看懂的书也很少，又怕别人笑话我猪鼻子里插大葱——装象，所以就没有设置书房。今天赵市长您这么一说，还真是提醒了我，我马上叫他们帮我布置一个书房，到时候还要请赵市长为我推荐几本好书啊。"

秦永明接口说："我们赵市长可是名牌大学的高才生啊，只怕他推荐的书你看不懂啊。"

大家都轻松地笑了起来，吴荣发满脸通红，一副扭扭捏捏的样子。大家又说了一些无伤大雅的玩笑话，气氛很和谐。彭宏伟看着大家，笑意盈盈。

秦永明见气氛很好，适时提出了一个问题："彭书记、刘书记、林市长，我向你们请示一个事情，我们瀛江市前一段时间向滨海市委报送了两个常委名额，尤其是曹伟强同志，自从负责瀛江市公安局的工作后，积极努力，工作开展得有声有色，我们瀛江市委准备让他负责政法委的工作，让他挑更重的担子，加强瀛江市政法系统的领导力量，不知滨海市委是否批准？"

刘文军还没来得及开口说话，彭宏伟好像漫不经心地问了一句："你们说的那个曹伟强是不是这次负责会议安保工作的那个同志？"

秦永明马上回答："是的，彭书记，这次会议安保工作，曹伟强同志也尽心尽责，这是一个很有责任心的同志。"

彭宏伟说："很好，不错。"但他并没有说是安保工作做得不错还是曹伟强本人不错，领导们讲话一般都很抽象，给下级留下无穷的想象空间，充分调动起下级的想象力，有时候又像是灯谜一样，让人摸不着头脑。

刘文军接着说："你们的报告我们已经召开常委会进行了讨论，这次来到瀛江我还专门向彭书记做了汇报，你们重点提议的曹伟强同志，同意他进入瀛江市委常委工作，滨海市委随后就会正式下文。另外一个姚永久同志，我们觉得报上来的相关材料比较单薄，另外他作为河畔镇党委书记进入瀛江市常委缺乏说服力，除非你们对他的工作安排另有考虑。"

秦永明摇头说:"刘书记,我们对于姚永久的工作暂时没有调整的打算。"

"那就先放一放再说吧。"大家都知道,放一放的意思也就是否决的另一种说法了。秦永明并没有再坚持:"我们坚决服从滨海市委的决定。"

三

吴荣发在旁边用期盼的眼神看了看秦永明,秦永明明白他的意思,他想要利用这个难得的机会提出自己的要求,他想要自己开办民营信用合作社,先向在座的各位领导吹一下风,做一个铺垫。

秦永明于是说:"正好省里、市里的领导都在,还有一件事情我想向领导们汇报一下,吴荣发同志向我们交了一个申请报告,为了更快、更好地发展万亿达集团,也为了实现多元化发展,万亿达集团申请开办民营信用合作社,在金融领域做一些改革的尝试。"

秦永明此话一出,大家都陷入了沉思中,这可是一件重大的事情,好像在全国都没有先例,谁也不好贸然表态。

吴荣发见大家都在沉默,讪笑着为大家续水,请大家喝茶。他进一步解释道:"我们万亿达集团日益发展壮大,也想在金融领域发挥一些作用,做一些有益的尝试,我们的意思是先办一个荣发信用合作社,挂靠在瀛江市农村信用合作社的名下,独立经营,自负盈亏。"

赵国平听后率先说:"这可是一件十分重大的事情,先别说我们瀛江市没有这个审批权限,就是你们万亿达集团也缺乏开展金融业务的经验和管理能力,一旦搞砸了,后果不堪设想。"

刘文军和林杰豪都赞成赵国平的意见,他们认为不是说不支持民营企业多元化发展,也不是惧怕改革和探索,但是金融体制的改革牵扯面太广,涉及整个国家层面的经济体制改革问题,这样的事情必须慎重,目前来说时机并不成熟。

滨海市和瀛江市的几位主要领导也都投了反对票,让吴荣发心里凉了半截,秦永明此时也不好再说什么。

这时,彭宏伟开口了,他说:"新生事物嘛,既要认真面对,又要十分谨慎,同志们以后再研究吧。"

第四十七章

一

下午，考察团在吴荣发的陪同下，到万亿达集团下属的几个工厂去考察了一番。

为了迎接这次考察，吴荣发事先在胡耀宗的指导下做了大量的准备工作，专门从各部门抽调了一些平时表现良好的中层管理人员扮作一线工人。胡耀宗还亲自来到万亿达集团，组织他们开了一次动员会，要求大家严肃认真对待考察团的考察，把接待工作当作一项政治任务来完成，强调这关系到瀛江市和万亿达集团的前途和命运，千万不可掉以轻心。

下午三点半钟，彭宏伟一行人浩浩荡荡先后出现在万亿达集团下属的各个厂区内，只见工厂内机声隆隆，井然有序，工人们热情高涨，紧张忙碌着，一派热火朝天的兴盛景象。

一行人在车间里的机器设备和工人们中间穿行，这里看看，那里瞧瞧，还不时停下来向工人们问好，兴趣盎然。吴荣发笑着在前面引导大家，不停地向大家做解说。

彭宏伟饶有兴趣地走到一个正在操作机器的工人面前，问："这位同志，你在万亿达集团工作几年了？感觉这里怎么样？"

这位工人满面笑容地回答："领导好！我在这里工作六年了，感觉这里就像自己的家，吴总就像我们的亲人一样，工作上严格要求我们，生活上无微不至地关心我们，我们在万亿达集团工作感到很满足，愿意一直在这里工作下去。"

"你感觉你们企业的效益如何？工资奖金能按时发放吗？有没有超时加班的现象？"

"领导，我们万亿达集团各个工厂效益都很好，全年都是满负荷生产，发展前景也很好，逐年在发展壮大。公司从来都不拖欠我们的工资奖金，从来都是按时足额发放，从来都不会强迫我们超时加班。"

"你们在这里工作这么舒心，你们觉得应该感谢谁？"

"领导，我们能有今天这样好的工作环境和条件，首先应该感谢党和政府，如果没有党的改革开放政策就没有我们今天的幸福生活;其次应该感谢省里、市里的领导们还有我们瀛江市的秦永明书记和赵国平市长,是他们为我们万亿达集团创造了良好的发展环境和政策条件,没有他们的关怀和支持,万亿达集团不可能像今天这样红火兴旺;最后还要感谢我们集团的带头人吴荣发总经理,没有他响应党和政府的号召,创办万亿达集团,就不会有我们今天这么好的工作机会。"

彭宏伟一边听一边满意地点头。最后,彭宏伟又说了几句夸奖和勉励的话,然后和工人握手道别,继续向前走。

二

不到两个小时,考察团就转遍了万亿达集团下属的几个工厂,打道回府。考察团的车队浩浩荡荡回到了瀛江市,仍然下榻在瀛江宾馆。本来按原定行程安排,彭宏伟要和刘文军、林杰豪等人去滨海市的,后来彭宏伟感觉身体有些劳累,临时决定在瀛江再住一个晚上,刘文军和林杰豪等人只得留下陪同。

晚宴结束后,彭宏伟就回三楼房间里休息了。

没一会儿,秦永明带着吴荣发来到了彭宏伟的房间。"彭书记好!打扰您休息了,吴荣发同志想向您汇报一下工作。"

彭宏伟靠在沙发里,示意两人坐下:"你们是不是为了荣发信用合作社的事情?"

"是的,彭书记,希望您能支持我们民营企业的发展。我们一定会认真办好荣发信用合作社的。"吴荣发赶紧回答。其实,吴荣发事先已和彭宏伟的儿子彭文革通了电话,请他帮忙促成此事。彭文革自然也是尽心尽力,就在十多分钟以前,他刚刚从省城给老头子打来了电话,专门谈到吴荣发前一段时间又来了一趟,和自己谈了要办荣发信用合作社的事情,并请老头子一定要促成此事。

彭宏伟沉吟了一会儿,抬头征求秦永明的意见:"永明同志,你们瀛江市委是什么意见?"

秦永明回答:"彭书记,我觉得吴荣发同志有这个决心和魄力办好荣发信用合作社,这首先是一件好事,也是在金融领域的一次大胆的改革和尝试,我们瀛江市委、市政府完全赞成此事。"

三

"我觉得你们瀛江市的赵国平同志好像不太赞成此事,你们一定要在内部统一思想,不要产生分歧。尤其是赵国平同志是省政府下来的,政策理论水平高,原则性强,你们遇事要征求他的意见。"彭宏伟说着看了秦永明一眼。

秦永明知道彭宏伟是在暗示自己,赵国平的后台是省里的王浩省长,他是可以通天的,因此赵国平的态度是不可忽视的。秦永明回答:"赵国平同志来瀛江市时间不长,可能对有些情况还不太熟悉和了解,我个人觉得他在工作中谨慎有余,魄力不足,当然工作中存在一些分歧和不同看法也是正常的,我会遵照您的指示,认真征求他的意见,和他处理好关系的。"

彭宏伟又问:"你们准备如何操作此事?"

"我们准备让新成立的荣发信用合作社挂靠在瀛江市农村信用社的下面,独立经营,自负盈亏,每年向瀛江农村信用社缴纳一定数额的管理费。瀛江市农村信用社的工作由我们去做,只是滨海市农村信用社还有省里的人民银行如果要过问此事也很麻烦,还要请彭书记跟相关方面打个招呼,我们下面才好具体操作此事。"

彭宏伟和秦永明两个人有问有答,吴荣发在旁根本就插不上话,只好一直赔笑点头。

彭宏伟又沉思了一会儿,然后问:"你们对此事有把握吗?千万别捅出一个大娄子来,到时候就难以收场了。"

秦永明颇有自信地说:"彭书记您放心,我们一定会认真对待,谨慎操作此事的。"

四

吴荣发眼见此事有了眉目,兴奋不已,赶紧表明态度:"彭书记,请您放心,我们一定会努力办好信用合作社,不会让您失望的。"

彭宏伟不再说话,拿起房间里的内线电话,拨通了秘书的房间电话,让他通知刘文军、林杰豪还有赵国平马上过来一趟。没过多大一会儿,刘、林、赵三人就先后来到了彭宏伟的房间。彭宏伟开门见山地说:"文军同志、杰豪同志、国平同志,你们大概也猜到请你们三位来的原因了。对于荣发信用合作社的筹办问题,这是属于经济工作范畴的事情,我是分管党群工作的,因此我只是谈一些原则性的意见,具体如何操作你们斟酌着办理。我们所推行的改革开放事业没有先例可循,是摸着石头过河,不能前怕狼后怕虎,也不要害怕新生事物,要勇于尝试,敢于去闯。"

赵国平刚想要说话,彭宏伟便做了一个制止的手势:"我刚才已讲过了,我只是谈一点个人意见,具体如何操作你们斟酌着办理吧。"停了一下,他又像是自言自语:"省人民银行的余行长那里我会打招呼的,请他尽量协调好此事。我也是出于一片好心,如果此事有利于你们瀛江市和滨海的经济发展和改革开放,那就再好不过了。我再声明一次,具体方案你们自己拿,我不参与细节问题。"接着大家又聊了一会儿,见彭宏伟面露疲态就都起身告辞了。

第四十八章

一

翌日上午八点，彭宏伟走出房间，与早在外面走廊等候的瀛江市四套班子成员一一握手道别，然后上了宾馆门口的小车。车队浩浩荡荡驶离瀛江宾馆，向霞光高速路口驶去。到了高速路口，秦永明、赵国平、胡耀宗、曹伟强等人下车，驻足目送彭宏伟、刘文军、林杰豪等人的车驶向高速路口收费站。

没想到，就在这时，几个站在收费站旁边的人一拥而上，向着彭宏伟乘坐的小车围堵过去。他们手里高举着几张信纸，一边跑一边高呼着："我们要向省里领导告状！我们要向省里领导告状！"

曹伟强大吃一惊，立即指挥便衣民警上前阻拦，然而已经迟了，这几个人已经在第一辆车前"扑通"跪下。

此时，彭宏伟、刘文军、林杰豪等人被惊动了，都下了车。彭宏伟用严厉的眼神扫视了一下秦永明等人后，问："怎么回事？"

秦永明的脸霎时变成了灰白色。

曹伟强满脸通红，指挥民警上前拖拽告状人，并大声呵斥他们："你们想干什么？你们想危害省委领导的安全吗？你们这是在犯罪，知道吗？！马上离开！"曹伟强一边声色俱厉地吼叫着，一边亲自上前拉扯告状人，告状人却拼命抗拒着不肯离开，并且声嘶力竭地大呼："领导啊，我们有冤呀，我们要告状啊！"

看着眼前乱哄哄的场面，彭宏伟上前厉声喝止曹伟强等人："住手！我们都是党员干部，是为人民服务的，不是封建社会的官老爷。你们凭什么用这样的态度对待普通群众？你们究竟是站在什么样的立场上？你们还有一点阶级情感吗？"彭宏伟说完，又转向告状人说："同志们，你们不要害怕，我们是党和人民的干部，是专门为你们办事的，你们有什么问题需要解决，尽管说出来，我们会为你们做主的。"

二

这时，彭宏伟的秘书上前插话说："各位师傅，我是领导的秘书，你们的告状信就交给我好了,领导既然答应了就一定会为大家做主的,你们放心吧!领导还要去参加一个重要会议,你们就都回去等消息吧,好吗?"秘书一边说,一边接过告状人手中的告状信,并且记下了他们的姓名和联系方式。

此时,曹伟强带领民警们过来,连哄带劝地把告状人拉到路边。彭宏伟神情冷漠,一言不发重又上了车,刘文军和林杰豪等人也急忙上了车,汽车启动后,缓慢地向前滑行,通过高速公路收费口,上了高速公路,骤然加速,向着滨海方向急驶而去。瀛江市公安局的几辆警车尾随在后,一直跟到滨海高速路口,见到滨海市方面前来迎接的队伍后方才返回瀛江市。

就像是精心导演的一出好戏,本来精彩纷呈,顺利进行,眼看就要圆满落幕了,却出了一个不和谐的小插曲,把整部戏都搞砸了,功亏一篑。秦永明心中的愤怒可想而知,他把满腔的怒火都倾泻到曹伟强身上,他把曹伟强叫到办公室里,指着他的鼻子大声呵斥他,责骂他没有做好安保工作,造成了极其严重的政治后果和不良的社会影响。

看着秦永明暴跳如雷的样子,曹伟强一时也吓蒙了,大气也不敢出。

秦永明发泄了一通后,让曹伟强马上组织调查,了解事情的原委和来龙去脉,究竟是哪些人在告状,告状的内容是什么,并且拿出一个弥补的方案来。

曹伟强连连点头称是,"逃"出了秦永明的办公室。

三

两天后,彭宏伟把告状信直接批转到滨海市委,要求滨海市委妥善处理此事。彭宏伟的批语是:请滨海和瀛江的同志认真调查,妥善处理此事。刘文军的批语是:请瀛江市委、市政府认真办理,并将处理结果尽快上报。林杰豪的批语是:务必要做到客观公正,实事求是。

彭宏伟的秘书还专门打电话给秦永明:"永明同志,彭书记让我转告你,现在正是组织上对你进行考察的关键时期,希望你认真对待,妥善处理,消除负面影响。"

滨海市委书记刘文军和市长林杰豪也先后打来电话,督促秦永明迅速调查处理告状信所涉及的事情。

一天几个电话,让秦永明焦头烂额,应接不暇。这些突如其来的告状信,同时也在瀛江市掀起了一场波澜。

告状信一共有两封,一封是国营瀛江市二轻机械厂的职工控诉市里和厂里的某些领导将厂子低价贱卖给万亿达集团,工厂几百名职工就此面临着失业下岗的处境,而所得到的下岗补偿金则只是象征性的。工人们在厂里工作了多年,把人生中最美好的青春年华都奉献给了工厂,可是现在却被轻而易举地扫地出门了。厂里领导没召开职工大会,没经过工人们同意就私自把工厂低价贱卖了,完全没有考虑到全厂工人的利益。这种做法激起了工人们的愤怒,他们自发地组织起来向瀛江市有关部门反映情况,却没有得到任何回应。这次听说有省里领导下来瀛江市考察,他们立即想起了戏剧里面那些拦轿告状的情节,瀛江宾馆戒备森严,不容易接近,于是他们就想到在高速公路收费口附近,趁省里领导的车队在这里减速上高速的时机拦车告状,把告状信直接递给省里的领导。告状信措辞激烈,称瀛江市二轻机械厂的厂长和市里某些领导和万亿达集团沆瀣一气,狼狈为奸,串通起来瓜分国有资产。

另一封是检举信,举报海岬镇北城村原村主任欧金满充当"幕后指挥"和"保护伞",组织、带领村民涉毒"致富",以及曾开车撞死人没有受到应有的惩罚,同时还存在行贿的问题,主要是因为有瀛江市公安局某些领导徇情枉法,包庇犯罪……

这两封信言之凿凿,含泪泣血,令人感到震惊。秦永明匆匆读完后感到如芒刺在背,浑身不自在。瀛江市存在如此恶劣的违法事例,他这个市委书记首先难辞其咎,最起码有失察之责。

四

关于二轻机械厂的事情秦永明心里很清楚,甚至可以说是他一手促成的。二轻机械厂以前一直是瀛江市效益较好的国有企业,也是纳税大户,产值连创新高,规模不断扩大,曾经是瀛江市工业领域的一面旗帜,为瀛江市争了不少光。可是后来二轻机械厂就莫名其妙地开始走下坡路,江河日下,最后竟到了停工停产,连工资都发不出的境地。秦永明授意吴荣发接手二轻机械厂,本意是要盘活二轻机械厂,让吴荣发为二轻机械厂输血救急。可是吴荣发也不是一盏省油的灯,他是一个无利不起早的人,只会趁火打劫,绝不会雪中送炭。吴荣发对起重行业一窍不通,也无心经营。而要盘活二轻机械厂,他心中的如意算盘是以超低价买下二轻机械厂,搞成楼盘开发或把它转手倒卖出去,这样就可以从中大赚一笔。于是他顺着秦永明的意思,打着盘活二轻机械厂的旗号,向二轻机械厂厂长邱添弟提出以二轻机械厂现有资产五分之一的价格收购二轻机械厂。

刚开始连邱添弟都觉得这个提议太荒唐了,简直可笑。可是当吴荣发许诺给他一笔巨额好处费后,邱添弟立马转变了态度,对此事变得极为热心起来,积极地向市里打报告促成此事。吴荣发则四处活动,打通市里的各方关节,瀛江市二轻机械厂净资产近三千万元,最后吴荣发以三百万元的价格就买了下来,而且这三百万元还是以瀛江二轻机械厂做担保向银行贷款的。吴荣发获得二轻机械厂的主导权后,推翻了自己对瀛江市委、市政府和二轻机械厂全体干部职工所做的承诺,在给予每个职工一个月工资做安置费后,宣布全厂职工无限期待岗,等于是变相让全体职工失业了。原厂长邱添弟则调往市二轻工业局当了一个股长,成了由财政发工资的国家公务员,吴荣发还聘请邱添弟在二轻机械厂任兼职顾问,实际上是既不顾也不问,凭空领取一份顾问津贴。

至于海岬镇北城村原村主任欧金满的事情,石桥镇的群众都知道。欧金满原是海岬镇北城村的一名恶棍,在村里胡作非为、横行霸道,后来居然还当上了村主任……

二十世纪八十年代中期,石桥镇工艺品厂利用当地沿海的贝壳等原材料制作成贝雕工艺品,产品供不应求,生意红火,是石桥镇的纳税先进企业。不知什么时候,海岬镇北城村的欧金满攀上了时任石桥镇党委书记的许冠文,并通过许冠文的关系,把石桥工艺品厂承包了。他没有掏一分钱,也没有做出任何突出贡献,就变相拥有了石桥镇的集体企业石桥工艺品厂。他除了每年象征性地向镇里缴纳一点管理费外,把大把的利润都装进了自己的腰包里。后来类似的工艺品厂日益增多,竞争激烈,石桥工艺品厂效益下滑,濒临倒闭,他又"急流勇退",提前中止了合同。同一年,他回到海岬镇北城村,借村改机会,当选为村主任。后来,他又凭借在工艺品厂攫取的资金加上一些民间的借贷,购买了两辆大卡车,做起了货物运输生意,成为瀛江市首批、石桥镇第一个吃螃蟹的人。很快他就在乡里盖起了三层小楼,卡车也由两辆变为四辆、五辆,成了海岬镇上的勤劳致富先进分子。后来,他酒后开车撞死了一对母女,就辞去了主任去了外地……

第四十九章

一

接到彭宏伟等人批转的告状信后，秦永明不敢怠慢，立刻召开了市委常委会议，专题讨论告状信所涉及的问题。二轻机械厂原厂长邱添弟是当事人之一，也被通知到会议室外面的休息室候着，以备向常委们说明情况。市政协主席许冠文也列席了会议。

会议开始后，市委书记秦永明首先向与会人员宣读滨海市委批复的任职文件，瀛江市委报批的两个常委人选中只有公安局局长曹伟强被核准通过，即日起进入瀛江市常委会，并进一步任命曹伟强为瀛江市政法委书记，主管政法系统工作；另外一个报批人选姚永久由于自身条件不成熟，未获滨海市委核准通过。

秦永明宣读了滨海市委的任命文件后，在座的人当中有人欢喜有人愁：曹伟强眉开眼笑，在心里对秦永明千恩万谢；而许冠文则是面色阴沉，在心里把秦永明的祖宗十八代都骂遍了，他认为秦永明完全就是个不讲诚信的人，用到你的时候对你百般许愿，用完了就一脚踢开了。自己在当市委副书记的时候没少为秦永明效力，许多该做的不该做的事情都替他做了，到今天他却对自己玩弄政治手腕，虚情假意。姚永久进入常委会是秦永明亲口对自己承诺的，现在却一概不认账了，什么自身条件不成熟？狗屁！在瀛江市连臭名昭著的曹伟强都能进入常委会，姚永久凭什么不能进？至于说滨海市委审批，滨海市委哪里了解瀛江的干部，还不是要征求你秦永明的意见，说白了就是你秦永明一句话的事情。许冠文心中怨愤不已，事已至此却又无可奈何。

秦永明示意曹伟强发表一下任职感言，曹伟强站起来对大家说："感谢同志们的支持和帮助，感谢滨海市委还有秦书记的信任和培养，我曹伟强一定会努力工作，不辜负组织上对我的期望，谢谢大家！"

曹伟强讲完后，会场上响起了稀稀拉拉的掌声……

这时，秦永明清了一下嗓子开始讲话："同志们，前几天发生的拦车告状的事件想必大家都知道了，这件事情造成了极其恶劣的影响，现在省委彭书记和滨海市委刘书记、林市长已明确批示,要求我们认真调查处理告状信所涉及的事情。今天召集大家开会也是为了讨论这个问题。现在我们来谈谈关于瀛江市二轻机械厂的事情。把邱添弟叫进来吧,让他先介绍一下情况。"

二

个头不高、大腹便便的邱添弟进来后没坐下就诚惶诚恐地说开了:"秦书记,赵市长,各位常委,我现在向大家汇报一下关于瀛江市二轻机械厂转让给万亿达集团的事情。由于市场竞争激烈,瀛江市二轻机械厂近两年经营状况日益恶化,效益大幅滑坡,我们原厂党总支部一班人虽然百般努力,想尽办法,无奈二轻机械厂已到了回天乏术的境地了。为了二轻机械厂的长远利益,也为了职工们能有一个长期的饭碗,万般无奈之下,我们考虑请瀛江市的优秀企业万亿达集团接手经营,盘活二轻机械厂。我们在此事的运作过程中广泛征求了职工们的意见,并且专门向市里打了报告,经同意后才向万亿达集团实施转让的,一切程序合理合法,再说这也符合中央提出的国退民进、抓大放小的政策精神,同时也是为了更好地维护全体职工的利益啊。"

邱添弟说着顿了一下,偷眼扫视了一番与会领导,然后又稳定了一下自己的情绪,做出一副大义凛然同时又异常沉重的样子:"各位领导,我知道社会上有些人对瀛江市二轻机械厂的转让颇有微词,指手画脚,说什么我这是在贱卖国有资产,造成国有资产大量流失,但是我们认为只有让万亿达集团这样实力雄厚的优秀企业接管二轻机械厂,才能给二轻机械厂带来生机和活力,才能确保企业和职工更长远的利益。以小的牺牲换来二轻机械厂更大、更好的发展,使之再创辉煌,换来职工们更长远的利益,我觉得是值得的。好在万亿达集团也是我们瀛江市的企业,肥水不流外人田,肉烂在了锅里,只要是有利于瀛江市的经济工作大局,为了职工群众的长远利益,为了二轻机械厂能再创辉煌,我邱添弟即使是受点委屈和误解,甚至是背负骂名也在所不惜。我作为一个受党教育多年的老党员,就应该做到一心为公,不计个人荣辱得失。我相信时间会证明一切,最后大家都会明白我邱添弟的一番良苦用心的。"邱添弟说到最后,激动得满脸通红,甚至有一丝悲壮之色,好像一个舍生取义的志士一样。

常委、副市长杨得胜实在听不下去了,他言辞尖锐地说:"邱添弟同志,今天请你来是让你向常委会说明情况,不是让你来为自己申功摆功的,瀛江市二轻机械厂落到今天这个地步,你作为原厂长、党总支书记和法人代表难道就没有责任吗？起码是失职吧。你口口声声说是为了瀛江市二轻机械厂的长远发展，为了广大职工的长远利益，现在连工厂都卖了，还有什么长远利益可言？全体职工也都变相失业了，他们的利益又怎么体现？"

三

此刻，邱添弟的脸上红一阵白一阵了："杨市长，当时二轻机械厂的情况您是清楚的，已经处于持续亏损状态，职工们的工资也停发了，如果不卖厂，迟早也会赔光亏光，与其坐以待毙，不如断腕求生，或许还有一丝希望。至于说二轻机械厂沦落到卖厂的地步，我承认自己有经营管理不善的责任，但也有市场变化等客观原因，我们原先和万亿达集团谈妥由他们接手经营，重振二轻机械厂，谁知他们现在又改变了策略，想要出卖二轻机械厂呢，这也是我们当初始料不及的，也算是我们的工作失误吧。我向常委会做出深刻的检查。"

邱添弟说是在做检查，可是却面无愧色，一副理直气壮的样子。杨得胜见了他这副德性气不打一处来，正欲继续质问他，却被秦永明及时打断了："好了好了，过去的事情就不要再争论了，事情既然已经发生了，我们就要找到解决问题的办法，争吵扯皮也解决不了问题。"

大家一时间都沉默不语，会议室里变得静悄悄的。

过了一会儿，许冠文咳嗽一声说："同志们，瀛江市二轻机械厂的事情我也知道一些情况，我谈一点个人意见，供大家参考。"许冠文像害牙疼病一样，愁眉苦脸地说："邱厂长说的情况基本属实，当时的情况，二轻机械厂确实已到了难以为继的地步，只有忍痛割爱。瀛江市二轻机械厂一度是我们瀛江市的纳税大户、重点企业，在座的各位以及邱添弟同志都对它倾注了极大的心血，也有着深厚的感情，如果不是到了万不得已的地步是绝对不会出此下策的。就像邱厂长刚才所说的一样，这也是符合中央国退民进的政策精神的，是我们在改革开放工作中所进行的又一次尝试。改革嘛，总是要交一些学费、付出一些代价的，这也是不可避免的事情。现在我们急需解决的问题不是万亿达集团是否转卖二轻机械厂，二轻机械厂既然已卖给万亿达集团，那就是人家的私有财产了，人家有权决定是否出售。现在我们急需解决的问题是如何协调处理好瀛江市二轻机械厂的职工善后问题，如果让他们人人都有一个饭碗，他们也就不会再告状或闹事了。我个人的意见是对瀛江市二轻机械厂的职工进行分流安置，万亿达集团接受一部分，其他国企单位也消化一部分，至于剩余人员就让他们另谋出路,我们应该相信工人们是有这个觉悟的,他们会体谅国家和政府的难处,为政府分忧的。其实这也没什么,不是有一首歌唱得好吗?叫作什么人生豪迈,只不过是从头再来嘛!"

杨得胜听着许冠文的发言,心里就想:这许冠文怎么把问题看得如此轻巧,在他的心目中,让职工们下岗自谋出路就像是打个哈欠那样轻松随意。他等不了许冠文说完便"呼"地站了起来:"许主席的话我不赞同,怎么从头再来,怎么另谋出路?这可不是一句话的事情。我们要考虑到职工群众的现实问题。二轻机械厂的许多职工在二轻机械厂工作了大半辈子,他们大多已是人到中年,上有老下有小,背负着沉重的生活负担和家庭责任,如果一下子没了生活来源,他们的子女就会被迫辍学,家里也许就会断粮,如果再有个大病小痛的,就更是雪上加霜了。让他们另谋出路,他们一来年龄大了,二来没有其他技能,别的企业也不一定会接受他们,做生意又没本钱,这些实际困难我们是否替他们考虑到了呢?我觉得说让工人们自谋出路是一种不负责任的说法,是把包袱推给社会。"

四

许冠文受了杨得胜一顿抢白,脸上有些挂不住,红一阵白一阵的,也站了起来:"我们都是不负责任的人,只有杨副市长爱民如子,把职工群众当作亲人对待,那我请问杨副市长又有何解决问题的高招呢?"

杨得胜毫不犹豫地说:"既然省委和滨海市委领导让我们认真调查此事,我们就要对瀛江市二轻机械厂转让的过程和程序的合理合法性进行调查,看看这次转让活动是否合法有效,是否存在告状信中所说的官商勾结,侵吞和瓜分国有资产的事情,把这些事情搞清楚了,然后再研究二轻机械厂职工的去向和安排问题,我认为这样做才是负责任的态度和做法。"

杨得胜此言一出,邱添弟不免心中暗暗叫苦,脸上却故作镇静。

许冠文心里也开始打鼓,他极力反对杨得胜的提议:"这分明是一些下岗职工的一面之词,他们因为下岗心中有怨气,所以告状,这都是可以理解的。但他们的指控也都是一些没有事实依据的猜测之词,我们不能捕风捉影,听风就是雨,这样弄会伤害同志们的积极性,以后谁还肯干实事。"

这时,代市长赵国平开口了,他态度坚定地说:"同志们,我也说两句,首先,我要向大家做检讨,我这个代市长是主持市政府工作、主抓经济工作的,瀛江市二轻机械厂的工作没有做好,导致效益滑坡,职工们丢了饭碗,我也负有领导责任。关于瀛江市二轻机械厂的问题,我赞成杨副市长的意见,我们第一步要按照告状信中的内容进行调查核实,查明是否有权钱交易、暗箱操作的情形。如果有,我们就要对当事人进行严肃处理,违纪的按党纪处理,违法的按法律惩处。如果没有官商勾结、违法乱纪的情形,查明情况也可以还当事人一个清白,这既是对二轻机械厂负责,也是对邱添弟同志等当事人负责。市政府是主管经济工作的,我欢迎大家从我这个代市长开始查起,无论涉及谁都可以调查。我们认真调查此事,也是执行省委彭书记和滨海市委刘书记、林市长的批示。"

五

秦永明本来不想兴师动众,成立调查组去查瀛江市二轻机械厂的事情,只想大事化小,小事化了。可是现在赵国平抬出了彭宏伟和刘文军、林杰豪等人的批示来,他总不好说我们不执行领导的指示吧,他好像吃了一只苍蝇一样,心里别提有多别扭了,可也不能不表示同意。事情到了这个地步,在座的常委们无论内心里是否真的赞成向瀛江市二轻机械厂派调查组,也都举手赞成这项动议,因为谁也不想冒着抗命的风险来投反对票,况且如果反对的话,那不就说明自己心里有鬼吗?因此常委会一致通过向瀛江市二轻机械厂派出联合调查组的决议。

邱添弟的心里像着了火一样,焦躁不安,表面上却强挤出笑容,大家都不忍看他的笑容,那笑容比哭还难看。邱添弟又眼巴巴地望向许冠文,许冠文却扭过头去……

第五十章

一

派往二轻机械厂的联合调查组由瀛江市纪委、检察院、二轻工业局派人联合组成,由市纪委牵头,市纪委副书记、监察局局长黄广潮任组长。联合调查组很快就进驻了瀛江市二轻机械厂展开调查工作。

调查组进入二轻机械厂厂区,迎面见到一幢崭新的办公大楼矗立着,高大气派,十分醒目。一个效益不好的工厂却有如此豪华气派的办公大楼,令人十分惊讶。这幢办公大楼是卖厂前一年突击修建的,修大楼的钱是从银行贷款的。当时邱添弟不顾众人反对,力排众议,坚持修建这幢办公大楼,说什么越是企业效益不好、面临困境,越是要讲究企业形象,这样才能重振信心。可是办公大楼修好后,厂领导在新的办公大楼里做出的第一个决定就是卖厂。

瀛江市二轻机械厂原先是生产起重吊滑车的,计划经济年代曾红火过一阵子,可是后来却慢慢变得沉寂了,半死不活的。后来换了颇有开拓精神和事业心的邱添弟当厂长,在邱添弟的带领下工厂发生了翻天覆地的变化。邱添弟家里兄弟五个,父母都是烧灰厂工人,邱添弟长大成人后就入伍参军,退伍后安排到机械厂当工人。他干活不辞辛劳、肯出力,加上头脑灵活、尊重领导,深受领导好评,从一个普通工人一步步成长为车间组长、主任。后来,机械厂管理混乱,产品质次价高、销路不畅,人心涣散,厂长都托关系走后门调走了,新任命的厂长又不愿意来,二轻机械厂成了一个人人避之唯恐不及的烂摊子,二轻工业局的领导颇为头疼。就在这个时候,邱添弟却主动请缨,毛遂自荐当厂长,并立下了军令状:一年扭亏,两年见成效。二轻工业局领导正愁无人接手这个烂摊了,见他如此有信心,又是党员和退伍军人,也就抱着死马当作活马医的心态,顺水推舟任命他当了机械厂厂长,并再三嘱咐他,见不见成效倒不打紧,关键是维持下去,别让工厂散架了就行。

二

那时,厂里同事也都笑邱添弟官迷心窍,别人都不肯接的烂摊子,他倒当成了宝贝,怕是想当官都想疯了吧,当这么个吃力不讨好、挨人骂讨人嫌的破厂长。家里人逼着邱添弟辞职不干,好歹过几天清静的日子。可是邱添弟却有着一股九头牛也拽不回来的倔劲,他淡然一笑说:"就因为这是个烂摊子才有我施展才华的机会,也正因为别人都不肯干,才会让我当厂长,我邱添弟不干就不干,干就一定会干好,你们等着看吧。"

邱添弟文化水平不高,性格直爽,平日里与工人们摸爬滚打在一起,吃苦耐劳,见困难就上,有好处就让给别人,工人们都打心眼儿里服他。他上任后召开全厂职工大会,一改往日拖沓冗长的会议习惯,既不念发言稿也不读报纸文件。他站在主席台上,面对着全厂职工讲了一番掷地有声的话:"我不想讲废话,既然大家都支持我当厂长,我就一定要干好,不辜负大家的期待和信任。大家都要养家糊口,我邱添弟保证大家月月按时领工资。但你们也要答应我,确保产品质量,我们厂为什么销路不畅,就因为产品质次价高。从今天开始,我邱添弟和大家一样参加生产,大家都以我为标准,我生产的产品质量不合格,第一个处罚我,而且是双倍处罚。任何人生产的产品质量出了问题都要照罚不误,一视同仁。散会!"

邱添弟讲话干脆利落,整个会议时间不超过五分钟。职工们齐声叫好,热烈鼓掌。旁边的厂党总支书记是厂里德高望重、资历颇深的老干部,本来在心里酝酿了好久,打好了腹稿,准备发表长篇讲话,给大家做一番思想动员。老书记讲话做事慢条斯理,做报告常常是从当前的国际国内形势讲到改革开放的政策,又从市场竞争的大气候讲到瀛江市的经济小环境,最后才会落实到机械厂的具体情况,然后再对大家提几项要求,谈几点期望,定几条措施,鼓一鼓干劲,搞一搞思想动员。这一套内容按部就班地讲下来,没有几个钟头是讲不完的。其实都是些陈词滥调,毫无新意,讲了多少年,大家都能背下来了,可是老书记每次开会都是照讲不误。

老书记等到邱添弟讲完了,满以为他会按照以往的惯例,客客气气地请自己做总结发言,便清了清嗓子,准备开讲。可是人家却根本没理这个茬,直接就宣布散会了。这一下可把老书记气得不轻,他站在那里半天也没回过神来,气得呼呼喘气,脸上红一阵白一阵,来回变换着颜色。

三

当晚,老书记就去了市二轻工业局局长家里告状,说邱添弟狂妄自大、目中无人,不把老同志放在眼里,让这么个莽张飞式的愣头青来当厂长,机械厂能好吗?出于对党和人民的事业负责,对机械厂的全体职工负责,也是对市二轻局负责,我们坚决要求撤换邱添弟!老书记理所当然地把自己当成了机械厂全体职工的代表和正义的化身。要说还是领导有水平,老书记滔滔不绝、上纲上线地说了半天,局长一声未吭。等老书记说完了,局长只说了一句话,老书记就哑口无言了。局长说:"撤了邱添弟不是不可以,那只是一句话的事情。可是撤了他以后谁来接手你们厂这个烂摊子,全厂工人找谁要饭吃?如果你也愿意立军令状,就交给你来干。"

在邱添弟毛遂自荐之前,局里曾考虑过让老书记兼任厂长,挑起机械厂这副重担来,可是老书记却坚辞不受,声称自己只擅长做思想政治工作,对于业务经营知之甚少。如今局长旧事重提,老书记当即把头摇得像拨浪鼓一样,双手也像害了帕金森综合征一样左右摇摆,嘴上连声推辞:"不行,不行,我可不行。"

邱添弟搬了被褥,吃住都在厂里,厂长办公室白天办公,晚上当宿舍。他没日没夜地带领大家搞生产,严把质量关,杜绝浪费现象,降低成本。有几个自由散漫的工人,粗枝大叶生产出了一些残次品,邱添弟毫不留情地照章处罚,自己主动承担一半的罚款,他说自己是厂长,下属出了错,自己也有责任。这样一来,全厂工人没有不佩服他的,就连几个受罚的人也心悦诚服。邱添弟的威信立刻建立起来了。产品合格率由原先的百分之六十一下子上升到了百分之九十八。由于杜绝了浪费现象,产品成本也下降了。

四

优质合格的产品生产出来了,都积压在库房里,邱添弟又发动大家推销产品,开展全员销售活动。谁有本事销售产品,就给谁发奖金、算提成,业绩突出者还可以安排在厂供销科工作。供销科可是令人眼馋的科室,工作悠闲,轻松自在,还可以到全国各地跑,许多人做梦也想到供销科工作。邱添弟此令一出,全厂职工都轰动了,大家的积极性空前高涨,纷纷四处活动找销路。他同样一马当先冲在前面,先是拜访一些老客户,向人家保证不再发生产品质量问题,要求恢复原有的业务关系,同时也努力开拓新的销售渠道。他四处奔波,饿了就啃几口冷馒头,渴了就喝几口自来水,困了就在车站候车室里和衣而卧。他敢闯敢试,除了重奖本厂内销售业绩突出的职工外,对于业务合作单位的采购人员和负责人,按销售回款额给予促销奖金。在他的带领下,全厂职工团结奋斗,产销两旺,一举扭亏为盈,打了一个漂亮的翻身仗。邱添弟在全厂职工中的威望猛增。局领导也喜出望外,对他刮目相看。邱添弟顺势要求兼任党支部书记,客客气气地送走了处处看不惯自己的老支书,老支书被安排到二轻工业局的一个股室当了股长……

第五十一章

一

机械厂越来越兴旺红火,邱添弟开始谋划着要招兵买马,扩大规模,同时积极准备转产其他产品。工人好说,瀛江市有许多待业青年,都想找一个效益好的单位上班,像机械厂这样兴旺的企业,很多人都想进来,实在不行,还可面向周边农村招收农村青年。关键是缺资金,无论是扩大工厂规模、兴修厂房,还是转产其他产品、添置机器设备,都需要资金。机械厂本来家底就薄,一下子很难筹措到大笔资金。邱添弟很是为难。

邱添弟亲自出马跑市场时,除了推销起重吊滑车,同时也留心考察市场。全国生产起重吊滑车的工厂很多,市场已经饱和,竞争日益激烈,市场潜力和发展空间都十分有限,要想把机械厂做大做强,必须要转产新产品。目光敏锐的邱添弟通过对市场的认真考察,发现汽配行业是一个新兴的颇有发展前景的行业,投资回报率极高,他决心让机械厂转产汽配产品——液压千斤顶。

邱添弟给市二轻工业局打了报告上去,要求转产,并且请局里下拨一笔转产资金。局长冲他摊了摊手说:"你看我这个局长能值多少钱?要不你把我卖了,换一点钱给你,局里是一分钱的资金都没有。再说了,现在起重吊滑车做得好好的,你怎么又突发奇想要做汽配产品呢,这里面的风险很大,万一转产失败,岂不是鸡飞蛋打、得不偿失吗?"

在邱添弟的坚决要求下,瀛江市二轻工业局还是专门召开了一次会议,讨论瀛江市二轻机械厂转产的问题,邱添弟列席会议向局领导们说明转产的原因和发展前景。邱添弟认为,起重产品行业目前市场竞争激烈,没有太大的发展前景,而汽车产业方兴未艾,正在蓬勃发展,前景看好。作为汽车产业的配套产业——汽配行业,由于竞争较少,产品供不应求,利润丰厚,具有很大的发展前景。如果现在抓住机遇转产汽配产品,从而在汽配行业抢占先机,可以使二轻机械厂实现快速发展和壮大,同时产值和利税也能成倍增长。

二

邱添弟费尽口舌描绘了汽配行业诱人的发展前景，可是二轻工业局的局领导们一个个却像是泥塑的菩萨一样，坐在那里纹丝不动，无人响应。只有会议室屋顶的吊扇呼呼地转动着，吹来一股股凉风。大家都不想轻易表态，以免承担责任，机械厂现在刚刚有了起色，如果能继续维持下去也是一个不错的选择，何苦要再去冒这番风险呢？口干舌燥的邱添弟望着眼前这群土财主一样因循守旧的领导们，心中慨然长叹。他横下一条心，又故技重施，当场立了军令状，声称如机械厂转产汽配产品不成功，自己愿承担所有责任，甚至开除党籍和公职。

话都说到这个份儿上了，局领导们知道邱添弟又犯了倔脾气，九头牛也拉不回来了，只好勉强同意了邱添弟的转产报告。局长满面担忧地望着邱添弟说："老邱啊，这次我们可是都豁出去了，你可千万要看准了，万万不可出什么差错啊。"

局长这一番苦口婆心的叮嘱，弄得邱添弟感觉自己就像是一个破釜沉舟的勇士一样，充满了悲壮感，有一种风萧萧兮易水寒，壮士一去兮不复还的意味。

为了支持机械厂转产，二轻工业局又特地为机械厂申请了一笔技术升级改造的专项资金。由二轻工业局担保，机械厂又从瀛江市银行拿到了一笔贷款，同时从省二轻工业厅和汽车工业协会请来了一些专家和工程技术人员进行指导，购买机械设备，安装调试，扩建厂房，转产汽配产品的前期筹备工作全面铺开，如火如荼。邱添弟又从社会上招聘了一批头脑灵活、能说会道的年轻人充实到厂里搞业务……其中有一位是来自海岬镇一居民管理区办的街道工业采购员马然，此人情商高，搞供销很有一套，后来成了销售股的骨干成员与邱添弟的亲信爱将。

经过一番紧锣密鼓的筹备，机械厂转产汽配产品的前期准备工作顺利完成，万事俱备只欠东风了。很快，汽配产品就开工生产了，第一批产品下线后，经过专家技术人员严格检验，产品合格率达标，第一步算是成功地迈出去了。

邱添弟立即召集厂销售人员开会，他讲话依旧是开门见山，简单明了："销售股现在开始对外升格销售科，又增加了不少新同事，无论是新同志还是老同志，大家都站在同一起跑线上，全凭销售业绩说话，完成任务的有重奖，按销售额提成，完不成销售额指标甚至是没有拿到订单的，下车间当工人，不愿意服从安排的就请走人！"

邱添弟一番话，把大家的积极性都调动了起来，同时也感到了巨大的压力。邱添弟把大家带到挂在墙壁上的大幅中国地图前，指点着地图，把目标客户所在城市和地区指示给大家，然后划定了业务区域，一声令下，全体销售人员整装出发，奔赴市场。

三

邱添弟在厂里坐镇指挥，静候佳音。在焦虑和彷徨中等待了半个多月以后，市场传来捷报：马然拿到了全厂第一笔订单。当邱添弟在电话中听到马然用兴奋而又急促的声音向他汇报战果时，他悬着的一颗心终于落回了原处。

马然为二轻机械厂打响了开发市场的第一炮，取得了一个开门红，这是一个好兆头！邱添弟深信，有了第一笔订单的示范效应，后面就会有源源不断的订单接踵而来。邱添弟决定为马然开一个庆功大会：一来表彰马然的功劳，纪念二轻机械厂转产后第一次正式发货；二来也鼓舞全厂职工的士气，为大家加油鼓劲。

马然其貌不扬，五短身材，脸庞上有一个蒜头鼻子，乍一看有些像《水浒传》中的武大郎。在眼光挑剔的姑娘们看来，这样的身材属于"二等残废"。可是马然却是一个"身残志坚"的人，为人处世很有一套，左右逢源，八面玲珑。他甜言蜜语，能说会道，用他自己的话说就是"见着和尚叫姐夫""说话先带三分笑""礼多人不怪，伸手不打送礼人"……

凭着这些简单实用的人际交往准则，马然成了一个自来熟。无论是谁，只要他觉得有利用价值，他就可以在一天之内和对方从素不相识到亲密无间，完成从陌生人到好朋友的转换与过渡。马然凭着自己的这套独特的本领成了瀛江市二轻机械厂的"特殊人才"，在业务市场上无往不利，游刃有余。

马然虽然为二轻机械厂立了头功，但是他居功不自傲，身上没有同龄人那种轻浮狂妄、目中无人的做派。马然站在全厂庆功大会的主席台上，满面虔诚地表示要向全厂工人们学习致敬，并称大家都是他学习的榜样。马然谦虚谨慎的作风赢得了大家的好感。马然又连夜提了两瓶好酒、一条好烟到邱添弟家去汇报工作，态度诚恳地表示，自己取得的一点成绩都是在邱厂长的培养和指导下取得的，他马然无论何时何地都不会忘记邱厂长对他的培养和关心，愿意紧随邱厂长的鞍前马后，效犬马之劳。

邱添弟被马然一番感人肺腑的话说得笑逐颜开。他非常赏识马然这种不骄不躁的思想作风，同时也温言慰勉了一番。从此邱添弟对马然刮目相看，青睐有加，马然也成了邱厂长家的常客，每次出差回来或节假日总要带上一些礼物到邱添弟家去汇报工作，和厂长交心谈心。两人关系日益亲密，私下里成了无话不谈的好朋友。

四

自从马然打响了市场销售的头炮后，订单纷至沓来，销售渠道日益健全完善，产销两旺，二轻机械厂生产经营走上了正轨，一帆风顺，邱添弟赢得了一片赞扬声。由于效益良好，工资奖金有保障，二轻机械厂在当地再次成了众人关注的二轻集体企业，成了众人眼中的香饽饽，大家托关系走后门，削尖脑袋往二轻机械厂里钻，有的是为了自己调换工作，有的是为了自己的儿女或亲朋好友安排工作，总之一天到晚都有人到厂里或家里去拜访邱添弟，上级领导也经常打电话，写纸条来要求邱添弟为自己的关系户安排工作。邱添弟每天陷入繁杂的应酬接待和迎来送往之中，不胜其烦。

面对各种各样的关系户，邱添弟很难拉下脸来拒绝。市二轻工业局领导的关系户你总得安排吧。可以说没有二轻工业局领导的支持就不会有机械厂的今天，而且机械厂要继续发展就离不开二轻工业局领导的大力支持，这是无论如何也不能拒绝的。安排了领导的关系户就得安排亲戚朋友的子女或关系户，否则人家就会说你邱添弟只知拍领导马屁，眼睛向上，六亲不认，所以亲朋好友的关系户多少也要安排几个。可是一旦开了这个口子，后面的许多关系户就不好意思再拒绝了。凭着各种各样关系进入瀛江二轻机械厂的人，自恃后台硬，关系铁，都一副趾高气扬的样子，除了邱添弟以外别人都不放在眼里，总是期望得到更多的关照，都想被安排一个轻松悠闲、钱要多拿、事要少干的岗位。得到关照的人自然是欢天喜地、千恩万谢，照顾不周的人则是愤愤不平，从此形同陌路，而且背后恶语相向，大骂邱添弟不通人情，忘恩负义，人一阔脸就变，忘了自己当初是怎样一副穷酸相。

第五十二章

一

  邱添弟从小家境贫寒,兄弟姐妹五人在父母的拉扯下相依为命,在苦水中泡大,兄弟之间感情极为深厚。邱添弟现在功成名就,在外面也算是个有头有脸的人物了,可是兄弟几个中有的还没有正式工作,有的单位效益不好,收入不稳定,因此都想进入二轻机械厂工作。他们一个个都振振有词,说你安排了那么多的关系户,自家亲兄弟更要关照了。邱添弟担心别人说自己任人唯亲,没有答应兄弟们的要求,但他却把自己兄弟们的事情放了心上,以后凡遇到有上级领导写条子打电话托他安排关系户,他就和对方搞利益交换,互惠互利,我为你安排关系户进二轻机械厂,你也要想办法为我的兄弟们找出路,安排一个好的去处。通过利益交换,邱添弟如愿以偿地把自家的四个兄弟安排进了一些人人向往的好单位,如国土局、税务局、工商局等,大家各取所需,皆大欢喜。从此,邱添弟尝到了关系运作的甜头,乐此不疲,沉醉于其中。

  邱添弟为了协调处理好各方关系,得到市委、市政府和各个相关部门的支持配合,以利于更好地开展工作,同时也为了进一步巩固自己在二轻机械厂的地位,开始用公款向上级领导请客送礼,然后把各种费用以业务费的名目冲账。这样一来,上行下效,厂里的其他领导和中层干部见邱添弟慷公家之慨,用公款送礼巴结讨好领导,大家也肆无忌惮地公款消费,吃喝玩乐。基层工人们无权无势,公款消费这种好事和他们不沾边,于是就偷偷携带厂里的机器零件、工具、材料出厂变卖,更有甚者,有的工人在外面接了私活,上班时间公然利用厂里的设备材料为他人生产产品,赚取外快。

  对于工厂这种极度混乱的现象,邱添弟心知肚明,却再也无心过问,一来打铁还需自身硬,己身不正何以正人?二来他逐渐沉湎于应酬交际活动之中,忙于和上级领导们搞好关系,也没有太多的精力和时间来管工厂的事情了。邱添弟慢慢地悟出了一个道理来,工作固然要踏实肯干,做出一番成绩来,但更重要的是和上级领导搞好关系,这样才会有人来赏识你,来提拔重用你。如果你和上级领导的关系处理得不好,你干再多的实事也不会有人知道,人家也不会说你一个好字。这"关系"二字可是一门大学问啊,邱添弟算是彻底"开窍"了。

二

不久以后,二轻机械厂的销售工作出了一件大事情,被别人骗了价值几十万元的一卡车产品。事情的起因是这样的,有一天,马然接到一个外省客户打来的订货电话,要求发一车汽车配件,货到付款。这可是违反财务规定的事情,当时汽配市场处于卖方市场,产品畅销,二轻机械厂要求合作客户款到发货或至少打一部分定金。只有长期合作、相当熟悉的老客户才有可能偶尔赊欠货款,即便如此也需要相关厂领导签字同意。可是这次订货的客户和瀛江市二轻机械厂是头一次打交道,厂里对他们的底细一无所知,按规定是绝对不可能采取货到付款这种业务方式的。

而马然在邱添弟面前大包大揽,拍着胸脯说:"厂长,您还信不过我马然吗?没有把握的事情我是绝对不会做的,这次的客户是我的一个老朋友介绍的,我保证万无一失,绝对不会有问题。"

马然之所以对此事如此热心,除了要提高自己的销售业绩外,还有一个原因他没有说,也不便于说,那就是对方许诺给他回扣。只要货发到地点,除了按出厂价付款外,另外给予他总货款百分之十的"辛苦费"。百分之十,那可是好几万块啊!马然当然积极为之,而且心花怒放。

但邱添弟总感觉这单生意这样做风险太大,还是犹豫不决。

马然也不过分催逼,当天晚上,他又带了一些烟酒礼品去邱添弟家和他谈这件事情。"厂长,我一直认为这是一个拓展销售网络的机会。您要实在不放心的话,我看是不是这样,派厂里的卡车发货,货到地点后让对方付完货款再卸货,如果对方违约不肯先付款,我们就带着货原路返回,我就不信光天化日之下他们敢明目张胆地抢劫?"

邱添弟一向信任马然,也实在架不住他软磨硬泡,见他这副信心十足的样子,也就点头同意了。

翌日上午,邱添弟口头同意后,马然就押着满满一卡车产品出发了。

三

卡车在第三天早晨六点钟就到达了客户所在的城市,马然和对方电话联系,通知他们带着货款来提货,可是对方却推说有事脱不开身,一直拖到中午十一点半才出现。那是两个满面笑容的中年汉子,一个自称姓吴,一个自称姓贝,双方见面寒暄后,马然要求对方验货付款,吴、贝两人一副热情爽朗的样子,异口同声说:"验什么货?难道我们还信不过马哥办事吗?以后我们还要长期打交道呢,做生意嘛,靠的就是信誉。"

"你看,货款汇票我都准备好了。"姓贝的男子走近马然,拍了拍手中的一个鼓鼓囊囊的公文包,贴在马然的耳朵边说,"兄弟你的辛苦费也在里面了。都到中午饭点了,咱们先去吃饭吧,总不能饿着肚子办事吧。车就停这里,吃完饭回来再办手续卸货。"

尽管马然坚持先办手续卸货然后再吃饭,但吴、贝两人还是不由分说,连拉带拽地把他和卡车司机一起推上了一辆小车……

"马哥,我们和你可是一见如故啊,难道你还瞧不起我们两个?以后要是长期合作了,我们少不了也要去你那里拜访你,到时候你能不招待我们吃一顿饭吗?"

马然心想,也对,虽然是第一次打交道,真没必要表现得太过于生硬。况且对方如此热情,还说以后还要长期合作。于是,他也只好客随主便了。

货车停在郊区,交由吴、贝两人的手下看管,一行人来到了市区一家酒楼。

四

吴、贝两人点了满满一桌子菜,又要了两瓶好酒,殷勤相劝,和马然及货车司机推杯换盏,放开肚皮吃喝。吴、贝两人在酒桌上轮番向马然和司机敬酒,展开车轮战。吴、贝两人声称这只是第一批订货,以后还会有更多的订单,并对马然大灌迷魂汤,称马然是他们所见过的最认真负责也最爽快的业务员,他们就喜欢和这样的业务员打交道,并祝大家合作愉快。

马然平时从事业务工作,多少有些酒量,但终究架不住对方的车轮战,没一会儿就有了醉意。司机平时滴酒不沾,此时几杯酒下肚,更是满脸通红,酩酊大醉了。

这顿饭大家边吃边聊,天南地北、海阔天空地乱侃,直吃了三个多小时。到下午三点多钟时,马然已醉眼惺忪,说话时舌头打结了:"二位大哥,酒喝得差不多了,饭也吃饱了,我们抓紧去办正事吧。"

吴、贝两人对视一眼。"行,没问题,你稍等一下,我先去一趟卫生间,马上回来。"吴姓男子说完后离席走开了。

等了好久也不见吴姓男子回来,姓贝的男子有些不耐烦了:"这个老吴,上趟厕所也拖拖拉拉的,莫不是掉厕所里了?没见我马然兄弟还等着办事吗?"说着,他拍了拍马然的肩膀:"马哥,你稍坐一下,我去看一看老吴。"说着,他把手中的公文包交给马然说:"马哥,这个包你代我看管一下,汇票和钱都在里面,千万别弄掉了!"

马然接过公文包,搂在自己怀里说:"贝大哥,你放心吧,就是我人丢了,包也不会弄掉的,你快去快回吧……"

姓贝的男子笑了笑,拍了拍马然的肩膀也转身离开了。

五

然而,吴、贝两人却一去不复返了。马然和司机左等不来,右等不来,心中不免焦灼。眼看已过去半个小时了,马然心中不免有了一种不祥的预感,他立即起身走到收银台,打听吴、贝两人的下落。服务员告诉他:"你的那两个同伴早已离开酒楼了,他们说饭钱由你们来结账,还叮嘱我们好好照顾你们呢。怎么你不知道他们走了吗?"

服务员的话好像晴天霹雳,让马然惊呆了,额头上的汗"唰"地就冒出来了,酒也吓醒了。他奔回酒桌旁把情况告诉了同来的司机。

司机一听也如同五雷轰顶,吓得不轻,说话也结结巴巴起来:"完,完了,这……这下子全完了,我们是遇上骗子了,这……这下子厂里不会轻饶我们了。"

马然赶紧打开手中的公文包,里面除了两包卫生纸外,别的什么也没有。两人夺门而出欲去追赶两个骗子,可是酒楼的人却拦住他们让结完账再走。马然顾不得和他们纠缠,赶紧结了账,和司机一起打的直奔停车处。两人老远就看见货车还停在原处,只是车厢上的雨布早已掀开,赶到近处一看,满满一车货早已不翼而飞了。

马然欲哭无泪,瘫软在地……

第五十三章

一

马然货物被骗的事很快就传遍了整个瀛江市二轻机械厂,全厂职工人尽皆知,大家对此事议论纷纷,说好话说坏话的都有。

打那天起,马然再也没有往日神采飞扬的样子,每天都是垂头丧气地在销售科办公室上下班,一句话也不说。有一天夜晚,他去了邱添弟的家,见了邱添弟,就开始痛哭流涕,连声自责:"二哥啊,都怪我太急躁了,我也是一番好心,想着为厂里多卖一些货物出去,没想到却踏进了别人设计好的陷阱里面。我这也是好心办了坏事啊。二哥,你怎么处罚我都没关系,只求你给我一个将功补过的机会。"

邱添弟看了一眼哭得泪人一样的马然,满肚子的火气也消了一半,他哼了一声说:"你呀,净给我添乱,当初我是怎么劝你来的?可是你听不进去啊。现在捅出了这么大的一个娄子,全厂的职工都瞪大双眼盯着这件事,几个副厂长也嚷嚷着要处罚你,你叫我怎么帮你,我总得做出个样子来堵住人家的嘴巴吧。这样吧,你先调离销售科一段时间,避避风头,等风头过了,我再调你回销售科,到时候还不是我一句话的事情。你放心好了。"

马然一听此言,心里凉了半截。离开了销售科,我马然在二轻机械厂还有什么混头,难不成真的下车间去当个破工人。马然心想,你这个老滑头,我平时也没少孝敬你,可到了关键时刻,你却撒手不管了。马然尽管怨气冲天,可是脸上却不动声色,仍然是一副可怜巴巴、真诚悔过的样子。

翌日夜晚,马然再次来到邱添弟家里,这次他给邱添弟送来了一部"爱立信"手机,言辞恳切地希望邱添弟给他一次将功补过的机会。

好像邱添弟要他离开销售科就是送他上刑场一样,马然连声哀告,苦苦求饶:"二哥,这次你一定要帮帮我啊,我熟悉销售工作,热爱销售工作,我决心在哪里跌倒就从哪里爬起来。你如果把我调离销售科的话,那我就只能是破罐子破摔,我这一辈子就毁了啊,二哥!"说着,他竟"咚"的一声跪倒在邱添弟面前,把邱添弟吓了一跳。

邱添弟见马然这副凄惨悲伤的样子，心中也老大不忍，况且人家平时对自己恭恭敬敬，这次又送了一部手机，于是连忙把他从地上拽起来，嗔怪说："你这是干什么？我们两个人是什么关系？我几时说过不帮你了？你的事我能看着不管吗？不过这件事情如果只有我一个人出面为你说话，这样就显得太扎眼了，大家都知道我们两人关系好，人家会说我是在徇私情，还以为你我之间有什么见不得人的勾当呢。你我之间光明磊落，坦荡无私，犯不着让别人去说长道短的瞎猜疑。你找找张副厂长和朱副厂长，活动一下，只要他们开了口，我再最后拍板，那样的话谁也不好反对了。"

马然心领神会，连夜又给张、朱两位副厂长各送去一份厚礼。

二

张、朱两位副厂长平时见马然得意忘形，眼里只有邱添弟，早就看他不顺眼了，这次马然自己撞在了枪口上，正好借机整治他。因此两人在邱添弟面前要求开除马然这个目无领导、不守纪律的害群之马，否则难以服众。但马然分别找到他们后，他们立马就态度大变了。两人都知道马然是邱添弟面前的红人，邱添弟在二轻机械厂大权独揽，只要他不开口别人就不能把马然怎么样。本来也只是想出一口恶气的他们，现在见马然低头服软，也就借坡下驴，送了马然一个顺水人情。

翌日，邱添弟召开厂长办公会，一脸严肃地说："这个马然呀，胆子也太大了吧？竟然明目张胆违反厂规发货，给厂里造成了重大损失，不杀一儆百以后怎么管理别人？"邱添弟一边说着一边用眼角的余光在张、朱两位副厂长的脸上来回逡巡，观察他俩的反应，就好像马然赊销产品的事情不是他邱添弟亲自同意的，他要把此事推得一干二净。

张、朱两位副厂长都知道邱添弟是在他们面前演戏，心里好笑，彼此对视了一眼，跟着也为马然说情。两个人一唱一和，振振有词，似乎已完全忘记了他们在昨天之前还在邱添弟面前要求严惩马然。

"邱厂长，马然这个人确实有狂妄自大的毛病，但他也是我们厂里的有功之臣，平时销售业绩一直名列前茅，我们应该给他一次改正错误的机会。"

"是呀邱厂长，要不然别人就会说我们是过河拆桥、卸磨杀驴了，用人的时候捧在手心里，用完了就抛在一边了，让人寒心啊！小马毕竟还很年轻，年轻人就难免会犯错误，我们要允许人家犯错误也允许人家改正错误嘛。"

邱添弟见两人态度来了一个一百八十度的大转弯,心里明白马然已去他们家里活动过了,也借梯下楼,只见他清了清嗓子,说:"那好吧,既然你们两位一再坚持治病救人,惩前毖后,我也不好太武断,搞一言堂,那就给他一次改过自新的机会吧,一定要严厉地批评他,让这小子长长记性。"

张、朱两位厂长连忙点头称是,心悦诚服的样子,内心里却在骂着:"呸!你邱添弟少和我们来这一套,你什么时候民主过了,这二轻机械厂平常有个大事小情还不是你邱添弟一个人说了算,几时征求过我们的意见?谁不知道马然是你的人,你会真心要惩罚他?还不是做个样子!"

厂长办公会最后决定,马然继续留在销售科,被骗的几十万元货款暂时挂账,以后再做进一步的处理决定。争取在年底时将这笔被骗货款以呆坏账的名义从坏账里冲销。

三

马然给二轻机械厂造成了几十万元的经济损失,却像没事人一样,不仅毫无愧意,反而更加有恃无恐、肆无忌惮了。他仗着有邱添弟撑腰,采取多报业务费用和回扣费用的方法,中饱私囊,而且还挪用公款赊购汽配零件,自己在瀛江市开了一家汽配商店。马然凭着自己左右逢源、八面玲珑的手段专做一些国有企业的生意,把一家小小的汽配商店经营得红红火火、生意兴隆。他将大部分时间和精力用来打理自己的生意,对二轻机械厂的业务工作也远不如之前那样上心了。

瀛江市二轻机械厂表面上依然是兴旺红火,可是私底下却是人心涣散、离心离德,邱添弟再也无心管理,整天坐着车四处拉关系,为自己准备后路,致使二轻机械厂陷入了一片混乱之中。不久,邱添弟以二轻机械厂的名义向银行贷了一笔巨款,可这笔钱刚进入二轻机械厂的账户就立刻被转走了,被邱添弟瞒天过海挪作他用,以自己老婆的名义开了一家豪华大酒楼,取名叫豪门大酒楼。豪门大酒楼开业前,邱添弟给市里各个实权单位和效益良好的企业的头头脑脑们都发了请帖,请他们届时赏光捧场。大酒楼开业那天,贺客盈门、高朋满座,门口的祝贺花篮摆了几十米长,大门两边的空地上停满了各种各样的小车,像一个小型的车展。瀛江市政协主席许冠文和市公安局局长曹伟强也前来登门道贺,给邱添弟添了不少光彩和荣耀。

邱添弟可谓是生财有道,他把豪门大酒楼的目标客户群体锁定在各个机关单位及一些效益良好的企业,定期上门去和那些单位的头头们联络感情,疏通关系,以便稳定客源。他还规定,凡到豪门大酒楼消费的公务人员,均根据消费额大小派发数目不等的高档香烟,月底结算时再根据消费额给相关人员提取回扣,结账时还可以多给发票,但超出实际消费金额部分的发票需收取一定比例的手续费,这样前来公款吃喝消费的人就可以凭发票少支多报。

四

就这样,邱添弟凭着独特的经营模式,把豪门大酒楼经营得红红火火、生意兴隆,名气也越来越大,几乎成了瀛江市人气最旺的酒楼。从此,他更是大部分时间都泡在酒楼里,越发没有心思去管二轻机械厂了。但是,他还是挖空心思准备再从二轻机械厂里捞上一把。终于在一天,他力排众议,独断专行拍板决定修建二轻机械厂办公大楼,并通过把持工程的权力收受了施工队的巨额贿赂。

二轻机械厂办公大楼一竣工,邱添弟又给市二轻工业局打报告要求把瀛江市二轻机械厂卖给万亿达集团,自己又从万亿达集团那里得了一大笔好处费。随后,市二轻工业局来了一纸调令,调邱添弟去市二轻工业局当工会副主席。但他在局里也是挂一个名,每天去签个到,然后就回自己的豪门大酒楼,堂而皇之地当起酒楼老板。

眼见邱添弟拍拍屁股走人,大家也都知道二轻机械厂大势已去,原先那些托关系走后门挤进二轻机械厂的"皇亲国戚"们又纷纷各寻出路,另觅高枝去了,大家纷纷作鸟兽散。年轻的工人们凭借自己在二轻机械厂练就的技术回家办个小型五金塑料制品厂或前往沿海经济发达地区打工,剩下那些无权无势、没有关系门路的老工人留守工厂。二轻机械厂至此基本处于停产状态,那些留守的工人们连最低的生活保障都得不到,而邱添弟却凭着损公肥私得来的不义之财开了豪门大酒楼,生意红火,赚得盆满钵满。

看着这个昔日一心为公、带领大家振兴企业的邱厂长已蜕变成一条损公肥私、贪赃枉法的大蛀虫,二轻机械厂的老工人们愤怒了,于是一纸告状信把邱添弟告了。

邱添弟听说二轻机械厂工人拦车告状,直接把告状信交给了省委副书记彭宏伟手上,又经省、市两级领导批转到瀛江市,要求对告状信的内容进行调查处理,不觉慌了神,急得像热锅上的蚂蚁,开始四处活动,力图为自己开脱。

五

瀛江市委在派出联合调查组对二轻机械厂低价转卖和邱添弟涉嫌违法乱纪等事件进行调查的同时,还指示瀛江市公安局对另一份告状信所反映的事件进行调查处理,那就是欧金满驾车撞死人后受到包庇,判罚不当,量刑过轻的事件。这是一桩司法案件,属于瀛江市政法委的管辖范围。

曹伟强是新任的瀛江市委常委、政法委书记兼瀛江市公安局局长,因此市委书记秦永明指示他派出调查组对此事进行调查处理,曹伟强也很快成立了一个调查组,对此事开展调查。

公安局副局长李力主动向曹伟强请缨,要求参与调查工作。但曹伟强一直对李力存有戒心,觉得李力和自己不是一路人,无法对他进行有效的掌控,因此不同意李力的请缨。

联合调查组在对瀛江市二轻机械厂低价转卖事件和欧金满案件进行调查后,匆忙做出了结论,认为一切都是按程序和法规办理的,没有发现其中有任何违纪违法的情况。于是瀛江市委向滨海市委汇报了调查结果,秦永明还专门打电话给省委彭副书记汇报了此事。拦车告状的事情至此就画上了一个句号。只是这个句号画得太轻易草率了,告状人不服,社会上也对此事议论纷纷,认为调查组是官官相护。

代市长赵国平也对调查结论将信将疑,认为其中必然另有隐情,但是作为代市长,他必须与瀛江市委保持一致,顾全大局。在没有确凿证据的情况下,他也不好否定调查组的结论,更不可能指派他人另行调查。

事情似乎就这样过去了,但赵国平心中一直充满着疑虑。

第五十四章

一

瀛江市河畔镇党委书记姚永久满以为凭借老丈人许冠文的支持,进入市委班子是十拿九稳的事情,只不过等滨海市委下文公布确认一下而已。

河畔镇委、镇政府的干部们见到姚永久一副胸有成竹、意气风发的样子,纷纷向他表示祝贺,有人开始当面称他为"姚常委",他也只是一笑置之,并不否认和推辞。

没想事与愿违,到头来落了个竹篮打水一场空,空欢喜一场。

姚永久觉得这次的面子丢大了,十分沮丧。许丽丽见到他整天唉声叹气、愁眉不展的样子,也很心疼,却又不知该如何劝解他。这天,夫妻俩回到许冠文家里,姚永久倒没有说什么,许丽丽却噼里啪啦发起了牢骚:"这个秦永明什么东西,用你的时候把你哄得团团转,用完了一甩手就扔了,您在市委那边工作的时候为他抬了多少桩,出了多少力,他现在位子坐稳了,就开始过河拆桥了。全瀛江的人哪个不知道曹伟强是个头顶长疮、脚底流脓的坏人,连他都可以当常委,我们家永久哪点比他差?"

许冠文看到既不逢年又不过节的,许丽丽小两口却一齐回家了,心里就明白他们是回家来发泄怨气来了,于是说:"你们也不要把账都算到了秦永明的头上,永久进市委常委的事情最终是要滨海市委审批的,也不是秦永明说了就能算数的。"

许丽丽接口说:"什么滨海市委审批,那不过是个形式而已,滨海市委哪里了解我们瀛江的干部情况,还不是秦永明在中间做工作。谁都知道曹伟强跟秦永明跟得最紧,他当然要提拔曹伟强了。您这个政协主席只是个摆设而已,他再也用不着您了,当然也不会再给您面子了,所以给您开的是一张空头支票。"

姚永久怕许冠文面子下不来,连忙出言阻止许丽丽:"丽丽,你不要乱讲话,让人听到影响不好。这事爸爸也尽力了,你不要怨东怨西的。"

许丽丽板着一张脸:"我还不是见你一天到晚垂头丧气、要死要活的样子,才帮你找爸爸来想办法。你倒好,在旁边充起好人来了,反弄得我两头不是人。"许丽丽噘着嘴进里屋找母亲去了⋯⋯

二

姚永久为许冠文的茶杯里续了热水,然后又坐回沙发:"爸,您看我进班子的事情还有希望吗?"

"我看希望不大了,先前答应好的事情秦永明都不肯兑现了,以后更不用指望他会尽心尽力地关照你了,政界就是这样,人走茶凉。"许冠文说完沉默了一会儿,问:"永久,你自己有什么打算?"

"我还能有什么打算?谁都知道我要进常委班子的事情,可是现在泡汤了,人家还指不定在背后怎么笑话我呢。我以后还有什么威信,还怎么开展工作?我也不想在河畔镇干了,您看我能不能到建设局或国土局去当局长,最好是交通局,好歹挪一下地方,换一个新的环境。这一点要求应该不算过分,他秦永明应该不会拒绝吧!"

许冠文叹了口气说:"你想好了?"

姚永久点头说:"我想好了,我愿意去交通局,我听说交通局的老朱马上要退了。"

许冠文听后点了点头⋯⋯

过了没多久,姚永久果然如愿以偿调任瀛江市交通局局长,原局长老朱则去了市政协,为姚永久让出了位子。市政协是个冷衙门,老朱心里一百个不情愿,背地里直骂娘,把姚永久的祖宗十八代都骂遍了。

姚永久听了人家的闲言碎语也不计较,一笑了之。

三

姚永久刚到市交通局上任没多久,驻深圳招商办的刘壮雄就回瀛江来找他了。这天,刘壮雄兴冲冲地跑到交通局来,走进局长办公室就粗声大气地说:"久哥,祝贺你啊,祝你步步高升!"

姚永久乍一见刘壮雄,不免有些吃惊:"你不在深圳好好待着,怎么跑回瀛江来了?我还说过几天要出去散散心,去看你呢。我升什么官?被别人贬到交通局来了,你别笑话我了。"姚永久满脸悻悻然的样子。

"久哥,还在为那点小事情烦心啊?来日方长,以后还有机会嘛。走吧,我们去喝酒吧,我请客。"

大门口站着一个皮肤白皙、亭亭玉立的年轻女孩子,让姚永久觉得眼前一亮,那就是刘壮雄从深圳带回来的女孩子林心洁。姚永久知道刘壮雄有老婆孩子,又觉得他和眼前的这个漂亮女孩子之间的关系有些暧昧,于是用意味深长的眼光看了一眼刘壮雄:"行啊,刘壮雄,你本事还蛮大的啊,这位小姐是谁啊,也不介绍一下。"

刘壮雄给姚永久使了个眼色,示意他别乱说话,同时又得意扬扬,多少有些卖弄地说:"久哥,这是我在深圳认识的女朋友,也是我的未婚妻,林心洁。"说着,他扭头向着林心洁说:"这位是交通局的姚大局长,我的铁哥们,你就叫姚大哥吧。"

林心洁冲姚永久点了点头,脸上飞起了一抹红云:"姚大哥好!"

"啊,林小姐好!林小姐真的好漂亮啊,气质又好,我壮雄兄弟真是福分不浅啊。"三人一边说笑着一边上了刘壮雄开来的小车,那是一辆车身上印有城管执法字样的公务用车。

四

刘壮雄开车直奔豪门大酒楼,把车停在大门外,进了酒楼,要了个豪华包房。刚一坐下来,刘壮雄就粗声大嗓地招呼服务员点菜。

姚永久打趣他说:"刘壮雄,你小子真是艳福不浅啊,今天你请客,一定要好好宰你一下,让你出点血。"

"久哥,我们兄弟两个之间还不好说吗?好酒好菜你随便点,只要你开心就行。"两个人点了一大桌子菜,又要了一瓶好酒。完了,刘壮雄问女服务员:"你们的邱老板呢?我们两个朋友来了,他也不露一下面打个招呼?"

女服务员笑了笑说:"对不起,我们老板今天没来酒楼。"

刘壮雄大大咧咧地说:"老邱这个家伙,生意越做越大了,也不像以前那样上心了,又跑到哪里去鬼混去了。"

女服务员退了出去,随手带上了包厢的房门。

"你不要乱讲话了,人家老邱这一段时间心里也蛮不舒服的,麻烦事多。"

"他有什么不舒服的,钱赚得太多了,怕咬了手?"

"唉,壮雄啊,你在外面待的时间长了,有些事情你可能不知道,二轻机械厂的职工写了告状信,把人家老邱给告了,说人家老邱贪污挪用公款开酒楼,又说人家出卖二轻机械厂给万亿达集团是从吴荣发那里拿了好处费。那些人做得也绝,把老邱往死里整,趁省里和滨海市的领导来瀛江视察的时候拦车告状,直接把状纸递到了省委彭书记的手里。上面批示要查办,市里也就成立了调查组去查这个事情,老邱被调查组找去谈话说明情况了,这一段时间他肯定忙得焦头烂额,人都瘦了一圈,哪里还有心思管酒楼的事情。"

"还有这样的事情?"刘壮雄听完愣了一下,"这不是反了天了,那几个工人胆子蛮大啊,老邱在瀛江也是有头有脸的人物,黑白两道都认识一些人,就不能摆平那几个家伙?"

姚永久看了看安安静静坐在旁边的林心洁一眼,说:"刘壮雄你还没喝酒呢,不要讲醉话,什么白道黑道的,你还是个党员干部呢,你让人家林小姐怎么看你?我们瀛江是共产党的天下,哪个敢乱来?"

第五十五章

一

看着姚永久一本正经的样子,刘壮雄满不在乎地喊了一声:"你看她做什么?她也听不懂我们的话。这里又没有外人,没人会出去乱讲的。"

姚永久用手指了指刘壮雄说:"你这个家伙啊,身在福中不知福,当哥哥的劝你一句,人家林小姐一看就是个好女孩,你可不能欺负人家啊,要不然哥哥我也要批评你的。"

姚永久又问刘壮雄:"你怎么会突然回瀛江来了?"

刘壮雄说:"我在深圳已待了几个月了,这次回来有两件事情。一件事是我回来向招商局局长庄玉庆汇报一下在深圳招商的情况。我在深圳认识一个新加坡老板罗利,他祖籍是滨海市的,我和他攀了个老乡的关系,我们两个人经常在一起玩,关系处理得还不错,我本来想拉他来瀛江投资,好歹也帮我凑个数,完成一下招商任务,可这家伙死活不干,嫌我们瀛江这不好那不好,发展前景不大。不过罗利还是够意思的,他帮我介绍了一个实力雄厚的香港大财团老板。听说只要这个人拔一根毛投到我们瀛江来,对我们瀛江就算是一笔了不起的大项目了。对于这样的大老板,接待工作当然要做好,千万不能出一点纰漏,否则就会前功尽弃了。有钱的大老板嘛,脾气自然也大,马虎不得。所以我特地赶回来向老庄汇报一下,商量一下接待工作。"

姚永久说:"嘿,行啊兄弟,真看不出你还有两把刷子啊,真的招来一个大项目了。你以后发了财可千万不能忘了我啊,多少让哥哥我也跟着沾点光。"

"有福同享,有了好处肯定忘不了久哥你啊。"

姚永久又推心置腹地说:"兄弟,这样大的招商项目一旦做成了,那可是大功一件啊,这种事情你不能只向老庄报告,最好找机会向市委副书记胡耀宗汇报一下,他是市委那边主抓招商工作的,兄弟你也可以趁此机会在领导面前露下脸,留下个好印象。你难道一辈子在外面招商?迟早是要回瀛江来的,在领导面前留个好印象,将来安排起来就好办多了。"

刘壮雄连连点头称是:"是啊,久哥说的对,我也是这个意思。但我平时和胡书记来往不多,直接去找他又怕他摆架子。"刘壮雄说着顿了一下:"久哥,你帮我牵一下线吧。"

"这是好事情啊,没问题,我帮你约一下胡书记,他什么时候有空我再通知你。"

"还有一件事情要求久哥帮个忙。"

姚永久狐疑地望了一眼刘壮雄,说:"有什么事你说,只要我能办的事情我一定会帮你的,如果力不能及那你也不要怪我。"

二

"这件事情久哥你肯定能办到。你现在是交通局的一把手,交通局的班子近期会做一个调整,我想到交通局来做个副局长,你看我够格吗?只要你调我过去,我一定会死心塌地地紧跟你,誓死效忠你!"刘壮雄说完,眼巴巴地望着姚永久,似乎要从他那张皮笑肉不笑的脸上看出真实的答案来。

姚永久沉吟了一会儿说:"我个人当然是希望你来交通局帮我,我们兄弟之间配合也会默契一些。只是我也是刚到交通局,位子还没有坐热,这种事情我一个人说了也不算,还需要从长计议。再说,你在城管局干得好好的,怎么不干了?"

刘壮雄说:"干厌了,成天砸这个人的摊子,掀那个人的铺子,得罪了不少人,自己又没落个什么好处。自从那个赵国平对城管工作进行规范整顿,制定了一些规章制度后,我们城管工作更难做了,气要受,好处一点也没有,这样的事情傻瓜才会去做。那个常委、副市长杨得胜跟赵国平一个鼻孔出气,整天要看他的脸色办事,真是烦透了。以前老县长黄冲负责政府这边的时候,对我们城管工作大力支持,处处为我们撑腰说话,我们工作起来也敢作敢为、得心应手,只可惜这样的好日子一去不复返了。再说,去招商局也是临时抽调的,是不会有前途的。"

此时,酒菜已陆续送上来了,服务员为姚永久和刘壮雄倒酒后,又为林心洁倒了一杯果汁。姚永久这才记起只顾着和刘壮雄说话,却冷落了林心洁,心想这真是个善解人意、柔情似水的好女人,只是这样的女孩子怎么就落到刘壮雄这样粗俗不堪的人手中了,真是红颜薄命啊。姚永久笑了笑对林心洁说:"对不起啊,我们两个只顾谈工作,把你给冷落了。来,吃菜。"说着,他殷勤地为林心洁舀了一碗汤放到她面前。

林心洁莞尔一笑,礼貌地表示感谢。

"林小姐是湖南人吧?湖南人爱吃辣椒,我们瀛江人不爱吃辣的,瀛江的地方菜,林小姐还吃得惯吗?这次来瀛江了就多住些日子,让壮雄陪你好好玩一玩,有什么需要帮忙的只管找我,壮雄和我是兄弟,大家都是自己人,千万别客气啊。"

林心洁的脸上露出羞涩甜美的笑容,连声说着谢谢。

三

这时,包房的门被推开了,邱添弟走了进来。邱添弟满面笑容,热情地向大家打着招呼:"唉呀呀,两位局长大人大驾光临,欢迎欢迎。哦,还有一位漂亮的女士,欢迎欢迎。兄弟我不知道二位领导驾临,怠慢了,特来敬酒赔罪。"邱添弟一边说着一边上前和姚永久、刘壮雄二人握手,随后为自己斟满一杯酒,做了一个敬酒的姿势后一饮而尽。

姚永久赶紧招呼邱添弟坐下,十分热情地说:"说曹操曹操就到。刚才还在问你去哪儿了,正想找你一起喝两杯,聊一聊呢。你这一段时间在忙什么呢?酒楼的生意都不管了。"

邱添弟苦笑着摇了摇头:"唉,一言难尽,还不是被那帮工人兴风作浪给闹的,写我的告状信,说我如何如何,这一段时间都去应付调查组了。还好,调查组是主持公道的,没有胡搅蛮缠,也没有听信流言蜚语,终于还了我一个清白。最后结论是事出有因,查无实据。"

刘壮雄一派江湖豪客的样子,狠巴巴地说:"邱老板,不是兄弟我说你,你也太老实了,对那些告刁状的人,你就应该给他们点颜色看看,不让他们吃点苦头,他们以后还不反了天了。如果你要出气,你只管吱一声,我帮你找人!"

邱添弟心想,我费了九牛二虎之力才把这件事情摆平,如果被你一搅和,那还不是全乱套了,这终究不是什么见得了光的事情,我心里还在发虚呢。这个刘壮雄,真是个暴脾气。他连忙说:"谢谢,谢谢。刘局长真是快人快语,性情豪爽,如果领导们都像二位局长这样讲正气,主持公道,那我们瀛江就天下太平了。只是这件事情既然已经过去了,我也不想闹大,就让它过去吧。"

姚永久其实有点瞧不起刘壮雄,此刻心里就想,这个刘壮雄,终究是狗肉上不得正席,动不动就暴露出自己粗俗的本色,他以为什么事情都可以靠拳头棍棒来解决,头脑简单四肢发达。如果不是我老丈人栽培他,他此时还不知在哪条街上鬼混呢,还轮得到他带着美女,人模狗样地坐在这里充好汉。只见他看了刘壮雄一眼,示意不要咋咋呼呼的,然后关切地对邱添弟说:"老邱,这次费了不少心思吧?按说,这个事和万亿达集团也有关联,吴荣发应该不会袖手旁观吧?"

邱添弟说:"这次还真多亏了他,他要不出面,秦书记会这么好说话,轻易就把这件事给摆平了?你们家老头子这次也帮忙说了话,姚局长代我向老头子转达谢意啊,改天我一定去拜访他老人家。"

四

姚永久知道邱添弟口中说的"老头子"是指许冠文,于是说:"不客气,不客气,都是自己人嘛,理应互相关照。"

邱添弟停了一下,自己干了一杯酒,又说:"好在我邱添弟心中无鬼,不怕半夜鬼叫门,他们告也告不出什么名堂来。不过我们瀛江市的几个领导对下面的基层干部还是十分关心爱护的,关键时刻肯出面为你挑担子、扛责任,真是让我感动啊。像市委的秦书记,还有胡书记,他们都很关心爱护人,也没有什么架子,在这样的领导手下干事就是干死了也愿意。还有政协的许主席、公安局的曹局长,他们也都帮我说了话的。"

姚永久点头附和说:"是啊是啊,多亏我们瀛江市有秦书记这样的好领导,我们才有了一个干事业的好环境,这是我们瀛江党员干部的福分啊。"姚永久嘴里说着秦永明的好话,心里却突然又冒出了自己当常委受挫的事情,心里十分别扭:"你只去找市委这边的人,就没到市政府那边去活动一下?"

邱添弟摇了摇头:"哎,别提了,市政府那边我也去了,赵市长、杨副市长他们我都找了,谁知他们假装正经,一副公事公办的样子,根本不给面子,还让我老老实实、实事求是地向调查组交代问题,好像我真的就是贪污犯一样。我真是服了他们这些人,平时也没什么爱好,这样的人当官图个什么?这样的人怎么就被派到瀛江来了!"

姚永久赶紧打断邱添弟:"老邱,这种话在我和刘局面前说说倒无所谓的,别人面前可千万不能乱说啊,影响不好。人家赵市长是省里下来的,上面有人的,说不定是下来镀金的,将来还要回省里去,当然不想和我们这些乡巴佬掺和在一起了。"

几个人相视一笑,姚永久又说:"上面的事情我们也管不了,我们做好我们自己的事情就行了。我们不谈这些烦心事了,今天是刘局长请客,我们好好地喝几杯。刘局长在深圳招商,招来了一大笔投资,对方近期内就要来瀛江考察,我们要好好为刘局庆贺一下,预祝他招商成功。还有,我来介绍一下,这位林小姐是刘局在深圳结识的红颜知己。"

五

邱添弟听了姚永久的介绍后愣了一下,和姚永久意味深长的眼光碰了一下后马上就反应了过来,马上端起酒杯来说:"来,刘局,一来预祝你马到成功,为我们瀛江市的招商工作做出新的、更大的成绩,二来祝贺你能结识林小姐这样漂亮的红颜知己,三来祝林小姐永远年轻漂亮!我先干为敬!"说完,他一仰脖子喝干了杯中酒。

几个人喝得面红耳赤,有了几分醉意时,邱添弟提议说:"今天大家在一起喝得高兴,我们接下来到歌厅去唱一下歌吧,林小姐文静漂亮,歌声肯定也不错,我们让她为我们高歌一曲,也让我们饱饱耳福!今天我请客,一切消费免单!"

刘壮雄大大咧咧地说:"邱老板,你这是瞧不起我了,我知道你是大老板,但是兄弟我签个单吃顿饭的本事还是有的,说好了今天是我请客,以后有机会再让你请,到时候你可不要赖账啊。"

"好说,好说,二位领导有空常来小店里坐坐,就给我们增光不少了。"

第五十六章

一

几个人说笑着出了包房,来到楼上歌厅,开了一个大包房。

大家坐定以后,邱添弟说:"我们先请林小姐为我们展示一下歌喉,大家欢迎!"

林心洁脸颊飞红地站起来,点了一首许美静的《城里的月光》,然后深情地唱了起来。林心洁的歌声果然清丽悦耳、低回婉转,带着一丝淡淡的忧伤,仿佛月光一样柔和,又如小溪一样悄悄地流淌。几个人听得大声叫好。

姚永久不觉对刘壮雄心生一丝妒意。这样粗蠢蛮横的一个家伙,却是艳福不浅,家里有一个漂亮老婆不说,还吃着碗里看着锅里,又找了一个这样漂亮的情人,真是旱的旱死,涝的涝死啊。姚永久虽然也是瀛江市有头有脸的人物,可是由于老婆许丽丽是许冠文的女儿,所以姚永久平时颇有几分惧内,从不敢在外面拈花惹草。许丽丽是一个相貌平平的女人,想着艳福无边的刘壮雄,再想想自己,姚永久心中不免有些失衡。他想,好女人都让刘壮雄这样的狗东西给祸害了,我这一辈子算是亏大了,当初只想着做许家的乘龙快婿,好借许冠文之力追求事业的成功,如今看来甘蔗没有两头甜,有一利则必有一弊啊!

姚永久正在暗自神伤,胡思乱想,刘壮雄却推了他一把:"久哥,在发什么呆?你也唱一首吧。"

姚永久忙摇手推辞着说:"我不会,再说我这个破铜锣别吓坏了人家林小姐。"

邱添弟也跟着起哄:"姚局长,来一曲嘛,既然来了就开开开心心地玩一玩嘛!"

刘壮雄又主动提议说:"久哥,你要真是不会唱,也没什么关系,就点一首男女对唱的歌曲,让林心洁带着你唱。"

姚永久望了一眼林心洁,灯光下的林心洁面色红润,越发显得娇艳迷人。姚永久心中一万个愿意,但表面上却做出推辞的样子:"这可不行,这怎么能行呢?"

刘壮雄不由分说,已为他们点好了一首歌曲。音乐响了起来,刘壮雄把话筒塞到姚永久手里,把他推到林心洁身边,姚永久也就不再推辞了。姚永久和林心洁并肩站在一起。

"林小姐,你可要好好带我啊。"

林心洁对他笑了一下,秋波流转,风情无限。

二

红酒盛在玻璃器皿中,在灯光的映衬下散发出琥珀色的光。姚永久和林心洁一曲唱罢,刘壮雄带头大声叫好,卖力鼓掌,邱添弟也跟着凑热闹,气氛十分热烈。

刘壮雄倒满了几杯红酒,说:"刚才喝白酒,嗓子发干,现在我们喝几杯红酒漱漱口,润一下嗓子。在座的人都要喝,林心洁也要喝!"

林心洁急忙摇着手说:"我不会喝酒啊,你是知道的。"

"红酒就是糖水,哪里能算酒,今天你给久哥和邱老板一个面子嘛。"

邱添弟也帮着劝说:"就是,就是,红酒是不醉人的,女孩子经常喝点红酒对美容有好处。"

刘壮雄把满满一杯红酒递到林心洁手中,几个人碰杯后一饮而尽。

林心洁呛得直咳嗽,面若桃花。

刘壮雄又和邱添弟耳语了几句,邱添弟欣然离座出去了。不一会儿,邱添弟带回来一个高挑丰满、白皙美艳的女子,向大家介绍说:"这是娇娇小姐,能歌善舞。娇娇,这两位可是我们瀛江市有头有脸的老板,你可要服务好了,让大家玩得开心点。"

娇娇点头答应:"邱老板您放心吧,我一定尽力让老板满意。"娇娇的脸上带着媚笑,妖娆多姿。她径直走向刘壮雄说:"这位老板身材魁梧,气度不凡,好威武啊!我能否请您跳个舞?"

三

林心洁见状立即产生了一种本能的反感,她连忙替刘壮雄挡驾:"他不会跳舞的,你还是请姚大哥跳舞吧。"林心洁说着指了指姚永久。

娇娇似乎是有备而来的,她看了一眼林心洁笑嘻嘻地说:"哟,这位漂亮的小妹妹警惕性还蛮高的嘛,你放心,我只是借你的帅哥跳一支舞而已,不会有什么事的,不要太小气嘛。"说着,她对刘壮雄做了个请的手势。

刘壮雄喝得面红耳赤,酒气醺醺的,踉跄着站了起来,就准备和娇娇一起去跳舞。他刚搂住娇娇的腰肢又转身对着姚永久说:"久哥,要跳大家一起跳,大家都玩得开心一点,你请林心洁跳舞吧。"

姚永久故作矜持地说:"这个,我也不太会跳舞啊,怕和林小姐配合不好吧。"他嘴里虽然推辞,却已站起身来:"林小姐,能给我个面子吗?"

林心洁望了一眼刘壮雄,见他和娇娇已搂在一起跳了,根本无暇他顾,于是起身接受了邀请,和姚永久跳起舞来。

姚永久轻轻搂着林心洁的腰肢,望着她娇艳的面庞,心中不觉怦怦乱跳。闻着林心洁身上那股令人迷醉的香味,姚永久似乎只有在今晚才真正体会了女人的迷人魅力似的。

此刻,邱添弟端着一杯红酒,独自坐在沙发上看他们跳舞,他觉得今天的场面有些古怪,林心洁是刘壮雄的情人,可是今天刘壮雄却好像有意把她推向姚永久的身边。刘壮雄虽然是个粗鲁讲义气的人,但他也不会无缘无故地把自己的女人推向别人的怀抱里去,其中必有缘故,肯定是刘壮雄有求于姚永久,因此才做出了如此巨大的"牺牲"。不过话说回来,刘壮雄本就是一个花花公子,身上有一种纨绔子弟的习气,林心洁也只不过是她手里的一个玩物而已,他并不会珍惜她。邱添弟不觉为林心洁而惋惜起来……

四

几个人不停地唱歌、跳舞、喝酒,很快就喝光了几瓶红酒。在座的几个人中,除了林心洁不胜酒力外,其余的人都若无其事的样子,刘壮雄还叫着要再来几瓶红酒,被姚永久制止了。"刘壮雄,时间不早了,今天就到这里吧。"

刘壮雄说:"久哥,今天玩得还开心吗?"

"开心开心,今天是我玩得最尽兴的一次,也谢谢林小姐。"姚永久说着瞟了一眼林心洁,此时林心洁却静静地靠在沙发上打盹,她已经完全醉了。

刘壮雄把姚永久拉到一边悄声说:"久哥,我今天还有一件事情要求你帮忙,我还有一点其他事情,你帮我把林心洁送回宾馆去吧。"

姚永久酒醉心明,他诧异地望着刘壮雄说:"你这家伙又搞什么名堂?你就不怕我起非分之想?"

刘壮雄嬉皮笑脸地说:"兄弟如手足,女人如衣服。只要久哥你喜欢就拿去，我们之间还分什么彼此，我的就是你的，只要你开心就行。久哥长期以来一直关照我，我心里有数。"

姚永久是既想偷腥又怕烫了嘴，再说他想到了自己家里那个母老虎，就心存忌惮，犹豫不决，如百爪挠心。

刘壮雄似乎看透了姚永久的心思，拍着胸脯保证说："久哥，你放心，我绝对守口如瓶，不会让嫂子察觉的，今天晚上你就在宾馆住宿，明天嫂子问起来你就说被我拉去打了一夜麻将。"

姚永久摇摇头说："不行不行，你别说了，你要办事就去办事好了，不要拉我下水。我只负责帮你把林小姐送回宾馆就完事，然后我就回家了。"

第五十七章

一

几个人从豪门大酒楼出来,外面已是灯火阑珊。邱添弟把姚永久、刘壮雄和林心洁送到大门口,便握手道别。

刘壮雄把醉成一摊泥一样的林心洁塞进车里,然后回头对邱添弟说:"邱老板,你请回吧,让娇娇送我一下。"

邱添弟忙说:"只要刘局你瞧得起,没关系的。"

娇娇娇声娇气地说:"知道了,老板。"说着,她用手挽住了刘壮雄的胳膊,靠在他的肩膀上。

几个人上了车,刘壮雄发动汽车一溜烟地开走了。

刘壮雄把车开到瀛江宾馆,停好车,就把醉酒的林心洁从车上扶下来,然后到宾馆大堂服务台以深圳招商办名义开了两个房间。回过身笑着对姚永久说:"久哥,林心洁就交给你了,麻烦你把她送到楼上去吧,我和娇娇还有点事去办。"

姚永久的心里乐开了花,却故意做出一副勉为其难的样子来,说:"我行吗?我可是为你代劳的啊。"

"行行,代劳的,你一定要帮我照顾好她啊。"

姚永久轻轻地搀扶着林心洁进了电梯间上楼去了,刘壮雄和娇娇在宾馆大堂外的院子里兜了一圈后,回到大堂内,乘电梯上了楼。

林心洁本是很少喝酒的,可是今天晚上刘壮雄却硬逼着自己喝了很多酒,她心里不觉又想起在深圳罗湖和刘壮雄初次相见的那个晚上,那次刘壮雄也是花言巧语把自己灌醉后……

林心洁这次瞒着父母家人和刘壮雄到瀛江来,是因为刘壮雄信誓旦旦地表示要和自己结婚,带自己回来见刘壮雄的父母,并且想办法为自己在瀛江政府机关安排一个工作。在豪门大酒楼吃饭的时候,林心洁看到刘壮雄对那个姚永久毕恭毕敬,心想这个姚局长可能是一个重要的人物吧,能让刘壮雄这样的人俯首帖耳的人一定很不简单。刘壮雄逼着自己陪姚永久喝酒跳舞,可能是想讨好姚永久。林心洁尽管心里别扭,也只得强作笑颜去敷衍姚永久。林心洁隐隐觉得姚永久的目光总是有意无意地在自己身上扫来扫去,眼神火辣辣的,就像是饿狼见到猎物那样,眼里闪着光。那是一种似曾相识的眼神,刘壮雄以前也会用这种眼神来看自己。林心洁一来是敷衍姚永久,二来是心里烦闷苦恼,不知不觉间就喝了许多酒。本来不胜酒力的她渐渐地有了醉意,有了一种轻飘飘的腾云驾雾般的感觉,并且生出了一种莫名其妙的兴奋感和快意,不再去想任何令人烦心的事情。渐渐地,她感觉头晕得厉害,意识变得模糊起来。后来她便觉得自己累极了,一动也不能动了。

二

也不知道过了多久,林心洁才逐渐恢复了意识,但是头疼得厉害,肚子里翻江倒海般难受,想要呕吐。她觉得自己的身体像一艘在惊涛骇浪中颠簸的小舟,无法把握自己的方向,只能随波逐流,又觉得自己被一座大山死死地压住了,自己根本不可能挣脱开这种强大的压迫感。林心洁渐渐地清醒了,她感觉到身旁的这个男人在用一种温柔和喜悦的眼光看着自己,这可是以前从没有过的感觉,她不知为什么突然想到了姚永久这个人。她微微睁开双眼,偷觑了一下身边的男人,仿佛又是一个炸雷在耳边响起,自己身旁那个男人竟然正是姚永久!林心洁在一瞬间已明白了一切,刘壮雄把自己当作礼物送给了姚永久,以此来讨好巴结姚永久,自己就好像是刘壮雄穿破了的一双袜子一样,随手就扔在了一边,而自己竟然还天真地认为刘壮雄会对自己负起责任来,自己还曾经打算将就着和那个粗野但能量无限,可以改变自己命运的男人过一辈子!残酷的现实就这样击碎了她的梦想,把她无情地投进了万丈深渊之中。现在林心洁几乎已经没有力气去愤怒和抗争了,她只是感到万念俱灰,伤心欲绝,两行热泪从紧闭的双眼中不听话地滑落下来,在脸颊上肆意地流淌。

而姚永久感到一种从未有过的征服的快感,他觉得自己此刻才真正像一个雄赳赳、气昂昂的男人。他忽然看见林心洁流泪了,心中不免大为惊惧,她认出了自己。他索性主动唤醒林心洁:"林小姐,你醒了吗?你很难过吗?不要难过,我和刘壮雄不一样,我是真的喜欢你,真的。"

三

林心洁并不理睬他,自顾自地起身穿衣,然后走到窗前,猛然奋力打开窗子就要纵身跳下去。她要扑向那星光灿烂的夜空,也许只有这样,一切才能结束,自己也可以得到永恒的解脱。

姚永久猛扑过来拽住了林心洁,"扑通"一声跪倒在林心洁面前,抱紧她的双腿,苦苦哀求:"林小姐,你千万不能这样啊,我是真心喜欢你的,那个刘壮雄有什么好?他哪一点比我强?人品?地位?他能给你的我一样可以给你,你宁可跟着他也不愿意接受我吗?"

林心洁神情呆滞、热泪长流,冷冷地说:"你真心喜欢我?你喜欢我什么?你能像刘壮雄一样和我结婚吗?"

"结婚?"姚永久看了看林心洁说,"你真的相信刘壮雄会和你结婚?你太善良了,也太单纯了。瀛江市谁不知道他是有妇之夫,有老婆孩子,吃喝嫖赌无恶不作,如果不是我岳父帮他,他现在就是一个街头小混混。他把你给骗了啊,你还在做梦呢。你现在应该明白了,是刘壮雄主动把你送给我的,他只是在玩弄你,哪里有什么真情实意。他这样的人,即使真的愿意和你结婚,你就心甘情愿和他过一辈子吗?你和他在一起会幸福吗?只有我才是爱你的,我能够保护你照顾你!"

林心洁吃惊地看着跪在自己身前的姚永久,瞪大了双眼:"刘壮雄他有妻儿?你说的是真的?"

"如果你不信,你到瀛江大街上去打听一下吧,看我有没有骗你!"

四

林心洁不说话了,她觉得自己早该想到这一点,和刘壮雄这样的男人在一起,什么样可怕的后果都应该预想到,应该做好承受一切打击的心理准备。她已经不再悲伤了,她觉得自己的泪已经流干了,她现在心中只有仇恨,她有一种把刘壮雄碎尸万段的冲动。她也不再惧怕刘壮雄,她只是蔑视他。

"你起来吧,我不恨你,我只恨刘壮雄那个畜生,是他毁了我的整个人生。你准备怎么安排我?"林心洁冷静了下来,对姚永久说。

姚永久犹疑不定地看了看林心洁,起身把玻璃窗关上扣紧,拉上了窗帘,然后又牵着林心洁的手把她带到床边坐下,低着头说:"我们之间的事情暂时不能让别人知道,万一被我老婆发现了,我就完了,她是只母老虎。对外就说你是刘壮雄的人,是刘壮雄托我为你安排工作的,我可以马上把你安排在瀛江市交通局工作,只要你愿意,我都可以满足你。至于其他的事情嘛,只能以后走一步看一步了。"

　　林心洁知道姚永久口中所说的"其他的事情"是指和自己结婚,他以为自己会缠住他不放松。林心洁没有再说什么。

　　姚永久终于也松了一口气,他现在才知道,原来男人只要有钱或有权,做什么事都是这样轻而易举,就好像喝一杯速溶咖啡那样简单,连加热的程序都省了,就可以直奔主题。姚永久还算是个守信用的人,一个月后,他先为林心洁弄了一张假的武汉大学毕业证书,然后就为她办好了一切手续,把她安排在瀛江市交通局做了一名聘用人员,先是在人秘股当打字员,后来又做了从事文秘工作的科员。

第五十八章

一

刘壮雄向市委副书记胡耀宗和招商局局长庄玉庆汇报了在深圳招商的工作情况,胡、庄两人听刘壮雄说有一个港资大企业的老板有投资意向,要到瀛江来考察,不禁喜上眉梢,把刘壮雄大大地表扬了一番,并让他尽快请这位老板到瀛江市来。胡耀宗还说,到时候根据具体情况,会考虑请秦书记亲自出面接见这位老板。

刘壮雄受到了一番表扬,也是得意扬扬,浑身轻飘飘的,乐不可支,屁颠屁颠地就赶回深圳去了。不久,刘壮雄和罗利、赖世贵直接从深圳驱车来到了瀛江市。

那天,瀛江市招商局局长庄玉庆一早就到霞光高速路口的服务区迎接。赖世贵就是刘壮雄向市委副书记胡耀宗和招商局局长庄玉庆汇报的那个香港大财团的老板。罗利因为是中间牵线的人,此次自然也陪同来,以示自己做事有始有终,顺便也跟着赖世贵到瀛江市去玩一玩。更重要的是,刘壮雄曾对罗利当面承诺过,如果赖世贵在瀛江投资的事情谈成了,瀛江市招商局也要重奖他这个"媒人",如此一来,罗利就对此事更加热心了。

在霞光服务区,赖世贵一行人下了车。

庄玉庆看见走在刘壮雄前面的那个穿着一身白色西服的器宇轩昂的年轻人,就估计是赖世贵了,于是很快就挤出了满脸的笑容来,迎了上去,和赖世贵、罗利等人热烈握手、寒暄:"赖总,你好你好!一路辛苦了,我代表瀛江市委、市政府和一百多万瀛江人民热烈欢迎您的到来。瀛江市全体人民日思夜想,盼着赖总到瀛江来啊!"庄玉庆的声音充满了感情,略微有些颤抖,双手握住赖世贵的手轻轻地摇晃着。

赖世贵却很矜持的样子,脸上带着礼节性的微笑,淡淡的,对庄玉庆说的瀛江市一百多万人的"日思夜想"并没有表现出受宠若惊的样子。一阵子后,庄玉庆在前面侧身做引导,请赖世贵上他的捷豹车,准备回城区。

庄玉庆他们一共开了两辆车来迎接赖世贵,除了瀛江市政府的本田车外,还有一辆车是从万亿达集团的吴荣发那里借来的捷豹车,两辆车在临出发前特地做了清洗和养护,车身锃亮。赖世贵由刘壮雄和罗利陪同上了捷豹车,庄玉庆带着招商局工作人员上了本田车。在前开路,捷豹车和赖世贵的奔驰车随后紧跟。

二

出了服务区,很快就进入了城区,驶过宽阔平坦的建设大道,直接到了位于北堤路的瀛江宾馆。只见瀛江宾馆的大门外悬挂着一幅"热烈欢迎香港环球(国际)投资集团赖世贵先生来我市进行投资考察活动"巨型横幅。

汽车在瀛江宾馆大院内刚停下,刘壮雄就异常敏捷地从车上跳下来,躬身拉开了车门,用手挡住车门上框,请赖世贵先生下车。

已在此迎候的市委副书记胡耀宗笑容满面地迎了上去,向赖世贵伸出了双手。

赖世贵到底是香港大集团的老板,见过大世面,气度不凡,即使是在瀛江市委副书记胡耀宗面前也是一副不卑不亢、淡定自若的样子。

赖世贵伸出一只手来和胡耀宗的双手相握,还没等胡耀宗开始摇晃就轻轻抽回了手。

胡耀宗心里一时有了一丝不快,但转瞬即逝。到底是和赖世贵双手相握还是单手相握,胡耀宗事前经过一番激烈的思想斗争,自己好歹也是瀛江市委副书记,也算是一方"父母官"了,如果在赖世贵面前表现得过于谦卑,不仅失了自己的面子,也损害了瀛江市的形象,但如果过于轻慢,又怕得罪了赖世贵这个大老板,把招商的事情给办砸了,秦永明可是眼巴巴地盯着这件事情呢,最后决定还是以大局为重,尽可能对赖世贵热情一点,表现出瀛江人民热情好客的风格,以此来感动赖世贵。

庄玉庆小跑着过来了,为胡耀宗、赖世贵两人做介绍:"这位是香港环球(国际)的赖总,这位是我们的市委副书记胡耀宗同志。"

胡耀宗、赖世贵两人互相微笑着点头致意。

胡耀宗仔细打量了一下赖世贵,这位香港老板年龄并不大,好像就三十岁左右的样子,中等身材,身材偏瘦,满脸络腮胡子刮得很干净,看上去一副精明干练的样子。

赖世贵也打量了一下眼前的这位地方领导,身材高大,肤色白净,一副儒雅斯文、踌躇满志的样子。赖世贵心里暗忖,看来这位胡耀宗应该是瀛江市的一个实权人物,不可小视,自己要在瀛江市成事并有所收获,还要靠这位胡书记的支持和配合。赖世贵刚才一副不紧不慢的样子,并不是故意轻视胡耀宗,而是一种欲擒故纵的心理战术。他心里明白,有时候就是这个样子,如果自己表现得过于急切和谦卑,对方反倒认为你是有求于他,从而使对方拥有了心理优势,使自己丧失了主动权,而如果自己表现出一副姜太公钓鱼愿者上钩的轻松自如的样子来,对方反而会觉得你有实力,因此更加尊重你,合作的愿望更加迫切和强烈。

三

这时,赖世贵从名片夹中取出一张烫金的名片双手递到胡耀宗手中。

胡耀宗很礼貌地用双手接了过来。名片上写着"香港环球(国际)投资集团有限公司董事局主席兼总裁"的字样。面对着这赫然醒目的头衔,胡耀宗开始对赖世贵肃然起敬。胡耀宗之前听刘壮雄汇报过了,赖世贵的资产接近一百亿港币,眼前的这个赖世贵年龄虽然不太大,却拥有令人炫目的财富,取得了如此巨大的成功,确实令人佩服,相比之下胡耀宗不觉有些沮丧,市委副书记的优越感在刹那间荡然无存了。他热情地说:"欢迎、欢迎,热烈欢迎赖先生来我市考察投资环境,洽谈投资合作意向,为我们瀛江市的经济建设注入新的生机与活力,我们瀛江市政府愿为贵公司在瀛江市的商务活动提供一切力所能及的便利和支持,希望我们能合作成功!"

赖世贵面带微笑地听完了胡耀宗的欢迎词,用带着浓重广州味的普通话说:"非常感谢瀛江市政府还有胡书记、庄局长的热情接待,你们的热情让我感动,也使我对瀛江的投资发展前景产生了极大的信心,有你们的支持和配合,我相信我们之间的合作一定会取得成功。"

宾主在瀛江宾馆豪华美观的会客室里坐下后,便开始有一句没一句地闲聊,云山雾罩、漫无边际,话题从香港的海洋公园、迪斯尼乐园到内地的改革开放、经济形势,然后又扯到一些奇闻逸事和各地的风土人情,最后不知是谁带头讲起了笑话,引来一阵阵笑声,气氛温馨祥和,亲切友好。

一个小时后,宾馆工作人员进来向胡耀宗报告,午宴已经备好,可以请客人入席了。

胡耀宗站起来热情相邀:"赖总,为了欢迎您的到来,我们备了一席薄宴,不成敬意,聊表寸心,就请赖总入席吧,我们边吃边聊。"

四

在瀛江市,无论是商务活动或者是政府的会议,举行盛大的宴会似乎是必不可少的一个环节,而且是其中一个主要的环节,好像吃饭喝酒才是正事,其他的事情只不过是大家聚会的借口和理由罢了。大家一团和气,心情愉悦地在酒席上坐下来,气氛立刻变得和谐融洽了。在觥筹交错之中,酒酣耳热之际,许多大事小事就随口谈妥了,至于酒醒之后是否履行酒桌上的承诺那又是另外一回事了,许多事情讲究的就是一个形式,内容反倒变得无关紧要了。

一行人鱼贯进入宽阔气派的宴会大厅,大厅里已经备好了几桌酒宴,桌上摆满山珍海味、珍馐佳肴。瀛江宾馆的厨师们从两天前就开始筹备今天的宴会,这几桌酒席可是花费了厨师们一番心血。主客虽然只有赖世贵一人,但是参与欢迎宴会的陪客倒是坐了好几桌。

群众平时总是对领导干部大吃大喝、铺张浪费颇有微词,可是他们并不懂得这是工作需要。比如说今天的宴会如果从勤俭节约的角度来考虑,只来几个欢迎的人,摆一桌酒席就够了,可是那样一来就显得不够热情,规格不够,气氛也不热烈,也显得瀛江市政府太小家子气了。这可是关系到瀛江市的形象的大问题,所以多花点钱倒无所谓,只要大家都开开心心的就好。

瀛江现在可是城市了,自然应该有一套不成文的办事准则和游戏规则,接待什么样的人自有什么样的规格和标准,这是万万不可疏忽大意的。俗话说无酒不成席,宴会的气氛往往要靠喝酒才能调节起来,达到高潮。

可是,今天的主客赖世贵先生居然不喝酒。赖世贵坚持不喝酒。这样一来大家反倒有些尴尬,觉得赖世贵先生多少有些过分,我们大家好歹也是瀛江市的政府领导干部,他倒像防骗子一样时刻防备着我们,好像我们要合力把他灌醉后谋他的钱财一样。

罗利见有些冷场,于是赶紧打圆场说:"各位领导,实在对不起了,赖总确实是滴酒不沾的,我和他交往很长时间了,从来没见他喝过酒,再说香港人也喝不惯烈性酒,大家多多包涵吧。这样吧,我来代赖总喝,向大家表示敬意。"

大家本来并不是要为难赖世贵,只是为了使酒宴的气氛更热烈一些而已。如果客人都不喝酒的话,那陪客自然也不好开怀痛饮,酒桌上的那些好酒岂不是无福消受了。现在见罗利主动为赖世贵代劳喝酒,大家也就顺水推舟同意了。

五

前来作陪的瀛江市有关招商引资的部门、单位一把手大都是"酒精考验"的人,酒量很大,而为赖世贵代劳喝酒的罗利也是一个豪饮的人。酒席上大家互相敬酒,举杯痛饮,气氛十分热烈。只有胡耀宗和赖世贵两个人是例外,赖世贵滴酒不沾,只喝饮料,胡耀宗平时也不太喝酒,只是在接待上级领导时才偶尔喝上几杯。两个人闹中取静,对眼前闹哄哄的场面视而不见,比肩而坐轻声交谈。

胡耀宗详尽地向赖世贵介绍了瀛江市的经济发展情况和招商引资成果,赖世贵多数时候是认真倾听却很少说话,并且不停地点头对胡耀宗的话表示认可和赞同。胡耀宗平时奉行"君子慎于言而敏于行"的处世哲学,讲求谨言慎行,自认为是一个低调沉稳的人,没想到眼前这位赖世贵先生却比自己更加谨慎沉稳,有一种虚怀若谷、深不可测的气质,看不清摸不透,不觉在心下感叹,到底是香港大财团的老板,气度不凡,也难怪人家年纪轻轻的就取得了如此成就,必定有他的过人之处啊。

胡耀宗说:"赖总,我们瀛江市上上下下都非常重视和贵集团的合作,本来我们市委书记秦永明同志和市长赵国平同志是要亲自来会见您的,可是因为有一些其他安排,实在是抽不出空来,所以委托我来接待赖总,不过来日方长,赖总这次既然来到了瀛江市,就不要着急,安下心来在瀛江市多住一些日子,详细地考察一下我们瀛江市的投资环境和经济发展状况。我们会尽全力为赖总提供便宜利条件,尽地主之谊。"

第五十九章

一

赖世贵并没有对胡耀宗郑重其事表达的这一番话表现出受宠若惊的样子,只是微笑着说:"太客气了。"

胡耀宗又接着说:"我是瀛江市委分管招商工作的副书记,赖总在瀛江考察期间有什么需要我们配合的尽管找我,也可以找招商局的老庄和小刘,我安排他们全程陪同。赖总对于合作事项有什么具体的要求和条件,也可以先和老庄他们谈谈,最后我们再一起坐下来讨论敲定。您看可以吗?"

赖世贵很有礼貌地说:"谢谢胡书记,我相信我们一定会合作成功的。"

欢迎宴会结束后,赖世贵被安排在瀛江宾馆住下来,为了工作方便,招商局局长庄玉庆和刘壮雄也都在瀛江宾馆开了房间住下来。

刘壮雄说:"庄局长,给胡书记也开一个房间吧,有时候我们要向他汇报招商工作的情况,他有时候要过来和赖总谈事情,这样工作起来也方便。"

庄玉庆微笑着说:"胡书记还用得着我们安排吗?他是市委领导,市委领导在瀛江宾馆里都有固定的房间,随时都可以过来休息,是不需要预订的。"

刘壮雄一听有些惭愧,觉得自己太孤陋寡闻了,和老庄他们毕竟差了一个档次。

一切都安顿好了以后,胡耀宗又把庄玉庆和刘壮雄两个人找到宾馆会议室。几个人坐下来总结了一下今天的接待工作情况。胡耀宗说:"这个赖总看起来很不错,气度不凡,只是他这么年轻怎么会有这么大一份产业呢?"

二

刘壮雄告诉胡耀宗:"啊,胡书记,是这样的,赖总的公司是家族企业,据说他的父亲创立了环球(国际)投资集团后,因为赖总是家里的独子,所以把他培养成了接班人。前两年老爷子把公司都交给赖总后去美国定居了,平时环球集团的一切经营管理统统由赖总自己决定,赖总的父亲基本不过问。"

胡耀宗点了点头又问："赖总这么大一个老板,怎么是一个人来的,身边连一个秘书也没有带?"

刘壮雄解释说："这个事情我也问过罗利,罗利说赖总是个很低调的人,不喜欢讲铺张和排场,他的公司总部在香港,正准备在深圳设立一个分公司,作为在内地的管理中心,他总是喜欢一个人在内地飞来飞去地到处考察,寻找商机。罗利也是在深圳一个企业家聚会上认识赖总的。"

庄玉庆接着说："胡书记,为了慎重起见,我们招商局根据赖总提供的香港公司的地址和电话做了一些调查了解,赖总在香港的公司都是真实的,我们打电话到他香港的公司去,那边赖总的女秘书接了电话,说赖总一直在大陆这边考察市场,这一点应该是确定无疑的。"庄玉庆努力在胡耀宗面前表现出自己做事周全、稳妥可靠的一面,毕竟是有多年革命工作经历的老同志了,办起事来不会像年轻人一样毛毛糙糙、粗枝大叶的。

胡耀宗听了长舒了一口气,他心里的一块石头落了地,他说："也不是说我们以小人之心度君子之腹,我们并不是怀疑赖总的身份,但我们做工作一定要细致认真,要对党和人民负责。近年来不断有一些传闻,说某些地方招商引资心切,良莠不分,结果引狼入室,让一些江湖骗子乘虚而入,钻了空子,给地方造成了极大的损失和不良的影响,所以这方面我们既要吸取教训,提高警惕,又不能冤枉了好人,束手束脚不敢放开手脚开展工作,要掌握好这中间的尺度。这也是秦书记的意见。"

三

庄玉庆和刘壮雄两人听说是秦永明的意见,脸上的表情变得更加严肃庄重起来。

胡耀宗说："小刘你就负责全程陪同赖先生在瀛江市的考察工作,老庄如果招商局没什么重要事情的话也要抽空陪同考察,以示我们瀛江市对此项工作的重视和合作诚意,具体细节你们和赖先生先谈,有什么事情直接向我汇报,我再向永明书记和国平市长汇报。至于考察期间的费用,你们招商局先垫付出来,到时候再由财政局划拨给你们。"

庄玉庆和刘壮雄两人连连点头称是："有了市委和胡书记的支持和关怀,我们一定会把此次考察接待工作做好,争取为瀛江市引来一个大的投资项目,不辜负市委和胡书记的期待和厚望!"

胡耀宗满意地点了点头,拍了拍刘壮雄的肩膀说:"刘壮雄同志,好好干,这次招商如果成功,你就为瀛江市立了一大功啊。前天秦书记还向我问起你的情况呢,我说你很不错的。"

刘壮雄听说连秦永明都亲自问到了自己,不免有些受宠若惊。本来喝了酒后满脸通红的他,此时更是激动得不能自已,声音颤抖地说:"请胡书记代我转告秦书记,我一定会鞠躬尽瘁,死而后已的!"刘壮雄文化水平不高,平时爱看小说,这句话是他从《三国演义》中学来的,情急之下脱口而出。

胡耀宗和庄玉庆都笑了。

刘壮雄其实只比胡耀宗小几岁,但他在胡耀宗面前却像个面对老师的小学生一样,毕恭毕敬,丝毫不敢放肆,平时的粗蛮之气消失得无影无踪。

胡耀宗又交代和叮嘱了几句之后就离开了,他要赶去市委向秦永明汇报接待工作的情况。

四

赖世贵到底是大老板,出身豪门,锦衣玉食。他听说瀛江没有五星级酒店,就要求住到滨海市区去。但庄玉庆考虑到一来费用实在太高,二来每天在滨海市区和瀛江之间往返奔波,把时间都消耗在路上了,便婉言劝说,并安排他住进了瀛江宾馆最豪华的套房。赖世贵听说这间套房是省委彭副书记来瀛江考察时所住过的房间时,也就听从了老庄他们的劝说,不再坚持去滨海市区住宿了。

另外,庄玉庆要求瀛江宾馆安排一个大厨师专门为赖世贵准备一日三餐,随时根据赖世贵的要求变换食谱,避免重复。他还和万亿达集团的吴荣发商量,把他的捷豹车多借一些时日,作为赖世贵在瀛江考察期间的专车。

吴荣发笑着说:"这么大的香港老板也屈尊坐我的破车,倒是我吴某人的荣幸了。"招商局除了为赖世贵提供吃喝玩乐一条龙服务外,听说还要让刘壮雄等人陪他隔三岔五地到滨海市区去购物消费,还听说购物时赖世贵总是称自己只带了支票本和境外信用卡,没有现金,都要让刘壮雄等人代他付账,说以后再还他。

刘壮雄垫付了一大笔钱,可是就是从来不见赖世贵还过。不过,这笔钱本来就是从招商局财务室支取的招待费,后来刘壮雄和庄玉庆商量后也就在招待费中报销了。当然刘壮雄也没忘了假公济私,顺带为自己和庄玉庆也报销了一些购物发票。

赖世贵对刘壮雄慷慨大方的表现十分满意,总是夸他豪爽大方,是个干大事情的人,是个难得的人才,瀛江市有这样优秀的党员干部,何愁瀛江市的经济工作搞不上去。他还说有些地方的政府领导干部就很小气,怎么能搞好招商工作呢。

刘壮雄听了赖世贵对自己的夸奖,也非常高兴,当然也免不了客套几句:"哪里哪里,赖总太夸奖我了,我做得还很不够。"

赖世贵又说:"将来要在瀛江市投资兴建一座具有国际先进水平集购物休闲娱乐餐饮住宿于一体的高档购物商城,以此提升瀛江市的城市形象和消费水平。"

闻听此言后,庄玉庆和刘壮雄虽然并不知道国际先进水平的购物商城是什么样的,但听着赖世贵天花乱坠、云山雾罩的一顿吹嘘和许诺,仍然激动不已,连声称谢,仿佛赖世贵许诺的国际化现代化大商城明天就会在瀛江城区拔地而起似的。

五

赖世贵、罗利两人在刘壮雄等人的陪同下,每天过着花天酒地、优哉游哉的日子。赖世贵每天中午十一点起床,然后去宾馆健身房健身,中午十二点准时开饭。赖世贵照例是滴酒不沾,罗利和刘壮雄两人,有时候再加上招商局局长老庄,几个人常常喝得面红耳赤,然后坐着捷豹车四处转悠,不是在城区兜风就是到附近乡镇八万白水寨瀑布洗澡或到金厢海滩玩水,晚上回到宾馆吃完晚饭后再到歌厅去唱歌,去洗浴中心去洗桑拿、按摩。每天如此循环往复。刘壮雄本就习惯于这样奢靡的生活,况且这又是招商工作需要,因此更加理直气壮,乐此不疲。至于洽谈投资合作的事情,早已忘到九霄云外去了,赖世贵不提此事,他也不提。

时间过得飞快,转眼间赖世贵来瀛江市已过去半个多月时间了。其间,胡耀宗打电话给招商局庄玉庆询问赖世贵的考察情况,庄玉庆也不知赖世贵的葫芦里到底卖的什么药,只得支支吾吾地搪塞过去。

这天,庄玉庆来找刘壮雄商量此事:"刘局啊,这个赖世贵来瀛江考察已有半个多月了吧，招待费也花了不少了，当然这是工作需要，该花的钱还是要花的，只是胡书记隔三岔五地打电话向我询问考察进展情况，现在主要是你在陪同赖世贵考察，你和他谈得怎么样啊？"

刘壮雄大大咧咧地说："庄局，你们是不是太性急了，常言说得好，好饭不怕晚，好事要多磨，这么大的投资项目，哪能这样轻率地拍板，你以为是小孩子过家家啊？我们不能表现得太猴急了，总得给人家一个考察论证的时间吧。人家赖总都不急，我们急什么？"

庄玉庆见刘壮雄一副满不在乎的样子，心中有些不满，心想他每天跟着胡吃海喝，又不用花一分钱，他当然不急了。庄玉庆说："刘局，我们还是要抓紧一点，也不能无限期地拖下去啊。今天我们找赖世贵去好好谈谈这件事情。"

第六十章

一

中午十一点半,庄玉庆和刘壮雄一起来到赖世贵住的豪华套房内。

赖世贵刚洗了澡,穿着睡衣,正在和罗利一起品茶。赖世贵平常不喝酒,却很喜欢喝茶,而且对喝茶很讲究,香港人喜欢喝工夫茶,宾馆专门托人从潮汕那边买回来一套茶具,供赖世贵泡工夫茶喝。赖世贵跷着二郎腿坐着,见庄玉庆和刘壮雄进了房间,并不起身,只招了招手,算是打了招呼。

几个人坐下来喝茶,天南海北、漫无边际地聊天,却并不谈投资合作的事情。庄玉庆几次要把话题往招商的事上引,都被赖世贵轻巧地躲开了。他饶有兴趣地和大家说着一些风花雪月的往事。

庄玉庆见赖世贵在那里夸夸其谈、信口开河,却并不谈正事,心中不免焦急,心想今天我还要给胡耀宗书记汇报情况呢。他心里急成一团火,脸上却只能挤出一些笑容来,听赖世贵滔滔不绝地胡侃。

刘壮雄见庄玉庆坐立不安,好像尿急的样子,心里觉得好笑,心想这个老庄怎么这么沉不住气,也太没有气度了吧,花几个小钱吃点喝点算什么,没有付出怎么会有回报?我们好吃好喝好玩地把赖总招待好了,招商的事自然也就水到渠成了,这种事是急不得的。再说了,即便招商不成功,也是花公家的钱,又不用你老庄私人掏一分钱,你急什么。这样小肚鸡肠的人怎么能当好招商局局长,怎么能搞好招商工作呢?难怪瀛江市的招商工作一直没有什么起色,都是让老庄这样气量狭小的人耽误了,如果是我刘壮雄当招商局局长,一定比老庄干得好。刘壮雄的心里暗暗憧憬着,如果此次的招商工作取得了成功,自己一定要想办法取庄玉庆而代之。

二

刘壮雄坐在那里胡思乱想,做着白日梦,庄玉庆连连给他使眼色,让他主动和赖世贵谈投资的事情,他也没有反应。庄玉庆气得在心里直骂,真是狗肉上不了正席,像刘壮雄这样只知吃喝玩乐的花花公子,别指望他能办什么正事。

庄玉庆和刘壮雄两个人在心里互相较着劲,心里咒骂对方,赖世贵都看在眼里,却不动声色。

庄玉庆以为赖世贵不着急,其实赖世贵心里也很着急,他也怕夜长梦多、节外生枝,在瀛江待的时间越长,他心中越是焦虑,但是心里再急,表面上也不能露出来。他有意要耗着庄玉庆他们,让他们着急上火,方寸大乱,主动提出招商引资的优惠条件来,这样主动权就在自己手中了,自己可以从容不迫地对他们提条件,可以逼他们就范。这是一场心理素质的较量,就看谁能沉得住气,坚持到最后了。

赖世贵胡吹神侃了一番,忽然想起了什么似的对刘壮雄说:"对了,刘局长,我听罗利说你的女朋友是湖南人,在瀛江市交通局上班,来瀛江很长时间了也没见过她,带出来和大家认识一下嘛。"

罗利听说这事也来了精神:"是啊,刘局长还干这种金屋藏娇的事情啊,带出来和大家见个面嘛。赖总,刘局长的女朋友可是标准的辣妹子啊,气质很好的。刘局长很有眼光的,去了深圳没几天,就把人家林小姐给弄到手了。"罗利说得口沫横飞,一副艳羡不已的样子。

刘壮雄见大家都夸他能干,夸林心洁漂亮,心里也很受用,脸上红了一下,有些扭捏地说:"哪里哪里,和两位老板比起来差得太远了,两位老板都是商海中呼风唤雨的人,什么样的美女没有见识过啊。下次有机会一定要带她来拜访二位老板。"

罗利兴致盎然地说:"别下次啊,就今天吧,待会儿带出来一起吃饭嘛。"

赖世贵也说:"是啊,就今天吧,大家在一起吃个饭。对了,刘局长,今天中午安排在哪里吃饭啊?"

刘壮雄说:"今天中午我们换个地方,去豪门大酒楼,去那里吃海鲜。我跟那里的邱老板交代过了,他专门从海岬镇弄了一些海鲜回来,挺新鲜的。"

大家都说好。说走就走,赖世贵很快换好了衣服,一行人出了瀛江宾馆,开车直奔豪门大酒楼而去。

三

在豪门大酒楼最豪华的一个包房里,几个人围桌而坐,等着吃海鲜大餐。刘壮雄打电话给林心洁,让她过来陪赖总喝酒。不一会儿,林心洁就进了包房,却是和姚永久一起进来的。

姚永久一进门就说:"不好意思,赖总,我可是不请自到啊,林心洁说要过来吃海鲜宴,我就送她过来了,也跟着来沾点光。"

刘壮雄向赖世贵介绍了姚永久。大家便纷纷站起来和姚永久打招呼,都说请都请不来的贵客呢,相请不如偶遇,快坐快坐。

刘壮雄对姚永久说:"心洁这几天麻烦你照顾了,一直也没向你表达谢意,刚才还说要打电话给你,请你过来聚一下呢。"

大家在一起寒暄客套了一番,重又坐定。菜陆续上来了,很快就摆满了一张大桌子,桌子正中摆着一只好几斤重的大龙虾,张牙舞爪的样子。围绕着这只大龙虾的是颜色形状各异的各种海味,摆得满满当当。

刘壮雄知道赖世贵不喝酒,但还是特地嘱咐邱添弟上了一瓶 XO。

酒菜上齐了,正准备开吃,这时,邱添弟带着一个身材矮小、头大如斗的人进来了。邱添弟进门就说:"各位领导,各位老板,大家光临小店,让小店蓬荜生辉,本人不胜荣幸,深表感谢,有照顾不周的地方,请大家多多包涵。万亿达集团的吴总听说赖总来了,一定要过来给赖总敬一杯酒,所以我们就一起过来了,不会打扰大家吧?"

"老邱你这个家伙,早就该过来了,还要我们去请你啊。老吴也来了,欢迎欢迎。这位就是我们瀛江市的贵客赖世贵赖总,"老庄说着又转过头对赖世贵说,"赖总,这两位可是我们瀛江市的知名人士啊,这位是万亿达集团的吴荣发吴总,咱们天天开的那辆捷豹车就是借人家吴总的呢。还有,这位是豪门大酒楼的邱添弟邱老板。对了,这位和姚局长一起来的漂亮小姐就是我们交通局的大美女林心洁小姐。"

大家互相点头致意。

邱添弟红了脸,有些难为情地说:"我算什么老板,和在座的各位领导、老总相比,我就是一个跑堂的,不值一提,不过能为各位服务也是我邱某人的荣幸啊。"

一时间,包房里充满了欢声笑语,场面异常热闹。

庄玉庆待大家都坐定以后,起身端起酒杯说:"今天我们可是一场群英会啊,在座的都是我们瀛江市领导和企业家,我在这里向大家敬一杯酒,祝各位领导官运亨通,各位老板财源广进,女士年轻美丽,大家一起干了这杯酒。"

大家都热烈响应,一起碰杯。

四

赖世贵今天破例倒了一杯XO,浅尝辄止,然后无论大家再怎么殷勤相劝,再也不肯接着喝了。

刘壮雄说:"今天真是沾了赖总的光了,让我们也尝了一回洋酒。"

庄玉庆喝了酒以后,脸上泛起了红光,明显变得兴奋起来,暂时把一些烦心的事都抛到了一边。他感叹地说:"是啊,我们做基层工作的,就是时时处处要讲究原则立场,该花的钱一定要花,该节约的时候也要厉行节约,平时我们也是很少能喝到洋酒的,就像刘局刚才说的一样,今天还真是沾赖总的光,喝了一次洋酒。"

吴荣发也很感慨地说:"是啊,我们瀛江市的领导们太清正、太廉洁了,处处为群众着想,从不铺张浪费,干起工作来奋勇向前,生活上却是尽量节俭,有这样的好干部真是瀛江人民的福分啊,只是太苦了你们这些干部了。"

邱添弟也连连点头:"就是就是,领导们平时来吃一顿饭也是能省就省,从不乱花一分钱,真是太难得了。"说罢,他还啧啧感叹。

大家面对着满满一大桌子美酒佳肴,一个个吃得满嘴油光,但包房里的气氛像是在开一场忆苦思甜的大会。

这时,吴荣发满面笑容地站起来向赖世贵敬酒:"赖总,今天有幸相会,实在是荣幸之至,我敬您一杯,知道赖总不喝酒,你就以茶代酒吧,我先干为敬!"吴荣发说着一仰脖爽快地喝了杯中酒,杯口向下示意自己喝干了,然后笑意盈盈地望着赖世贵。

赖世贵连忙起身,双手端起面前的一杯果汁喝了一半。

庄玉庆在一旁说:"赖总,吴总是我们瀛江市的名人啊,瀛江市最大的民营企业家,吴总对你可是满怀敬意啊,几次跟我谈起说要结识你这位大老板。你坐的那辆捷豹车还是吴总主动出借的呢。"

吴荣发双手直摇:"庄局长,不要这么说,不要这么说,我吴某人能够有今天,多亏了你们各位领导的支持和帮助,我和赖总比起来真是小巫见大巫了,根本不值一提,让赖总见笑了。赖总能赏光坐我的那辆破车,是给我吴某人面子,是我的荣幸。赖总是做大生意的,见多识广,以后还请赖总多多指教!"吴荣发说着双手向赖世贵递过一张名片。

赖世贵接过后也回递了一张名片。他也听说吴荣发是瀛江市的风云人物,在瀛江市有呼风唤雨的本领,也很想和这位貌不惊人、深藏不露的人物多多交往,说不定以后还有需要他帮助的地方呢。赖世贵竟然破例给了吴荣发一个大面子,站起身来以茶代酒向吴荣发回敬了一杯。赖世贵说:"我知道吴总是有大志向的人,今后如果想去香港发展,尽管找我。有用得着我赖某的地方,我一定尽力!"

五

吴荣发的脸上笑开了花,连连点头说:"我先谢谢赖总了,有机会一定去香港拜访赖总。"吴荣发说着又转向庄玉庆说:"庄局长,我有个建议,你们招商局可以组织一个考察团到香港去招商或考察,到时候我们大家一起去香港转一圈,开阔一下眼界嘛。"

庄玉庆连连点头说:"去香港考察倒是一个不错的主意,也是可行的,只是若要说到香港去开招商发布会,我们瀛江的档次还不够,我们瀛江只不过是个小地方,有谁会理睬我们?"

刘壮雄说:"赖总到时候给我们发个邀请函,我们这些人都到香港去考察一番,香港我还没去过呢!"

赖世贵点头说:"可以的,可以的,等瀛江这边的事情谈妥后,我们环球(国际)邀请大家一起去香港考察一番,到时候大家一定要赏光啊!"

姚永久说:"我们是应该走出去看一看,要不然老待在家里怎么了解外面的发展变化情况,不了解外面的世界,我们怎么能做到与时俱进、与国际接轨呢?"

大家纷纷赞同姚永久的观点,认为应该认识到这个问题的必要性和紧迫性,领导干部们就是应该定期到全国各地甚至是世界各地去考察观摩、学习借鉴,这样才能取长补短,把各项工作都做得更好,这可是关系到瀛江市的经济发展和人民幸福生活的大事啊,应该引起各方面的高度重视。

刘壮雄喝了不少酒,很是兴奋,他又鼓动林心洁给赖世贵和姚永久、庄玉庆等人敬酒。林心洁本来就不善欢饮酒,敬了几杯酒下来呛得满脸通红。可是刘壮雄却仍然不肯放过她,逼着她再给邱添弟和吴荣发等人敬酒。

吴荣发、邱添弟二人也连忙摆手说:"刘局长,你不要再难为林小姐了,我们都是自己人,敬不敬酒没关系,心意到了就行了。"

林心洁望着刘壮雄,刘壮雄却开始借酒装疯:"不行,这几位都是我的大哥,我说要你敬酒你就得敬酒。"刘壮雄说着动作粗鲁地一把将林心洁从座位上揪了起来。

眼看着刘壮雄越闹越不像话了,庄玉庆说:"刘局,算了算了,今天是我们和赖总谈事情,又有这么多朋友聚会,大家高高兴兴的才是。"

姚永久知道刘壮雄是在借题发挥。刘壮雄看到最近姚永久和林心洁走得很近,鸠占鹊巢,就有些吃醋了。可是姚永久也不便说什么,只是示意林心洁暂时回避一下。

林心洁双手掩面哭泣,低头跑出包房了。大家也都觉得尴尬,你一言我一语地说:"刘局长真是有男子汉气概啊,把一个女人管得服服帖帖的,确实是有一套。"

刘壮雄还是怒气未消的样子:"贱货,几天不打上房揭瓦!不能惯着她。"

在座的人面面相觑,无人再接刘壮雄的话。刘壮雄见众人不再理睬他,自觉无趣,也住口了。

第六十一章

一

这顿饭吃了很久,眼瞅着已是下午三点半钟了。

这时,庄玉庆接了个电话,脸上的表情变得恭敬柔和起来,语气也是极尽温柔。庄玉庆接完电话后郑重其事地对大家说:"刚才市委办公室打来了电话,秦书记和赵市长要亲自会见赖总,见面地点就安排在瀛江宾馆的会议室里,我们必须马上过去。"

大家一听是秦永明和赵国平要见赖世贵,于是纷纷起立,握手告别。刘壮雄也立刻就醒酒了,跟着庄玉庆和赖世贵很快回到了瀛江宾馆。

赖世贵等人回房间洗漱了一下,马上来到会议室等候两位领导,赖世贵还特意换了一套深蓝色的西服,系了一条鲜红的领带,又往身上喷洒了一些香水,仪表整洁,大方得体。不一会儿,市委办的秘书推门进来说:"赖总、庄局、刘局,秦书记和赵市长已到了。"三个人匆忙起身,在秘书的引导下出门迎候两位领导,刚出会议室的门,就见到秦永明和赵国平二人以及市委、市政府一帮人大踏步走来了。秦永明满面老远就向赖世贵伸出手来,微笑着说:"是赖总吧,你好啊!"

赖世贵连忙上前几步,和秦永明四手紧握:"秦书记好,早就想去拜访您,又怕影响了您的工作,没想到您倒先来看我了。惭愧啊惭愧。"

"赖总千万别客气,你是我们瀛江市的贵客啊,我们理当尽地主之谊,这是应有的礼节嘛。"秦永明说着又为赖世贵介绍身边那位身材高大的年轻男人,"这位是我们瀛江市的代市长赵国平同志,是主持瀛江市政府工作的,今天我们两人是专门来看望你的。"

赖世贵又和赵国平双手紧握:"赵市长您好,想不到赵市长还这么年轻啊。"

赵国平微笑着说:"赖总才是年少有为啊,希望您和环球(国际)多多扶持我们瀛江的经济建设啊!"

"赵市长过奖了过奖了,我愿意为瀛江市发展建设效劳。"

二

大家站在门口寒暄了一会儿后,就回到会议室。

秦永明见大家坐定了,便开门见山地说:"我们瀛江市委、市政府对赖总和环球(国际)集团来瀛江投资合作充满了期待,非常愿意和贵集团合作,也愿意为贵集团在瀛江的投资发展提供一切尽可能的便利条件。我听玉庆同志说赖总近来一直在瀛江各地考察,不知收获如何,有什么具体的打算呢?"

庄玉庆听到秦永明提到了自己的名字,忙向秦永明点头致意,露出笑脸,可是秦永明并没有看他。

赵国平接过秦永明的话说:"赖总如果有什么具体的合作意向和要求,我们可以开诚布公地谈一谈,希望我们能合作成功。"

赖世贵微笑着说:"感谢秦书记和赵市长的关心,我来到瀛江已经有半个多月了,感谢这半个月来瀛江市方面对我的热情接待,我们集团对于来瀛江投资发展是有着极大的诚意的。我现在就可以告诉二位领导,我们环球(国际)集团初步决定在瀛江市投资五个亿,创立一个环球(国际)瀛江工业园区,把它建设成一个出口加工工业园,因为我们环球(国际)有稳定的贸易渠道和外贸订单,所以工业园区主要作为我们集团在内地的生产基地,而且我还和招商局的庄局长商量过了,准备在瀛江投资兴建一个具有国际先进水平的大型商城,把它建成瀛江市的商务中心。"赖世贵胸有成竹地侃侃而谈,他相信自己的这番承诺和表态对眼前的这两位内地基层领导具有极大的诱惑力。

庄玉庆在一旁暗自赞叹,原来这位赖总的心中已有了如此宏伟的构想,却从来不对自己吐露半点口风,直到今天才对市领导表明了心意,看来这位赖总果然有性格,是不见真人不露相,不见菩萨不烧香啊。

赖世贵为了表明自己的承诺是郑重其事的,又从公文包里拿出来一沓合作意向书,递给秦永明和赵国平,合作意向书详细勾画了投资合作的前景,列明了一些具体的条款。其实这些合作意向书早在赖世贵来瀛江市之前就已打印好了,之前也对其他城市出示过,只不过这次把合作对象换成了瀛江市而已。

秦永明大致翻看了几页后递给了赵国平:"赖总,我还是那句话,有什么要求尽管提,我们尽一切可能为你提供投资经营的便利条件,至于具体细节你可以先和玉庆同志他们商量讨论,拿出一个初步方案后我们再研究决定。"

赵国平微笑着说:"赖总,我冒昧地问一句,您一定考察过许多地区吧?之前有在其他地区投资经营吗？我听玉庆同志说您以前在重庆待过很长一段时间，请问您在重庆有投资项目吗？"

三

赵国平突如其来的发问让赖世贵猝不及防，脸上不易察觉地红了一下，很快就恢复了常态，神色自若。

"赵市长，我以前长期在海外市场发展，今年才转向内地来考察市场，目前已和几个城市的市政府在洽谈合作意向，有的已签订了投资协议，至于具体的项目嘛，很抱歉，因为牵涉到商业机密问题，暂时还不方便透露，请赵市长谅解。"

赵国平微笑着点头，又问："赖总来瀛江考察一段时间了，对我们瀛江的印象如何？"

"瀛江人很淳朴，热情好客，瀛江市委、市政府也是务实高效的政府，对招商引资工作的力度很大，瀛江还有像庄局长和刘局长这样勤奋努力的招商干部，瀛江市的招商引资工作一定会取得很大的成绩，我愿意和瀛江市政府合作，相信我们的合作一定会取得成功的。"

这时，秦永明挥了一下手说："好了，我们不要谈这些严肃的话题了，具体的细节让玉庆同志他们去谈吧。"秦永明最关心的是招商的结果，至于过程如何倒无关紧要了，作为一个领导干部要学会抓主要矛盾，把握核心问题，这才是最关键的。只要赖世贵所描绘的工业园区变成了事实，那就说明瀛江市的招商工作成功了，这就是政绩。作为一个领导有时候不需要管得太多，了解得太细，只要从宏观层面给予方向性原则性的指导就可以了。你知道的越多，意味着你就必须承担更多的责任；而你知道得越少，就算是出了多大的问题也顶多是失察，这可是有很大的区别的。这个赵国平在政治上还是不太成熟，总是习惯性地陷入千头万绪的具体事务中去，主动地去承担责任，这样做又有什么好处呢？接着，秦永明又换了一个轻松的话题："赖总在瀛江期间生活方面还习惯吗？有没有什么困难需要解决？"

"谢谢秦书记，庄局长和刘局长他们考虑得很周到，照顾得很好，我深表感谢。就冲着瀛江市方面的这番诚意，我也会在瀛江投资的。"

秦永明听后又无限感慨地说："瀛江可是一个好地方啊，赖总选择在瀛江市投资发展是完全正确的，这说明赖总是很有眼光的。"

四

看着秦永明豪情满怀的样子，赖世贵也似乎受到了感染，他当即表示："感谢秦书记和赵市长的关怀，我会加快和庄局长他们磋商，争取短时间就把投资合作的事情确定下来，以此来回报瀛江方面对我的厚爱。"

秦永明满意地点了点头说："好的，我们都等着你们谈判成功的好消息。今天我和赵市长代表瀛江市委、市政府设宴欢迎你，时间差不多了，我们去餐厅。"

翌日，赖世贵就和瀛江市招商局局长庄玉庆还有刘壮雄等人进行了正式的谈判，初步商定由瀛江市政府在瀛江市区郊区划出一块土地，供环球（国际）集团兴建工业园，一期工程投资五亿人民币，由环球（国际）集团投入资金三亿元，另外两亿资金由瀛江市银行提供配套贷款。银行配套资金是瀛江市招商引资的优惠条件之一，这个事情本来是没有问题的，但是在操作细节上卡了壳：庄玉庆提出的方案是环球（国际）集团的资金先划进来，而瀛江市银行的配套资金在环球（国际）集团的资金到账后立刻划出；但是赖世贵却坚持要银行配套资金划进来后，环球（国际）集团的资金才能到账。

赖世贵有一个冠冕堂皇的理由，他说："对于庄局长还有秦书记、赵市长我是完全信任的，但是内地的政府层级环节太多，办事程序也太复杂，听说有的外商因为一个批件跑几十个部门盖几十个公章，费时一两年才办成事情。请瀛江方面理解，我们做生意的，在商言商，讲究的是效率，时间就是生命，效率就是金钱，所以我希望看到瀛江市政府拿出实际行动来，让我看到你们的诚意和效率。"

庄玉庆面对振振有词的赖世贵，费尽口舌，赌咒发誓，但赖世贵不为所动，坚持自己的原则，庄玉庆也无可奈何。刘壮雄则根本提不出任何建设性的意见来，他已经开始在心里盘算着这次招商工作完成后，自己能拿到多少奖金了。如此重大的事项，庄玉庆也不敢擅自拍板决定，他急忙向市委副书记胡耀宗汇报了情况，胡耀宗也觉得这事太大，立即向秦永明和赵国平做了汇报。

五

秦永明的态度模棱两可，只是含糊其辞地说让胡耀宗和庄玉庆他们拿出一个可行性方案和建议来由市委审批。这么大的事情万一出错，后果不堪设想，胡耀宗和庄玉庆也不敢擅作主张。赵国平的态度倒是十分明确，他提出了自己的意见：一、环球（国际）的资金一天不到账，瀛江市银行的配套资金绝对不能划拨，谁划拨谁负责；二、即便是环球（国际）的资金到账了，瀛江银行的配套资金也要根据环球（国际）工业园的工程进度，逐次划拨，以此来保证银行资金和国家财产的安全，绝对不能为了招商引资拿银行和国家的钱去冒风险打水漂。

赵国平问庄玉庆："玉庆同志，之前你们有没有对赖世贵先生的环球（国际）做过调查了解？"

庄玉庆在这种事情上不敢打马虎眼，他如实回答："赵市长，由于环球（国际）在内地还没有分公司，总部又在香港，所以我亲自打电话到香港的环球（国际）总部核实了一下情况，赖总的秘书说他一直在内地这边考察市场，这个应该是不会错的。"

赵国平目光灼灼地看着庄玉庆说："你们就凭一个电话就确定了赖世贵的身份？"

庄玉庆愣了一下，望了一眼旁边的刘壮雄，刘壮雄说："赖总是罗利的朋友，罗利祖籍是滨海的，罗利和他很熟的，罗利打了包票应该不会出错的。"

赵国平又问："罗利和赖世贵有无业务往来，去过赖世贵的公司吗？他和赖世贵是怎么认识的？"

刘壮雄见赵国平连珠炮般的发问，不免也有些紧张，吞吞吐吐地说："罗利和赖总没做过业务吧，他们好像是在一个企业家聚会上认识的……"

赵国平呼地站起来说："玉庆同志，刘壮雄同志，你们招商引资的热情和积极性我是赞赏的，但是工作必须要细致认真，不能因为马虎大意造成不必要的损失。我的意见是玉庆同志马上派人直接到香港，找香港的滨海同乡会帮忙了解一下，如果有什么问题可以及早发现，如果没有问题那样更好，就当是我们对合作伙伴的一次拜访，如果我们确定长期合作，也有必要互相走访一下嘛。"

第六十二章

一

刘壮雄觉得赵国平完全是多此一举,过于谨小慎微了,他怕万一赖世贵生气了,投资的事情就吹了。"赵市长,其实也不必急于一时吧,赖总上次还说等我们双方合作了,他要邀请我们大家去香港考察呢,以后再去也行啊。再说,秦书记也指示我们要尽量满足赖总提出的要求和条件,不要把投资的事情搞砸了。"

赵国平耐心地说:"刘壮雄同志,谨慎行事总是没错的,我们总不能在道听途说的情况下就和对方合作吧?我们对对方的实际情况又有多少了解?万一出事了谁来承担这个责任?这个责任又有谁能承担得起?秦书记是说过要尽量满足对方的要求,但秦书记也没说过不需要了解对方的实际情况。这个事情就这样定了,玉庆同志你立即执行吧。"

庄玉庆向赖世贵婉转地转达了赵国平的意见:"赖总,赵市长的意见是我们双方既然要长期合作了,也应该互相走访一下,这是个礼节问题。就像是结亲家一样,儿女们要结婚了,双方家长也要互相走动一下,认个门嘛。"庄玉庆为了不使话题显得过于生硬,做了一番铺垫后才转入正题:"我们招商局近期要安排一次去香港的考察活动,正好顺便也到贵公司去拜访一下,赖总您看方便吗?"

赖世贵闻听此言,脸色立马变了,神情有些慌乱,但很快就镇定了下来,哈哈地笑着说:"应该的,应该的,其实我早就想邀请庄局长和刘局长到香港去考察了,这样吧,事不宜迟,我们明天就出发如何?"

"可是我们办签证还要两天时间呢,这样吧,三天后出发,你看如何?"

赖世贵慨然允诺。双方约好赖世贵带着庄玉庆、刘壮雄一起去香港考察,庄玉庆抓紧时间办理去香港的手续,由于是公务活动,因此公安局等相关部门特事特办,提高了办事效率。刘壮雄则根据庄玉庆的嘱咐继续陪同赖世贵。赖世贵又和刘壮雄商量,由于自己身上带的都是支票和境外信用卡,用起来不太方便,让刘壮雄找招商局支借十万元现金带在身边,到了香港后由环球(国际)一并归还,刘壮雄和老庄商量了一下后认为这不过是小事一桩,就同意了。

二

　　两天以后,去香港的相关手续都办好了,赖世贵、庄玉庆、刘壮雄三个人明天要去香港,罗利说要经深圳然后回台湾去,马上就要暂时分别了,赖世贵提议大家痛饮一番,让今宵难忘!于是晚上他们要了些酒菜在赖世贵的房间里吃喝,赖世贵说这样有一种温馨的气氛。赖世贵破例喝了一杯白酒,庄玉庆、刘壮雄、罗利三个人却喝得酩酊大醉,横七竖八地倒卧在赖世贵房间内的沙发上地毯上、床上呼呼大睡。

　　翌日一早,庄玉庆第一个醒来,此时已是天色大亮了。他见刘壮雄和罗利两人还在沉睡,赖世贵却不知去向,于是叫醒了两人,让他们马上起来准备出发,并问他们赖总去了哪里。

　　刘壮雄漫不经心地说:"赖总每天上午都会去健身房健身,可能又去健身房了吧。"

　　三个人于是各自回房间洗漱,整理行装,然后又一同来到赖世贵的房间,准备叫赖世贵一起下去餐厅吃早餐,可是房间内还是空无一人,赖世贵并没有回来。

　　庄玉庆心中闪过一丝不祥的念头,急忙拉上刘壮雄和罗利来到健身房,健身房内也是空荡荡的,哪里有赖世贵的身影。庄玉庆头脑里"轰"地一下仿佛响了一个惊雷,脸色唰地就白了。

　　刘壮雄和罗利见老庄这个样子,不觉也有些慌神了。罗利结结巴巴地说:"庄局长,赖总或许自己去楼下餐厅了,不会有事的。"

　　三个人一阵风似的赶到楼下餐厅,餐厅里吃早餐的人并不多,只有稀稀拉拉的几个人,分散坐在几张桌子旁默默地吃早餐。庄玉庆等人急匆匆地来到餐厅,瞪大双眼仔细搜寻赖世贵的身影,然而他们再一次失望了,餐厅里也没有赖世贵,老庄抱着一丝侥幸的心理打了赖世贵的手机,话筒里传来提示音,赖世贵的手机关机了。

　　庄玉庆觉得双腿有些发软,他扶住一张椅子定了定神,对刘壮雄说:"你马上到一楼服务台去看看,有没有见到赖世贵出去。罗利,你再回赖总房间去看看,他有没有回房间,我们待会儿在一楼大堂碰头。"

　　没一会儿,刘壮雄惊慌失措地回来说:"不好了!庄局,刚才我问过服务员,她们说赖世贵大约在昨天夜晚十二点的时候,下楼来说要出去买夜宵,开了那辆捷豹车走了,到现在也没有回来。"

老庄双腿一软,跌坐在地上,刘壮雄急忙去搀扶他,老庄厉声说:"你还不上楼去看看罗利,你给我死死地盯牢他!"

刘壮雄一愣,然后飞奔上楼去了。没一会儿,他和罗利神情沮丧地下楼来了,哭丧着脸说:"庄局长,我那个装了十万元钱的公文包也不见了,昨晚我还带在身边!"

老庄立刻给胡耀宗打电话汇报情况:"胡书记,向您汇报一个不好的消息,那个所谓香港老板赖世贵是个骗子,他昨晚开上捷豹车逃走了!"

三

电话听筒里传来胡耀宗惊诧的声音:"什么,骗子!你们几个人是干什么吃的?几个人看不住一个人,就眼睁睁地看着他跑了!你们确定他是跑了吗?别搞错了。"

老庄有气无力地说:"是跑了,胡书记,前台服务员说赖世贵昨晚十二点钟借口出去买夜宵,一个人开了捷豹车出去了,到现在也没有回来,我们在房间和健身房、餐厅都找遍了,也没人。只怪我们几个人昨晚睡得太死了,我们的工作疏忽了,我向您和市委做出最深刻的检讨……"

"好了好了,现在别说这些废话了,那个罗利还在吗?马上控制住他,就在宾馆等着,我们马上就过去。"胡耀宗说完就挂断了电话。

老庄立刻找到宾馆保安部,说明了事情原委,要求他们协助控制住罗利。保安部主管立刻安排几个保安人员把罗利带到了保安部办公室。罗利吓了一跳:"你们这是干什么?这跟我有什么关系?你们不要冤枉好人啊,刘局长,你管管他们啊!"

刘壮雄脸色铁青地站在那里,对罗利的话充耳不闻。

胡耀宗十万火急地向秦永明和赵国平汇报情况后赶到了瀛江宾馆,接到电话的公安局局长曹伟强带着几个民警随后也赶到了宾馆。

老庄和刘壮雄垂头丧气地站在胡耀宗面前,像两个犯了错误的孩子一样等着挨批,胡耀宗板着脸让老庄把情况再详细地说一遍,老庄于是从头到尾把事情的经过向胡耀宗汇报了一遍。

罗利远远地看见胡耀宗来了,像见到了救星一样,伸出双手抢上前来要和胡耀宗握手:"胡书记你好,我是罗利啊,他们都误会我了,这件事和我可没有半点关系啊,我也不知道赖世贵是个骗子啊,胡书记,你可要为我做主啊!"

胡耀宗扭过脸去不理睬罗利,曹伟强见状走上前扬手"啪"地一下打了罗利一个耳光:"你吵什么吵?这件事跟你没关系跟谁有关系,是你介绍了赖世贵这个人给我们,你有和他合谋诈骗的嫌疑,你再吵看老子不把你铐起来!"

四

罗利摸着被打得红肿了的半边脸,惊魂未定地望着凶神恶煞似的曹伟强,不敢再吭声了。他心里很委屈,好心好意地为你们介绍投资商,你们自己把关不严,出了事却把气都撒在我头上了。我罗利不就是吃了你们几顿饭吗?现在又吃你们的耳光了。罗利不觉有些凄惶,眼巴巴地望着平时称兄道弟的刘壮雄,刘壮雄此时却也不用正眼瞧他。

这时,保安部办公室门前围了一些看热闹的人。胡耀宗让保安驱散了围观的人群,然后对现场的保安人员、宾馆负责人和老庄、刘壮雄等人说:"这件事我已经向秦书记做了汇报,秦书记指示我们要严密封锁消息,如果有谁泄露了此事,要严肃查处!"说完,胡耀宗让曹伟强先把罗利带回公安局问话,同时马上成立专案组,追查赖世贵的下落,迅速侦破此案。

瀛江市公安局立刻成立了专案小组,秘密侦破赖世贵诈骗案,以求挽回损失。赖世贵来瀛江近二十天时间,除了吃喝玩乐外,还用公款大肆购物,临走时还拐骗走了十万元现金。瀛江市招商局是赔了夫人又折兵。

但秦永明考虑更多的是政治影响,至于经济损失倒是次要的了。他召集有关部门和人员开会,要求大家对此事严加保密,不得对外泄露半点风声,以免造成不良的政治影响。秦永明故作轻松地说:"塞翁失马,焉知非福。这件事本来是一件坏事,但从另外一个角度来看又是一件好事。因为我们招商人员自始至终坚持原则,没有按那个赖世贵的要求给他的账上划拨银行配套资金,否则我们的损失可就不是一点吃喝费用了,那可是两亿元人民币啊!从这一点来说,真是不幸中的万幸。这说明我们的干部有着高度的责任心和警惕性,没有被赖世贵的假象和花言巧语所蒙蔽,使银行和国家避免了更大的损失。这件事情同时也给我们敲响了警钟,我们要认真总结经验教训,把今后的各项工作做得更好。"

五

大家经秦永明这么一说,心情豁然开朗,心想到底是书记,看问题的方式和态度就是与别人不一样。为了维护瀛江市的良好形象,以免造成不利的政治影响,会议决定由瀛江市招商局主动对外发布一个声明,声明大致内容如下:经过招商局勤奋努力地工作,与香港某大财团密切接触,艰苦谈判,达成了一些远期投资意向,但由于目前时机尚不成熟,某些条件尚不具备,因此投资合作暂缓。我们会继续努力奋斗,营造让外商满意的投资经营环境,提高瀛江市的经济发展水平云云。

但世上没有不透风的墙,关于瀛江市招商局在招商引资过程中受骗的事情还是泄露了出去,惹得瀛江市民议论纷纷,成了茶余饭后的笑谈。招商局局长庄玉庆也觉得很惭愧,病了一场,但这件事的主要责任人之一刘壮雄却像个没事人一样,逢人就说:"连秦书记都表扬了我们呢,说我们警惕性很高,有责任心,为瀛江市挽回了巨额的经济损失。"

大家见了这样恬不知耻的人也都无话可说,只在背后摇头叹息。刘壮雄也觉得招商这项工作不好做,自己主动要求调到市交通局工作,当了交通局的副局长。

罗利在瀛江市公安局看守所关了半个月,后来由于缺乏证据被释放,灰溜溜地回深圳了。而赖世贵好像是人间蒸发了一样,无影无踪。尽管公安局派人四处搜捕,但只是在高速公路口发现了他遗弃的那辆捷豹车,案子还是成了一桩无头案,被拖了下来。

第六十三章

一

转眼,赵国平到瀛江市工作已有大半年时间了,瀛江市新一届人大会议如期召开,会议选举赵国平为瀛江市人民政府市长。

瀛江市二轻机械厂的职工们仍然在坚持上访,他们对上一次联合调查组做出的调查结论表示怀疑,认为调查组是在包庇纵容原厂长邱添弟。二轻机械厂的大多数职工认为邱添弟在二轻机械厂经济活动中存在严重挪用公款情况,嘱咐客户将货款直接汇入他在省城做五金配件生意的儿子账户给他使用,且至今未予归还,二轻机械厂转卖后这笔账就不了了之。还有邱添弟以超低价将工厂卖给万亿达集团并没有经过厂党支部和领导班子集体讨论决定,更没有经过厂职工代表大会表决通过,这项转让交易应判定为无效转让。

近一段时期,瀛江市二轻机械厂的职工们常常聚集在瀛江市委、市政府大院门口,要求向市委、市政府领导反映问题,并要求市委、市政府重新派调查组对二轻机械厂存在的违纪问题进行调查处理。

赵国平每天上班时都会遇到上访的人群,也收到了二轻机械厂职工的不少告状信。望着上访的二轻机械厂的职工们一张张充满期待的面孔,他心情很沉重,感到肩上责任重大,于是他约了常委、副市长杨得胜一起来到二轻机械厂走访,了解情况。

赵国平和杨得胜两人走进二轻机械厂的厂区,工厂里空空荡荡、冷冷清清的。豪华气派的厂办公大楼里早已是人去楼空,原来机声隆隆、热火朝天的车间里现在也是空无一人,一片狼藉。厂区里到处是垃圾。墙角处还有人随地大小便,污秽不堪。赵国平和杨得胜并肩站立,望着这昔日热闹红火的工厂,如今却是一派破败不堪的景象,两人不禁感慨不已。

二

工厂里留守的工人们住在简陋的职工宿舍里,听说赵市长和杨副市长来工厂暗访,很快就聚集起来,把赵国平和杨得胜两人围在当中,纷纷诉苦。

"赵市长,杨副市长,您二位一定要为我们群众做主啊!我们现在下岗了,连最低生活保障金都拿不到,青壮年们还可以出去打工挣钱,另谋出路,可是我们这些中老年人可怎么办啊,在工厂里工作了大半辈子,把自己半生的精力和青春都献给了工厂,如今却忽然让我们下岗了,我们上有老,下有小,孩子还要读书上学,我们又没别的谋生门路,我们怎么办啊?"

"是啊,当官的都捞饱捞够了,一拍屁股走人了,只苦了我们这些职工。"

"都说我们工人阶级是国家和工厂的主人,可是邱添弟他们卖工厂时却从不征求我们的意见,都是他们自作主张,暗箱操作。"

"以前我们起码还可以住在工厂的宿舍里,现在万亿达集团收购了工厂,却并不想办法恢复生产,重振企业,而要把工厂转卖掉,还勒令我们限期搬出工厂宿舍区,却只给我们少得可怜的安置费,这不是把我们扫地出门吗?"

"邱添弟把银行贷款不用来发展生产却私自挪用去给他在省城的儿子做生意,这笔钱至今也未归还。还有,邱添弟的亲信马然挪用公款开汽配店,这笔钱也是从未归还,不了了之,都是这帮人把好端端的二轻机械厂给掏空了。"

"邱添弟在办公大楼的发包和工厂转让的事情上搞暗箱操作,独断专行,这其中肯定有鬼,我们要求彻底清查邱添弟的问题。"

工人们群情激愤,大家你一言我一语,揭发邱添弟的问题。

这时,有一个老工人从人群中走出来:"两位市长,我姓翁,一九五四年国家扩展公私合营工业时就进了厂。邱添弟是一九七九年复员到工厂的,一直是我带他的,我是他的师傅,那时候他是个聪明能干、勤奋刻苦的人,尊敬领导和老工人,工作上也是吃苦耐劳、踏实肯干,确实是一个部队锻炼出来的人才。二轻机械厂也确实是在他的领导下红火了起来,眼看着工厂一天天变好了,大家也都充满了希望,越干越起劲了,可是邱添弟却不知是中了哪门子邪,再也无心经营管理,整天拉关系走后门,一门心思地为自己谋私利,活生生把一个好端端的工厂给拖垮了。我今年都快七十五岁了,可是现在连退休金也没有,这可让我们怎么办啊?"翁师傅说完喝了口矿泉水,又指着厂区说:"两位市长你们请看,这么大的厂区,这么多的机器设备,还有新建的办公大楼,资产少说也有几千万,可是却开价三百万元卖给了万亿达集团,这些都是邱添弟一个人说了算,我们根本无从发表意见。两位市长,请相信我们,我愿对自己的话负法律责任。"

赵国平和杨得胜听了工人们的诉说,心情更加沉重,更加感到自己肩上的责任重大。赵国平对工人们说:"工人师傅们,我和杨副市长今天就是专门来听你们反映问题的,感谢你们对市委、市政府的信任,感谢你们为瀛江市二轻机械厂和瀛江市经济发展所做出的贡献,你们都是我们二轻机械厂的功臣,我们不会抛下你们不管的,你们反映的问题我们一定会认真调查处理的。"

三

赵国平找来市纪委副书记、监察局局长、原联合调查组组长黄广潮,向他了解二轻机械厂的调查情况。"广潮同志,你是瀛江市二轻机械厂联合调查组的组长,所以我找你来了解一下二轻机械厂的问题。你也看到了,现在二轻机械厂的许多职工每天都来市政府上访,我也收到了不少举报信,都是关于二轻机械厂原厂长邱添弟涉嫌违纪的问题。"

黄广潮刚要开口回答,赵国平打了一个手势,制止了他:"广潮同志,我知道你是想说关于二轻机械厂的调查工作已经结束,相关的调查结论也已上报了市委,但是现在仍然有这么多工人对调查结果表示质疑,我们不能充耳不闻、视而不见,调查结论是否准确,是否经得起检验,值得我们画一个问号。我们要对党负责,对人民负责,对二轻机械厂的广大职工负责。"赵国平顿了一下,又继续说:"瀛江市二轻机械厂曾经是我们瀛江市的大型集体企业,是我们瀛江市效益良好的先进企业、纳税大户,也解决了很多人的就业问题,可是这样一个兴旺发达的企业为什么在短期内就迅速地衰落了呢,这其中到底存在哪些内情呢?是管理不善、营私舞弊、贪污腐败,还是由于市场竞争的原因?二轻机械厂的问题到底是天灾还是人祸,我们需要彻底调查清楚,找出问题的真正原因,这为我们总结经验,改进管理,避免瀛江市其他国企也陷入同样的泥潭之中有着重大的意义。我希望你们纪委不但要站在维护党纪国法的立场上来查案子,更要从发展经济、关注民生的高度上来看待问题、解决问题。"

黄广潮性格懦弱温和,奉行明哲保身的原则,尽量避免得罪人,因此"口碑"很好。"赵市长,我们纪委也是在市委的领导下办案的,市委要求我们在查处案件时既要做到依法办案、反腐倡廉,又要维护瀛江市改革开放、发展经济的大局,关心和爱护干部。干部是党和人民的宝贵财富,培养一个好的干部不容易,我们既要治病更要救人……"

四

赵国平打断黄广潮的话:"广潮同志,你不要在我这里讲一些大道理了,维护大局，什么是大局？我们现在的大局就是既要发展瀛江市的经济，又要关心民生问题，要解决下岗工人的吃饭穿衣问题，解决孩子们上学的问题，还要清除损公肥私、蚕食国企的蛀虫，树立和维护党和政府的形象，任何时候都要切实履行好为人民服务的根本职责，这些才是大局！"赵国平又把自己和杨副市长一起走访二轻机械厂的情况向黄广潮介绍了一遍："广潮同志啊，你也是个老党员、老纪检工作者了，不能只是满足于和稀泥，做和事佬，要带着对广大人民群众的深厚感情去办案，要带着对贪污腐败分子的满腔愤恨去办案，因为正是某些贪污腐败分子搞垮了我们的企业，搞垮了我们的经济，使许多工人下岗失业，甚至流离失所，衣食无着，我们要设身处地地为他们想一想，他们盼望我们党委和政府为他们主持公道和正义，盼望我们为他们送去温暖啊。"

黄广潮听了赵国平的一席话后，深受触动，他诚恳地说："赵市长，人心都是肉长的，我对二轻机械厂下岗工人的现状也深表同情，可是我也有我的难处啊，比如说在办理二轻机械厂的违纪案件时，我就遇到了方方面面的压力和阻力，还有许多人找我说情，我能怎么办呢？我是要长期在瀛江市生活和工作的，如果把人都得罪光了，我以后如何在瀛江市立足呢？外人看我们纪委的人威风八面，手握生杀大权，今天查这个明天办那个，可谁能知道我们的难处呢。"黄广潮点燃了一支烟，吸了一口后又说："赵市长，我黄广潮也是一个老党员了，我还是有起码的觉悟的，既然您今天和我说了这么多，我也不是一个麻木不仁的人，这次我就豁出去了，我马上向纪委和市委提出申请，重新对二轻机械厂的违纪问题进行调查！"

赵国平双手握住黄广潮的手说："广潮同志，我代表二轻机械厂的全体职工向你表示感谢了，有什么困难和问题尽管找我，我任何时候都是全力支持你的！"

第六十四章

一

黄广潮很快向市委提出要求重新组织调查组，调查市瀛江市二轻机械厂原厂长邱添弟违纪案件。市委常委会就此事进行了讨论。

列席会议的市政协主席许冠文第一个发言表示反对，他说："我们现在有许多大事要抓，不要让这种似是而非的事情牵扯了太多的精力，瀛江市二轻机械厂的事情已经很清楚了，事出有因，查无实据，完全是某些别有用心的人在无事生非，我们不能让这些无中生有的事情扰乱了我们的工作方向。邱添弟同志在经营管理二轻机械厂时是有功劳的，现在人家刚离开，我们就反复地去调查人家，这样做让人寒心，以后谁还肯干事啊？干实事的人总会得罪人，遭人嫉恨，我们市委要爱护那些干实事、做过巨大贡献的好干部啊。"

市委常委、公安局局长曹伟强对许冠文的看法表示赞同，他说："我认为许主席说得有道理，现在有些人闲着没事干，就是喜欢告刁状，这些人过去受过领导的批评处罚，对领导有意见，怀恨在心，于是在下面兴风作浪，煽风点火，唯恐天下不乱，我们对这种人要保持高度的警惕，不能让他们钻了空子，破坏了改革开放和发展经济的大局。不是我发牢骚，我们公安局的工作就是惩罚坏人，维护稳定，今天抓人，明天关人，也是一个容易得罪人的工作，我看涉及我们公安局的告状信恐怕也不少，要按那些家伙列举的罪状，我曹伟强都够枪毙的了，可是那些告状的话能信吗？都是些捕风捉影、凭空捏造的事情。"曹伟强喝了口茶水，摇了摇头接着说："现在的社会风气是越来越坏了，有些人吃饱了饭没事干，就热衷于告状，好像不告状就难受一样，依我看，对那些恶意诋毁、肆意诽谤领导的家伙就应该严厉打击，刹一刹这股歪风，要不然还不要反了天了。"

常委、副市长杨得胜说："伟强同志的话恐怕过于极端了吧，在事情没有调查清楚之前，我们不要匆忙下结论，现在还不好说人家是诬告、诽谤。前几天我陪赵市长到二轻机械厂去走访了一下，我们认为二轻机械厂的下岗工人们确实面临着极大的困难，连温饱都成了问题，二轻机械厂那么大的资产，为什么仅仅作价三百万元就卖给了万亿达集团，万亿达集团在收购二轻机械厂时曾保证妥善安置下岗职工，重振二轻机械厂，恢复生产，可是现在却要转卖二轻机械厂，仅仅转一下手，就能从中牟取暴利，这不是侵占国有资产吗？这其中的内幕难道不应该彻底查清吗？我敢说，二轻机械厂的原领导即使没有贪污受贿的问题，最起码也是严重的渎职！我坚决支持对二轻机械厂的问题进行认真的调查。"

二

市长赵国平也紧接着发言说："我完全同意得胜同志的意见，二轻机械厂的财务账本为什么一直不敢公开？其中是否存在问题？这些账本现在在谁的手上？还有邱添弟作为一个厂长，他每个月能有多少工资收入，他开办豪门大酒楼以及他儿子在省城的五金塑料制品有限公司的资金是从哪里来的？这个问题应该彻底调查清楚。二轻机械厂后期已经处于产销滑坡、严重亏损的境况中，可是邱添弟却坚持投入巨资兴建新的办公大楼，其中即便没有收受工程贿赂的情况，最起码也是严重的决策失误，这些问题都应该有一个明确的结论，因此我认为向二轻机械厂派出调查组重新进行调查是很有必要的。"

赵国平的话音刚落，常委们立刻交头接耳，窃窃私语起来。有的人认为赵、杨两人的话很有道理，值得深究；有的人则不以为然，认为纯属小题大做。许冠文的脸涨得像紫茄子一样，却强忍着不肯发作。曹伟强的脸则变得通红，像是喝醉了酒一样，却是敢怒不敢言。两人把目光转向了秦永明，希望他能发话赞成自己。

秦永明本以为常委会上大家议一议，走一走过场，二轻机械厂的事情就会过去了。他也不赞成对二轻机械厂的事情重新进行调查，在他的心目中，稳定高于一切，只要保持瀛江市平安稳定的社会政治局面，不出什么大的纰漏，这就比什么都好。可是他万万没有想到赵国平刚才和杨得胜的态度竟然这么强硬，一定要查处邱添弟。也不知他们是吃错了什么药，口口声声拿下岗工人来说事，全国各地哪里没有下岗工人，工人下岗又不是瀛江独有的现象，有必要这么大惊小怪吗？他们这是在借题发挥，要把事情闹大，借此否定瀛江市安定团结、经济发展的大好局面，否定我秦永明和市委的功绩，项庄舞剑，意在沛公啊！我还真是小看了这个赵国平，早知如此，当初开人代会时就该想办法让他在大会上落选，让他灰溜溜地走人，省得在这里碍手碍脚。可是事到如今，二轻机械厂的事情已势成骑虎，没有回旋的余地了，如果不派人重新调查二轻机械厂的违纪案件,赵国平一帮人是不肯善罢甘休的,可是如果一查下去,势必拔出萝卜带出泥,还不知道会出现什么难以收拾的局面呢?秦永明陷入了巨大的困扰之中。如果仅仅是赵国平发难,秦永明可以轻松应对,他甚至可以利用市委书记的权威否决赵国平和杨得胜的意见,或者把这件事情无限期地搁置起来,不付诸表决,可是秦永明忌惮赵国平背后的王浩省长,赵国平表现出罕见的强硬姿态是否有王浩省长在背后撑腰呢?这让秦永明投鼠忌器,始终不敢和赵国平撕破脸皮。

三

曹伟强其实和邱添弟并无太深的交往,他之所以要反对重启对邱添弟的调查,只不过是担心引起连锁反应,因为也有人写告状信举报公安局包庇欧金满,重罪轻判,徇私枉法。如果对邱添弟的案件一查到底,那么接下来顺理成章地就该要重查欧金满的案子了。这样查来查去那还能有安宁日子过吗?

最后市常委会以微弱多数通过决议,决定对二轻机械厂原厂长邱添弟的案件重新立案调查,仍由市纪委副书记、监察局局长黄广潮任调查组组长,即日起进驻二轻机械厂展开复查。

秦永明在会后把黄广潮找来,和他进行了一次谈话:"老黄啊,你对工作认真负责的精神我是非常欣赏的,但是也不能前后矛盾、立场动摇啊,说邱添弟没有问题的是你,现在申请重新立案调查的还是你,你以为纪检工作是小孩子过家家啊,简直是儿戏嘛。你是不是受到了来自某些方面的压力啊,有的人想要借此挑起事端,浑水摸鱼,我希望你坚定立场,不要被别人当枪使。"

黄广潮听书记说了这些话,正要辩解,只见秦永明摇摇手说:"你也别解释了,我还是相信你的,相信你能够公正处理此事。我对你有两点要求:第一,要严格按程序办案,既不能姑息纵容,更不能制造冤假错案,伤害了同志们的积极性;第二,要坚持在市委的领导下办案,不能受到外界的干扰,案件的进展情况要随时向市委报告,这一点不能含糊。"

黄广潮连连点头,表示一定按秦书记的指示认真办理。

四

市委决定派调查组重启对二轻机械厂违纪案件的调查工作,这件事很快就传开了,当事人邱添弟和万亿达集团的吴荣发急得像热锅上的蚂蚁,开始四处活动,打探消息,千方百计想摆平这件事。

邱添弟首先找到了许冠文。当初卖厂时,邱添弟托许冠文给市二轻工业局和国资委等相关部门打招呼,让他们对此事开绿灯,许冠文也从中得了不少好处费,因此大家都是一根绳子上拴着的蚂蚱,一荣俱荣,一损俱损。

许冠文一见邱添弟登门造访,就明白了他的来意,表面上却纹丝不动,看不出一点惊慌的样子。

邱添弟心想,到底是领导,处变不惊,都火烧眉毛了,还一副死猪不怕开水烫的样子,摆臭架子。他可没心思和许冠文玩深沉,他哭丧着脸说:"许主席,二轻机械厂的事情看来很麻烦啊,这次恐怕不像上次那样轻易能过关啊。您看怎么办啊?"

只见许冠文点燃了一支烟,慢慢地抽了几口,却并不急于回答。

邱添弟眼巴巴地望着许冠文,虽然心里急得不得了,却也只能赔着笑脸看许冠文在那里吞云吐雾。

许冠文心里想,我只是帮你在卖厂的事情上疏通了一些关节,卖厂的事和我有关联,可是你邱添弟在基建工程上收受贿赂,挪用公款开酒楼可是和我没有半点关系,那是你邱添弟咎由自取,我犯不上为你去擦屁股。许冠文沉默了一会儿说:"添弟啊,你做事也太莽撞了一些,从来不考虑后果,原来我以为你只是急于卖厂,盘活资产,这属于经济改革范围内的事,再怎么查也不过是个失职的问题,不会涉及其他方面。可是人家现在控告你在基建工程和财务账目上手脚不干净,咬住不放,这就很麻烦啊。"

五

邱添弟听许冠文不紧不慢地打着官腔,一副事不关己的样子,心里明白他是要把自己撇干净,不免更加着急起来。他急忙解释说:"许主席,您是知道的,我以前在二轻机械厂大刀阔斧地搞改革,得罪了一些人,现在人走茶凉,他们这是诬告陷害我,您可一定要为我做主啊。唉,当初我也是一心为公,不计个人得失,谁知道会落到今天的这种下场!"邱添弟一副饱受委屈的样子,叫苦不迭。

许冠文看着邱添弟的样子,心里就想,这小子,在我面前来这一套,还嫩点,于是就说:"添弟啊,我相信你是清白无辜的,可是你那个豪门大酒楼是怎么来的,你能说得清楚吗?"

许冠文的这一句话真正击中了邱添弟的要害。

邱添弟语塞了,支支吾吾半天也说不出个所以然来,窘态毕露。邱添弟此时明白了许冠文的意思,他是在进行公平交易,童叟无欺,收多少钱办多少事,在卖厂的事情上他许冠文不会袖手旁观,但其他事情可就爱莫能助了。邱添弟心想面对这个老狐狸,不出点血是不行了,他咬了咬牙,从怀里掏出一张银行卡来对许冠文说:"许主席,您老在瀛江市德高望重,威望很高,这件事情也只有您能帮我摆平,你可千万不能见死不救啊,还要麻烦您帮我给各个方面打一下招呼,我知道现在办事情,方方面面都要花钱,这里面有五万元,您先用着,不够的话您就通知我一声。"邱添弟说着就把银行卡放到了许冠文面前的茶几上。

许冠文故作愠怒地说:"添弟,你这是干什么?你把我许冠文当作什么人了?本来我是想帮你的,你这样一来我反而不能替你说话了。"

第六十五章

一

邱添弟的脸上露出尴尬的笑容,心里想我不给你送钱,你肯替我办事吗?嘴上却说着:"我知道许主席是廉洁的,您对自己要求太严格了,您是我们的表率啊。可是您是替我说话办事啊,我怎么能让您替我出钱办事呢?我的事情就拜托您了。"

许冠文见邱添弟如此说,也就不再客套了。他暗自思忖,觉得秦永明不可能对此事袖手旁观,不管怎么说此事牵扯到吴荣发,谁都知道吴荣发的万亿达集团是秦永明树立起来的一面民营企业的旗帜,这面旗帜真要是倒了,秦永明脸上也不光彩。吴荣发在石桥镇起步创业时,是许冠文一手扶持起来的,可以说没有许冠文,吴荣发的万亿达集团就不可能诞生,而没有后来秦永明的大力培植,万亿达集团就不可能发展壮大,从某种意义上可以说是秦永明和许冠文两人造就培育了万亿达集团。但是近年来,吴荣发却与秦永明走得越来越近了,反而与许冠文有些疏远了。这就是现实啊!许冠文在心里感叹。

许冠文对邱添弟说:"添弟啊,你也不要过于紧张了,一副惶惶不可终日的样子,这样人家反而认为你心里有鬼。你还是要像平常一样,该干什么干什么,不要整天东跑西窜的,找这个找那个,你只要抓住吴荣发就行了,吴荣发和秦书记的关系铁得很,秦书记可以不管你的事情,但绝不会不管吴荣发的事情。你这两天找吴荣发谈一下,让他找一找秦书记,毕竟这事和他也有关系,他不能在一边躲清闲。我也给吴荣发打个招呼,想必他还是会给我一些面子的。其他相关的方面我也会努力去协调的,你放心好了。"

听了许冠文的一番话,邱添弟感动地说:"好的,好的,谢谢您,谢谢您了,许主席,我一切都听您的,您让我怎么办我就怎么办。吴荣发那里我会去谈的,您抽空也和他说一下,他听您的。卖厂的事情可以摆平,可是其他的事情还是很麻烦啊。"

二

许冠文知道邱添弟说的其他事情是指挪用公款和工程回扣的事情,他对邱添弟说:"你尽管放心好了,只要卖厂的事情能摆平,其他的问题也就都迎刃而解了,现在几件事情都捆绑在一起了,只要想办法让调查组撤离,停止办案或者像上次那样做出一个查无实据的结论不就结了。秦书记是不可能让调查组把卖厂的事情和其他事情分开来查的,你出了问题不就牵扯出吴荣发了吗?拔出萝卜带出泥,这点道理吴荣发和秦书记还是明白的。"

邱添弟听后一副豁然开朗的样子,不禁对许冠文佩服得五体投地:"许主席,您不愧是老领导,经验丰富,眼光锐利,看问题一下子就能看到问题的本质,我真是望尘莫及啊。听您刚才这样一分析,我也放心了。"他想,这五万块钱还是花得值,破财免灾嘛。有了许冠文这个老奸巨猾的人在后面出谋划策,协调各方关系,再加上吴荣发和秦永明的关系,调查组就翻不了天,我也可以睡个安稳觉了。他想了想又问:"许主席,您看赵市长那里也要去打点一下吗?"

许冠文一听脸色就变了,说:"你想要自寻死路就尽管去找他吧,人家现在正要找你的碴呢,你还巴巴地给人送上门去,这不是此地无银三百两吗?原来我以为赵国平只不过是下派干部,下来镀镀金、熬一熬资历就走人,现在看来是错估了形势啊。他刚来的时候还很温和,行事低调,现在却变得锋芒毕露、咄咄逼人了,连秦书记也不太放在眼里了,他和我们终归不是一路人啊。如果不是他赵国平和杨得胜在背后折腾,哪里会有今天这些麻烦事,这两个人很难缠啊,你以后要多留个心眼才是。"

邱添弟神色凛然,连连点头称是,然后诚惶诚恐地告辞了。

邱添弟刚回到豪门大酒楼,前脚刚进门,吴荣发后脚就找上门来了。

三

"哎呀,我的老邱啊,你倒是沉得住气,都火烧眉毛了,你还在这里稳坐钓鱼台,优哉游哉啊。"吴荣发见到邱添弟就一通数落。

邱添弟满面笑容,一边为吴荣发倒水一边说:"我正想找你呢,你就来了。我刚刚从许主席那里回来,许主席还向我问起你呢,说是好久都不见你了,挺想你的。让我有事和你多商量。"

吴荣发听了邱添弟的话,脸上红了一下。他心里明白许冠文这是在埋怨他吴荣发攀上了秦书记的高枝就把他许冠文给忘到九云霄云外了。吴荣发说:"我又何尝不想许主席啊,别人我可以忘记,许主席我是绝不会忘记的。只是这一段时间事情太多,许主席那里就去得少了。许主席怎么跟你说的?"

邱添弟看见吴荣发难为情的样子，知道他还是念许冠文的旧情的，也就更放心了："许主席让我转告你，纪委调查组的事情别人都只能是敲边鼓，关键还是秦书记那里要把好关，你要和秦书记多沟通一下，只要秦书记不松口，别人谁也翻不了天。"停了一下，邱添弟又说："荣发兄，我们两个人现在是在一条船上了，只有同舟共济、共渡难关了，你和秦书记的关系近一些，还望你多费心啊。当然，我也会尽力想办法，疏通各方的关系。"

吴荣发却不像邱添弟那么乐观："老邱啊，你也不要把事情看得太简单了，你知道这次是谁在背后操纵重新调查的事情吗？是赵国平，这个赵国平来者不善啊，他在省里有靠山，连秦书记都不敢硬碰他。如果仅仅只是纪委的黄广潮在兴风作浪，那倒好办了，秦书记有的是办法收拾他，当然了，以后有他黄广潮好受的，这都是后话了。现在关键是要有人在下面造一造舆论和声势，要求市委停止对二轻机械厂的调查，或者是迅速结案。只有下面有了呼声和要求，秦书记才好出来说话，做出裁决。发出这种呼声的人如果人微言轻就起不到太大的作用，许主席就是个最好的人选，他在瀛江市工作了大半辈子，在干部们中间还是有很高的威望的，只有许主席出来登高一呼，才能众人响应，把声势搞得越大越好，只有弄到不可开交的地步，赵国平才会知道厉害，秦书记也才好出来收拾残局。"

四

其实，吴荣发对调查组重启调查的事也很着急，他害怕一旦调查组做出二轻机械厂转让无效的结论，那煮熟的鸭子可就飞了，到嘴的肥肉也吞不下去，二轻机械厂那可是几千万的资产啊，有了二轻机械厂这笔资产做抵押，银行贷款置买白云村土地的事情就有着落了。

吴荣发昨晚去了秦永明家里，请求秦永明出面制止调查组重启调查程序，秦永明对他面授机宜，让他想办法鼓动许冠文等人造一造声势，对赵国平等人施压，他最后再出面做仲裁者。吴荣发原以为只要秦永明一句话就可以摆平这件事，没想到会这么复杂，也不敢大意，于是匆忙来找邱添弟商量解决办法。

邱添弟听了吴荣发的话不觉又好气又好笑，心想这秦永明和许冠文都是老谋深算的人，都想拿对方当枪使，拿对方当挡箭牌，让别人在前面冲锋陷阵，自己却躲在后面指手画脚，运筹帷幄。许冠文让邱添弟通过吴荣发去搬请秦永明出面平息事态，秦永明却让吴荣发通过邱添弟促动许冠文出来制造声势对赵国平施压。邱添弟心想,自己和吴荣发其实都不过是人家手中的棋子,任人摆布而已。于是,他问吴荣发:"吴总啊,让许主席怎么造声势呢?"

"这个就不是你我要考虑的事情了,我们只把这个意思传达给许主席,至于如何操作,许主席自有办法。"吴荣发的脸上露出莫测高深的笑容,"问题在于他肯不肯做这件事情,这才是我们需要费神的。"

邱添弟对吴荣发说:"夜长梦多,事不宜迟,我们马上去见许主席,向他转达秦书记的意见,请他抓紧办理。"

五

吴荣发慨然应允,两人连夜又来到许冠文家里,三人见面后免不了寒暄客套了一番。许冠文看似不经意地说:"荣发啊,最近忙吗,今天怎么会有空到我这里来啊?"

吴荣发涨红了脸说:"许主席,早就想来看望您了,只是这段时间杂事太多,忙得不可开交,所以一直没有抽出空来。"

邱添弟在一旁说:"许主席,吴总是干大事业的人,这一段正在筹备搞房地产开发呢!吴总准备在地产领域大显身手,为瀛江市的发展做出新的贡献。"

"哦……"许冠文略吃一惊,想不到这个吴荣发野心这么大,竟然要涉足地产业了,"荣发就是有魄力啊,可是房地产开发限制很严,能批下来吗?"

吴荣发打着哈哈说:"许主席,这还只是个初步的想法,八字还没一撇呢。如果想干,还离不开您的大力支持啊。到时候少不了要麻烦您出来说几句话。"

"对于你的事情,我一向是全力支持的,过去如此,现在也是如此。"许冠文也知道两人此来的目的在于二轻机械厂调查组的事情,因此大家闲聊了几句后就开始转入了正题。

许冠文看了一眼邱添弟,邱添弟会意,于是把吴荣发转达的秦永明的意见又向许冠文学说了一遍,然后说:"许主席,看来这个事情还要仰仗您啊,连秦书记也要借重您呢!"

许冠文听了心里就想,借重个屁,还不是拿我许冠文当枪使!用人的时候就想到了我,用完后就搁在一边了。许冠文虽然满腹牢骚,但想想这件事情毕竟也和自己有关联,所以也不能作壁上观。他见吴荣发和邱添弟两人眼巴巴地望着自己,于是开始认真地思考,谋划对策。沉默了好一会儿,他对两人说:"这样吧,你们把曹伟强也约出来,我们到豪门大酒楼去谈。"

第六十六章

一

许冠文、吴荣发、邱添弟三人来到豪门大酒楼。邱添弟吩咐人开了一个包房,安排了一桌酒菜,然后就给曹伟强打电话:"是曹局吗?我是邱添弟啊,哈哈哈哈,局长大人好呀,有一段时间没见到您了,很想你啊,想和你聊聊,不知领导有没有空过来坐坐啊,政协许主席和万亿达集团的吴总也在这里,他们也想和你聊一聊啊。那好的,我们恭候曹局长大驾。"邱添弟挂了电话对许冠文和吴荣发说:"曹局长真是爽快啊,现在已是常委了,一点架子也没有,还和以前一样。他说好久没见到你们二位了,马上就过来,也想和你们喝一杯。"

曹伟强很快就来了,说话时粗声大嗓,声震屋瓦:"许主席,您好,老领导找我来有什么指示啊?"

许冠文微笑着说:"我哪里还敢指示你曹局长啊,你现在是市委常委,是我们瀛江市的核心领导班子成员了,我已经是退二线的人了,以后我们瀛江的发展就靠你们来掌舵了。"

"许主席您这是什么话,您任何时候都是我的领导,没有您的培养哪有我曹伟强的今天。"曹伟强和许冠文打着哈哈,说着言不由衷的套话,又和吴荣发、邱添弟打了招呼,几个人互相握了握手,好像久别重逢一样,把气氛弄得热烈友好。

大家相互谦让着坐定后,曹伟强扭过头来看了看侍立一旁的女服务员说:"老邱,这个小姐好像是刚来的吧,以前好像从来没见过啊,老邱这里的女孩子是越来越漂亮了。"曹伟强色眯眯地说着,还不自觉地咂了咂嘴巴,弄得女服务员也羞红了脸。

邱添弟心里有些鄙视曹伟强,你好歹也是个市委领导了,一点分寸也没有,还是一副屠户的做派,嘴里却说着:"曹局长阅人无数,什么样的美女没见过?我这里的小姐哪里入得了您的法眼啊。"邱添弟说着,示意女服务员为曹伟强倒茶。

女服务员上前来问:"老板您好,请问您要喝什么茶?"

曹伟强笑嘻嘻的,毫无顾忌地说:"只要是你倒的茶,我都喜欢喝。"说着,他的一双眼睛目不转睛地盯着那个女服务员看,女服务员被他盯得有些发毛,羞得抬不起头来。这个女服务员身材高挑,娇艳妩媚,的确是一个大美人。曹伟强问女服务员说:"小姐贵姓,老家哪里的?"

女服务员回答姓朱,是浙江诸暨的。

二

曹伟强一听,啧啧赞叹说:"难怪长得这么水灵,原来是诸暨的啊,西施的老乡,那里山清水秀,专出美女,那可是一个美人窝啊。你看看,这手都又细又白,像葱一样。"

邱添弟和吴荣发一听不禁相视一笑。许冠文却是面无表情,心想这个曹伟强真是越来越狂妄了,以前至少在表面上还把我当作领导,现在进了常委班子,底气越来越足了,根本不把我放在眼里,放荡不羁,视我如无物一般,真是小人得志。

这时,曹伟强又大大咧咧地对邱添弟说:"老邱,今天你是主人,我是客人,待会儿你可要拿出诚意来啊,就让朱小姐来给我敬酒,否则我不喝!"

邱添弟连连点头说:"可以,可以,能给曹局长敬酒,是朱小姐的福分。"

说笑之间,酒菜陆续上来了,满满一大桌。朱小姐开始给大家斟酒,曹伟强闹着要朱小姐自己也斟一杯,朱小姐的脸涨得通红,实在无法摆脱曹伟强的纠缠,用求救的眼光看着邱添弟。

邱添弟今天一心要巴结曹伟强,给足他面子,于是温和地劝说朱小姐:"小朱,这位是我们市里的曹局长哩,平常可不是谁想敬酒就能敬的,曹局长平时很严肃的,从不和女孩子们开玩笑的,今天也是你们两人有缘,一见如故,你就陪曹局长喝一杯嘛。"

朱小姐心想我又不是三陪小姐,没有义务来陪酒,连连摇手说:"邱总您是知道的,我是不会喝酒的,只半杯就会醉的。"

邱添弟说:"没关系的,真要喝醉了就去休息,算你公假。"

朱小姐见实在推脱不了,只得双手端起酒杯和曹伟强碰了一下,说:"曹局长,我敬您一杯。"

曹伟强还没喝酒已经醉了,一双眼睛直勾勾地盯着朱小姐,像是要吃人一样。朱小姐心里有些发慌,心想这人怎么这样,你好歹也是个领导,却像个色鬼一样。朱小姐一咬牙一闭眼,愣是把一杯白酒喝了下去,呛得直咳嗽。

曹伟强也喝完了杯中酒，随后就忙着为朱小姐夹菜，放到她面前的碟子里："来，快吃点菜。"

朱小姐捂着嘴，很难受的样子，连连摆手，说了句"谢谢"便匆忙跑出去了。

曹伟强咧着嘴傻笑，"老邱，你这里的小姐真有意思，有意思。"

邱添弟也不知道他是指哪方面"有意思"，只得随口应着："哪里哪里，还行吧。曹局长过奖了。"

曹伟强端着满满一杯酒，站起来对许冠文说："许主席，我敬您一杯，祝您身体健康！我先干为敬。"说完，他一仰脖子，喝完了杯中酒。

三

许冠文也干了一杯，他觉得这酒味道有些苦涩。以前他当市委副书记的时候，曹伟强还只是个副局长，见了他点头哈腰的，脸上满是谄媚的笑容。那个时候他是绝不可能陪着曹伟强干杯的，能够抿一口意思一下就已经给了他很大的面子了，可是现在情况不一样了，此一时彼一时，人家正处于上升期，踌躇满志，春风得意，而我许冠文却是下山的日头了。尽管曹伟强表面上仍是恭恭敬敬的，可是许冠文却感觉到曹伟强内心的狂傲和骄矜，自从退到市政协后，许冠文越来越敏感和脆弱了。

喝了两杯酒后，曹伟强多少有了些酒意，东拉西扯地聊了起来，不知怎么的又扯到了姚永久的事情上来了，还颇有些愤愤不平的意思："许主席，您在瀛江工作了大半辈子，做出了那么大的贡献，按说组织上应该有所考虑，其实姚永久完全有资历进市委常委班子的，秦书记当初也极力向上面推荐了，可是不知道怎么搞的，硬是把他给卡住了，这也太不公平了。前几天秦书记还说起这事呢，他也希望常委班子里能多一些得力的人。"

许冠文淡淡地笑了一下，摆摆手说："今天就不说这些事了，姚永久能不能进常委，组织上是严格按程序来考核的，秦书记也尽了力，我深表感谢。"

曹伟强外表上看起来是一副大老粗的样子，其实心里是精明得很，今天邱添弟这几个人找他来聚会，他就猜到一定是为了二轻机械厂调查组的事情，但他却有意东扯西拉，不往正事上靠，端足了架子，心想我曹伟强可不是你们呼来唤去的伙计，如今我也是有身份的人了，想要我出面替你们化解困局，得看你们的表现如何了，对我老曹没有半点好处的事情我是不会做的。话又说回来了，曹伟强也对黄广潮很不满，你没事找事瞎查什么？搞得鸡犬不宁，大家都不得安宁。查完二轻机械厂的违纪案接着还要查欧金满的交通肇事案,那可是跟我曹伟强有关联的啊,到时候我的麻烦可就来了。他不敢怪罪赵国平,却把一腔怨愤都撒在了黄广潮身上,恨不能找个机会狠狠整他一下,也让他知道一下厉害。

四

邱添弟和吴荣发心里有事,耐着性子看曹伟强在那里演戏似的表演了一番。见时机差不多了,邱添弟就把话头引向正题:"曹局长,你现在是市委领导了,可要为我们基层干部主持公道啊,现在纪委的黄广潮整天无事生非,东查西查的,没事也要被他查出点什么来,我邱添弟为二轻机械厂辛辛苦苦工作了那么多年,付出了多少心血和汗水,没有功劳也有苦劳吧,现在刚一离开就要查我,这不是秋后算账吗?这也太那个了吧。"

吴荣发也在一旁煽风点火:"是啊曹局,你可要站出来主持正义啊,不能让黄广潮那些人把瀛江市搞得乌烟瘴气,人人自危。听说你在常委会上还是敢讲真话的,敢和那些人做斗争,连秦书记都很欣赏你敢于硬碰硬的作风。"吴荣发话里有话,语带双关,一是说秦永明也夸奖你做得对,为曹伟强打气鼓劲;二来是说我吴荣发和秦永明关系非同一般,是能够在秦永明面前讲话的哦。

曹伟强被他们一顿亦真亦假的吹捧,弄得浑身轻飘飘的,十分受用,也顾不得再端什么架子了,于是开门见山地说:"你们两位就不要再给我戴高帽子了,有什么话直说,有需要兄弟我出力的地方我一定尽力而为,大家都在场面上混,自然要互相帮助,山不转水转,说不定哪天我曹某人也要求两位呢。"

邱添弟见话都说开了,也就不再兜圈子了:"曹局长,现在瀛江的政治局面很复杂,有些人专门在背后整人,排斥异己,树立自身威信,操纵纪委的人到处调查,搞得鸡飞狗跳,人心惶惶的。我们都是在瀛江市工作多年的老同志了,大家对目前这种不正常的局面忧心忡忡,因此请曹局长出来商量一个稳妥的办法,早日扭转这种不正常的局面。你就拿我来说吧,我有什么问题?他们派纪委调查组查了一遍查两遍,可怜我邱添弟辛辛苦苦为二轻机械厂付出了那么多,到头来却落得个这样的下场。他们硬是要鸡蛋里面挑骨头,这不是成心整人吗?如果任由他们胡作非为,开了这样一个先例,以后看谁不顺眼就可能查谁,那瀛江市的干部就永无宁日了。"邱添弟说着,眼圈还有点红了,本来他还想挤点眼泪出来,制造一点感人的效果,可是眨巴了几下却硬是没有半滴泪水,只得作罢。

第六十七章

一

曹伟强听了邱添弟的诉说,心想,果然是为了纪委调查组的事情,连许冠文也卷进来了,于是说:"老邱,你也受委屈了,你对二轻机械厂做的贡献是有目共睹的,但是要相信,有秦书记掌舵谁也翻不了天。"曹伟强说着说着还来了气:"这黄广潮也太让人讨厌了,我看他那个样子就不是什么好东西,整天闹着要查别人,他自己屁股就那么干净,就没有问题?我看要查就先查他自己。"

许冠文听后微笑着点头说:"曹局长说得对,我们是英雄所见略同啊,可谓是不谋而合。"

"许主席,我刚才只是一时的气话,查纪委的黄广潮,莫非你们掌握了他的什么证据?"曹伟强疑惑地问许冠文。

邱添弟摇摇头说:"现在还没有关于他的什么把柄,这几天我专门托人了解了他的一些情况。黄广潮在纪委工作了二十几年,是一步一步干上来的,也没听说他有什么靠山和后台,要不然凭他的资历早就不是现在这个样子了,他老婆是瀛江中学的一个普通教师,平时也是不显山不露水的,一个儿子大学刚毕业,连个工作也没有,现在家里待业,他也不托人走后门,真是个死脑筋。他家里很简陋,连像样的家具也没有,平时生活方面也很简单,送礼他也不收,你们说像这样的人不图发财不求升官,他到底图什么?"邱添弟说着不解地摇着头,说起黄广潮他就来气,他前几天晚上专门给黄广潮送去三万元钱,可是却被黄广潮给推出了门外。

曹伟强也觉得有些不可思议:"现在还有这样的干部?真是邪门了,脑子进水了。"他又转向许冠文说:"许主席,这个黄广潮油盐不进,我们怎么查他?"

许冠文莫测高深地笑着说:"只要想查他就会有办法,事在人为嘛。"

邱添弟看着许冠文说:"许主席,你是老领导了,政治经验丰富,那您说怎么办吧,我们都听您的。"

许冠文正要把自己的计划和盘托出,女服务员朱小姐却推门进来说:"邱总,你们这里需要续茶水吗?"

邱添弟忙说:"不用了,不用了,小朱啊,我们现在要谈很重要的工作,你先出去吧,没有我的允许,任何人都不准进来。"

朱小姐见邱添弟等人神情庄重的样子,心想他们一定是在讨论关系到瀛江市人民的大事吧,不觉肃然起敬,悄然无声地退了出去,带上了包房的门。

二

见门关上后,大家都侧过身子面朝许冠文,开始神情专注地聆听他的讲话。

"要想制止黄广潮的联合调查组对二轻机械厂的事情展开调查,我们要多管齐下。"许冠文表情阴冷,说,"首先,要釜底抽薪,彻底把黄广潮整垮,这件事情还是要辛苦曹局长了,他黄广潮不是不贪不占吗?那就查查他有没有异性按摩或嫖娼的犯罪事实,这件事你们公安局的人应该很在行。"

大家一听许冠文这话,马上就明白他是在暗示曹伟强栽赃、陷害黄广潮。

听了许冠文说"公安局的人应该很在行"这句话时,大家也都不约而同地想起了公安局前任局长曹少坚的事情来。瀛江市一直有传闻说曹少坚是曹伟强设计陷害的,尽管心里想笑,却不敢笑出来,于是故作肃穆庄重的样子。

曹伟强见许冠文影射自己,揭自己的老底,不觉有些愤然,脸色变红了,好在刚喝了酒,别人也看不出来他表情的变化。

许冠文接着又说:"其次,解铃还须系铃人,关于老邱的告状信不是二轻机械厂的职工们写的吗?老邱你出面不管用什么方法,找几个下岗工人写一份声明,声称告状上的事情都是子虚乌有、凭空捏造的,是一小撮别有用心的人诬陷你邱厂长,要求政府部门为你邱厂长主持公道,还你清白,然后交到市政协。再次,就该轮到我来推波助澜、扩大影响了,收到声明书后我马上召开政协常委会,公开讨论这份群众来信,给市政府的那些人施加压力。我们多管齐下,看他赵国平如何应付。最后,秦书记出来表一下态,这件事就不了了之了。"

大家听了许冠文的计划后,又惊又喜,惊的是这许冠文真是个老谋深算、心狠手辣的人,自己可千万不要得罪这样的人;喜的是许冠文的计划环环相扣,应该可以彻底解决调查组的问题了,大家差点就要鼓掌叫好起来。

就在大家情绪亢奋的时候,曹伟强却露出了为难的神情:"这个,许主席的计划很好,可行性高,可是我们公安局是有规定的办案程序的,要严格依法办事,这个事嘛,我回去再考虑一下吧,你们看如何?"

三

曹伟强的话无疑给大家泼了一盆冷水,吴荣发和邱添弟用诧异的眼神望着他,心想这个魔头是怎么了,怎么这时候开始装模作样了,是不是吃错什么药了?

只有许冠文心里明镜似的,他知道曹伟强这是在要挟大家。许冠文心想,人家也可是要公平交易,一手钱一手货,互不赊欠的,替你邱添弟办事,自然是要索取回报的。于是,他朝邱添弟使了个眼色。

邱添弟顿时恍然大悟,忙说:"哎哟,怎么就把这事给忘了。"说着,他站起来招呼曹伟强:"曹局长,麻烦你过来一下,我有话要说。"

曹伟强会意,立刻跟邱添弟来到洗手间里。邱添弟快速掏出一张银行卡:"曹局长,这里面有三万块钱,是我的一点心意,麻烦你了。"

曹伟强装模作样地推托着说:"老邱,你这是干什么?拿我曹伟强当外人了?我们之间还需要搞这一套?"

"我知道曹局长是个疾恶如仇的人,喜欢打抱不平,你们公安工作也是很辛苦的,就算是我的一点慰劳费吧。"邱添弟硬是把银行卡塞进曹伟强的衣兜里,曹伟强也不再推托了,随后,两个人像一对亲密无间的战友一样,若无其事地走出洗手间。

曹伟强对许冠文和吴荣发笑了笑说:"听说老邱这里的卡拉OK房灯光和音响效果都不错,许主席,待会儿我们是不是一起去唱歌?"

许冠文听出曹伟强这话有些此地无银三百两的意味,心想,大家都是明白人,你曹伟强何必多此一举呢,于是回答道:"我就不去了,还有曹局长你也不要去,荣发和添弟你们去玩吧。我们是党的人,要注意影响,去那种场合不太好。"

"许主席你生活太清苦了,党的人也是人,更需要劳逸结合嘛,去吧去吧,难得今天大家高兴,在一起聚会。"邱添弟迭声劝着,许冠文还是坚持不去,最后便和曹伟强先行离开了豪门大酒楼。

四

曹伟强是个急性子,商量好的事情说干就干。这天,他就给黄广潮打电话:"喂,是纪委老黄吗?我公安局曹伟强啊,你在忙什么啊?黄大书记。别整天就知道忙工作,这样会把身体搞垮的啊。列宁同志不是说过,不会休息的人就不会工作。老黄啊,你的身体不是属于你自己的,是属于党和全体瀛江人民的,一定要注意休息,劳逸结合,保重身体啊。这样吧,你下班后能到豪门大酒楼来一趟吧,我等你,什么?没有空,黄书记架子这么大啊?我是有工作上的事情要和你商量,你们联合调查组也有我们公安系统的人参与其中。再说,我以市委常委身份让你来汇报一下工作,这个要求不过分吧?晚上过来吧,我等你!"曹伟强的语气变得异常蛮横,不由分说地挂断了电话。

  黄广潮接了曹伟强的这个电话,觉得有些莫名其妙,不知他找自己谈什么事情,自己和他在工作上很少有接触,私下里更是没什么交集,今天他却突然给自己打电话东扯西拉地说了一通,像是想和自己套近乎,最后又开始耍横,抖领导的威风,黄广潮一时有些气恼,但他察出曹伟强找自己去是想和自己谈二轻机械厂违纪案件的查处情况,可能是要帮别人说情,本想不去。但曹伟强以市委常委、公安局局长的名义找自己去汇报工作,如果不去又觉不妥,毕竟组织原则是必须遵守的。于是,黄广潮给妻子打了一个电话,说曹伟强找他下班后谈工作,要迟点回家就撂下了。

  黄广潮的妻子一听是曹伟强找,久久地拿着话筒,心里突然有些担忧起来……

第六十八章

一

下午下班后,黄广潮便按约来到豪门大酒楼,走进大厅时方才猛然想起这可是二轻机械厂违纪案当事人邱添弟的酒楼啊,自己来这里谈事情会不会有瓜田李下之嫌,越发觉得曹伟强找自己来肯定不会是什么光明正大的事情。他毅然转身准备离开,身后却传来了曹伟强洪亮的声音:"老黄,来都来了,怎么又要走啊,进来吧,我正等你呢!"

黄广潮回身看见曹伟强正笑容可掬地坐在大厅沙发上冲自己招手,只得硬着头皮走了过去。

曹伟强热情地挽着黄广潮的手,连拖带拽地把他带到了二楼餐厅的一间包房里。包房里只有曹伟强和黄广潮两个人,却早已摆好了一桌酒菜。曹伟强爽朗地笑着说:"老黄啊,我早就仰慕你的为人了,一直想和你交往,说老实话我是很敬重你的,你是个办事认真、很有原则的人。"曹伟强一边没头没脑地夸着黄广潮一边示意他坐下,然后为他倒上了一杯酒:"也没什么,今天正好找个机会我们两人好好聊聊。"

黄广潮见曹伟强神神秘秘的样子,越发充满了戒心。

曹伟强举起酒杯:"来,我们两人先干一杯,干完这杯酒我有些话要对你说。"

黄广潮本想推辞,又怕过于生硬了些,也想听他到底想说些什么,只得陪着曹伟强喝了一杯酒。

曹伟强说:"我们这些当领导干部的,有时候工作忙起来就饿着肚子,有时候为了接待客人,一天又要赶好几个饭局,这些也都是工作需要嘛。"曹伟强热情招呼黄广潮吃菜,并亲自动手为他夹菜:"来,吃一点。豪门大酒楼这里你一定没来过吧,这里的菜很不错的,尝尝,这桌菜还是邱添弟特地为你准备的呢,他很想和你结交一下,又怕你在他面前端领导的架子,所以托我来引见一下。"

黄广潮听曹伟强如此说,心里完全明白了曹伟强的意思,他觉得已经没有什么好谈的了,于是很有礼貌地对曹伟强说:"对不起,曹常委,我是二轻机械厂联合调查组的组长,与被调查人私下接触不太合适,这是违背工作原则的,你是市委领导,应该比我更清楚这一点。我声明一点,我和邱添弟同志之间没有任何私人恩怨,完全是公事公办,我一定会秉公办理的。我先告辞了,改天我到您办公室去向您汇报工作。"黄广潮说着起身准备离开。

二

曹伟强一听,突然爆发出一阵狂笑,笑声像猫头鹰的叫声一样尖利刺耳,又有一种杀气腾腾的意味,很是瘆人。只见他自顾自地大笑了一会儿后说:"老黄,你也太直了,我刚才是和你开个玩笑,你们纪委办案是有纪律的,不能和当事人交往,难道我连这点都不清楚吗?我刚才是有意试探你一下的。好了,不和你开玩笑了,你们调查组的工作很重要,既不能冤枉一个好干部,更不能放过一个贪污腐败分子,你们一定要秉公办案,勿枉勿纵。市委是相信你的!"曹伟强说话的口气俨然市委的代表人。

黄广潮虽然不相信曹伟强这番冠冕堂皇的话是出自他的本意,但表面上也只得敷衍一下:"谢谢曹常委的关心和支持,我们一定会按规定认真做好调查工作的。"

曹伟强又端起一杯酒来递到黄广潮的手中:"来,我们再干一杯,就算是我预祝你们工作顺利,旗开得胜,马到成功!"

黄广潮只得喝下了酒,他看见曹伟强的嘴角突然掠过一丝不易察觉的冷笑。不一会儿,黄广潮就觉得自己有些头晕,感觉很难受,软软地坐在了椅子上。

曹伟强见状故作关切地说:"老黄,怎么了?你身体不舒服吗?你啊,平时太不注意身体了,先在这里休息一下吧。"曹伟强说着就出门去了。

黄广潮本想跟着出去,可是头昏沉沉的,两条腿软得像面条一样,根本抬不起来。他想也许是空腹喝酒,而且喝得太猛了,暂时休息一下就好,后来却不知不觉地昏睡过去了。

黄广潮在睡梦中被一阵急促猛烈的敲门声给惊醒了,房门外有人高声喊着:"快开门,我们是公安局的!"话音刚落,就听到房门钥匙孔里有钥匙转动的声音,很快房门就被打开了,一伙人猛冲进房间来,打开了灯。

三

黄广潮睁开眼,他发现自己面前站着两个身着制服的民警,还有酒楼的三个保安,他们都是一副气势汹汹的样子,更要命的是自己竟然是赤身裸体地躺在床上,他觉得自己的头"嗡"地一下就涨大了,一时间有些手足无措。

有一个保安拿着相机"咔嚓咔嚓"地接连拍照,黄广潮又惊又怒,却根本无法阻止他们。他忽然觉得被窝里有个什么活物在蠕动,回头一看,惊得几乎背过气去,魂飞魄散。原来在自己身旁的被窝里还躺着一个披头散发、赤身裸体的女人。

女人此时也被吵闹声惊醒了,惊慌失措地拥被坐在床头。

这时,一个保安见黄广潮和赤身女子的衣服都放在床边的沙发上,手疾眼快,一把将衣服抢了过去,还幸灾乐祸地笑起来。

黄广潮看着这保安这张变态的笑脸,恨不得上前狠狠地打他一个耳光,他厉声说:"你们这是干什么?是谁让你们进来的?马上出去!"

现场一个民警用揶揄的语气说:"对不起,我们是在执行公务,我们接到举报,说豪门大酒楼有人嫖宿,请你跟我们回所里协助调查!"这民警说着转身示意保安把衣服还给他们。

保安意犹未尽,怏怏不乐地把衣服扔到了床上,说:"口气还挺大呢,犯了法还这么大的架子,还敢盛气凌人。快,把衣服穿上,我们在外面等你。"

一行人退到了门外,却并不把房门关上。黄广潮拿起自己的衣服,冲到卫生间里去穿衣服。赤身女子也顾不得羞怯,躲在被窝里手忙脚乱地穿衣服。

黄广潮及同屋的女子很快就被带到了派出所。派出所所长听说被抓的是市纪委的人,立即向局领导做了汇报,并马上组织人员展开询问。曹伟强接报后非常重视,立即派法制股股长赶到派出所,代表局领导,当着黄广潮的面一再强调要注意影响,注意领导形象,实事求是,依法依规。

黄广潮认识公安局这名法制股股长,于是大声说:"我可是被冤枉的啊,这里面一定有误会,他们可能是抓错人了。"

这名股长黑着脸,像阎王爷样一言不发,阴森可怖。

黄广潮心想,几个小时前我和你们局长还在一起喝酒呢,再说我们又不是不认识,你这脸何必变得这么快呢?但转念一想,也许他也是按程序办事,不能让人误会他是在徇情枉法。

四

询问开始了,一瘦脸民警问黄广潮:"姓名?性别?年龄?哪里人?"一连串的问话问得黄广潮目瞪口呆,但他还是认认真真地回答了提问。以前是自己询问别人,今天倒让别人询问了。一时间,他突然觉得有些滑稽可笑,却也无可奈何。

另一民警慢吞吞地说:"黄广潮,你今天的行为涉嫌强奸,你把自己的犯罪经过谈一谈吧。"

"什么?"黄广潮简直不敢相信自己的耳朵,他瞪大了眼睛看着面前这位信口雌黄的民警,"同志,你可不能血口喷人啊,我黄广潮在瀛江市工作生活了几十年,我的人品如何,你可以到处去打听了解一下,可以去问你们局领导,也可以到我的单位去问,要说工作能力和成绩我不敢自夸,但是若论品德操守我可以毫不谦虚地说是没有任何问题的,我黄广潮怎么可能做这种肮脏无耻的事情呢。这一定是有人栽赃陷害我……"

"砰"的一声,瘦脸民警没等黄广潮把话说完,就猛拍了一下桌子,发出了杀猪一样的吼叫声:"黄广潮,你给我老实点,不要以为你是市纪委副书记就可以态度嚣张,法律面前人人平等,无论是谁,只要他犯了法,都会依法受到处理。你把两个眼睛睁得像狗卵子一样的想要吓唬谁?你也不看看这里是什么地方?这是你撒野的地方吗?现在是铁证如山,容不得你抵赖,即使没有你的口供我们一样可以定你的罪,你最好老实点。"这名民警说完停顿了片刻,又接着说:"你黄广潮利用工作职权,排斥异己,打击报复,今天查这个明天查那个,别人都有问题,就你黄广潮是清白的。我还以为你是什么好东西呢,原来你也是个下流无耻、人面兽心的家伙。今天我要叫你原形毕露,让大家都看清你的本来面目。"

黄广潮听着瘦脸民警满嘴胡言乱语,尽往自己身上大泼脏水,气得说不出话来。这一刻,他恍然大悟了,这一定是曹伟强等设的圈套,就因为自己不肯和他们同流合污、包庇纵容邱添弟等人,所以遭到了他们的嫉恨,所以丧心病狂地栽赃陷害自己。他知道,现在无论自己说什么都是徒劳的,曹伟强本人就是今天这场闹剧的始作俑者,他的目的就是要置自己于死地。黄广潮懒得再开口说话了。

瘦脸民警得意扬扬地对黄广潮说:"怎么?心虚了,害怕了,早知今日就别做那些过分的事啊，这是你自寻死路，自绝于党和人民，也怨不得谁啊。党的政策你比任何人都清楚，坦白从宽，抗拒从严，如果你一意孤行，坚持一条道走到黑的话，后果是什么你很清楚。"

五

曹伟强知道自己捅了一个马蜂窝，派出所抓了市纪委副书记，这件事情明天一早就会传遍整个瀛江市的大街小巷，如果不速战速决把这件事情办成铁案，那就会后患无穷。他知道赵国平是不会袖手旁观的，而且事先并没有向秦永明汇报，他也不清楚秦永明会持何种态度。曹伟强感到有些焦躁不安，他准备诈一诈黄广潮，看他反应如何，便连夜赶到派出所，来到讯问室和黄广潮谈了话："老黄啊，你怎么搞的，你这是给我惹事了。你喝完酒回家不就好嘛，怎么就跑去睡小姐了？我了解了一下，和你同屋的那个女子叫朱艳红，她已经向我们指证你就是强奸犯，你正在对她施暴时被我们现场抓获，并且她愿意上法庭指证你，我劝你还是配合我们，录一下笔录，走一走程序，然后我们再想办法来保全你。"

此刻，黄广潮已经彻底认清了曹伟强的本来面目。他平静地对曹伟强说："曹伟强，我只有一句话奉劝你，多行不义必自毙，善恶到头终有报，希望你能好自为之。至于我的后果不用你来操心，我相信法律是公正的，我们是社会主义国家，是绝不会冤枉一个好人的。如果你们有证据，你们尽可以拿出来，你们也可以让法医来做检验啊。"黄广潮说着转向派出所所长等人："我劝你们要坚持原则立场，洁身自好，不要玷污了你们头上的国徽和身上的这身警服。"

派出所所长见一边是顶头上司曹伟强，一边是市纪委副书记黄广潮，自己哪一个都惹不起，夹在中间十分为难，只是尴尬地笑着，也不吱声。

第六十九章

一

曹伟强见黄广潮像戏弄小孩一样戏弄自己，并不把自己放在眼里，不由得恼羞成怒，但还是很冷静地说："你这人是怎么啦，这个时候还这样，我是在救你。好，既然你坚持这样，那就有你后悔的时候，到时候别说我不理你！"说着，曹伟强转身走出了讯问室。

曹伟强来到派出所办公室，对派出所所长说："这件事情牵扯到纪委干部，关系重大，我亲自来处理。"说着，他提出要单独询问那名女子。

派出所所长不敢不听，立即就把那名女子叫来了。曹伟强一见，装出一副惊讶的样子："啊，我们是见过面的，你不是那个诸暨来的朱艳红小姐吗，怎么会是你，你知道你现在犯了什么事吗？勾引纪委干部的后果很严重啊！"

朱艳红遭受了这场飞来横祸，惊恐不已。此刻见来询问的是两天前已见过面的公安局局长，一时间也忘记了害怕，大声说："领导，我可是被人陷害的，是有人在酒里下了药让我喝，然后又把我抬进了别人的屋子里的。"

曹伟强听后猛地拍了一下桌子，很生气地说："胡说，你说话要有证据。谁陷害你，谁往你酒里下药？那么多人去豪门大酒楼吃饭怎么没给人下药？怎么偏偏给你下药啊？"曹伟强说着把语调放低了下来："你知道吗？你触犯了法律，是要坐牢的！我们还会将抓你的这些原因通报你家乡公安机关，告知你家里，让他们都知道你在外面是干什么的。"

朱艳红一听，哀求曹伟强说："领导，我错了，我不该顶撞你，求你千万不要把这事告诉我家里，我母亲身体不好，我出来打工就是为了赚钱给她治病的，如果她知道我在外面出了事，她一定会受不了的。再说了，你们把这事说到我家乡去，我以后还怎么做人啊！"说着，她便号啕大哭起来。

二

曹伟强见自己的攻心术收到了效果，不觉有些得意，便接着说："我们的政策是惩前毖后,治病救人,念你是初犯,让我们放了你不是不可以,这要看你的态度了,看你是不是肯配合我们。"

"你们要我怎么配合你们?"朱艳红抬起一双泪眼望着曹伟强问。

"你就写一份供词,说明你只是餐厅服务员,不是卖淫的,而是被人强奸,这样你就成了受害人了,应该受到法律保护,我也可以为你说话了。"

朱艳红说:"可是我当时迷迷糊糊的,根本不知道发生了什么事情啊,我不知道那个男人是什么时候进来的,他对我做了什么?"

"我看你现在也是迷迷糊糊的,你们两个孤男寡女,赤身裸体地躺在一个被窝里,非淫即奸,还有什么可说的,要么你承认自己卖淫接受处罚,要么你指控那个人强奸就可以无罪释放,你自己选择吧!"

朱艳红还是有些左右为难,她对曹伟强说:"领导,我觉得这里面肯定有问题,是有人陷害我们,因为我敢肯定是有人给我下药了,您再让人好好查查吧!"

曹伟强一听立马就翻了脸:"你不听话,我现在就让他们依法办事,先送你去看守所关起来了。"说罢,他装作要走出去的样子。

朱艳红急了:"领导,我听你的,我听你的。"

曹伟强回过头笑着说:"我就知道你是个聪明的女孩子,赶快写吧。我来教你写。"

朱艳红很快就写好了指控证词,并摁了手印。

三

曹伟强扬着手里的材料对派出所所长说:"我要马上去向市委秦书记汇报情况,这个女孩子是受害者,暂时先送回豪门酒楼吧。"曹伟强坐上车后又下了车,叮嘱道:"现在人证物证俱在,铁证如山,黄广潮再狡辩抵赖,就把他送看守所先看管起来,但要注意保密,没有我的许可任何人不能接近他,防止他串供。"

派出所所长唯有点头称是。曹伟强上了车,很快就消失在夜幕中。

在车上,曹伟强就给邱添弟打电话说:"老邱,这个朱艳红是受害者,是被黄广潮强奸的,将来还要她出庭指证黄广潮的罪行,所以我们要保护证人的安全。我让派出所先送她回你们酒楼,你可是要派专人看管好,千万别让她再出事了,她精神上受了刺激,要防止她出去乱讲话。刚才我和她谈了很久,才基本做通了她的思想工作,她还给我们写了指证材料。这次有黄广潮好受的了。"

"曹局长真是太辛苦了，除暴安良，伸张正义，令人敬佩啊！黄广潮看起来道貌岸然的样子，原来是个伪君子，这样的人怎么就混成了纪委副书记？幸亏你火眼金睛把他揪了出来，要不然还不知要害多少人呢。放心吧，你的意思我完全明白，我一定会派人看好朱艳红的，绝不会让她惹是生非的。"

　　"我现在赶着回去向秦书记汇报情况。就这样了。"曹伟强说着让司机加快车速，匆匆朝市委、市政府方向驶去。

四

　　曹伟强刚刚走进市委书记秦永明的办公室，秦永明劈头就问："你是不是把纪委的黄广潮给抓了？"

　　曹伟强心里一惊，他怎么这么快就知道消息了？好像我的一举一动都在他的掌控之中。他连忙回答："秦书记您已经知道了？本来昨晚就要向您汇报的，一来怕打扰您休息，二来事情还没有搞清楚，所以只好现在才来向您汇报。这个黄广潮很阴险，把别人都看作是坏人，借查案为由排斥异己，到处整人，弄得怨声载道、人心惶惶。原来以为他是什么正人君子，实际上却是个道德败坏、无恶不作的淫棍，一个强奸犯。"

　　"你不要讲那么多了，长话短说，这件事非同小可，你有证据吗？"秦永明不想听曹伟强啰啰唆唆地讲废话，他只想知道最终的结果。

　　曹伟强从公文包里取出朱艳红的指证材料，递到秦永明面前："秦书记，您看吧，这就是受害人写的指证书，从昨晚案发到最后侦破，只用了几个小时时间，可谓是干净利索，这也是贯彻市委和您对我们的指示和要求，从严治警，依法办案，提高办案效率。"

　　秦永明接过指证材料，草草地看了一遍，还给曹伟强，说："我对你们只有一个要求，以事实为依据，以法律为准绳，依法办案。至于具体的细节，那是你们工作范围内的事情，我不发表意见。"

　　曹伟强正要说话，突然手机响了。他迟疑地望着秦永明，不知道该不该接电话。

　　秦永明见状说："你接电话吧。"

　　"哎，不好意思。"曹伟强冲秦永明点了一下头，然后接了电话。

　　"是曹伟强同志吗？我是赵国平，听说你们公安局把市纪委黄广潮给抓了？

为什么？这样吧，我在办公室等你，你马上来一趟好吗？"

真是怕什么来什么，曹伟强正要解释，那边却已挂断了电话，听筒里传来一阵阵忙音。

"一定是赵市长的电话吧？你要有思想准备，我这里没事了，你去吧。"

"那我先过去一下，秦书记您忙，有什么情况我随时向您汇报。"曹伟强说着退出办公室，然后一溜小跑，气喘吁吁地向赵国平的办公室走去……

第七十章

一

来到赵国平办公室,曹伟强见常委、副市长杨得胜也坐在那里,气也没喘匀,便上气不接下气地说:"赵市长您好,杨副市长也在?"

"伟强同志,你们为什么把黄广潮同志给抓了?"赵国平开门见山地问。

曹伟强一副理直气壮的样子:"赵市长,黄广潮以查案为名,胁迫他人,昨晚在豪门大酒楼把女服务员朱艳红给强奸了……"

"什么?黄广潮强奸?你们开什么玩笑。"杨得胜忍不住插话说,"我和他一起在瀛江市工作了这么多年,对他的人品可以说是十分了解的,他为人正直,党性原则性强,从来没有什么违法乱纪的事情,这都是有口皆碑、人尽皆知的事情,你们说他强奸有证据吗?如果没有证据请你们马上放人,你们公安局也太无法无天了!怎么能随便抓人呢?"

曹伟强见杨得胜气呼呼的样子,于是笑着说:"杨市长你先别激动,我们也是在履行职责,你说黄广潮人品好,可有时候知人知面不知心啊,好多人犯罪也只是出于一念之差。证据我们当然有,昨晚酒楼的人报警后,辖区派出所民警和酒楼保安当场就把黄广潮堵在被窝里了,怕他抵赖,还拍了照片,这里还有受害人朱艳红写的证词呢。赵市长您看一下。"曹伟强说着把证词递给赵国平。

杨得胜气愤地说:"你们这些都是一面之词,你们有老黄的口供吗?这里面一定有内幕,你们公安局办案不能只看表面现象,无论你怎么说,我坚信老黄不是那样的人。"

赵国平看完了朱艳红的证词,长长地呼了一口气,一时也不知该说些什么,他沉默了一会儿说:"伟强同志,你们现在就凭这个给老黄定性了?我觉得有必要再好好地调查一下吧。那个朱艳红是哪里人,她现在在哪里?"

曹伟强回答:"啊,那个朱艳红写完证词后就回家了。"

杨得胜一听"呼"地站了起来:"什么?这个案子还没有搞清楚,那个朱艳红是重要的证人,你们就让她走了?"

"啊,人家一个女孩子孤身在外,又出了这么大的事情,精神上受到了很大的刺激，家人又不在身边，她一再要求回家，我们也怕她出什么意外，精神崩溃，所以就同意她回家了。"

二

赵国平看了一眼曹伟强说："老曹，强奸案应该属于刑事案件吧，你们公安局的李力好像是分管刑侦工作的吧？我建议这个案件交给李力，让他负责再补充调查一下，我们要做到不枉不纵，不能冤枉一个好人，也不能放过一个坏人，如果事实表明黄广潮确有犯罪行为，我们也不会包庇他。"

曹伟强听说要让李力负责查这个案子，心中大为恐慌，却又找不出合适的理由来拒绝，一时语塞。

杨得胜在一旁说："怎么了？曹局长，我们市政府对公安工作也有管辖权，赵市长给你布置工作你没有听到吗？"

"这个……这个案子人证物证俱在，已经可以结案了，我看也没有什么需要补充的了。"

赵国平语气温和，但态度却十分坚定："伟强同志，此事牵涉到一个为党工作多年的老同志，我们一定要慎重，这是对黄广潮同志负责，也是对市委和市政府负责。我看就这样定了吧，你下去安排一下好吗？"赵国平说完就低下头去看文件了，不再理睬曹伟强。

"那赵市长您忙，杨副市长，我先走了。"

曹伟强刚出办公室，赵国平就抓起桌子上的办公电话给公安局的副局长李力打了个电话："是李力同志吗？我是赵国平，你好，有一件事情和你说一下，你们公安局昨晚把纪委老黄给抓了，罪名是涉嫌强奸，曹伟强手上有受害人的证词，还有现场拍的照片，但是受害人却被曹伟强给放回家了，这是个关键的证人。我刚才已当面交代曹伟强，让他把案子移交给你查一下，尽早弄个水落石出。"

三

派出所抓了市纪委的干部，这个爆炸性的新闻很快就在瀛江市内传开了。

"你听说了吗？瀛江市又出了稀奇事情了，市纪委的人要去查公安局的人，公安局的人恼火了，就把市纪委的人给扣下来了。"

"哪里是这回事啊，是市纪委的人以查案为名，到豪门大酒楼去嫖宿，被人家给举报了,公安局本来就恼火那些人,所以当场就抓了。"

"听说是强奸呢,那是要坐牢的。纪委的那个黄书记这下可是彻底完蛋了。"

有人还压低嗓子悄声细语地说:"我有一个朋友在市委工作,他透露了一个绝密的消息,他说公安局的人有秦书记在背后撑腰,市纪委的人有赵市长在背后撑腰,两帮人斗得要死要活的,这下有好戏看啰。这个事你们不要乱传,不要告诉别人啊。我那个市委的朋友见我口风紧才告诉我的。"

四

曹伟强刚回到公安局,屁股还没挨凳子,副局长李力就敲门进来了:"曹局,听说昨晚把纪委老黄抓了,这强奸罪可是属于刑事犯罪啊,这个老黄是怎么搞的,你看我们刑侦大队是不是马上介入查一下?"

"李局,你的工作积极性蛮高啊,主动请战来了?"曹伟强酸溜溜地说,"我看要不这样吧,我给市委打个报告,专职做常委,不再兼任公安局局长,把局长的位子让给你,你看如何?"

李力听出了曹伟强话语中挖苦讽刺的意味,他不卑不亢地回答:"我只知道做好我分内的工作,至于谁做公安局局长那是组织上考虑的事情,我个人完全服从组织安排。如果组织上决定让我做局长,我也会尽全力做好工作,不会让组织上和曹常委你失望的。"

曹伟强一时语塞,脸上红了一下,语气变得柔和了许多:"老李,你看我们在公安局也共事多年了,你的业务能力和水平我是非常认可的,我们还是应该搞好团结,互相配合,不要让外人说我们公安局的人就会搞内斗,缺乏集体荣誉感。你说呢老李?"

"那曹局你说我应该如何配合你呢?"

"我们就说眼前这件事吧,关于纪委老黄的强奸案铁证如山,也没有什么可补充的了,法律面前人人平等,不能因为他是纪委副书记就特殊对待,是吧?再说黄广潮的案子我已向秦书记和赵市长都当面汇报过了,他们都要求我们依法办事。我看这样吧,我们提高一下办案效率,现在就让刑侦大队写一个结案报告,然后移交检察院批捕,快审快判,这件案子就算结了。"

五

李力见曹伟强如此草率就要结案，越发觉得他有什么不可告人的秘密，于是态度坚定地说："对不起曹局，我不能同意你的意见，这不符合办案程序，这样一个刑事案件迄今为止刑侦大队还没有介入调查，没有讯问犯罪嫌疑人和证人，就这样草草结案，这不是玩忽职守吗？"

曹伟强见李力毫不买账，并不把自己这个局长放在眼里，积压在心中的怒火一下子迸发了，他"啪"地一拍桌子站起来怒吼说："李力，你少在我面前来这一套，你要搞清楚现在我是公安局局长，是市委常委，公安局由我说了算，还轮不到你来教训我。"

李力也毫不示弱，也猛力拍了一下桌子："我也告诉你曹伟强，组织原则我懂，但是你正确的指示我服从，你错误的命令我就要抵制，我是按规章程序办事，不是听哪个人的。"说罢，李力扭头走了。

曹伟强望着李力的背影气得脸孔发白，他知道李力仗着有赵国平做后盾，不会就此善罢甘休，目前最要紧的是把朱艳红牢牢地控制住，不让她出来讲话，这是丝毫不能大意的。想着想着，曹伟强分别给吴荣发和邱添弟拨打了电话，对他们做了一番交代。

第七十一章

一

邱添弟按照许冠文的安排,到二轻机械厂活动,找人替自己说话,摇旗呐喊。可是二轻机械厂的工人们对他冷若冰霜,视同路人,根本没有人愿意和他搭讪。邱添弟像一条丧家犬一样逛了一大圈,见无人理睬自己,只得灰溜溜地走了。然而,他并不死心,他找到自己以前的心腹马然,让他出面组织人为自己写一封歌功颂德的公开信交到市政协去。

可是,以前对他言听计从的马然此时也变得不那么听话了,他怕自己受到牵连,嬉皮笑脸地说:"邱厂长,你的功劳是有目共睹的,上级领导也都很清楚,写不写表扬信都无所谓。"

邱添弟气得牙痒痒,他没想到在二轻机械厂忙活了这么多年,最后闹了个众叛亲离,还养了马然这条忘恩负义的狗,真是瞎了眼,看错了人。他正色对马然说:"马然啊,我过去对你不薄吧?你现在不能隔岸观火啊。再说了,联合调查组也在调查你马然挪用公款开汽配店的事情,还有你被骗的货款也都是我替你捂着的,一旦捅穿了,谁都别想安宁。"

马然一听这话立马就转变了态度:"邱厂长,我刚才是跟您开个玩笑,我永远也不会忘了您对我的培养和关照,您的事情就是我马然的事情,我一定会办好的。"

马然以二轻机械厂职工的名义为邱添弟写了一封歌功颂德、鸣冤叫屈的公开信,交到了市政协。马然本人带头在公开信上签了名,由于实在找不到二轻机械厂的其他职工联名签署,他只得在外面花钱雇了一些闲人冒名充数,凑齐了十几个人签名,好歹凑成了一份联名信。

许冠文早就眼巴巴地等着这封信,收到来信后,他以罕见的办事效率召开了市政协常委会。他郑重其事地说:"各位常委,我们政协委员是代表广大人民参政议政的,我们要认真行使人民群众赋予我们的权利。我们瀛江市经济建设的主要力量是什么?是企业,是大大小小的国有、民营企业,而那些企业家们则是我们瀛江市的宝贵财富,我们不但要为他们创造良好的工作环境,还要从政治上关心爱护他们,保护他们。昨天我接到了一封群众来信,我看完以后心情无比沉重,这封群众来信表达了广大人民的呼声。"

二

许冠文悄悄观察了一下常委们的反应,看看大家的情绪有没有被调动起来。他喝了口水,接着继续说:"同志们,这封群众来信是瀛江市二轻机械厂的职工们写来的,它代表了二轻机械厂绝大多数职工的心声。他们热爱自己的老领导邱添弟同志,邱添弟同志在二轻机械厂工作期间为了工厂的利益可谓是呕心沥血,操碎了心,带领着全厂工人努力奋斗,拼搏进取,才有了二轻机械厂辉煌的成就。后来随着市场形势的变化,二轻机械厂遭遇了困境,邱添弟同志为了盘活国有资产,使二轻机械厂重新焕发生机与活力,不计个人得失荣辱,顺应广大职工群众的要求,做出了转让二轻机械厂的决定,以期让万亿达集团对二轻机械厂进行增资改造,再创辉煌。这样一来不仅避免了二轻机械厂继续亏损,同时又为地方财政增加了一笔收入,也为万亿达集团提供了一个新的发展空间,这是两全其美、皆大欢喜的好事情,是利国利民的大好事。再说二轻机械厂的转让也是得到了有关部门的批准的。但在国退民进的进程中,不可避免地会遇到一些困难和阻力,有一些富余职工下岗待业,这样就触犯了某些人的个人利益,他们心怀不满,和某些过去因违纪受过邱添弟同志处罚的人勾结在一起,到市政府上访,肆意诋毁邱添弟同志,胡说什么邱添弟同志行贿受贿,挪用公款,要求纪委派人调查邱添弟同志,这完全是一小撮人在造谣诬蔑,这些告状的人并不能代表二轻机械厂的大多数人,他们所反映的情况也不是事实,现在二轻机械厂的全体职工委托马然同志为代表,写来了一封公开信,要求我们市政协发挥参政议政的作用,向市委和市政府提交议案,为邱添弟同志洗刷不白之冤,还他一个清白,同时立即停止针对他的调查行动。"

紧接着,许冠文又向大家朗读了这份群众来信。

三

这封群众来信是马然花钱委托一个中学语文老师代笔撰写的,许冠文又亲自进行了修改润色,并加入了一些有针对性的关键词句,整篇稿子颇有文采和煽动性,也很感人。许冠文大声读完这份群众来信后对大家说:"同志们啊,这份群众来信倾注了二轻机械厂广大职工对邱添弟同志的深厚情感,可谓是字字血声声泪啊,如果像邱添弟这样一心为厂的好干部、优秀企业家,我们都不能给予爱护和关怀,听任他蒙受冤屈和不公正的待遇,那我们就是在推卸自身的责任,就是辜负了人民群众对我们的托付和信任,就是在玩忽职守,就是在犯错误!"许冠文搜肠刮肚,用了一个排比句式来增强语言的感染力,烘托气氛。

与会的政协常委们开始骚动起来,大家议论纷纷,有的赞成,有的反对,明显分成了持不同意见的两派,争论不休。他们都很奇怪,这个许冠文自从来到市政协主持工作后,基本上是抱着做一天和尚撞一天钟、得过且过的态度,平时很少带领大家履行参政议政的职责,也很少认真研究讨论什么提案,今天这是怎么了?怎么忽然对一份群众来信如此关注,不遗余力地要推动形成正式提案呢?

许冠文为了使提案能顺利通过,在会议召开的时间上费了一些心思。他特地选在下午四点钟通知大家开会。通知四点钟开会就要等到四点半以后,参会人员才能陆续到齐,因此正式开会时已是接近下午五点了。等许冠文讲完了开场白,朗读了群众来信后已快到下班的时间了,常委们的心思都已经不在会场里了。许冠文于是让大家付诸表决,可是表决结果却是反对这件提案。这也在许冠文的意料之中,他成竹在胸,并不气馁,要求常委们重新表决,反复几次下来,委员们都明白了许冠文的心意,看来今天不通过这个提案是要熬一个通宵了,于是会议以微弱多数通过了这件提案。

四

政协的提案在表决通过的翌日就被送到了市委和市政府,提案开宗明义提到了要"努力营造宽松良好的企业经营环境,爱惜保护优秀经营人才",提案内容重点讲述了二轻机械厂原厂长邱添弟被某些别有用心的人诬陷,受到纪委调查的事情。

市委书记秦永明对政协的提案非常重视,马上召开市委常委会议研究讨论这份提案,指出要鼓励和引导政协发挥参政议政的作用,重视民主党派、政协代表的意见,加强对政府的监督和评议,纠正工作中存在的缺点和错误。秦永明还专门谈到了纪委黄广潮涉嫌强奸被抓的事情,他说:"猛一听到这个消息,我感到非常震惊，心情也很沉重。作为市委书记，我有失职的地方，平时对党员干部的自身修养和学习抓得不够，应引以为戒。从我个人来说，我希望黄广潮同志没有事，是无辜的，但无风不起浪，我们要尊重法律，不能感情用事，这件事情给我们敲响了警钟，我们不能对别人是马克思主义，对自己却是自由主义。"

市纪委很快就撤回了派往二轻机械厂的联合调查组，对于原厂长邱添弟违纪案件的调查也终止了。

第七十二章

一

公安局副局长李力到看守所对黄广潮进行讯问,看守所所长吞吞吐吐地对李力说:"李局,对不起,您就别为难我了。曹局有命令,没有他的允许,任何人不能见黄广潮。"

李力勃然大怒:"你看看你个样子,你还有没有一点做人的骨气和操守,一副奴颜媚骨的样子,我们是法治社会,有哪一条法律规定公安局主管刑侦的常务副局长不能会见刑事犯罪嫌疑人?我是分管刑侦的副局长,这是我工作职权范围内的事情,他曹伟强就可以一手遮天、剥夺我工作的权利吗?你这样做是在为虎作伥,你知道吗?"

看守所所长不敢面对李力利剑一样的目光,只得让李力去见黄广潮。

李力见到黄广潮时大吃一惊,才几天时间,黄广潮竟被折磨得遍体鳞伤、憔悴不堪了,胡子也好长了。李力问:"老黄,你还好吗?"

黄广潮神情坦然,毫无颓丧之态,他苦笑了一声说:"你看我现在这个样子会好得起来吗?"

李力严肃地说:"老黄,你身上的伤是怎么回事?是他们打你了吗?"

"是关在一起的那几个犯罪嫌疑人打的,我看他们是受了别人的指使,想把我往死里整。"

"这也太不像话了,简直是肆无忌惮!"李力回过头来对看守所所长说,"我要你们马上查处此事,限期整改,在案件没有查清结案之前,黄广潮同志还是瀛江市纪委副书记,你们敢这样对待一个纪委副书记,你们要知道后果的严重性!"

二

看守所所长满面惶恐之色说:"李局,黄书记,是我们错了,我们太疏忽大意了,我们一定严厉整顿,以后不会再发生这种事情了,我马上安排把黄书记调整到单人禁闭室。"

李力严厉地说:"如果黄书记在看守所内有什么问题,我只找你负责。你先出去吧。"看守所所长退了出去,李力对黄广潮说:"老黄,赵市长对你的事情很关心,嘱咐我一定要查清此事。现在我只问你一句话,你一定要如实地回答我好吗?你到底有没有做违法的事情?"

黄广潮直视着李力的眼睛,神情庄重地说:"我以我的党性和人格担保,我黄广潮没有做过任何伤天害理、违法乱纪的事情,现在这件事情是有人在栽赃陷害我,对我进行打击和报复,目的是想阻止我们继续对二轻机械厂违纪事件进行调查。我感觉这里面的水很深,问题很复杂,邱添弟和吴荣发后面还有后台和保护伞,他们之所以如此凶残地迫害我,说明我击中了他们的要害,所以他们必欲置我于死地而后快。请你务必转告赵市长,他们越是如此疯狂反扑,越说明他们害怕,心里有鬼,也就越有深挖调查的必要性。"

李力点着头说:"我知道了,你的话我会一字不漏地向赵市长转达,你要好好保重身体,瀛江市还是共产党的天下,他们翻不了天的。"李力又问:"老黄,那天和你一起被抓的那个女子你认识她吗?"

黄广潮摇摇头说:"我从来都没有见过她,一点印象都没有,我估计可能是豪门大酒楼的服务员或三陪小姐。"

李力双手握住黄广潮的手说:"老黄,你放心吧,事情很快就会查个水落石出的,你要保重身体啊。"

三

李力很快来到赵国平的办公室向他汇报情况。

"赵市长,我到看守所去见了广潮同志,他以党性和人格担保自己没有做过任何违法乱纪的事情,他的事情其实很简单,只要找到那个叫朱艳红的女子就可以真相大白了,可是曹伟强却在事发后把她给送走了。朱艳红是浙江诸暨人,我们给诸暨市的公安局打了电话,请求协查,他们的答复是,朱艳红根本就没有回家。我估计是被某些人有意藏起来了,目的就是想阻挠我们查清事实真相。现在我们要做的工作就是继续查找那个朱艳红的下落,但只能外松内紧,暗暗查访,如果逼得紧了,我怕有些人会狗急跳墙,杀人灭口。"李力说完又把黄广潮说的话汇报了一遍。

赵国平听李力如此说,不免有些焦急,问:"黄广潮同志现在怎么样了?"

"广潮同志的情况不太好,他在里面连人身安全也得不到保障,有些人要往死里整他,指使牢头狱霸把他打得遍体鳞伤。我当场训斥了那个看守所所长,但他也要听命于曹伟强,我看这样下去也不是个办法。"

赵国平"呼"地站起身来,一边在屋子里来回踱步,一边自言自语:"这也太明目张胆,太无法无天了,这样搞还了得啊。"赵国平踱了一会儿步又问李力:"你有什么办法?"

李力说:"黄广潮被打得浑身是伤,再加上他本身又有慢性病,现在一时又无法找到那个关键证人朱艳红,我看可以先给黄广潮办一个取保候审的手续,先让他出来再说。可是曹伟强一定会横加阻挠的。"

"曹伟强是一定会阻挠的,这个问题我倒是可以解决,问题是他背后的那个人会找麻烦。"赵国平沉吟了一会儿说,"李力同志,马上想办法给黄广潮办理取保候审的手续,有什么责任我来承担。"

四

果然,曹伟强坚决反对为黄广潮办理取保候审的手续,坚持要快审快判,迅速了结此案,市委书记秦永明也支持曹伟强的意见。

赵国平迫于无奈,只好亲自给滨海市委书记刘文军打了个电话,先是说明了一下情况,然后接着说:"刘书记,不是说要搞官官相护,可是现在最关键的证人朱艳红下落不明,这个案件存在很多疑点,如果草草判决,是一种极不负责任的态度,我请求滨海市委过问此事。"

刘文军沉默了一会儿说:"国平同志,这个事情涉及司法问题,我们不好直接干涉此事,不能以权压法,但是事情总会有一个解决办法的。"

第七十三章

一

就在赵国平给刘文军打过电话后不久,滨海市委政法委许书记分别给秦永明和曹伟强打了电话:"市委刘书记非常关心政法工作,前几天还专门和我谈到了此事,指示我们政法系统除了要加强管理,提高办案效率和水平外,更重要的是在刑事案件的办案过程中要注重事实,不能草率从事,以免造成冤假错案。我们办的每一件案子都要经得起时间的检验,要以对党和人民高度负责的态度来对待这一问题。"

秦永明接到电话后,思忖了很久。这个事情太巧了,瀛江方面正要对黄广潮进行判决,滨海那边就要求我们慎重执法,这明显是有所指的,是冲着黄广潮的事情来的,一定是赵国平在后面弄了手段,秦永明只得通知曹伟强让黄广潮取保候审了事。

朱艳红说是被曹伟强送返豪门大酒楼,实际是被邱添弟锁在酒楼的顶层单人宿舍里,不准她出门,也不准她和外面联系,每天三餐由专人负责端送。于是朱艳红几乎是过着生不如死的生活,她只期望有一天能逃出去,揭发曹伟强等人的罪行,只是邱添弟派人把她看得太紧了,一时间找不到出逃的机会,只得隐忍等待。

这边朱艳红在苦觅逃脱牢笼、重见天日的机会,那边李力却在暗中寻访她的下落。李力心中揣摩,估计朱艳红正在曹伟强魔爪的掌控之中,时刻面临着生命危险,可是却苦于没有任何线索和证据,无法采取行动,又不便大张旗鼓地公开查访,以免打草惊蛇。这天,他得到一条线索,获知豪门大酒楼顶层单人宿舍深夜经常有一个女人在哭喊。李力一听心中大喜,他觉得这单人宿舍的女人很可能就是被私下囚禁在邱添弟酒楼的朱艳红。他想马上采取行动,却又担心弄巧成拙,因为邱添弟是瀛江市人大代表,在没有确凿证据和相关手续的情况下,无法对他的住所进行搜查。思来想去,他决定只身前往豪门大酒楼暗访。

这天,李力换了一身便装,在下午六点钟时,入住豪门大酒楼八楼。好不容易等到深夜十一点,他才爬楼梯上到顶层,开始摸黑寻找关押朱艳红的那间宿舍。然而,李力扑空了。原来顶层单人宿舍只住着邱添弟那个精神有点问题的老婆。

二

那朱艳红究竟被藏在哪里呢?

由于朱艳红这个关键证人失踪,纪委黄广潮的案子也就无限期地拖延下来了,黄广潮一直在家停职反省。

吴荣发和邱添弟终于长吁了一口气。吴荣发得到了二轻机械厂几千万元的资产,向瀛江市银行抵押贷款,得到了一大笔启动资金。经过一番紧锣密鼓的筹备和运作,吴荣发着手开始在城区白云村征地了,准备开发万亿达小区和别墅群。

万亿达房地产开发有限公司虽是万亿达集团控股的子公司,但挂靠在瀛江市建设局名下,戴着一顶"红帽子",不知情的人还以为起码是集体所有制的房地产开发有限公司。万亿达房地产开发有限公司挂牌开张时,吴荣发本打算大摆筵席,好好庆祝一番的,可是又担心树大招风,招惹一些不必要的议论和麻烦,只得低调行事,取消了庆典,只是请秦永明、胡耀宗、许冠文、曹伟强及相关领导吃了一顿饭而已。本来他也邀请了赵国平和杨得胜来参加酒宴,可是二人借口有事推辞了。

虽然吴荣发低调行事,但是瀛江市还是有人私下里对万亿达房地产开发有限公司议论纷纷,质疑这件事情的合理合法性。

"现在的事情真是越来越看不明白了,那个吴荣发真是手眼通天的人物啊,在瀛江市还真没有他办不了的事情呢,又是收购二轻机械厂又是征地开发房地产。不知道这钱是哪里来的?莫非吴荣发有一部印钞机,想用多少钱就有多少钱。"

"听说万亿达房地产开发有限公司还是瀛江市建设局办的一个实体,怎么会成了吴荣发的私人企业呢?"

"那还不是挂羊头卖狗肉,名义上是挂靠建设局,和建设局合作经营,实际上是吴荣发私人的企业。谁叫人家的后台硬呢,现在的社会,有了关系就有了一切。"

三

于是,也有人向滨海市建设局和南江省建设厅反映了情况。由于跟省里领导打了招呼,省里、市里的有关部门也无人深究此事。吴荣发觉得此事十分蹊跷,普通群众怎么会知道万亿达房地产开发有限公司的内幕呢?一定是瀛江市里的某些干部说出去的,他把自己的担忧告诉了秦永明,秦永明却不置可否。

两天后,秦永明专门召开了一次城建工作会议,很严肃地说:"同志们,我们从事着前所未有的、没有任何先例可循的改革开放事业,这就要求我们要有开拓创新的精神,要勇于破除陈规陋习,大胆尝试和创新。我们对改革开放中涌现出来的、有利于地方经济发展的新生事物要抱着欢迎、支持的态度,而不是在背后指手画脚、评头论足,说一些闲言碎语,更不要养成动不动就上访告状的恶习。有些人自己不干实事,得过且过,却这也看不顺眼,那也觉得不满意,成了我们工作中的绊脚石了,我看这样不好。"秦永明虽然从头到尾都没有谈到万亿达房地产开发有限公司的问题,但是此次会议以后,瀛江市里关于万亿达房地产开发有限公司的议论就逐渐平息了。

吴荣发借助万亿达房地产开发有限公司这个平台理直气壮地开展业务了。打桩机还未响,大幅规划设计图就率先在公司售楼处闪亮登场。他为了和原先在瀛江已经有楼盘的房地产公司展开竞争,有意降低了房价,每平方米比其他公司低近千元,一下子争取了大批的买房户预交首付认购。一些外出经商或务工的瀛江人,甚至连滨海市或附近县区的一些有钱的老板也贪图低价,纷纷来到瀛江,争先恐后找万亿达房地产开发有限公司交了全款签订了购房合同。万亿达房地产开发有限公司一时业务繁忙,兴旺发达,很快就走上了正轨。

第七十四章

一

万亿达房地产开发有限公司以低价销房的手段吸收了大量社会资金后,吴荣发并不急于将这些购房款用于正常的征地开发业务或投入万亿达小区和别墅群建设,他认为这样赚钱太慢,为了偿付银行高额的借款利息,也为了快速攫取更多的财富,他决定走一条"超常规快速发展的道路"。他冒着巨大的风险把万亿达房地产开发有限公司的资金投到深圳炒股票或炒房地产,甚至借给地下钱庄去放高利贷。有人劝他谨慎行事,认为这样做风险太大,也不符合有关政策规定,一旦出现问题,后果不堪设想。

吴荣发却不以为意,大大咧咧地说:"我老吴肚子里没有太多的墨水,也没有太高的文化水平,但我信奉一句话,富贵险中求,风险和利润是对等的,风险越大,回报自然也就越高。我吴荣发能白手起家,创建万亿达集团就是靠过人的胆量!"

旁人见吴荣发如此自负,一意孤行,表面上啧啧赞叹他的魄力和胆略,暗地里却都替他捏一把汗。这吴荣发的胆子是越来越大了,几乎到了疯狂的地步,他这样搞下去,万亿达集团只怕离垮台不远了。

万亿达房地产开发有限公司采用不正常低价售房进行不正当竞争,吸引了大量的客户,扰乱了市场秩序,给瀛江市其他的房地产公司造成了极大的压力,客户流失现象十分严重,各开发商叫苦不迭,纷纷找市长赵国平和分管城建工作的常委、副市长杨得胜诉苦,指责万亿达房地产开发有限公司搞不正当竞争,要求市政府出面监管制止万亿达房地产开发有限公司的违规行为。

二

其实,赵国平和杨得胜原本就不支持成立万亿达房地产开发有限公司,可是吴荣发暗中打通了关节,从省里到市里,明里暗里都有人替他说话,大开绿灯,赵国平也就不好再多说什么了,自己不能总是和秦永明唱反调啊,这样容易让人误会自己是在搞权力斗争,为了反对而反对。赵国平想要尽力避免形成这种尴尬局面，更主要的原因是，他本身也不是城市管理专业出身的，对于城建工作的理论知之甚少，无法有效判明吴荣发此举在县级城市发展中的利弊。他明白，处在当前这种大潮汹涌、波澜壮阔的改革年代，各种新生事物层出不穷，一时间真是无法有一个统一明确的判别标准，只能是边走边看了。

开发商们告完状离开以后，赵国平和杨得胜对万亿达房地产开发有限公司的事情进行了讨论，觉得有必要出台某些政策对包括万亿达房地产开发有限公司在内的瀛江市所有房产开发单位进行规范监管。随后专门找到市委书记秦永明就万亿达房地产开发有限公司的事情进行了汇报。

"秦书记，虽然我们认为万亿达房地产开发有限公司这种几乎低于成本价售房的营销方式不失为改革探索的新举措，但是我们也要加强监管，不能让它误入歧途。住房工作无小事，低价售房就要保证建设质量，一旦出现了豆腐渣工程问题，那后果不堪设想。现在社会上议论纷纷，说万亿达房地产开发有限公司将房价压得如此之低，说明在工程上一定会存在一些偷工减料行为。"

秦永明听后却毫不在意，说："万亿达房地产开发有限公司是我们撤县建市后，我市第一个成立的房地产开发有限公司，我们不能管得太死，捆得太紧，要给人家发展壮大的空间，发挥企业自身的主观能动性。一直以来，我们就是对一些企业管得太多太细，把它们培养成了温室中的花朵，见不得一点风雨，在激烈的市场竞争中丧失了竞争优势，这个教训是深刻的，也是惨痛的。我们不能重蹈覆辙，重复犯过去犯过的错误，要充分相信企业和企业家们，放手让他们去闯，让他们在市场经济的大潮中学会游泳，即使呛上几口水也无关紧要，我们完全没必要杞人忧天。"

秦永明一番慷慨陈词把赵国平和杨得胜的意见给否决了。

三

赵国平和杨得胜二人虽然在秦永明这里碰了壁，但仍然心存顾虑。二人心想，瀛江市建设局和万亿达房地产开发有限公司是挂靠关系，名义上有着管辖权，于是让瀛江市建设局出面，向万亿达房地产开发有限公司转达瀛江市政府的意见，要求他们规范经营，自查自纠经营运作过程中出现的违规现象。但万亿达房地产开发有限公司对有关的种种议论和指责一概予以否认，并且以商业机密为由，拒不提供经营情况和财务账目以及资金流向，瀛江市建设局也毫无办法。

殊不知万亿达房地产开发有限公司乃至整个万亿达集团的危机正在悄然累积和形成,一场毁灭性的灾难正在迫近。

南江省委组织部一直在对地市级领导班子进行考核,新一轮地市级领导班子的大调整很快就将到来。为了顺利获得升迁,秦永明这阵子频频到省里和滨海进行活动。省委副书记彭宏伟向他透露了一条重要信息,省委组织部把他列入了重点考核名单中,准备让他担负滨海市的重要领导职务,但是还要有一些拿得出手的成绩和数据,这样才好为他在省委常委会上说话。

秦永明心里明白,彭副书记所说的"成绩和数据"无非就是地方的经济增长率,说得通俗点就是GDP数字和大型工程项目。如果能在近期推出一个全省瞩目的大型项目,制造出一个新的经济亮点和轰动效应来,那无疑就会使自己在竞争中处于有利地位,增加了胜出的筹码。迫不得已时,GDP数字可以掺杂一些水分,但是也要启动一个大型的工程项目,制造一个新的经济增长点,这样才更加具有说服力。可是新的经济增长点到底在哪儿呢?秦永明冥思苦想着。

第七十四章

第七十五章

一

胡耀宗见秦永明从省城回到瀛江后一直是心事重重、愁眉不展的样子,就开始暗自揣摩秦永明的心思,联想到近期省委考察调整地市级领导班子的传闻,胡耀宗猜想秦永明的心事和这件事有关。省委分管组织工作的彭副书记一直是很器重秦永明的,并且将他列入了重点考察名单内,秦永明现在处在一个关键时期,升迁指日可待。那么他还在愁什么呢?难道是省委彭副书记那里变卦了?或者是出现了新的情况?从种种迹象来看好像不太可能。最近一段时期,秦永明频繁地往省城跑,多数时候是带着吴荣发和徐丽莎去的,这两个人几乎成了秦永明不可或缺的得力助手,起着不可替代的作用。

瀛江市已经有人私下里在讲怪话了,说是市里领导碌碌无为,一天到晚不干正事,一门心思跑官要官。胡耀宗隐隐约约也听到了一些这方面的传闻,却又不方便提醒秦永明,在秦永明面前传这种闲话只能是自讨没趣。作为下属应该严守自己的本分,要知道哪些话可以说,哪些话不该说,哪些事可以做,哪些事不该做,这样才能讨得领导的欢心,常沐君恩。伴君如伴虎啊!胡耀宗在心里暗暗感叹,必须时刻谨小慎微、谨言慎行,否则就会一失足成千古恨。几年来,他就是这样小心翼翼地伺候、跟随着秦永明,从不敢行差踏错,才取得了秦永明的欢心和信任,从而一步一步地从一个小秘书熬成了市委副书记。对于秦永明,他是又敬又怕,既不敢过于疏远,又不能过于亲近,几乎连睡觉都要睁着一只眼睛,只要秦永明一声招呼,自己就要第一时间出现在他面前,为他排忧解难,效犬马之劳。

胡耀宗有时候脑海里不自觉地冒出瀛江人常说的一句俗话,你只看到强盗吃肉,没有看到强盗挨打。意思是说人前风光体面,背后却有着许多不足以为外人道的艰辛与坎坷。胡耀宗自己也为这种牛头不对马嘴的念头感到可笑,自己是党员干部,堂堂的一个市委副书记,怎么和强盗扯到一起去了?这不仅是妄自菲薄,简直是自我贬低了。这么多年来,他一直信奉一个为官原则,那就是急领导之所急,想领导之所想,尽一切可能为领导排忧解难,为领导做好服务工作,就是自己工作的第一要务。说得通俗一点,就是要像孝敬自己的亲爹一样去孝敬领导,讨领导的欢心,这样自己才能坐稳市委副书记的位子,进而取得政治上的更大进步。

二

正因为如此,秦永明的忧虑和苦恼,在胡耀宗这里就成了天大的事情,他甚至比秦永明更加忧心忡忡,却又不敢当面问秦永明是为了什么事情烦恼。这种事情只能靠自己去揣摩,从秦永明的神情举止和只言片语中去领悟,就像出家人修行悟道一样,禅机不可泄露,只可意会不可言传,关键在一个"悟"字。这个"悟"字里面包含着很多学问,非一般平头百姓所能理解。

胡耀宗连续几天夜不能寐,食不甘味,终于被他"悟"出了秦永明的心思。胡耀宗心想,秦书记很可能马上就要离开瀛江到滨海市去任职了,这就有一个工作总结的问题,要有几样拿得出手、上得了台面的政绩,这个"政绩"既要有理论方面务虚的东西,又要有实实在在、看得见摸得着的工程和项目。人们常说,为官一任,造福一方,当人们看见某个具体的工程和项目时,人们往往会饮水思源,想到某个曾经在瀛江为官主政的领导来,说这是某某领导在瀛江时建设的。这可不是一件小事啊,这可是要载入瀛江市的发展史册,传之千秋万世的。

秦永明好歹也在瀛江市工作了几年,总要在瀛江留下几件青史留名、永载史册的事迹吧。人们常说"离任显政绩"或"盖棺定论",大约也就是这个意思吧。胡耀宗不知为什么会想到"盖棺定论"这个词,心里一惊,这明显属于用词不当嘛,是对秦书记极大的不敬,人家秦书记是要荣升到滨海市去担任更高的领导职务,担负更重要的工作呢,又不是死了,怎么会是"盖棺定论"呢?看来我的思想还是不纯粹,觉悟不高,对秦书记的感情不深厚,还要加强学习,努力提高自身素养啊,胡耀宗感到有些惭愧。胡耀宗挖空心思,搜肠刮肚,终于把秦永明的心思猜了个八九不离十,又反复揣度一番,觉得自己的判断是正确的。

三

胡耀宗不愧是秦永明的秘书出身,最善于揣摩秦永明的心思,就像是秦永明肚子里的蛔虫一样,他本人也常以此自诩。瀛江政界有一些惯于见风使舵的人,如果有谁吃不准秦永明的态度,猜不透他的心意,不知该如何开展工作时,也常常会私下里去向胡耀宗请教,就像求神问卜一样。只要态度诚恳,胡耀宗往往也会不吝赐教,而且每每十分灵验,此事在瀛江政界传为"佳话"。有人甚至半开玩笑地说,"当官说难也难,说容易也容易,关键看你有没有钻研精神,世上无难事,只要肯登攀。你看人家胡耀宗,把揣摩秦书记的心意当作一门学问,几年如一日,废寝忘食,苦心钻研,达到了出神入化的地步。这样的人跟领导已经是心意相通了,难怪人家得到领导赏识,这样的人想不升官都难呀。"

胡耀宗既然领悟了秦永明的心意,接下来就要积极建言献策,为领导排忧解难了。

胡耀宗来到秦永明的办公室,见秦永明坐在那里若有所思的样子,于是上前轻声地说:"秦书记,我有个事情要向您汇报一下,您现在有空吗?"

秦永明有些心不在焉地说:"啊,是耀宗同志啊,有什么事?"

胡耀宗说:"秦书记,前几天交通局组织到外地考察交通行业的发展情况,希望通过学习取经,争取把我市的交通工作搞上去,回来以后,局长姚永久还总结了不少其他的工作经验,也准备向您和赵市长汇报一下,你看能否抽一些时间听一下汇报?"

"这种事情你代表我和赵市长一起听汇报吧,回头你把主要内容向我说一下就行了,我最近的时间安排得比较紧。"

四

"好的。还有个事情向您汇报一下。"胡耀宗说,"姚永久他们这次走了国内许多地方,大大开阔了眼界,现在全国许多城市都兴起了一股建设购物中心、商务中心的热潮,像一些省会城市还建起了CBD……"

"等等,什么是CBD?"

"CBD,是英文Central Business District的简称,又称中央商务区或商务中心区。就是在一个城市内集中了大量的商务、金融、文化、服务机构和商务办公酒店、公寓等配套设施,具备完善便捷的交通、通信等现代化基础设施和良好的环境,便于开展大规模的商务活动的比较核心的中心区域。"

"这观念还很超前啊。"

"姚永久向市委和市政府建议我们瀛江市也可以筹建类似的商务中心区,把它建成瀛江市的标志性建筑,主要突出现代时尚、宏伟壮观的特点,既可以美化城市形象,又可以促进经济发展,两全其美。再说,我们作为县级市也算是做了一件一马当先、走在前面的大事,您看这个建议如何?"

秦永明听了胡耀宗的话,顿时来了兴趣:"嗯,你这个想法好,我们就是要有超前思维,紧跟时代潮流,不然就会落伍了。可是如果建商务中心会需要巨额的资金啊,我们瀛江市的财政并不富裕,这笔钱从哪里来?"

"可以通过招商引资啊,也可以发动社会力量集资兴建啊,或者由万亿达集团这样的大型民企投资兴建,政府给予一些优惠政策支持他们。"

五

秦永明听后击节赞叹:"这个思路首先是正确的,值得肯定,至于具体细节嘛,你牵头会同市政府的同志拟定一个方案出来,马上开常委会讨论一下,立即落实下去。"

"好的,秦书记,我马上去办。"胡耀宗见秦永明采纳了自己的建议,也很高兴,兴冲冲地往外走,走到门口似乎想起了什么似的,又转回头来,说,"秦书记,还有一件事要向您汇报一下,姚永久他们交通局讨论了一个方案,想利用社会资金兴办交通事业,现在全国许多城市都开通了到珠三角经济发达地区的长途客车专线,我们瀛江市这几年经济发展很快,有很多人前往这些地区经商或务工,人员往来十分频繁,姚永久他们想要开通几条前往这些城市的交通专线,可是交通局没有钱投资,准备采取线路经营权拍卖的方式面向社会招标,承包经营,您看……"

第七十六章

一

秦永明正在兴头上,觉得姚永久不愧是个人才,积极向市委建言献策,心系全市的发展大业,是个很不错的同志,这样的同志应该给予鼓励和支持,于是态度明朗地说:"我个人认为可行,到时候一并在常委会上议一下吧。"

胡耀宗连连点头,见秦永明又陷入了沉思之中,再没有其他指示,于是蹑手蹑脚退出了秦永明的办公室。

秦永明很快就召开市委常委会议专题讨论兴建瀛江市商务中心的问题。瀛江市现有的几座商场和百货大楼都是二十世纪七八十年代兴建的,楼体老旧,格局狭小、落后,已经远远落后于时代潮流了,二十世纪九十年代初期虽然又兴建了一座商场,但以现在的眼光来看,仍然不够宏伟壮观,气势不够,和外地一些现代化、时尚新潮的购物中心相比较已是大大落后了。

胡耀宗在会上发言说:"现在经济社会形势发展很快,稍不注意就会落伍,我们瀛江市作为一个经济发展较快、走在全省县级城市前列的城市,应该紧跟时代发展潮流,兴建一座集购物、餐饮、娱乐休闲等功能于一体的现代化特大型商务中心,这在国外和大中城市被称为 CBD 或销品茂(Shopping Mall)。这座商务中心既要有购物超市、品牌专卖店,还要有电影院、咖啡厅、舞厅、游戏室、餐厅、酒店,成为一个商业服务综合体。这将极大地改善和提高我们瀛江市的城市形象甚至是投资发展环境,增强全市干部群众的向心力和凝聚力,振奋全市人民的革命斗志,坚定改革开放、发展经济的信心。"胡耀宗说着说着就有些跑题了,滔滔不绝地讲了大半个小时。

秦永明很欣赏胡耀宗这种充满革命浪漫主义激情的情怀,讲出来的话也充满号召力和感染力,能最大限度地调动起现场气氛。他仿佛从胡耀宗身上看到了自己过去的影子,向胡耀宗投去赞许的眼光。胡耀宗猝不及防被秦永明这种温和的目光抚慰了一下,顿时激动得脸颊飞红起来。

常委们见胡耀宗把建一个商务中心和振奋全市人民的革命斗志,还有向心力和凝聚力生拉硬拽地牵扯到一起,大都不以为然,觉得有些牵强附会,心想建商城就说建商城嘛,好歹也是一件兴市惠民的举措,上纲上线扯那么多干吗,好像大家的政治觉悟都很低,要你胡耀宗来为我们大家启蒙似的。常委们看着胡耀宗神气活现的样子,心里多少有些别扭,本来准备举手赞成的,此时却故意沉默不语,会议一时有些冷场。

二

秦永明知道大家从内心里还是瞧不起胡耀宗的,认为他不过是个绣花枕头,外表很漂亮,实际上是华而不实,没有多少实际工作经验,甚至有人背地里很刻薄地评价胡耀宗实际上就是秦永明身边的一个太监,低眉顺眼,一味靠拍秦永明的马屁升官。秦永明想,既然胡耀宗的威望不够,那么还是由我来进行号召和动员吧,他轻声咳了两声,见会议室里安静了下来,便开始发言了:"同志们,刚才耀宗同志提出了建设商务中心的建议,把这作为我们瀛江市下一阶段经济工作的一个中心任务和主要着力点,以此来带动我们瀛江市经济建设取得全面发展和提高,我个人认为这是一个很好的建议,今天召开这个会议就是为了集思广益,听取大家的意见和建议,对建设商务中心的方案进行补充和完善。请大家畅所欲言。"

秦永明的话音刚落,曹伟强就率先表态,粗声大气地说:"我同意,我认为撤县建市都这么多年了,我们是该建一座漂亮一点的商城了,这样我们瀛江的市容会更好看一些,我们瀛江人走出去也能昂首挺胸,脸上也有光彩。"

曹伟强的话也很有趣,好像瀛江市如果不建商务中心,瀛江人就会在外地人面前抬不起头来,矮了别人半截似的。其实曹伟强对于经济建设、发展规划这些事并不关心,他只是个人有一个行事原则:凡是秦永明号召和推广的事情他都要坚决赞成,即使这件事是有害的也无所谓;凡是秦永明反对和排斥的事情他就要坚决反对,即使这件事情是有益的也不行。所以曹伟强第一个表态支持建商务中心。

赵国平接着发言:"我认为作为一个城市,也确实需要有一个好一点的商务中心,积聚人气,促进消费,繁荣市场,树立形象。这件事本身是没有错的,但问题在于瀛江市的财政并不富裕,需要花钱的地方还有很多,比如学校校舍改造、失学儿童、下岗工人、困难户、五保户的生活补助等等。兴建商务中心需要有很大一笔投入,那么这笔钱从哪里来呢?"

胡耀宗立即接过话题说:"赵市长,您考虑的这个问题确实很实际,我们对此做了认真考虑,拿出了一个具体方案,那就是面向社会招标,借助社会力量,利用社会资金来兴办此事,不用财政投一分钱,当然我们要给予一些优惠政策,比如税收减免、土地优惠、信贷扶持等等。"

杨得胜提问说:"可是兴建一座特大型商务中心,至少要投入数以亿计的资金,目前在我们瀛江市有这样有实力的企业和个人吗?我们只不过是一个县级城市,无论是公私企业,实力规模都很有限,如果对外招商引资,有谁会投入这样大一笔资金来一个县级城市兴建商城呢?我看难度不小。"

胡耀宗说:"杨副市长太保守了,我们瀛江市的万亿达集团就有这样的实力啊,只要他们愿意,完全可以承接这个项目。"

三

常委们纷纷发表了自己的意见,总的来说,多数常委同意兴建商务中心,一来可以作为瀛江市的地标性建筑,提升城市形象;二来可以引入现代化商业发展理念,与时俱进,促进经济发展。

秦永明最后一锤定音:"兴建商务中心,可能会遇到这样或那样的问题,最主要的是资金问题,但是话又说回来了,如果没有困难,那还要我们在座的这些人干什么呢?有条件要上,没有条件创造条件也要上,如果遇到一点困难就裹足不前,那我们还谈何发展?现代化和小康社会不会自己从天上掉下来,要靠我们克服一切困难,努力奋斗去主动争取。"

最后,常委会决定在城区的城南国道旁边辟出一块土地来,以土地低价出让作为优惠条件,面向社会招标,吸引民间资金兴建商务中心。说是低价出让土地,鼓励民间资本投入,可是后来在实际操作中只是象征性地收取了一点土地出让金,与无偿出让土地无异。会议还连带通过了交通局关于面向社会公开拍卖客运线路经营权的工作方案。

第七十七章

一

常委会结束后,胡耀宗根据秦永明的授意,把招标兴建商务中心的事情告诉了吴荣发。胡耀宗原以为吴荣发会欢欣鼓舞,欣然加入竞标者的行列,争夺商务中心项目的开发权,可是不知为什么,这次吴荣发竟然对这个项目丝毫不感兴趣,婉转地拒绝了。于是,胡耀宗想给吴荣发做一做思想工作,促使他转变态度:"吴总啊,商务中心建设可是我们瀛江市的一项重点工程啊,无论对于瀛江市的经济建设还是我们瀛江市的城市形象都具有相当重要的意义,你如果能勇挑重担,把这个项目接下来,我们市委、市政府一定会全力支持你的,无论是土地出让费、税收,还是信贷扶持,什么事都可以商量的啊,这也是秦书记对你的期望啊。"

吴荣发听了胡耀宗的话,心中十分为难。接这个项目吧,前期投入至少需要几千万甚至上亿的资金,实在是心有余而力不足,可是这些难言之隐一时半会儿又难以说得清楚;不接这个项目吧,秦永明、胡耀宗他们可是眼巴巴地看着自己,这可是秦永明在瀛江市留下的政绩工程,在这种关键时刻自己如果不挺身而出帮秦永明排忧解难,就太伤害他的感情了。他想了想对胡耀宗说:"胡书记,请你转告秦书记,感谢市委、市政府长期以来对我的关心和支持,可以说没有市委、市政府的支持就没有我吴荣发的今天。但是胡书记我不瞒你,万亿达集团现在资金比较吃紧,周转不灵,暂时抽不出资金来发展其他项目,更别说像商务中心这样的大型项目了,请市委、市政府多理解。但是话又说回来了,我吴荣发不是一个忘恩负义的小人,如果最后商务中心实在找不到更合适的投资商,我吴荣发义不容辞,就是卖了万亿达集团也会投资商务中心这个项目,不会袖手旁观,眼睁睁地看着这个项目落空的。"

胡耀宗见吴荣发都把话说到这个份儿上了,心想他可能确实是遇到了什么难处,要不然凭他和秦永明之间的这种亲密关系,他是不会如此不给面子的,也就只好作罢。只是连吴荣发都推辞了这个项目,那么瀛江市内还有哪家企业有如此实力能承接这样大的项目呢?如果面向瀛江市以外的地区招商引资也并非易事,胡耀宗一时间也犯了愁。

二

吴荣发到底遇到了什么难事呢?原来万亿达集团近年来效益全面滑坡,除服装厂因为是滨海市中小学校指定的校服加工定点厂,略有赢利外,五金家具配件厂和海产品速冻公司、养殖基地等由于管理不善一直处于亏损状态,长期以来一直是靠银行贷款输血救急,勉强支撑着,窟窿也越来越大。现在虽然开办了万亿达房地产开发有限公司,用二轻机械厂资产做抵押,得到了一大笔贷款,同时通过开办荣发信用合作社,吸收了大量的社会资金,但毕竟还是背上了大额银行利息这个包袱,而且随着时间的积累,包袱也越来越重,利息总额像滚雪球一样越滚越大。再说,白云村那边征地的事,到现在还不断有一些村民阻挠,到头来能不能顺利动工建设还是一个未知数……

吴荣发这才知道当初决定开发房地产的想法过于草率和冲动了,原来房地产开发也不是如想象中的那么简单,但这些都还不是最严重的问题,更要命的是吴荣发把万亿达房地产开发有限公司的大部分资金从事地下高利贷业务和转移到他的驻深圳办事处去炒股、炒房。这些行业的风险是可想而知的,随着国家对证券交易市场的规范和整顿,股市开始一泻千里,楼市也接连跳水,吴荣发损失惨重,几乎血本无归。屋漏偏逢连阴雨,几个借高利贷的大户因为赌球输了也卷款潜逃,巨额的贷款都成了坏账。吴荣发内外交困,焦头烂额,急得如同热锅上的蚂蚁一样。可是家丑不可外扬,他对外还要强装出一副意气风发的样子来,让人家以为万亿达集团欣欣向荣、蓬勃发展。

世间事从来都只有锦上添花,哪里会有雪中送炭呢?如果让外人得知万亿达集团已是千疮百孔、积重难返,只剩一个空壳子了,那么还有谁会对万亿达集团青睐有加呢?到时候恐怕就连秦永明也会对自己不理不睬了。吴荣发此刻已是泥菩萨过河,自身难保了,他哪里还有心事去投资什么商务中心呢?

三

这边秦永明和胡耀宗等人正在为商务中心的问题发愁,交通局那边线路经营权拍卖活动却是如火如荼地展开了,异常火爆。近年来,瀛江市前往广州、深圳、东莞、惠州、珠海、中山等中心城市经商、务工的人越来越多,可是却一直没有开通直达珠海、中山等地的长途客运服务,人们只得到滨海市或邻县市转车,很不方便,因此市场潜力很大。交通局的正、副局长姚永久和刘壮雄两人看准了线路经营权是稀缺资源,奇货可居,因此把线路经营牌照的审批发放权牢牢地抓在手中,谋划着要在这个项目上赚个盆满钵满。

姚永久和刘壮雄两人先是把交通局要拍卖客运线路经营权的风声传了出去,大造声势,传得人尽皆知,并且有意让大家知道线路经营牌照的审批发放权由交通局局长姚永久掌握,副局长刘壮雄负责初审工作。

瀛江市的那些消息灵通的人士闻听这个消息后,认准了这是个有利可图的事情,不管自己有没有客车或者是否打算经营客运生意,都纷纷行动起来了。他们托关系走后门,都想弄到客运线路的经营牌照。他们都认为只要将经营牌照弄到手,无论是自己经营还是转手倒卖,都会获利颇丰。

一时间,姚永久和刘壮雄两人的家里来客如云,人们都带着礼品和红包来,希望能得到他们的关照。两人也是来者不拒,所收的礼品全都登记造册,到时候根据礼金多少、礼品厚薄来决定线路权的发放对象,以及作为热门线路和一般线路的发放依据,一分钱一分货,公平交易。许多头脑灵活、善于投机的人看准了炒卖客运线路经营牌照,肯定是有利可图的,因此不惜借贷来向姚永久和刘壮雄行贿。弄到了牌照的人为了尽快收回"投资",立即转手就把牌照卖了出去,获利不菲。

因此,瀛江市内倒卖经营牌照成风,人们趋之若鹜,几乎成了一个热门行业,比股市还要红火,牌照的价格也打着滚地往上翻,一路上涨,从最初的一万元买一个牌照,到最后价格上涨到十几万元,甚至更多。刚开始是以个人为单位炒牌照,到后来因为价格越来越高,投入金额越来越大,居然还发展到几个人甚至是十几个人合伙炒卖牌照,涉及面之广,涉及人员之多,蔚为壮观。那些炒牌照的人并不真正从事客运生意,只是炒卖牌照获利。而那些真正经营客运生意的人却因为价格太高或错失良机难以获得牌照,因此只得向持牌人租用牌照经营客运生意,大家都愤愤不平,背地里骂娘。

交通局的姚永久、刘壮雄等人利用发放客运线路经营牌照的机会大肆受贿的事情激起了大家的愤怒,告状信像雪片一样飞往瀛江市纪委、监察局、检察院、信访办,可是这些告状信却如同石沉大海,毫无回音。

四

胡耀宗也曾经考虑过让商业局或供销社来承接商务中心区的项目,但商业局局长和供销社主任却把头摇得跟拨浪鼓似的，双手一阵乱摆，忙不迭地推辞："胡书记啊，您可别拿我们开玩笑了，我们哪里有这个实力接商务中心区的项目啊，别说是上亿的资金，就是几百万的资金我们也拿不出来，现在连退休职工的工资也不知去哪里筹集呢。"

胡耀宗知道商业局局长和供销社主任说的都是实情。计划经济时期，由于垄断经营，商业和供销等单位曾经是瀛江市商业领域的中坚力量，百货大楼和供销大厦也曾经是瀛江市的商业标志和象征。但是改革开放后，商业流通领域率先放开搞活，国有企业面临着竞争日益激烈的市场，饱受个体经营者和私营企业的冲击，早已是江河日下、日薄西山了。两家单位都采取了承包经营的方式，把柜台分包给职工自主经营，自负盈亏，管理层除了按期收取承包款外，已完全失去了经营控制权，那些往日争着到商业和供销战线当领导的经理主任们现在在职工们面前个个抬不起头来，灰溜溜的。

胡耀宗摆了摆头，自嘲地笑了笑，心想自己也是病急乱投医。就在他一筹莫展的时候，曹伟强却来找他汇报工作。此刻，他正为商务中心区项目的事发愁呢，哪里有工夫去理会曹伟强，他对曹伟强说："老曹啊，你找我汇报什么工作啊，我又不分管你们政法口的事情。"

曹伟强神秘兮兮地笑着说："胡书记，我知道您现在正为项目的事情发愁，我是来为您建言献策、排忧解难的。我们做下属的，就是要时刻想领导之所想，急领导之所急，这是我们分内的事情啊。"

胡耀宗被曹伟强的几句拍马屁的话说得心里十分受用，眉开眼笑，嘴里却谦虚地说："老曹啊，你别一口一个领导的，你现在也是市委班子成员呢，我们大家都是同事嘛。对了，你刚才说到项目资金的事情，怎么，你有办法？"

胡耀宗注视着曹伟强，心里想，现在谁要能拉来资金，自己愿意管他叫亲爸，自己主管招商工作一直没有做出太大的成绩来，如果能筹集到商务中心区的资金或找到投资方，也算是自己的一大功劳，不枉了秦书记对自己的一番培养。

曹伟强见胡耀宗急吼吼的样子，心想自己正好挠到了他的痒处，虽然得意，却也不敢过分在胡耀宗面前卖关子，于是说："胡书记，您还记得海岬镇北城村的支书欧金满吗？"

五

胡耀宗的脑子快速转了几下,说:"啊,我记得有这么个人,好像是因为后来开车撞死人的事情跑到外地去了,记得那时市委还收到过告状信呢,说是你们公安局和法院对此事处理得太轻了,对不对?他现在怎样了?是不是在外面混不下去了,准备回瀛江来?"

曹伟强听了胡耀宗的话有些哭笑不得:"胡书记,不是您想的那样,人家欧金满现在是一个很了不起的人物呢,这几年在外面闯荡经商,搞得风生水起呢,成了大老板了,又交了一些商界的朋友。人家饮水思源,故土情深,虽然在外面混得很好,但还是思念家乡,关心瀛江的经济建设,想要为家乡的经济建设出一把力,尽一点心意,于是托人回瀛江来打听,看有没有可以效力的地方。我想正好我们瀛江市的商务中心区的项目一时找不到合适的投资人,可以让他来投资啊!"

胡耀宗听了曹伟强的话有些吃惊,心想真是人不可貌相,海水不可斗量,还真是不能拿老眼光来看人呢。在他的印象中,欧金满就是一个村主任出身,没想到去外面闯荡了几年,竟然成了大气候,这真是有些不可思议啊。于是他忙说:"老曹啊,你说的这是真的吗?不会是开玩笑吧?我记得他好像出去也没多长时间啊,怎么就成了大企业家了?他能掏出上亿的资金来建商务中心区?"

曹伟强说:"他自己有一些资金,当然没有那么多,不过他在外面交了一些商界的朋友,他们愿意合伙来瀛江投资发展。当然人家欧金满也有个小小的条件,就是希望我们能明确表态,不要再抓住他以前的那件小事情不放了,同时尽量能让他官复原职。他肯回瀛江来投资发展,也算是将功赎罪吧!"

胡耀宗总算听明白了曹伟强的意思,肯定是欧金满找到曹伟强,希望通过他"平反",好堂而皇之地衣锦还乡。胡耀宗说:"老曹啊,这件事情我不好直接答复你,等我向秦书记汇报一下,看看秦书记是什么态度再说。"

第七十八章

一

欧金满那年撞死人后辞职去了深圳,说是开了一间货运中转站,但其实是在深圳遥控家乡的亲弟弟欧小涛及个别村民,暗地里在北城村制作起毒品来,然后把毒品源源不断地输送到外地,还通过石桥港经水路将毒品贩到了菲律宾等国家、地区……

那年欧金满到深圳不久,就认识了一个香港人,叫翁大壮。巧的是,翁大壮也是瀛江市人,和他算是真正的老乡,于是两人关系甚为亲密。交往一段时间后,欧金满就知道翁大壮是做制贩毒生意的。有一次,翁大壮问欧金满:"想不想做生意?要是想,就制作白粉、冰毒,我可以帮助提供原材料和技术支持。凭你在老家曾当过村主任的身份和在当地的关系网,回乡下北城村干是最安全隐蔽的,再说运输又方便,一出门槛就让渔船直接将货物运到公海,销给菲律宾等国家、地区的毒贩。保证你赚大钱!"

但欧金满深知制贩毒可是重罪,抓到后是要枪毙的,所以婉言谢绝了翁大壮的"一番好意"。后来,他看翁大壮餐餐大鱼大肉、夜夜歌舞升平,便利欲熏心了。他心想也不必顾忌那么多了,再说,有那么多制贩毒的人,难道每个人都被抓住了?人家还不是照样过着风光体面的生活。欧金满这么一想也就觉得心安理得了,于是铁了心跟着翁大壮走上了制贩毒的不归路。欧金满自己不回瀛江,只让他的亲弟弟欧小涛,带着村里几个与他同宗亲房的村民,在翁大壮的指导下,悄悄干起了毒品生产的勾当,并在瀛江市的各个舞厅、酒吧等娱乐场卖了起来……而他则坐镇深圳负责发送原材料,联络更大的销售渠道。从此,欧金满财源滚滚,日进斗金。由于原材料供应稳定,再加上有成熟的制作技术撑腰,他的毒品生意越做越大了,很快在北城村形成了一条地下规模发展产业链,全村三分之一的村民在欧小涛的带动下,纷纷洗脚上田,也暗地里跟着干起制作毒品的营生,然后交欧小涛收购,再由他成批销往外地。

二

当时,瀛江市公安局没有设专门的禁毒大队,欧金满偶尔回到瀛江,曹伟强为加强他与相关人员联系,就会时不时牵头请治安大队和各派出所个别民警吃饭。每次这酒一喝,有一些人就拍着胸脯称兄道弟,表态说:"欧书记是老相识了,又是我们曹局的朋友,那就是我们的朋友啦,有需要我们出力的地方,尽管说话。"但大多数作风正派的人却只是口头敷衍了事,并不想交欧金满这个不明不白的朋友。

偶尔也会有群众向派出所或公安局反映情况,称海岬镇北城村有人制作毒品,还拿到舞厅、酒吧销售,但一直没引起相关部门的重视,也没有人认真查处此事。欧金满就是仗着有曹伟强和这帮公安朋友这顶保护伞为自己"保驾护航",一步步做大做强他的毒品生意的。

但是欧金满一直厌倦在深圳的那种始终不能算是出人头地的生活,总想找机会名正言顺地回到瀛江来,重新过上过去那种万人之上的悠闲自在的生活。特别是这一次"雷霆扫毒"清剿行动中,他弟弟欧小涛被捕,更让他深刻体会一个道理,常在河边走,迟早会湿鞋。他明白制贩毒生意终究是杀头的买卖,尽管他是幕后指挥,但一天到晚还是战战兢兢、提心吊胆的。他认为只有回到瀛江、回到北城去才不一样,毕竟那里是自己的家乡,自己在那里有人脉,稍有风吹草动,相对来说也安全得多。最主要的是有曹伟强这把大保护伞,自己可以高枕无忧。因此他无时无刻不在找机会想要回到瀛江市。此次,他跟曹伟强通电话时闲聊,得知瀛江市要筹建商务中心区,需要巨额资金投入,市里的领导们正在为此事发愁。他心想,这可是个千载难逢的好机会,可以借机和瀛江市的领导们重新恢复关系。欧金满知道自己手里的资金远远不够,于是他找到翁大壮商量此事。翁大壮也正想找机会把自己非法赚来的黑钱洗白,好让自己有一个合法的身份,使自己从一个犯罪分子转变为一个企业家,因此和欧金满一拍即合,两人商定一起回瀛江去投资发展,借机洗钱。其实,翁大壮还在想,如果能顺利回瀛江投资发展,在家乡人眼中也等于算是一件光宗耀祖的事,将来站稳脚跟后,再见机行事拓展其他正当生意。于是翁大壮一个劲地催着欧金满与瀛江方面联系,欧金满于是通过曹伟强转达了投资意向和投资条件。

三

秦永明听胡耀宗汇报了欧金满投资的事情后，很高兴："都说故土难离，桑梓情深，看来这句话没有说错啊。我们欢迎任何一个在外经商成功的企业家回瀛江市投资兴业，建设家乡，回报家乡，如果他们能回来投资发展，可以享受外资待遇。"

胡耀宗小心翼翼地说："秦书记，可是欧金满还有一个条件呢，他以前在瀛江市犯过事，开车撞死过人，后来虽然受到了处罚，可是受害人家属一直在上告，说是公安局和法院包庇他，重罪轻判，欧金满也因此不敢回瀛江来。他希望我们瀛江市委、市政府能够明确承诺，不再追究他过去的事情。"

秦永明说："耀宗同志啊，你也是一个工作多年的党员干部了，这种事情我们能承诺表态吗？我们能够以权代法、徇私枉法吗？如果他欧金满的案件确实存在重罪轻判的问题，我们当然要予以纠正，重新处理，维护法律的尊严，还受害人家属一个公道。"

胡耀宗见秦永明一副义正词严、正气凛然的样子，心里顿时凉了半截，心想秦书记一定不肯通融了。

这时，秦永明又接着说："但是我们办案也不能听信原告方的一面之词，如果经过调查，欧金满的案子并不存在所谓重罪轻判、徇情枉法的问题，那么所谓表态承诺的问题也就根本不存在了。曹伟强是主管政法系统的政法委书记，让他牵头组织成立一个公检法系统的联合调查组，对此事进行调查，迅速拿出一个调查报告来，同时，让欧金满再赔点钱，这件事不就结了吗？"

胡耀宗顿时如醍醐灌顶，茅塞顿开，对秦永明佩服得五体投地，心想人家不愧是市委书记，什么问题到了他那里根本就不是问题了，轻而易举地就解决了。

曹伟强很快就组织办案人员对欧金满案件进行了复查，结果当然是没有任何问题，曹伟强把这一调查结果及时转告给欧金满。

欧金满很快就和翁大壮准备回瀛江市。临出发前，他特地给曹伟强打了一个电话。曹伟强一本正经地说了一些欢迎你们回来参加家乡经济建设之类的客套话，然后告知，晚餐定在豪门大酒楼，要为他们接风洗尘，就挂断了电话。

四

欧金满和翁大壮两人当天到达瀛江时已是下午五点多钟，他让司机把车直接开到豪门大酒楼。曹伟强等人早已在这里等候了。

欧金满和翁大壮以及司机三人在礼仪小姐的带领下，来到一个大包间门口，推开包间的大门，包间内已坐着三个人，正是曹伟强、吴荣发和邱添弟。大家互相热情地打招呼，寒暄，客套了一番后落座。见曹伟强、吴荣发等人亲自出面为自己接风，欧金满感觉很有面子，也让翁大壮对他刮目相看了。他先是简单地介绍了曹伟强、吴荣发和邱添弟三人，然后介绍了翁大壮："这位是我在深圳认识的做生意的大老板，翁总是从事进出口贸易业务的，生意做得特别大，资产上十亿。祖籍也是我们瀛江的。"

"哪里哪里，只不过做点小生意，混口饭吃，以后还望各位领导和老板多多关照。"翁大壮说着站起来向大家抱拳施礼。他觉得自己一个毒品贩子，平时最怕的就是警察，连做梦梦见警察都会被惊醒，现在竟然在内地和一个公安局局长坐一起吃饭喝酒，而且还成了座上宾，真是滑稽。

翁大壮正想着，欧金满拽了他一下说："翁总，我来为你隆重介绍一下，这位是我们瀛江市委常委、政法委书记、公安局曹伟强局长，这位是我们南江省著名民营企业家吴荣发吴总，这位就是这座酒楼的老板邱添弟。"

翁大壮连忙又起身和大家一一握手，彼此客套了一番。

欧金满又说："曹常委，我和翁总这次回瀛江来就是想在家乡投资搞建设，承接瀛江商务中心区这个项目，我是土生土长的瀛江人，翁总的故乡也是瀛江的。他多次跟我说落叶归根，还是把辛苦赚来的钱投在故乡比较有意义，这件事还希望曹常委多多帮忙，为我们引见一下市里的各位领导。"

曹伟强说："我们就是欢迎你们这些企业家回瀛江来投资兴业，回报家乡，这件事情我已向市委领导汇报过了，领导们对这件事情很重视，也表示欢迎你们回来投资发展。如果你们确有这个实力承接商务中心区的项目，我们求之不得。这是件双赢的事情，我想基本可以定下来了，等我向市委领导汇报后，可能秦书记他们还要见见你们呢。"

翁大壮说："那太感谢了，我们希望能早日见到秦书记，说干就干，早点把这个事情定下来，马上就开工建设。至于资金，根本不是问题，曹常委你尽管放心好了。"

酒菜很快就上齐了，一桌人除了三个司机不喝酒外，其他人觥筹交错、举杯痛饮、尽欢而散。临分手时，曹伟强特意把欧金满拉到一边悄声说："你们投资的事包在我身上,过两天就会有消息。"顿了一下,他朝周围扫了一眼说:"最近形势严峻,你弟弟小涛的事估计麻烦,省厅非常重视,盯得特别紧。现在人关在鹅城看守所,要捞出来,很难。但是也不能没有信心,还是要抓紧想办法。"

　　欧金满连连点头称是,醉眼蒙眬,含糊不清地说着:"是,是,领导,给你添麻烦了,这事就全靠你了。"

第七十九章

一

欧金满和翁大壮以为投资瀛江市商务中心区是板上钉钉、十拿九稳的事情了，只等过两天市委书记秦永明、市长赵国平等人接见自己，然后和市政府把投资合作协议签下来就可以注入资金，开工建设了。这个项目的工程设计图早已由瀛江市政府委托省里的建筑设计单位设计完成了，只是等米下锅，资金一到位，就可以开工了。

可是谁知夜长梦多，节外生枝，半路又杀出一个程咬金来。这天交通局的姚永久来找胡耀宗汇报工作，提出希望商务中心区项目公开招标，以示公平。

胡耀宗诧异地问："招什么标？前一阶段市里就是为资金的事情发愁，也没见你们有谁出来说一句话，现在人家欧金满和翁大壮愿意回来投资，为我们解决了一个大难题，这是天上掉下来的好事呢，还要招什么标，搞那个形式干什么？"胡耀宗开玩笑地说："难道是你姚局长准备投资？"

姚永久见胡耀宗调侃自己，脸红了一下说："胡书记，您是领导，怎么拿我开玩笑？我一个普通党员干部，只怕下辈子也没这么多钱来投资啊。不过胡书记，我是认真地向市里建议，现在有一个瀛江本地的企业家愿意投资商务中心区的项目，而且这个企业本身就是做建筑工程业务的，业务对口，做起来轻车熟路，而且实力雄厚，资金不成问题，希望市里能认真考虑。"

胡耀宗闻言心里好笑，前一段时间市里为资金的事四处号召动员，也没见有人出来表态，现在商务中心区项目又成了香饽饽了，竟然有人抢着要干，真是此一时也彼一时也。他有些纳闷了，便问："永久，你说的那个本地企业家是谁啊，我是瀛江本地人，我怎么没听说过啊？不会是吴荣发吧，他可是早就拒绝了这个项目啊。"

姚永久心里有些不屑，你们这些市委领导，眼睛里就只有一个吴荣发，殊不知瀛江这个地方却是藏龙卧虎，有许多深藏不露的大老板呢，所谓真人不露相，露相不真人嘛。他很认真地对胡耀宗说："胡副书记，这个人就是我们瀛江市建筑行业的领头羊，刘焱。"

胡耀宗听后略微沉吟了片刻，他马上想起了关于刘焱的一些事情，便问：

"刘焱就是腾达建筑公司的老板吧？市委收到过很多关于他的告状信呢，有人说他涉黑、滥用暴力、恐吓等手段承接建筑工程，是瀛江一霸呢，有这回事吗？"

二

姚永久见胡耀宗这么说，不免有些尴尬，脸涨得通红："胡书记，这些都是谣言呢，有些人是吃不到葡萄就说葡萄酸，见人家腾达公司做得红红火火，就嫉妒人家，肆意诽谤、诬蔑。胡书记您是知道的，现在社会上有一些人就是得了红眼病，见到谁进步了，或者说发财了，都不往好处去想，不说人家是通过勤奋努力取得的成功，而专门捉摸人家背后是不是有靠山，是不是借助了某种非法手段。谣言止于智者，这些话都不能听信的。"

胡耀宗也不想和姚永久深究这个问题，腾达公司的刘焱是否涉黑，是否暴力敛财，这些都跟他胡耀宗无关，他又不分管政法工作，管那么多闲事干吗，他最关心的就是刘焱是否真的有实力承接商务中心区这个项目。他问："永久同志，刘焱他真的有这个实力吗？在我印象中他也只不过是个包工头而已，虽然也承接了一些建筑工程，但也不至于有这么大的财力吧？你知道当初连万亿达集团都退避三舍，不敢接这个项目呢。"

姚永久见胡耀宗话里话外有些瞧不起刘焱的样子，于是笑了笑说："胡书记，我知道商务中心区这个项目是市委、市政府推出的重点工程，我姚永久有几个脑袋，敢拿这种事情来开玩笑？您可千万别小看了包工头，他们包工程的利润可大着呢，刘焱在瀛江建筑行业经营了这么多年，家底厚实，是外人难以想象的。只是刘焱这个人平时很低调，轻易不露富。"

胡耀宗见姚永久极力推荐刘焱来接商务中心区这个项目，心想多一个投资商做备选也好，万一欧金满那里有什么变故或者资金难以为继，也不至于让这个项目流产，这等于是做了双保险啊。他知道许多地方的大型工程因为资金链断裂形成烂尾楼的事例屡见不鲜，有备无患才好。于是他对姚永久说："欧金满提出来要承接这个项目，市委、市政府这边虽说还没有最后确定，但基本倾向于让他来做。现在你们要加入进来竞标，我们原则上是欢迎的，市场经济，公平竞争嘛，只是我需要向秦书记和赵市长汇报一下，尽量拿出一个两全其美的方案来，让各方都可以接受。如果可能的话，也不排除让欧金满和刘焱合股投资经营，你看如何？"

姚永久也不知道刘焱是否愿意和欧金满合伙经营，于是含糊回应说："这个事情还要胡书记您多多费心了,我再找刘焱扯一下这个事情,看看他的具体想法如何,然后我再来向您汇报。"

三

刘焱可是瀛江市建筑工程界一个赫赫有名的人物,他也有着传奇般的人生经历。尽管他的知名度和万亿达集团的吴荣发不可同日而语,但他的财富和实力却丝毫不逊色于吴荣发,甚至有过之而无不及。刘焱不事张扬,行事低调并不是因为他本身是一个性格内向、沉稳平和的人,相反他是一个霸气十足、锋芒毕露的人,他之所以不敢大肆炫耀自己的财富和实力,也是因为和欧金满等人一样有着类似的难言之隐,因为他的钱也来得不太干净,是靠暴力垄断建筑工程赚的黑钱。这次,刘焱得知市政府准备以极优惠的条件支持欧金满等人承接商务中心区项目,于是也动了心,想要和欧金满争一个高低。刘焱想承接商务中心区项目,主要是出于两个原因:其一,他早已把瀛江市的建筑工程业当作自己的领地,不能容忍任何人插手,这个欧金满竟然带着一个外人回来和自己抢地盘,是可忍孰不可忍。如果自己在商务中心区的项目上低头认输,那以后还会有谁信服自己?其二,他从欧金满投资商务中心区的事情中受到了启发,那就是把黑钱洗白,通过投资大工程,把自己那些带着血污的钱洗干净。

刘焱知道商务中心区的项目是市委书记秦永明亲自在抓,市委副书记胡耀宗负责具体事务,但是自己和这两个人都没有太深的交往,贸然前往恐怕效果不会太好。而市长赵国平则更是个另类人物,百毒不侵,吃请送礼在他那里都不管用。对于这样几个大权在握的人物,他赖以起家、屡试不爽的暴力手段更不能用,他还没有狂妄到要用暴力手段去胁迫、威吓书记和市长的地步。他前思后想,只能走"曲线救国"的道路。他和交通局副局长刘壮雄是酒肉朋友,两人关系十分密切,他曾通过刘壮雄搭上交通局局长姚永久,承接过交通局管理的一些工程,也给了姚永久不少好处费。于是他想通过姚永久来游说胡耀宗,并希望进一步游说秦永明,把商务中心区的项目揽过来。此举一来可以享受瀛江市政府给予这个项目的信贷、税收、土地等优惠政策,牟取利益;二来也可以让自己从此进入瀛江市主流社会,继而转变成像吴荣发那样受众人瞩目的民营企业家。

四

刘焱是瀛江市石桥镇的人,从小家境贫寒,历尽艰辛。他的父亲是石桥镇一个搬运站的装卸工人,从事扛包等重体力劳动,母亲则到处打零工赚钱,收入微薄且不稳定,因此他从小就过着艰难困苦的生活。在他的记忆中,自己小时候从来就没有穿过一件像样的衣服,身上穿的都是亲友和街坊邻居淘汰下来的旧衣服,缝补浆洗后接着穿。所谓穷人的孩子早当家,他从小就很懂事,从来不伸手向父母要零花钱和新衣服。

  由于刘焱家境困难,同学们都看不起他,常常取笑捉弄他,更有甚者,还常常欺负他,动手打他。有时他在学校挨了打,回到家里怕父母伤心难过,从来不吭声。母亲见到他被人扯破的衣服,鼻青脸肿的样子,也只有伤心流泪,劝他忍耐。他母亲常说:"谁让我们穷呢,只怪你投错了胎,没有投生在一个有钱人的家庭。"因此少年时的刘焱就对贫穷深恶痛绝,他在心里发誓,这辈子无论使用什么手段都要让自己变成一个富人,哪怕是付出生命也在所不惜。后来,他也明白了一个道理:如果没有钱的话,要命又有什么用呢?于是他开始发疯似的反过来欺负别人,常常打得同学们哭天喊地、抱头鼠窜,同学们见了他都躲得远远的。有的同学开始巴结讨好他,时常给他送零食、玩具或香烟之类的礼物,他来者不拒,开始感受到一种称王称霸、高高在上的快感。原来暴力可以使人屈服,可以带来这么多的好处,从此崇尚暴力的人生观就在刘焱心中变得根深蒂固了。

  刘焱学习成绩一直不好,考高中基本没戏,所以他初中没念完就辍学了。因为一时半会儿找不到工作,他就成天在外面瞎混,有事没事在大街上闲逛,打架闹事。因为他身手敏捷,加上心狠手辣,渐渐在石桥镇出了名,成为当地一霸。他大错不犯,小错不断,派出所也拿他没有办法。有时候把他带到派出所批评教育一番或者拘留几天,他在派出所倒是态度良好、低头认错,可是出了派出所后却我行我素、恶习不改,成了一根老油条,派出所也很头疼,只能随他去了。有人挨了刘焱的打骂,去派出所告他,派出所所长双手一摊说:"你没事去惹这个人干什么?把他抓起来判刑他又不够这个罪,关他几天吧他出去还是老样子,我们也很头疼,你说我们拿他怎么办?"

  告状的人听了派出所所长的话,想想也是这么个理,只得自认倒霉,就当是走夜路遇到鬼,以后别再招惹这个魔头了。一来二去,刘焱的气焰越发嚣张起来,不过他也很聪明,他给自己定了一个原则,始终不犯什么大的错误,心想我只要不偷不抢,你们就拿我没办法。

第八十章

一

刘焱的父母见儿子一天天长大了,长期这么胡混下去也不是个办法,于是便让他出去找活干,好歹也能自食其力,然后再娶个媳妇成个家,慢慢地野性子就会收起来,安安稳稳地过日子了。他知道父母含辛茹苦把自己养大很不容易,因此也很少顶撞父母,于是顺从了父母的意思,出去找工作。他身无一技之长,好在有一身力气,于是到一个建筑工地去做了小工。包工头见是刘焱这么一个人见人厌的混世魔王来找工作,心里不愿接受他,但又不敢生硬地拒绝,只得婉转地说:"刘焱兄弟,你是干大事的人,怎么能在我这个小工地受委屈呢?这样吧,这里有一点小意思,兄弟你拿去买包烟抽,以后有空我们再一起喝点小酒聊一聊,大家交个朋友吧。"包工头说着,拿出几百钞票递给刘焱。

刘焱接过钞票扔到包工头脸上说:"你把我刘焱当什么人了?你以为我是来敲诈的?瞎了你的狗眼!哦,我前脚收了你的钱走了,你回头就到派出所告我敲诈勒索你,老子不就犯法了吗?少来这一套!你要不答应我来工地干活,老子天天来找你!"

包工头捡起钞票,赔着笑脸说:"刘焱兄弟,我怎么敢去告你啊,真的是想和你交个朋友,你说我这么个小工地,干的都是力气活,实在不敢委屈了你。"

"少说废话,我别的本事没有,就是有一身力气,你说吧,让我干什么?"刘焱说着像模像样地卷起袖子就去翻砂、搅灰……很认真的样子,包工头见他这样也只得由他去了。

转眼,刘焱在大大小小的建筑工地上已干了两年了,学会了一身泥瓦匠的本事,也熟悉了建筑工程从接工程到施工和交付验收的各个流程,于是就想自立门户,自己当包工头。当包工头说简单也很简单,不需要有什么大的投入,只是随便找了几个泥瓦工和小工凑拢到一起,就成了一个小型施工队。施工队有了,刘焱先是接了几个盖民房的小工程。他平时虽然吊儿郎当的,但是干起活来却很认真。他知道这个就是自己的饭碗,干砸了饭碗也就砸了,因此手下人有干活不认真的,他张口就骂,抬手就打。手下工人都怕他,加上他信誉好,讲义气,从不拖欠工资,因此一个个都服服帖帖地努力干活。一来二去,刘焱的施工队竟然在石桥镇小有名气了,人们虽然不齿于刘焱的人品,但是他盖的房子却让人满意,于是来找刘焱盖房子的人日益多了起来。

二

转眼又是一年过去了,刘焱的施工队已盖了不少民房,赚了一些钱,但刘焱并不满足于这样小打小闹地做下去,他想要接一些大的工程,把自己的施工队变成大工程队,最后成立建筑公司,走上企业化发展的道路。就在他正琢磨着到哪里去接大工程的时候,瀛江市邮电局解体,分离出来的石桥镇邮政所正在计划着要盖邮政楼。这可是一个难得的好机会,已经有好几家施工单位来竞争这个工程了,甚至有瀛江市的大建筑公司来夺标。各路人马纷纷展开了公关活动,请客送礼,托关系,走后门,请上级领导写纸条,忙得不亦乐乎。可是他却是两眼一抹黑,政界的人一个也不认识,也没有什么过硬的靠山,即便是想送礼也找不到对象。就是说,提着猪头却找不着庙门。活人总不能让尿憋死,于是他抱着试一试的想法提了一些烟酒礼品趁夜来到石桥镇邮政所所长的家里。

邮政所所长开门见是他,马上明白了来意,于是皮笑肉不笑地说:"是刘焱啊,怎么有空来我这里转转?"所长嘴里和刘焱打着招呼,身子却堵在门口,那样子是连门都不想让刘焱进去。

刘焱硬着头皮说:"所长,我也不和你兜圈子了,听说你们这里要盖邮政楼,我们工程队想要接这个工程,希望所长大人关照一下。"

所长没听刘焱说完,脸上就露出了轻蔑的笑容:"你们工程队?你们那个小施工队也叫作工程队?刘焱啊,我们这可是大工程啊,是要盖大楼的,你们只不过盖过几间平房而已,你们有这个实力盖大楼吗?恐怕你们连一些必备的施工设备也买不起吧?"

刘焱听所长这么一说,心里凉了半截。但他并不想放弃,说:"所长,希望你给我一次机会,我一定能盖好大楼的。这是一点小意思,请所长收下。"他说着就把手里的烟酒往所长屋里送。

所长把门口挡得严严实实,并不给刘焱留下一点空隙,一边推托一边说:"刘焱,你别费心思了,这个是真的不行,我们这个工程已包给市里的一家建筑公司了,实在没办法,对不起了,你请回吧。"所长言毕就关上了家门,把刘焱晾在了门口。

刘焱自从进入建筑行业以来,还从未受过这种气。他窝了一肚子火回到家里,恨得牙痒痒,心里琢磨着怎么样摆平那个邮政所所长。他把自己关在家里抽了半天烟,终于有了主意。当天夜晚,刘焱召集一帮小兄弟,带着棍棒刀具守候在邮政所所长家附近。

三

直到晚上十点多钟,所长才摇摇晃晃地回来。刚走到家门外,从黑暗的角落里呼啦蹿出几个人来,把他围在了当中。所长吓了一跳,打了一个激灵,酒也吓醒了。他见这帮人一个个正用恶狼一样的眼神盯着他,又看见不远处站着的正是白天来找过自己的刘焱,刹那间就都明白了,他壮着胆子说:"刘焱,你这是想干什么?你们这样做就不怕犯法吗?我警告你,刘焱,我可不是一般的群众,我是国家干部,你们要敢动我,吃不了兜着走。"

刘焱快步走到所长跟前:"少吓唬我,我是什么人你不是不知道,老子烂命一条,光脚不怕穿鞋的。今天有两条路让你选,一是你把工程包给我做,按行规该给你多少回扣老子一分都不会少你的,你好我好大家好;二是你把工程包给别人,老子捅你一刀后跑到外地去躲几年。老子反正是光棍一条,到哪里都可以安家。你有老婆孩子,有工作单位,犯不着和我拼命,你自己看着办吧!"

所长一听吓得浑身发抖,立马就换了态度:"刘焱兄弟,你……大人不记小人过,我……只不过是跟你开了个玩笑而已,都是老熟人,低头不见抬头见,有什么事不好商量,还犯得着来这个吗……"

刘焱见所长服了软,就让那帮人收起了刀,脸上露出了笑容,拍了拍所长的肩膀说:"这还差不多,你要早这么识相,我们又何必弄得这么紧张呢?这样吧,明天我来找你签合同。你也可以去派出所报案,不过有一条我告诉你,只要我刘焱不死,坐几年牢出来后我一定要你好看!你要是不信的话,我们可以走着瞧。"刘焱说完带着那帮小兄弟扬长而去。

翌日上午,刘焱顺利地得到了镇邮政楼的工程合同。

刘焱的施工队盖一栋普通的民房还可以,可是要承建邮电楼这样有一些技术含量和施工难度的工程还是力不从心,石桥镇邮政楼是刘焱承接的第一个大型工程项目，他可不想把它搞砸了，使自己好不容易累积的信誉毁于一旦。经过认真考虑，他找到了瀛江市一家有实力的建筑工程公司——瀛江市第二建筑工程公司，要把邮政楼的工程转包给对方，可是对方对这笔送上门来的生意却无兴趣，认为自己是堂堂的大型建筑工程公司，从一个小小的施工队手里转包工程，喝人家的剩茶，不是丢人吗？面子上下不来。还有，这个工程经过刘焱加价转包后，利润微薄，形同鸡肋。再说，他们可不想为刘焱去撑门面，就想看刘焱如何处理手中的烫手山芋。

四

刘焱主动找到瀛江二建的余经理谈了两次，见对方并不买自己的账，知道他们是成心要看自己的笑话，心中怒气顿生……这天，余经理的孩子生日，晚上一家人在渔港餐厅包间吃饭，突然进来了三个年轻人，径直走到余经理面前说："你就是瀛江建筑公司的余经理吧？"

余经理不知他们怎么会认识自己，也不知他们找自己有什么事情，又见对方满脸戾气，目露凶光，不禁心里打鼓，说："你，你们是谁啊？找我有什么事吗？我并不认识你们几位啊。"

这三个年轻人中一个像瘦猴似的人说："不认识，今天就叫你认识一下，你小子当个破经理就狂得不得了，要上天了？今天老子们特地来给你消消火气，教你以后做人放聪明点，别太倔了。""瘦猴"说着，猛然一拳打在余经理脸上，打得余经理鼻孔流血，大声惨叫。

余经理的家人见状吓得浑身哆嗦，他老婆惊恐万状，说："你，你们干什么！怎么动手打人啊！"

"瘦猴"等人并不理睬她，三个人一拥上前对着余经理就是一阵拳打脚踢，这时又一个年轻人从外面匆匆跑过来说："快走，警察来了！"

这三个年轻人闻言迅速收手，一边后退一边指着余经理说："以后做事放聪明点，为你家里人多考虑一下！今天便宜你，下次连你老婆孩子一起打。"说完，三人转身就跑，从餐厅后门溜走了。

民警来到现场，把余经理和他家人带到派出所做笔录，余经理此时心里已如明镜一般，他知道今天这件事情的幕后主使者十有八九是石桥镇的刘焱，起因是石桥镇邮政楼工程转包的事情。他在心里叹了一口气，宁可得罪君子也不能得罪小人啊,自己被这个流氓盯上了,以后会后患无穷,再无宁日了。他感到有些无奈,纵使自己不怕挨打,也要为自己的妻儿老小的安全问题考虑。算了吧,退一步海阔天空,忍一忍云开雾散。他对民警说,自己从来没见过那几个打人,也不明白他们为什么要打自己。

民警也毫无头绪,只得将此事记录在案,慢慢调查了。

翌日,余经理就主动打电话给刘焱,让他有空的话就过来协商转包的事宜。

第八十一章

一

　　通过石桥镇邮政楼这一件事情,刘焱仿佛找到了一个成功的"商业模式",从此一边招兵买马,不断地扩大自己的建筑工程队伍,一边利用暴力恐吓加贿赂等手段,软硬兼施,获取一个又一个的建筑工程。他把工程接到手后,或自己施工承建,或转包牟利,财源滚滚,日进斗金。他很快就成立了腾达建筑装饰工程公司,腾达公司几乎占据了瀛江市建筑工程市场一大半的市场份额,很快就成为瀛江建筑装饰工程业的龙头企业。刘焱也从一个一文不名的小混混,摇身一变,成了腰缠万贯的企业家。

　　毕竟依靠暴力手段强行承接工程于法不合、于理不通,虽说行业圈子里的人的都敢怒不敢言,但私下里对刘焱心存怨愤,刘焱也怕终有一天会有人揭发检举自己,新账老账一起算,所以他不惜花费重金,千方百计为自己寻找靠山。后来,他通过种种努力和各种关系与曹伟强结识了。背靠大树好乘凉,从此他就认准了曹伟强这棵大树,在曹伟强身上花了不少心思,终于和曹伟强成了亲密无间的朋友。靠着曹伟强这棵大树,他的生意越做越大了……

　　刘焱听说瀛江市要在城区的城南国道旁边筹备兴建商务中心区,起先只想着要承接这个项目的建筑施工业务,并没有想到要去做这个项目的投资商。后来,他见市政府针对这个项目出台了许多优惠的政策,有着诱人的赢利前景,再加上受到欧金满的启发,想要通过投资来洗钱,把自己通过暴力手段赚取的钱漂白,于是就下定决心要和欧金满争夺商务中心区这个项目。他先是通过交通局局长姚永久向市委副书记胡耀宗提建议,试探一下,看看市里的反应如何。当得知胡耀宗并没有把门封死,答应考虑腾达公司的申请,刘焱信心十足,但对胡耀宗要他与欧金满合股投资这个建议不感兴趣。道不同不相为谋,他可不想和一个毒品贩子搅在一起,他只想自己单独投资这个项目。刘焱想,自己好歹也是做实业的,虽然过程中有些血腥和暴力,但是最终的结果却是好的。而欧金满就不同了,制毒贩毒这个行当既害人又害己,从头到尾都见不得光,是地地道道、彻头彻尾的犯罪活动,所以欧金满和自己不是一个层次的人,自己还是不要和他有任何瓜葛为好。他托人给欧金满带话说,大家各做各的生意,各发各的财,最好是井水不犯河水,互不侵犯,否则人若犯我,我必犯人。

欧金满听后淡然一笑说:"我欧金满什么都看穿了,无非就是一条命嘛,想玩就来玩吧,看看谁会怕谁,看看谁更硬,商务中心区的项目我做定了!"他和翁大壮商量,说这个刘焱是瀛江的地头蛇,不可小视,要有心理准备。

翁大壮冷笑了一下说:"没关系,我也是刀口舔血的人,干的就是杀头的生意,一个小地痞就想把我吓住?"说归说,为了保险起见,他还是打电话回深圳叫了两个保镖来瀛江保护自己,时刻不离左右。

刘焱听了中间人带来欧金满的回话,咬了咬牙说:"那就玩玩吧!"于是,他吩咐手下兄弟们提高警惕,做好准备。双方都在暗中调兵遣将、排兵布阵,有点山雨欲来风满楼的架势,气氛一下子变得异常紧张,危机一触即发。

二

翁大壮平时最喜欢做一件事,就是去歌舞厅。这天晚上,他让欧金满陪他去歌舞厅玩,欧金满有些担心,说这段时间还是小心点,不要随便外出抛头露面,提防刘焱寻衅闹事。翁大壮却毫不在意,带着两个保镖和司机就去了"温暖360"歌舞厅,开了一个包房,找了三个小姐陪他唱歌喝酒。直到午夜时分,喝得醉醺醺的翁大壮才在一个三陪小姐的搀扶下,摇摇晃晃地走出了歌舞厅的大门,两个保镖手插在衣兜里,紧跟在后面。

夜色深沉,灯火阑珊,车少人稀,大街上静悄悄的。舞厅大门外只有几辆出租车在候客。翁大壮四处张望了一下,搂着小姐正准备上车,突然前面街边停靠的两辆面包车上下来一伙人,手中拿着棍棒刀具快速向这边走来。翁大壮感到气氛不对,急忙回头招呼身后的两个保镖,两个人此时也察觉到情况异常,正准备从衣兜里往外掏东西,可是此时从舞厅内冲出几个拿刀的人来,迅速抵住他们的脖颈,把两人控制住了。翁大壮见此情景大惊失色,想要逃走却已来不及了,从面包车上下来的一伙人已迅速上前把他们包围起来了。

翁大壮惊恐不安地说:"你们是什么人,有事好商量,千万不要动手!"

这时,一个中等身材、留着小平头的人走上前来说:"你就是和欧金满一起的?叫翁大壮的那个人?你跑来瀛江市捣什么乱?你以为我们瀛江人是好欺负的?你是想找死吧!""小平头"像一只斗架的公鸡一样把头抵近翁大壮的脸,面目狰狞,恶狠狠地抛出了一连串的问话。

翁大壮哑口无言，只是惊恐不安地望着面前这个人，一动也不敢动。他想，自己刚来瀛江市不久，没有和别人结怨，眼前这伙人一定是刘焱派来的，自己今天可有得苦头吃了。

"小平头"从手下人手里拿过一把手枪来，借着昏暗的路灯灯光在手中把玩了一会儿说："哟，这枪能打死人吗？不会是小孩玩的吧，我试一试。""小平头"说着打开了手枪保险，把黑洞洞的枪口对着翁大壮的头，做出要开枪的架势来。

翁大壮吓得双膝一软，跪倒在地上，连声哀求说："兄弟饶命，只怪我有眼不识泰山，无意冒犯了几位，我知道错了，你们有什么吩咐我照办就是，你们高抬贵手，放我一条生路吧。"

旁边的小姐见眼前这阵势，也吓得浑身发抖，花容失色，强作笑脸对"小平头"说："这位大哥，我不认识他们几个人，我只是歌厅里唱歌的，你们的事和我没关系，我先走了。"小姐说着转身要走。

"小平头"一把将这小姐搂到怀里，在她脸上亲了一口，对翁大壮说："你小子还蛮会享福的嘛，挑的小姐硬是漂亮啊。跑到我们瀛江来玩女人了！也不看看你这副臭德性。""小平头"说着，抬腿一脚踹在翁大壮脸上，翁大壮被踹得惨叫一声，身体后仰倒在地上，双手捂住脸痛苦地抽搐着。

翁大壮的两个保镖见"小平头"大打出手，心中愤恨，冷冷地看着"小平头"。"小平头"骂着说："看我做什么？心里不舒服？想还手是吧？"说着，他挥手对两人各打了一记耳光。

三

这时，有一个小个子从前面街角处跑过来对"小平头"说："焱哥，快走吧，好像有巡夜的警察过来了。"

"小平头"满不在乎地说："慌什么？我们这是在为民除害！警察是要表扬我们的！"

小个子愣在那里不敢出声了。

"小平头"又对翁大壮说："今天算你走运，老子不想给警察添麻烦！要不然非废了你不可，回去告诉欧金满那小子，别把老子惹烦了，不然我把他连锅端了。你马上滚回深圳去，要不然下次再让我看见你，可就没这么便宜了。""小平头"说着又狠狠地踹了翁大壮一脚，带着一帮人迅速钻进前面的面包车，发动汽车，很快就消失在夜色中了。

翌日一早,惊魂未定的翁大壮收拾行李,带着两个保镖说要离开瀛江回深圳去。

欧金满全力挽留:"我们投资商务中心区的事情已经基本谈妥了,你这一走不就全部泡汤了吗?"

翁大壮猛地一把推开欧金满说:"少啰唆,老子原来以为你在瀛江还有些关系,有什么事情能罩得住,狗屁!再不走,老子连命都要丢在瀛江了。"

欧金满说:"刘焱欺人太甚,打狗还要看主人呢!"

"你说什么?!"

"哦,不。"欧金满轻轻打了一下自己的脸说,"我的意思是说刘焱这家伙也太嚣张了,一点面子也不给我,兄弟你先别走,我一定为你出这口恶气。"欧金满说着转身对以前跟他在村委会做事的一个年轻人说:"你马上召集弟兄们,都带上家伙,今天晚上和刘焱谈一谈,他如果不服软就灭了他!"

年轻人见欧金满气得满脸通红,也不敢开口相劝,急忙打电话召集人马。接着,欧金满又给刘焱打了一个电话,约他晚上出来谈事情。刘焱一口答应:"可以,你说上哪谈都行。"

曹伟强得知刘焱昨晚带人打了翁大壮,现在欧金满和刘焱各带了一帮人马约好今晚要在瀛江城区郊外牛头岭血拼,心里大惊:我的祖宗们,你们这一闹,事情就大了,到时候扯出萝卜带出泥,我也脱不了干系,我和你们之间的那些猫腻不就全都曝光了吗?于公于私我都不能让你们出事。他急忙打电话给欧金满,欧金满却根本不接,曹伟强顾不得生气,又打电话给刘焱。刘焱说:"曹局长,是欧金满约我出去谈事情,我也不能装孙子躲在家里不出门啊!"

傍晚时分,欧金满和刘焱各带了一帮人马,乘坐几辆面包车先后来到瀛江郊外的牛头岭,几十个人带着铁棍和刀具从车上下来,分成两帮对峙,眼看就要开始大打出手,展开恶斗。

四

危急时刻,两辆警车急驰而到,曹伟强带着几个民警横插在两帮人马中间。曹伟强气急败坏地叫骂着:"你们都疯了?翅膀都硬了是不是?连老子的话都敢不听了!你们不要太猖狂了,你们自己干了哪些事心里都清楚,把老子惹烦了,把你们统统抓起来,新账老账一起算!"

欧金满阴沉着脸说:"曹局,你不能不问青红皂白乱骂一通,我和翁大壮是市里请回来的投资商,你们公安局要保证我们的安全,可是现在是他们在闹事,在恐吓我们。"

曹伟强脸上带着调侃的笑容,上下打量着欧金满说:"哟,看不出来,原来是欧金满啊,失敬了,你算什么东西,在老子面前假装正经。你再不识相,老子现在就抓你,信不信!"

刘焱插嘴说:"曹局长,你现在看到了吧?他连你都不放在眼里了……"

曹伟强猛地回头骂道:"你给老子闭嘴!你也不是什么好东西,今天这个事情你要负主要责任,人家翁大壮好歹也是远道而来的客人,在秦书记和赵市长那里都挂了号的。我们是请人家来瀛江投资的,不是来看你的脸色的,你最好放明白点!"

欧金满和刘焱见曹伟强真的生气了,像被当头打了一棒的疯狗一样在那里咆哮,两人都不敢吭声了。

曹伟强发了一通火,见两人都不吱声了,于是缓和了一下语气说:"今天这件事情幸好只有我知道,要是让秦书记和赵市长他们知道了,我想保也保不住你们了。现在我命令你们,马上让手下人各自回去,马上!欧金满和刘焱上我的车,跟我走。你们谁不听我的话,我现在就抓谁!"

欧金满和刘焱只得乖乖地遣散了各自的手下,然后,两人坐上曹伟强的警车回市区……

曹伟强直接把车开到豪门大酒楼门口,带着刘焱和欧金满两人下了车,又吩咐随行的民警把警车开回去,然后和刘焱、欧金满一起进了豪门大酒楼。

邱添弟听说曹伟强来了,连忙让人开了一个包房,把曹伟强一行三人安排在包房内落座。曹伟强又让欧金满打电话叫来翁大壮。

第八十二章

一

翁大壮听说是公安局局长请自己夜宵,便火速赶来了。一进包房的门,他见曹伟强身边坐着的"小平头"正是昨晚带人殴打自己的那个"焱哥",不禁一愣。只见"焱哥"正和曹伟强甚为亲密地轻声交谈着,欧金满则像一只斗鸡一样冷冷地看着"焱哥"。进还是不进,翁大壮站在门口举棋不定。

曹伟强一眼望见翁大壮,热情地招了招手说:"哟,是翁总来了,快进来吧!来,我给你介绍一下,这位是我们瀛江市的著名企业家,建筑行业的老大,刘焱,刘总。"曹伟强拉着刘焱站起身来迎向翁大壮,又指着翁大壮对刘焱说:"这位是深圳的翁总,是我们瀛江市的贵客,准备来瀛江投资的。"

翁大壮的脸色红了起来,有些尴尬,刘焱也只是从鼻孔里轻哼了一声,算是打过招呼。

曹伟强把刘焱和翁大壮的手强拉在一起,说:"好了好了,大家都是梁山好汉,不打不相识嘛,过去的就过去了,谁都别再提了。今天我做东,为你们大家调解一下,说不定大家以后还要合作呢!"

不一会儿,酒菜都送上来了,曹伟强对刘焱说:"刘总,今天这个事情是你太冲动了,你表示一下吧,大家以后就是朋友了。"

刘焱本不想示弱,却又不敢太拂了曹伟强的面子,正在迟疑,曹伟强不高兴了,在他肩上拍了一巴掌,说:"刘总,平时见你也是蛮爽快的人,怎么今天扭扭捏捏像个婆娘似的,是不是要我老曹下不了台……"曹伟强说着就沉下脸来。

刘焱见曹伟强动气了,只得端了一杯酒硬着头皮站起来对翁大壮说:"翁总,怪我有眼不识泰山,太冲动了。一场误会,希望你别往心里去,这杯酒我敬你,权当赔罪了。"说完他一仰脖子把酒喝干了,然后冲翁大壮亮了一下杯底。

二

翁大壮本就是在社会上瞎混的人,打人和挨打是家常便饭,见公安局局长亲自出面为自己调解这件事,觉得很有面子,心想还是瀛江市的公安好,比较有人情味,要是在深圳,人家早就不分青红皂白把人都抓起来了,还会摆酒帮你调停?做梦去吧!翁大壮想到这里,心里的怒气已消了一大半,又见刘焱主动向自己敬酒赔礼,肚子里的愤恨之气早就烟消云散了,于是笑嘻嘻地站起来一口喝干了杯中酒。

而欧金满还在那里赌气,恨不得吃了刘焱。

曹伟强也不理他,伸出拇指夸奖翁大壮:"翁总到底是见过大世面的人,心胸开阔,不同一般小肚鸡肠的人,注定是要干大事的。"

翁大壮连忙语气谦恭地说:"哪里哪里,曹局长太夸奖我了,还要靠曹局长多关照啊。"

曹伟强又对欧金满说:"金满你做事也太不冷静了,还当过干部呢。你看人家翁总,年龄比你小,可是为人处世却比你沉稳很多,你也该多学学人家。别动不动就拿刀动棒,兴师动众的,今天这事幸亏我及时赶到,要不然动起手来把事情闹大了,还不知要怎么收拾呢。现在市里对社会治安工作抓得比较紧,前一段日子,赵市长还要我搞一次扫黄打黑行动呢,说是有人举报瀛江市存在黑社会性质团伙,被我敷衍过去了。你们这么一闹,不正好撞在枪口上了吗?"曹伟强说着低头喝了一口酒,又往嘴里塞了一块肉,一边嚼肉一边含混不清地接着说:"你们呀,真是让我操心……唉,金满,你和刘焱也喝一杯!"

三

欧金满懒洋洋地站了起来,端着一杯酒漫不经心地和刘焱的酒杯碰了一下,两人都把杯里的酒喝光了。

曹伟强满意地点点头,一边招呼大家吃菜,一边说着:"你们大家都别着急,来瀛江投资是好事情,我尽快向市委汇报一下,争取拿一个两全其美的方案出来,让你们大家都满意,这事包在我身上!"

一时间,气氛变得和缓起来了。大家一边喝酒吃菜一边聊天。

曹伟强见这顿饭吃了两个多小时,大家也都酒足饭饱了,便停下来问:"我看今天大家兴致都很高,接下来怎么活动?"

翁大壮一听曹伟强问这话,马上来了兴致,只见他兴奋地说:"要不,我们去'温暖360'唱歌吧,那里的小姐不错……"翁大壮心里还惦记着昨晚那个小姐,因为喝了酒,完全一副色中饿鬼的样子。

曹伟强笑眯眯地望着刘焱说:"刘总,去哪里玩?"

刘焱说:"今天辛苦曹局长了,您为了我们的事情操心费力的,昨晚我又和翁大壮兄弟闹了一场误会,这样吧,到我们那里去,我来请客,吃喝玩乐都算我的,大家都放开了玩。曹局长也给个面子,今天就别忙公务了,我们大家一起去'醉三世'娱乐中心吧,那里唱歌、桑拿、洗脚一条龙服务,几个小姐一个个都漂亮得很,比昨晚那个小姐强多了,包翁大壮兄弟满意。"

翁大壮一听说有漂亮女人,顿时两眼放光,大家都放声大笑起来。

第八十三章

一

曹伟强来到市委向秦永明和胡耀宗汇报工作，说刘焱和翁大壮两方都有意投资商务中心区这个项目，并且相持不下。虽说两边做事有些冲动，但是他们的出发点是好的，都是为了瀛江市的建设和发展，公安局也只能为他们做一些调解工作，不好伤了他们的积极性。

秦永明听了曹伟强的汇报虽说不动声色，但心里很满意，认为曹伟强对此事的处理是合适的，恰到好处。他认为，现在瀛江市的中心工作是发展经济，其他各项工作都要为这个中心任务让路。但是作为市委书记的他也不好公开表态说打黑除恶、整顿治安环境不重要，有些事情是只能做而不能说的。他也并不是聋子瞎子，他对有关刘焱和欧金满的一些传言也早有耳闻，却只能装聋作哑。现在招商引资太难了，他不能把这两个送上门来的财神爷拒之门外。社会上有人说他们是黑恶势力，有什么证据吗？没有证据就是胡乱猜测，我一个堂堂的市委书记，不可能根据一些社会上的流言蜚语来做决策。等到商务中心大楼盖起来了，那就是我的政绩，是瀛江市经济发展的有力证明，无论谁看到那高高耸立的高大雄伟的大厦都会啧啧赞叹，有谁会说那是用黑钱或是白钱盖起来的呢？他对胡耀宗和曹伟强说："经济发展，首先要解放思想，我们瀛江的某些干部群众观念太保守，思想太僵化，这是个很严肃的问题，是会拖经济工作的后腿的。"

胡耀宗见秦永明没头没脑地扯到了思想解放上面来了，先是一怔，接着马上就明白秦永明是有所指的，他是针对社会上的某些传闻有感而发的。群众议论纷纷，说是瀛江市准备让两个黑老大盖商务中心区，一个是靠贩毒起家的翁大壮，一个是暴力垄断建筑行业的刘焱，两个人想通过商务中心区的项目洗钱，不但洗钱，还要洗白自己的身份。其实这种议论和传闻不光是社会上有，就是在市委、市政府大院内也有这样的议论，说秦书记为了自己捞政绩不择手段，什么样的投资都敢接受。

二

胡耀宗立即对秦永明的话表示赞同,他颇为感慨地说:"是的,是的,秦书记您看问题真是一针见血啊,我们瀛江是新建市,从上到下确实存在思想作风过于保守、观念落后的问题。虽说近些年来在市委的领导下有了很大的改观,但冰冻三尺非一日之寒,还是有一些僵化保守势力总是在背后煽风点火。就拿刘焱和翁大壮来说吧,他们一个是瀛江本地成长起来的民营企业家、瀛江建筑业的领头羊,一个是外出闯荡却心系家乡建设的商界精英,多么好的人啊,为了改变家乡面貌,发展瀛江经济不遗余力,可就是有些人在下面说一些不负责任的话,说什么白社会黑社会,我们瀛江只有一个社会,那就是我们党领导下的社会主义社会!"

曹伟强也不甘落后,主动献媚说:"是啊,秦书记为了瀛江的发展殚精竭虑,尽心尽力,反倒是有些人不干正事,一天到晚在那里散布风言风语,这也看不顺眼,那也觉得不好,这些人真是绊脚石。瀛江要没有秦书记这样的好领导来掌控大局,早就垮掉了……"曹伟强还要继续说下去,见秦永明摆了一下手,立马就住嘴了。

秦永明对胡耀宗说:"你有什么看法?"

胡耀宗也为刘焱和翁大壮争夺商务中心区项目的事情犯愁,经过一番深思熟虑,已有了一个主意,此刻见秦永明征求自己的意见,于是谈了自己的想法:"秦书记,我有一个不太成熟的想法,不知是否可行,供您和市委做参考吧。既然刘焱和翁大壮双方都有资金实力,且都对商务中心区项目志在必得,我认为这是一件好事,说明大家对瀛江的经济发展前景充满信心。只是刘焱和翁大壮这两人的个性都很要强,谁都不肯甘拜下风。要把他们两个人硬是凑在一起投资一个项目,恐怕两个人都不会愿意,效果也不会太好,俗话说一山不容二虎,说不定又要闹出什么乱子来,最后还是要我们去擦屁股。我看我们瀛江市要取得大发展,就要有超前观念,我们可以更改规划方案,先同时建两座商业大厦,然后再拓展形成两个商务中心区,这对于改变城区形象、促进商业发展同样是有好处的,不知您认为是否合适?"

秦永明略做思忖,觉得这个建议很好,他觉得投资和项目多多益善,这样政绩才会更加突出,没有什么合不合适的。于是,他对胡耀宗说:"耀宗你提的这个建议很好,看来你是花了不少心思的,我原则上同意你的方案,只是我们已经在城南划了一块地出来建商务中心区,现在城区哪里还有闲置的土地呢?"

三

胡耀宗本是试探一下秦永明的态度，没想到他竟然很痛快地采纳了自己的建议，于是有些兴奋，他回答道："秦书记，这个事情我也考虑了很久，国营瀛江罐头厂不是位于我们城区的马车街上吗？那个地块是最好的，很热闹繁荣。可是现在罐头行业环境不好，家家户户都吃新鲜的，因此瀛江罐头厂的经营状况已是每况愈下，一直在走下坡路，现在连职工工资都难发出了，这样下去也不是个长久之计。因此我们可以考虑对瀛江罐头厂进行改造，先建一座商业大厦，然后逐步把那里发展成一个集娱乐、餐饮、休闲、购物于一体的大型综合性商业体，也就是商务中心区。商业大厦建成后可以划一两层楼归瀛江罐头厂经营，其余的场地归投资方管理，您看这样如何？"

秦永明说："你考虑得很周到细致，这样吧，你组织人员拿出一个详细的方案来，马上开常委会讨论一下，涉及城区建设规划的问题，我们还要和市政府那边通一下气，争取尽快把这个事情定下来，工程早点上马，早日建成，早日造福瀛江人民。"

胡耀宗连连点头称是，他十分理解秦永明的急迫心情，省里正在对他进行考察，准备提拔重用，这件事情已传了很久了，看来这次是要动真格的了，在这样的关键时刻，他需要有拿得出手的政绩来证明自己，为自己加分。

曹伟强也很高兴，满脸笑容，他也怕刘焱和翁大壮两个为了争夺投资项目的事情再次大打出手，闹得不可收拾，到头来他这个公安局局长也脱不了干系。现在见到这个棘手的问题竟轻而易举地解决了，他不由得更加佩服秦永明和胡耀宗，心想人家到底是市委主要领导，就是有魄力有胆识，眼光也看得远。他正准备说几句拍马屁的话，秦永明却又冲他打了个手势，将他到了嘴边的话堵了回去。

秦永明说："伟强，你马上找那个刘什么……刘……刘焱和翁大壮他们谈一下，向他们吹吹风，把市委的意图传达给他们，也听听他们的意见，这件事情要抓紧去办。对了，你也跟他们打个招呼，做事还是要讲究分寸，不要动不动就闹起来，像什么样子。我们是法治社会，什么事情都要依法办理，按正常的程序来办理。万一弄出点什么不好的事情来，你这个公安局局长脸上也不好看呢。"

"是，是，秦书记的指示很重要，我们一定会马上贯彻落实的。刘焱和翁大壮那里我今天就去找他们谈，转达市委的意见，您什么时候有空接见他们一下？"

秦永明考虑了一下说:"本来早就要见一见那个翁大壮的,只因前一段确实太忙,抽不开身。这样吧,等到这个事情定下来后,刘焱和欧金满一块儿见吧,到时候赵市长也要见一见他们。"

四

瀛江市常委会很快就通过了新的城区建设规划方案,决定同时在城区的城南和马车街兴建两座现代化的商业大厦,投资方分别是瀛江市腾达建筑装饰工程公司和鹏程投资有限公司。这两个工程都是投资额过亿的大型项目,在瀛江市委、市政府的协调下,瀛江市银行给予这两个项目配套资金贷款,贷款总额分别占到两个项目投资总额的百分之六十左右,同时瀛江市政府还给予了土地、税收等优惠政策。银行方面曾考虑到信贷额度过大,潜在的风险也大,市委书记秦永明则满不在乎,批评银行方面过于保守,杞人忧天,指出银行方面要解放思想,改变观念,要不跟不上瀛江市经济大发展的步伐。迫于瀛江市委的压力,银行方面只得从命,把巨额的银行贷款资金陆续划拨到两家投资公司的账上。

瀛江市的群众都知道腾达建筑公司就是瀛江市建筑行业的老大刘焱的公司,而鹏程公司则从未听说过,好像突然从地底下冒出来的一样。原来,鹏程公司是欧金满和翁大壮两人为了运作瀛江市商务中心区的项目而临时注册成立的公司,在瀛江市有关方面的支持和配合下,采取特事特办的方式,不到一个星期就完成了各项注册手续,正式挂牌开张。公司的办公地点就设在瀛江宾馆里面。群众都知道瀛江宾馆其实就是市委招待所,具有半官方的性质,鹏程公司在瀛江宾馆内办公,不知情的人还以为鹏程公司是一家国有企业呢。鹏程公司成立的主要目的是操作商务中心区的投资事项,这正合欧金满和翁大壮的心意,这样更能堂堂正正地为他们漂白过去那些上不得台面的犯罪行为。世上没有不透风的墙,瀛江市的群众渐渐地也就知道了鹏程公司的本来面目,人们对此冷嘲热讽,毒贩子竟然堂而皇之地在市委招待所内办公了。

刘焱和欧金满、翁大壮等人表面上握手言和,各自投资一个项目,大路朝天,各走半边,其实内心里仍然互不服气,暗地里较着劲,想要一争高下。大家看两个公司的名称就可以看出来,其中隐含着针锋相对的意味,你叫腾达,我就叫鹏程,看谁能在鹏程上腾达,谁又能腾达鹏程。最后两座商业大厦的名称也分别取名为"腾达城"和"鹏程城",有些不伦不类,江湖味很浓,一听便知其主人的品位。

第八十四章

一

腾达城和鹏程城选择在同一天举行开工仪式，两座现代化的商业大厦同时开工建设，这是瀛江城建史上从未有过的大事，市委、市政府领导自然也要到场祝贺、剪彩。可是，为了谁先谁后的问题，双方各不相让，都想让市领导先到自己的工地上来剪彩。几经谈判决也没有结果，于是双方又有了一些剑拔弩张的意味，火药味很浓。曹伟强慌了，心想在这样正式隆重的场合如果双方一语不合刀棒横飞，那可就要闹大笑话了，瀛江市也会因此而全国闻名了。他急忙把刘焱和欧金满、翁大壮找到一起协调，但双方都坚持要先剪彩，谁也不肯让步。曹伟强颇为头疼，后来请示了胡耀宗，胡耀宗出了一个主意：既然他们都是江湖中人，那就按江湖的规矩来办事，采取抽签的办法来决定先后顺序。这个办法比较公平合理，双方都无话可说，只得表示同意。抽签的结果还是欧金满占了先机，于是决定市委、市政府领导先到鹏程城工地剪彩，然后再到腾达城工地剪彩。

欧金满和翁大壮投资的鹏程城项目位于城区城南，而腾达城项目则是位于城区马车街的瀛江罐头厂的改造扩建工程。举办开工仪式这天，市委、市政府领导由秦永明带队，准时来到鹏程城开工仪式现场，一字排开，准备剪彩。领导们一个个衣冠楚楚，胸佩艳丽的花朵和写有"贵宾"二字的彩带，神采奕奕，喜笑颜开，仿佛是出席婚礼的亲属。欧金满和翁大壮更是容光焕发，笑得合不拢嘴，不停地招呼客人，忙得不亦乐乎。

二

上午九点钟，仪式正式举行。仪式主持人扯着嗓门说："各位领导，各位来宾，今天是鹏程城开工的大喜日子，热烈欢迎大家光临指导，现在请市委书记秦永明同志为我们讲话。"

仪式现场顿时响起雷鸣般的掌声。秦永明满面笑容，走上前两步，抬起双手极有气势地向下压了压，掌声立刻就稀落下去。秦永明环顾现场一周，声音洪亮地说:"同志们,今天是鹏程城开工的日子,我代表市委、市政府表示热烈的祝贺,鹏程城将建成一座集购物、休闲、娱乐、餐饮于一体的特大型商业服务综合体,将和今天同期开工建设的腾达城一起成为我们瀛江市引人瞩目的现代化的商务中心,这是我们瀛江城建史上史无前例的大事,具有划时代的意义。以鹏程城和腾达城的开工建设为标志,我们瀛江市将从此步入商业繁荣、经济发展的全新的发展阶段,鹏程城和腾达城建成投入运营后,将极大地推动我们市商业经济的发展,造福全体瀛江人民。为此,我代表全体瀛江人民向鹏程城和腾达城的投资商致以诚挚的谢意,感谢他们以瀛江为家,积极主动投身于瀛江市的建设大业中来,为瀛江市的经济发展做出巨大的贡献,也祝鹏程城和腾达城的投资运营取得巨大的成功,获取丰厚的回报!"

全场又响起了如雷般的掌声。电视台的记者和摄像师不停地变换角度拍照摄像,忙个不停。本来按设定的程序还安排了市长赵国平讲话,但赵国平婉拒了。此时几名靓丽娇俏的女孩子已把一条鲜红的彩带横亘在领导们面前,并端上了放着剪刀的托盘。剪彩仪式开始,站成一排的市领导们人手一把大剪刀,目光都对准了秦永明,和秦永明同时剪断了彩带。仪式现场登时鞭炮齐鸣,锣鼓喧天,舞狮的队伍把两只惟妙惟肖的狮子舞得虎虎生风、酣畅淋漓,现场气氛达到了高潮。

三

本来欧金满和翁大壮为每位剪彩的市领导准备好了一个厚厚的红包,说是给领导们的劳务费,领导们在百忙之中抽出时间来为我们剪彩,不能让领导做无偿劳动啊!可是秦永明考虑到在这样大众瞩目的公开场合领取红包太扎眼了,于是正色对欧金满和翁大壮说:"支持你们发展是我们市委、市政府义不容辞的责任,也是我们应尽的义务,我们党员干部要率先垂范,廉洁自律,也请你们支持我们的工作,不要搞这种庸俗的形式。"

欧金满和翁大壮被秦永明一番义正词严的话弄得十分尴尬,只得作罢。

腾达城的开工剪彩仪式定在上午十点开始,地点就在城区马车街的瀛江罐头厂,因此市领导们又要马不停蹄地赶往腾达城的仪式现场。腾达城的开工仪式和鹏程城的开工仪式大同小异,别无新意,只是舞狮队换成了舞龙队。剪完彩后,舞龙队的队员们也鼓足精神,把一条栩栩如生的龙舞得腾空飞舞,气势不凡。

瀛江记事 YINGJIANG JISHI

　　腾达公司和鹏程公司的欢庆宴会分别在瀛江宾馆和豪门大酒楼举行,瀛江市有头有脸的人物纷纷前来祝贺,既有部门、单位的领导,企业负责人,也有社会各阶层人士,可谓是嘉宾云集。因为前来祝贺的客人太多,场面太大,千头万绪,所以安排调度座次时有些紊乱,甚至出现了公安民警和一些闲散人员共坐一桌的场面,彼此不免有些尴尬。大多数来宾同时参加鹏程公司和腾达公司双方的庆祝宴会,于是大家在瀛江宾馆和豪门大酒楼间穿梭往来地应酬,疲于奔命。市里主要领导也要同时参加两个公司的庆祝宴会,但刘焱和欧金满、翁大壮到底是明白人,不敢让市里主要领导们来回奔波赶场子,于是双方在这件事上还是达成了妥协,共同在瀛江宾馆宴请市里主要领导,刘焱、翁大壮、欧金满共同作陪。应该说,这天同时举行的两场开工仪式还是在热闹喜庆的气氛中取得了圆满成功。

第八十五章

一

省委考察组说来就来了,几乎没有任何预兆。考察组由省委组织部林副部长带队,晚上八点钟左右就来到了瀛江市。

夜色下的瀛江市灯火辉煌,妩媚多姿,像一个风情万种的妇人。整个瀛江市的人都蒙在鼓里,只有秦永明在几天前就接到了省委彭副书记的电话。彭副书记只是简单地说了几句:一、考察组去瀛江对你进行考察,你要积极配合,谈话要实事求是;二、考察组长林副部长是我的老部下,人也很不错,有多年的组织工作经验,组织上特意派他去主持对你的考察。

从表面上看,这只是两句冠冕堂皇的套话,但是秦永明却像一个经验丰富的地下工作者,从似是而非的接头暗语中破译出对方真正的含意。彭副书记话里的真正含意是:林副部长是我信得过的人,因此他来主持此次考察工作是可以让人放心的。至于说你要积极配合是真,所谓实事求是地反映情况那就纯粹是套话了。

秦永明一副若无其事的样子,像往常一样忙碌着,开会,签发文件,做各种指示,表面上不动声色,心里却乐开了花,步态也更加从容,从早到晚都沉浸在巨大的喜悦之中。

林副部长是一个个子瘦高的中年男人,面色略显苍白,细声慢语,有条不紊。秦永明有一次去省里拜访彭副书记时曾经和他见过一面,算是有过一面之交。两人见面时,林副部长满面笑容,很用力地握了一下秦永明的手。秦永明努力把握着握手的力度,作为一个下级,尤其是被考察对象,如果用力去握领导的手,就是一种冒犯和失礼的表现;但如果用力太小,过于轻描淡写,又好像是漫不经心,有倨傲和藐视的含义。无论哪一种情况,都是政界的大忌,一失足就会成千古恨。因此一定要恰到好处地掌握好握手的力度以及脸上的表情,既不可过于热情,失之于轻佻,又不可过于冷淡,给人留下大不敬的印象。而林副部长作为上级领导,用力来和秦永明握手,则显得热情开朗,郑重其事,其中隐含着器重和鼓励的意思，当然也是含蓄地表达对秦永明的祝贺之意。

二

　　林副部长是正厅级干部，秦永明是滨海市委常委、副厅级干部，此次对秦永明进行考察就是提拔的前奏，组织上已内定秦永明为滨海市委副书记、代市长人选了，一旦任命文件下达，两人就是平级同僚了。因此，林副部长显得很亲切，仿佛是多年的老战友异地重逢一样。

　　林副部长作为考察组组长，心里更多考虑的是如何能很好地贯彻省委领导的意图，圆满地完成此次考察工作。提拔和使用干部是一件十分严肃而重大的事情，省委领导要提拔一个干部，说明领导已经对该同志有了全面深入的了解，掌握了该同志的基本情况，并且经过了深思熟虑才做出的决定。作为考察组组长的他就要在考察过程中，充分收集各种情况和意见，正面验证省委领导慧眼识人、英明睿智，而不是提出相反的意见。如果省委领导认准了一个干部，要给予提拔重用，而你考察的结果却是该同志不堪任用，甚至存在这样或那样的问题，那岂不是从一个侧面说明你比省委领导还要英明正确？如果一个下级常常表现得比上级领导还要高明，那么他只会有两种结果：要么是被提拔高升，要么就是被冷藏起来，靠边站了。通常情况下只能是后一种结果，除非你遇到的上级领导是个开明豁达的明君式的人物。有着多年组织工作经历的林副部长十分善于揣摩上级领导的意图，并且坚定不移地贯彻执行。

　　当晚，林副部长一行四人下榻在瀛江宾馆。秦永明陪他们吃了晚餐，因为林副部长旅途劳顿，明天还要开展考察工作，就告辞离开宾馆。秦永明从瀛江宾馆出来后，先是给胡耀宗打了个电话，告诉他省委组织部来了考察组，让他通知市委办公室做好接待工作，并且特别强调，一定要保证考察工作不受干扰，顺利进行。

　　"秦书记，您尽管放心，我一定会妥善安排好的。"胡耀宗说完放下电话，随即召集市委办公室一帮人开会，布置工作，讨论分析可能出现的突发情况以及应对预案，并一再强调两点要求：一是搞好这次省委组织部领导在瀛江期间的接待工作，为领导提供良好的生活环境和工作条件；二是做好安全保卫工作，绝不能像上次省委彭副书记来瀛江视察一样，受到不明身份的所谓上访告状人员的骚扰。会议结束，胡耀宗还专门打电话找来曹伟强，当面向他传达了秦书记的指示,让他注意保密,连夜部署安保工作。

三

秦永明给胡耀宗打完电话后,觉得有必要通知一下市长赵国平。虽然他估计赵国平已从省里有关渠道那里知道了组织部来瀛江考察的事情,但是程序和礼节上还是要通知一下的。"是赵市长吗?我秦永明啊,有一个情况,和你通一下气,省委组织部下来了一个考察组,说是要来瀛江考察干部情况。对,是林副部长带队的,我也是刚刚得到通知,林副部长路上太劳累了,已经在瀛江宾馆休息了,我看明天我们一起来汇报一下工作吧。好的,那就这样吧,你也要早点休息啊,不要太累了,要注意身体啊。好的,再见。"

瀛江市只不过是一个县级市,一般情况下都是滨海市委组织部来这里考察干部,同志们很难见到省委组织部的领导。只因秦永明是滨海市委常委,又拟任滨海市委副书记、代市长,即将成为正厅级干部,所以才会由省委组织部前来考察。

翌日一大早,瀛江市各套班子主要领导陆续来到市委、市政府大院门口,聚集在一起准备迎接省委组织部考察组。上午九时,考察组在秦永明的陪同下乘车来了。

下车后,秦永明逐一介绍早已候在大院门口的瀛江市各套班子主要领导,林副部长一路握手前行,好像一个将军正在检阅自己的队伍一样。队伍里的每个人脸上都洋溢着幸福的笑容,目光和笑脸都随着林副部长转动。林副部长脸上尽管洋溢着亲切的笑容,但他对眼前的这些人都不熟悉,对他来说那是一张张十分陌生的面孔,虽然这些热切的"面孔"都在渴望着掌握着官帽子的林副部长能记住他们,但很难说他和这些陌生的面孔是否还会有再次相见的机会。

四

当然,赵国平市长是个例外,谁都知道他是王省长的前秘书,是一个前途远大的年轻干部。林副部长是不可能不知道这一点的,他久久地握住赵国平的手,充满感情地说:"国平同志啊,来瀛江工作有一段时间了吧?体会如何啊?基层工作很辛苦,要多注意身体啊。"

"谢谢林副部长关心,我一定会努力工作的。"

"好,好,很好……"林副部长连说了几个"好"字以后才开始转向下一个瀛江市领导……林副部长是一个作风务实的人,很快就开始进入工作状态了。他安排随行的处长和工作人员与瀛江市委的一般工作人员谈话,自己则负责和瀛江市常委及正、副市长们谈话,并且拟定了几条原则:一是要始终同省委保持高度一致;二是要把握谈话的主动权,启发同志们谈主导性的问题,不要过多地在细节上纠缠,提高办事效率;三是要有效地区分哪些谈话内容是客观真实的,哪些是掺杂了主观偏见甚至是个人情绪的,干部考察工作是很严肃的事情,要避免有个别人利用组织上的考察工作来宣泄个人情绪;四是省委领导对秦永明同志的工作能力和个人品格是充分肯定的。这样就为整个考察活动定下了基调。

第八十六章

一

省委组织部考察组在瀛江市工作了三天,顺利完成了对秦永明的考察工作。考察结果差强人意,大多数接受谈话的人异口同声地为秦永明歌功颂德,称赞他给瀛江市带来了繁荣发展的新局面,是一个称职合格的市委书记。但是也有一些不同的声音掺杂其中,有部分干部隐晦含蓄地表示秦永明好大喜功,热衷于搞形式主义,华而不实,例如热衷于上大项目,忽视了中小企业的培育和发展,对民生问题关注度不够。另外,还有传言说秦永明与社会上的老板来往甚密,比如和万亿达集团的吴荣发就过于亲密,就连外出考察也带上他,让人产生不好的联想。还有用人不当的问题,比如重用在瀛江市颇有争议的曹伟强这个人。还有,秦永明在工作中存在家长制作风,在决策过程中大搞一言堂。

以上这些问题是林副部长在干部考察工作中经常遇到的事情,市委书记作为一个地区的主要领导者,当然要一门心思抓建设,促发展,求政绩,这本身无可厚非,要发展经济就不可避免地要与企业家交朋友,结对子,帮助他们解决问题,支持企业做大做强。至于说到用人不当则更是仁者见仁、智者见智的问题了,干部指标就那么几个,大家都眼巴巴地望着,谁都希望自己能得到提拔重用,稍不如意自然难免牢骚满腹,这也是人之常情,什么叫一言堂?我们党实行的是民主集中制的原则,同样的问题,就看从哪个角度来看问题了,欣赏的人说是干脆果断,雷厉风行,反对的人则说是刚愎自用,搞一言堂了。林副部长认为以上问题都是一些无伤大雅的小节,人无完人,金无足赤嘛,看一个干部重要的是看主流。

林副部长临回省城前和秦永明进行了一次谈话。林副部长说:"这次考察是圆满成功的,基本达到了考察目的。当然其中也有个别不同意见,希望永明同志你要正确对待,有则改之无则加勉。"

秦永明心里也明白林副部长所说的持不同意见者是哪些人,却不点破,只是表示一定要虚心接受同志们的意见,更加努力地做好工作,更加主动地和同志们搞好团结,不辜负组织上的期待和厚望。他挽留林副部长等人在瀛江多待几天，但林副部长急于赶回省里去汇报工作，也只好作罢。

下午六点，秦永明、赵国平带领瀛江市委常委和副市长们在瀛江宾馆为林副部长一行人钱行。虽然没喝酒，但宴会气氛十分热烈，大家轮流以茶代酒向林副部长等人"敬酒"。由于顺利地完成了考察任务，林副部长也觉得十分开心，因此也放开"酒量"和同志们"畅饮"。

二

瀛江市距离省城说远不远，全程走高速公路也要四个小时。但林副部长还是决定连夜返回省城，争取十点钟左右到达。临上车前，林副部长和秦永明亲切道别："永明同志，放心，没问题的。以后我们就是朋友了，要互相配合支持啊！"

"一定一定，林部长，我永远也忘不了您对我的关怀和照顾，您任何时候都是我的领导。"

林副部长显然对秦永明的回答十分满意，微笑着用力和秦永明握手，但他还是没有忘记在一旁站立着的赵国平。接着，他走过去也和赵国平握了握手，然后转身登车离去。

林副部长的车驶离了瀛江宾馆，红色的汽车尾灯在茫茫夜色中闪动着，仿佛向送行的同志们意味深长地眨动着双眼，暧昧不清地暗示着什么，然后越来越远，最后消失不见了。

望着林副部长的车子驶远了，秦永明长长地舒了一口气。夜色深沉，而此刻他的心里却是激情涌动，难以自抑。他决定这两天挤出时间到省城去拜访省委彭副书记，一来汇报一下工作，更主要的是感谢他对自己的关心和培养。他照例想到让吴荣发陪同自己前往。

三

吴荣发的万亿达集团陷入了巨大的财务危机之中，资金链近于断裂，此刻他正焦头烂额，度日如年。万亿达集团下属的海马养殖基地，从投产开始就处于亏损状态中，几乎从来没有赢利。随着酒类行业竞争日益激烈，刚接手管理时一直赢利的海马酒厂也开始亏损。由于管理混乱，广告宣传费难以为继，曾经驰誉省内外市场的"千斤棒"品牌海马酒也日渐式微，不再受到市场欢迎。曾经寄予厚望，梦想着让它成为万亿达集团的提款机，能源源不断地为万亿达集团输血的万亿达房地产开发有限公司更是成了吴荣发心中的噩梦。由于炒股、炒房亏损,以及巨额的呆坏账还有高利率压力,万亿达房地产开发有限公司已是朝不保夕,成了一个随时可能引爆的定时炸弹,可能会把整个万亿达集团炸得粉身碎骨,又像是一个失控的车头,正迅速引着万亿达集团滑向万劫不复的深渊。

吴荣发尽一切努力向外界隐瞒了万亿达集团的财务危机,包括他一向最为信赖的秦永明。他深知,一旦万亿达集团的财务危机以及万亿达房地产开发有限公司的情形曝光,那将马上引来一场挤兑风潮,洪水般涌来的储户会在瞬间将万亿达房地产开发有限公司淹没,那时瀛江市的各个银行也会翻脸不认人,刻不容缓地向万亿达集团追讨贷款。那样的话,整个万亿达集团乃至吴荣发本人的末日也就来临了,他苦心经营十余载的万亿达集团将在瞬间灰飞烟灭,不复存在,而他也将迅速被包括秦永明在内的所有人抛弃,成为一条丧家之犬。每当想到这可怕的后果,吴荣发就心惊肉跳,食不甘味,夜不能寐,往往睡两三个小时就会从噩梦中惊醒,吓出一身冷汗。

吴荣发思前想后,觉得现在最要紧的是要处变不惊,不能让外界看出任何破绽,然后千方百计寻求一笔银行贷款,帮万亿达集团渡过危机。他只有采取拆东墙补西墙、贷新款还旧账的办法先维持下去了,至于以后会如何,也只有听天由命,走一步看一步了。车到山前必有路嘛,吴荣发在心里宽慰自己。多年来,万亿达集团已在瀛江市的各个银行贷了多笔款项,有多数贷款至今未还,现在只有眼光向外,向省级银行部门寻求大额贷款了,而在这方面只有省委彭副书记能帮上忙。吴荣发决定故技重施,通过彭副书记的公子彭文革来获得彭副书记的帮助。

四

吴荣发正计划着去省城找彭文革活动银行贷款的事情,秦永明的电话就打过来了。"是荣发同志吗?我是秦永明啊,这一段时间都没有见到你,在忙什么啊?"

"啊,是秦书记啊,正准备抽时间去向您汇报呢,又怕打搅了您的工作,秦书记有什么指示啊,我洗耳恭听,坚决贯彻执行!"吴荣发尽管心里是愁肠百结,但是和秦永明通话时却故作轻松。

秦永明心情也很好,阳光灿烂,他在电话里对吴荣发说:"哪里有什么指示啊,你最近有没有空啊,想劳你大驾去一趟省城。"

吴荣发马上就猜透了秦永明的心意,他是想去省城活动。这正是一个锅要补,一个要补锅,秦永明要求官,吴荣发要求财,虽然两人追求的目标不一样,但是追求目标的手段和途径却是一样的。从这个意义上来说,他觉得自己和秦永明是同一条绳子上的蚂蚱,谁也不见得比谁品位更高。

秦永明和吴荣发约好用吴荣发的车,翌日下午在高速路口汇合。

翌日下午五点,吴荣发和司机开着捷豹车准时来到高速路口等候秦永明。站在高速路口,吴荣发看到收费站后面车来车往的高速公路,以及远处纵横交错的高架桥和广袤的原野、河流,觉得自己就像一朵不知名的野花,在原野上默默地随风摇曳。

秦永明的车从市委、市政府大院驶出来,顺着宽阔平坦的北堤路向前行驶,然后右转上西河桥,再行几分钟时间就到了霞光高速路口。吴荣发远远地望见秦永明的黑色本田车缓缓驶来,急忙迎了上去。秦永明从本田车上下来,和吴荣发握了手,回头吩咐司机和秘书把车开回去,就上了吴荣发的捷豹车进入收费站,然后向省城方向急驶而去。

五

捷豹车在高速公路上急速奔驰着。

夕阳西下,公路两旁广袤的田野,阡陌纵横,沟渠密布。整齐排列的柳树在车窗外急速闪过,退向后方。此时,捷豹车好似一艘轻舟在平静的水面上滑行,舒适平稳,只听到极轻微的"沙沙"声,那是轮胎与地面急速摩擦的声音。

车厢里也很安静,司机专心致志地开着车,目光直视前方,秦永明和吴荣发各自想着自己的心事,盘算着如何才能顺利达成自己此行的目标。眼前的这条高速公路是南江省修建的省内第一条高速公路,从南江省城自东向西经过西河县、瀛江市、滨海市,一直通到南江省西部山区的梅林市。秦永明自从调来瀛江市工作后,已经无数次从这条高速路上路过,在省城和瀛江市之间往来奔波,反而是西去滨海的次数很少。他有着更远大的理想和目标,而这个目标只有省里的领导才有可能帮他实现。他心想,要想成就一番事业,不但要选择一条高速路,学会走捷径,更要选准前行的方向,这样才能事半功倍。他对这条高速公路太熟悉了,甚至哪些路段有破损的裂痕和塌陷,他都记得很清楚。这条高速路是国家立项的重大工程项目,由南江省交通厅具体组织修建,从中央到省里都极为关注和重视,投入了巨额资金。高速公路的造价很高,甚至可以说是用一张张百元面值的钞票铺出来的。可是这样一个从上到下都十分关注的浩大工程,在瀛江段竟然也存在着一些不尽如人意的地方。高速路建成通车不到两年,路面就出现了破损和塌陷现象,长期在这条路上来往的司机和乘客议论说,这个工程一定存在着幕后交易、暗箱操作,是又一个豆腐渣工程,肯定有人在这个工程中捞取了大量的好处。传言越来越多,引起了省里的重视,曾经有一段时间风传要对高速公路的相关负责人员进行问责调查,可终究是雷声大雨点小,最后不了了之。秦永明想,这只不过是省里领导故作姿态,想要借此安抚一下普通群众,真查起来也是一本糊涂账,谁都知道扯出萝卜后会不会带出一大块泥巴来。

第八十六章

第八十七章

一

捷豹车很快就来到了西河县境内。西河县高速公路收费站楼顶上的"西河"两个红色大字很快从车窗外掠过，令秦永明不由自主地想到了西河县的前任县委书记郑少乐。上次省委彭副书记来瀛江视察时，郑少乐还见缝插针地率西河县党政领导班子成员在高速路口处迎送彭副书记，没想到后来被"双规"。听说尽管彭副书记为郑少乐讲了话，但是最终还是没能挽回他的命运，他已经被实行"双开"并移送司法机关了。兔死狐悲，物伤其类，秦永明竟然莫名其妙地有些惆怅，心情也变得灰暗起来。

吴荣发虽然其貌不扬，可实际上却是个心思细腻的人。他从眼角的余光中瞥见秦永明露出了感伤的神情，知道他是触景生情，在为郑少乐的事情而感叹，却又不知该如何去宽慰他，只好视而不见。他心中感叹，常在河边走哪有不湿鞋，家家有本难念的经，那些领导干部们平时看起来光鲜体面，可谁知道他们的难处啊，弄不好就会翻船，遭受灭顶之灾。你不经营关系网就很难往上爬，取得政治上的进步。可是一旦涉足其中，就再也难以回头了，从此走上了一条不归路。秦永明又何尝不是走上了一条不归路呢？吴荣发忽然想起了苦海无边回头是岸，可是秦永明和他吴荣发，还能够回头吗？看来只有一条道走到黑了，吴荣发联想到万亿达集团目前面临的困境，不觉意气消沉起来。

车内的气氛有些沉闷，秦永明打量了一下吴荣发，蓦然发觉他神情萎靡，好像心事重重的样子，于是关切地问："荣发啊，你怎么看起来人好像瘦了一圈，还有些憔悴啊，是不是最近工作太累了？要注意休息啊，不要太劳累了，细想想你们这些做企业的人也不容易啊！"

吴荣发笑了笑说："还是秦书记能理解我们啊，您这一句话让我心里暖乎乎的，您真是个体恤群众疾苦的领导，能在您的领导下干事业真是我吴荣发八辈子修来的福分啊！"

"你呀，真是能说会道，难怪你能把万亿达集团经营得那么好，好好干吧荣发，有什么困难我会一如既往地支持你的！"

"秦书记,有了您这句话我就像吃了定心丸,就算是遇到再大的困难,有了您的支持,我们也能挺过去的。"

二

秦永明定睛看了看吴荣发说:"荣发啊,最近一段时期我比较忙,也没顾得上和你聊一聊,你们万亿达集团现在经营状况如何,没什么问题吧?我前些日子听到一些风言风语,说什么万亿达集团挪用信用社资金炒股炒房什么的,这个问题可要慎重啊,风险太大。当然,你们企业内部经营的问题我是不会干涉的,只是作为朋友我希望你行事要稳健,不要给别人留下话柄。"

吴荣发见秦永明揭了他的隐私,急忙解释:"秦书记,这些都是别人乱嚼舌头,无中生有的话,您可千万别信……"

秦永明打了一个手势制止了吴荣发继续澄清:"好了,不说了,我只是一个善意的提醒,有则改之无则加勉,具体业务经营的事情我也不懂,也不想过问,你自己多加小心就是。"

傍晚时分,捷豹车来到了省城郊区,前面马路上变得热闹拥挤、嘈杂喧闹起来了。在车上,吴荣发先给省委彭副书记的儿子彭文革打了个电话:"喂,是彭总吗?我是吴荣发,彭总你现在哪里啊?"

电话里彭文革的语气热情友好:"啊,是吴大哥啊,你现在哪里?省城?来找我,好啊,好啊,好久没见面了,挺想你的,你马上过来吧,我在大哥大酒店等你!"

"文革兄弟,我和秦书记一起来的,我们一起过去,晚上彭书记如果有空的话,能见一下我们吗?"

"啊,秦哥也来了,要见老头子?这样吧,你们先过来再说。"

正说着,捷豹车很快汇入了浩浩荡荡的车流中,向着西丽湖广场附近的大哥大酒店驶去。

三

到了大哥大酒店,吴荣发嘱咐司机在外面停车等候,自己和秦永明进了酒店。两人刚跨进酒店大堂,彭文革就满面春风地迎了上来:"欢迎欢迎,二位大哥,你们好啊。"

三个人站在酒店大堂里热烈握手,互致问候。彭文革是典型的衙内做派,派头比一个省委副书记也小不了多少。平常一个县委书记、县长来求他办事，他都是很矜持的样子，拿腔拿调的，绝对不会走出办公室来迎接客人，但是今天他却破例了，主动在大堂内恭候秦永明、吴荣发两人，反倒让两人有些不习惯了。看来彭文革也早已知道秦永明即将升迁的事情，秦永明今非昔比，所以彭文革接待的规格和热情度都同步升级了。

彭文革异常亲热地挽着秦永明和吴荣发的手。"二位大哥，我们先上楼吧。"然后，他又压低嗓门说，"我们老头子刚才来电话了，听说你俩来了很高兴，要来酒店和你们一起吃顿饭。"

秦永明和吴荣发听说彭副书记要来酒店，于是停住脚步说："我们就在这里迎候彭书记吧。"

彭文革摇了摇头说："老头子一向很低调的，特意交代我们就在楼上包房里等他就可以了。"

秦永明、吴荣发跟着彭文革来到他的办公室里。办公室宽大的落地玻璃窗外面是城市的夜景。尽管夜已深了，但远处的西丽湖大道上还是车水马龙，行人如织。秦永明透过玻璃窗向外眺望，目光越过苍茫的夜色投向远处省委大院的方向，心中豪气顿升，那里是他崇敬和向往的地方，也是他人生的目标，而他似乎正在一步步向着目标迈进。

吴荣发也眺望着窗外的夜色，想起了当年自己在省城流浪，穷途末路，饥寒交迫，而如今自己则成为象征着权力和富贵的大哥大酒店的座上宾，真是人生如梦，恍如隔世啊。

四

这时，一个女孩子进来为他们斟好了茶水，然后轻轻地带上门出去了。吴荣发的目光炯炯有神，像探照灯似的，随着女孩子的身体移动，直到女孩子消失在门外。

彭文革见状笑着打趣说："吴哥还是对女孩子兴趣浓厚啊。"

吴荣发受了彭文革的调侃，有些窘迫，面红耳赤："哪里，彭总这里人才众多，让人钦佩啊。"

彭文革又对秦永明说："秦哥，小弟我要恭喜你了，祝你步步高升，前程似锦啊！将来小弟我还要靠您多关照啊！"

"谢谢你啊彭总，如果没有彭书记的关怀和培养，哪里有我秦永明今天的进步啊,彭总以后你有什么事情只要我能出得上力的,我义不容辞。"

"那我先谢了,以后少不了会麻烦你的。吴哥,你的万亿达集团现在还顺利吧?"

吴荣发说:"有秦书记和彭总一直在关照我,托大家的福,经营业绩还是不错的,只是万亿达集团一直在发展壮大,因此资金方面总是有些缺口。"

彭文革就知道吴荣发会说出这句话来的,他轻轻地摇了摇头:"吴哥啊,你不是开了一个万亿达房地产开发有限公司嘛,那个信用社我还帮着费了不少劲呢。你都开银行了,还缺钱啊?我真是服了你了,你干脆开一个印钞厂算了!"

吴荣发红着脸难为情地笑了笑说:"我那个小信用社能有多大的资金量,听起来吓人,实际上没有多大意思。"

"话可不能这么说啊,吴哥,我可是听说你那里利息高,连省城的人都跑到你那里去存款呢,你闹的动静可不小啊!"

"利息只是稍高一点,这也是竞争的需要,迫不得已啊,别人都有固定的储户客源,如果我不给点甜头,谁肯上我那儿去存款啊?"

第八十八章

一

这时,门口响起了敲门声,彭文革对吴荣发做了个噤声的手势,大声说:"进来。"

一个年轻男子推门走进来,屋里的三个人几乎同时认出来那是彭宏伟的秘书,于是一起站起身来。

胡秘书彬彬有礼地说:"几位好,彭书记已到了,正在包房里面等你们呢,我们马上过去吧。"胡秘书说完还特意过来和秦永明握了手,三个人于是很快就来到了彭宏伟所在的包房。推开包房门,只见里面坐着两个人,一个是省委彭副书记,还有一位是省委组织部林副部长,两人正在轻声交谈,林副部长向着彭副书记身体前倾,神情恭谨,不住地点头。

彭宏伟见秦永明等人来了,于是停止了交谈,面带微笑,目光柔和地注视着他们。

秦永明走在前面,抢上前去双手握住彭宏伟的手轻轻摇晃说:"彭书记,您亲自来了,谢谢您对我的关怀。"

彭副书记并没有起身,只是把手放在秦永明的双手里任由他摇晃着,语气却很温和,说:"你们基层的同志都很辛苦啊,你来省城多少次了,我也没能抽空来和你吃顿饭,今晚这消夜既是接风,也算作是提前向永明同志表示祝贺吧。"

"谢谢您,彭书记,您对我真是恩重如山啊,好比再生父母,给了我政治生命。"

旁边的林副部长觉得秦永明的这番话也太肉麻了,让他浑身都起了鸡皮疙瘩。

秦永明轻轻地松开了彭副书记的手,才去和林副部长握手。和林副部长握手时,秦永明目光柔和,好像一个怀春少女一样情意绵绵地望着林副部长。他满含深情地说:"林部长,您到瀛江去考察,我们没有接待好啊,请您多包涵。谢谢您对我的支持和帮助。"

林副部长觉得有些消受不了,于是用力握了握秦永明的手说:"应该的,这也是省委和彭副书记的意思嘛,我也只是负责具体落实。"

二

酒菜上来后,免不了又是一番敬酒劝让,秦永明和吴荣发轮流向彭副书记、林副部长还有彭文革敬酒。

酒过三巡,菜过五味,大家都有些微醺了。

"永明同志,你很快就要离开瀛江了,组织部马上就会下文了,你对瀛江市委书记的继任人选有没有什么建议啊?"秦永明一听,就想这可是个很重要的问题,容不得半点马虎,于是他说:"一切听从组织上和彭书记的安排,不过我个人倾向于现任市委副书记胡耀宗同志,这个同志党性强,近年来一直协助抓经济工作,对经济工作也很在行,前一段他分管的招商引资工作也取得了重大成果,兴建了两个大型商贸中心……当然市长赵国平同志也是很不错的,只是性情比较耿直,还是由组织上来定吧。"

彭宏伟听了秦永明的话,沉吟不语。他清楚,瀛江市委书记如果不进滨海市委常委的话只是县处级别,一般情况下由滨海市委选拔任命,只要报省委批准就好,但是秦永明即将出任滨海市代市长,自己和林副部长又都是省委组织系统的领导,因此他们的意见滨海市委是会非常认真地对待的。秦永明的话也说得十分婉转,既着重推荐了胡耀宗,又捎带着提了一下赵国平,谁都能听出来秦永明话语里的倾向性。说话讲究左右逢源、八面玲珑、面面俱到,这也是领导干部的一项基本功。秦永明久历政界,功底自是不凡啊。

吴荣发听秦永明说赵国平性情耿直,心里不觉好笑。他听得明白,这话听起来像是在夸人,其实是在损人,批评人家过于僵化呆板,固执己见,不知灵活变通。这样的人往往也会毫无顾忌地顶撞上级领导,一意孤行,所以"性情耿直"是领导干部大忌。中国的文字和话语真是丰富多彩、深奥微妙啊。有些话里的潜台词正好与字面意思相反,比如说人家是"老实人",表面上是诚恳和朴实的意思,可是后来却演变为讥诮他人呆傻愚笨、不开窍的意思了。吴荣发在心里暗暗琢磨着。

三

这时,彭宏伟又说话了:"永明同志,我知道你也是从大局出发,为了保持瀛江市各项工作的延续性和稳定性,毕竟国平同志到瀛江工作的时间不长,还有一个进一步熟悉的过程,我原则上同意你的建议,你也可以向滨海市委提出你的建议,我和林副部长会做必要的协调工作的。当然,赵国平同志是个很不错的同志,你们要做好思想工作。"

林副部长也说:"我同意彭书记的意见,需要我们出面做的工作,我们会去协调的。"

按干部任用惯例,瀛江市委书记的职位空缺,如果不是外派的话,那么第一顺位继任者应是市委副书记兼市长赵国平,可是赵国平却因为"性情耿直"的原因可能会失去这次机会。

"永明同志,你回瀛江后抓紧梳理各项工作,准备在近期内办理工作移交手续,在这个调整变动的时期,要注意保持各方面的稳定。"彭副书记见时间差不多了,于是开始做总结发言,"今晚就到这,你们都不要熬夜了,早点休息吧。我先走了。"

大家不敢过多挽留,于是一齐起身随着彭副书记来到酒店大门外,目送他登车离去。此时夜已很深了,路上的行人和车辆逐渐稀疏起来,宽敞的西丽湖大道像一个玩累了的孩子,躺在城市母亲的怀里悄然入眠……

四

林副部长、秦永明、吴荣发等人当晚就在大哥大酒店住了下来。翌日一早,三人约好到酒店二楼餐厅吃早餐。餐厅的采光效果很好,明媚的阳光从四周环绕的玻璃窗里照射进来,餐厅里撒满了金灿灿的阳光,吃早餐的人三三两两地散布在餐厅的各个地方。

服务员过来对他们说:"各位早上好,我们彭总让我来告诉各位,他昨晚一直忙到很晚才睡,所以就不来陪各位了,请你们自便。"

三人坐在一个靠窗的餐桌旁,边吃边聊,大家的心情都很好,脸上的笑容也像早晨的阳光一样灿烂和煦。在交谈过程中,秦永明从林副部长那里得到了一个令他吃惊的消息,彭副书记可能要退居二线了。关于彭副书记的去处有多种说法,有的说要到省人大去任副主任,有的说要调到中央去任一个闲职,但可能性最大的去向是到省政协去任主席。从省委副书记的位子上转任省政协主席,名义上好像是升了半格,由副省级转为正省级了,但局内人都知道省委副书记是掌握实权的人,而政协主席则更多像是一个象征性的职位,只能敲敲边鼓,参政议政,而且是议而不参,其中的含金量是不可同日而语的。

听到这个消息后,秦永明顿时惊呆了。这个消息太突然了,简直让人措手不及。秦永明不知道自己为什么会如此震惊,也许在他的潜意识里早已把彭副书记当作了自己在政治上的最大靠山了,彭副书记将要退位,自己竟然有了一种大厦将倾、山崩地陷的感觉。他收敛了笑容,心情变得沉重起来,也许自己出任滨海市代市长将是彭副书记在宦途上送自己最后一程了,他无可奈何甚至有些悲凉地想着。事情出现了这样大的变动,昨晚彭副书记却依然是谈笑风生,依然故我的样子,看不出一点异常迹象来,像彭副书记这个级别的人早已磨炼得喜怒不形于色了。

五

林副部长见秦永明心情很沉重的样子,也不禁心生感慨,说:"唉,彭书记可是一个好领导啊,也是我的老上级了,我也是在彭书记的关怀下成长起来的,其实以彭书记的能力和资历干一任书记或省长也是完全可以胜任的……好在你的问题已经解决了,基本上不会再有变化了,这可能也是彭书记在任上办的最后一件事情了。"

秦永明强作笑容说:"也要感谢林部长的支持和帮助啊。"

林副部长极富诚意地说:"我们都是朋友了,以后要互相支持。"林副部长说着意味深长地望了吴荣发一眼,点到为止,大家心照不宣。

秦永明知道昨晚吴荣发的礼已经送到了,于是笑着说:"应该的,林部长太辛苦了。"

吃完早餐后,林副部长告辞走了,秦永明要回瀛江去,吴荣发则准备留下来继续活动银行贷款的事情。吴荣发让司机先送秦永明回瀛江去,然后再返回省城来接自己。秦永明这才惊觉昨晚大家只顾自己吃喝却把司机给忘到九霄云外去了。吴荣发却笑着说:"没关系,他跟我跑也不是一天两天了,他知道怎么安排自己的。"

吴荣发的司机昨晚把秦永明和吴荣发送到了大哥大酒店,就把车停在酒店停车场里在车上等候,后来见他们整夜都没再出来,就跑到外面买了两个面包和一瓶纯净水,吃饱喝足后就在车里和衣而眠了。此时,他正睡眼惺忪地在酒店门口迎候秦永明和吴荣发呢。

第八十九章

一

秦永明回到瀛江后开始马不停蹄地找人谈话,安排瀛江市下一阶段的工作,同时也向一些比较亲近的人员吹吹风,打打招呼,告知他们自己将要调离的事情。他先后找到胡耀宗、曹伟强等人,勉励他们搞好团结,加强协作,继续把工作做好。听说秦永明马上就要调离瀛江了,胡耀宗、曹伟强他们既感到高兴,同时也做出一副难过的样子,以示自己对秦永明有着深厚的感情。

秦永明还专程去了一趟滨海市,向滨海市委主要领导人汇报工作,并且极力推荐胡耀宗接任瀛江市委书记,理由自然是胡耀宗长期在瀛江市工作,熟悉瀛江市的工作情况,如果由胡耀宗接任市委书记,能很好地保持瀛江市各项工作的延续性和稳定性。

滨海市委认真听取了秦永明的工作汇报和人事安排建议,却并没有当场给予肯定答复,表示要认真讨论研究后再做出决定。

秦永明认为滨海市委所谓的讨论研究不过是走个过场罢了,关于瀛江市的人事安排问题,滨海市委还是会认真对待自己的建议的,加上省委彭副书记和组织部林副部长的支持,胡耀宗接任瀛江市委书记基本已成定局。秦永明感觉良好,充满自信。

秦永明要提拔的消息已在瀛江市内悄悄地传开了,赵国平也从省政府的老同事那里得到了一些信息,验证了传闻的准确性。省里传来的信息表明,秦永明出任滨海市委副书记的任命文件很快就会下达,赵国平还听说秦永明向组织上极力推荐胡耀宗接任瀛江市委书记。朋友们纷纷打电话来为赵国平抱不平,对他表示同情,并且开门见山地问他是否得罪了秦永明,赵国平只是一笑置之,说相信组织上会有合理的安排。

二

滨海市委最终没有采纳秦永明的建议,内定由赵国平接任瀛江市委书记仍兼市长职务,这项决定也是滨海市委书记刘文军在他最后一次主持的滨海市委常委会上做出的。在这次全省干部大调整中,刘文军也即将被调往省委出任政研室主任。虽然仍是地厅级,但谁都知道政研室是个幕僚机构,以刘文军这样的年龄一旦调入政研室,说明他将在那里退休了。市长林杰豪则接替他的位置。刘文军没有听从省委彭副书记的"招呼",坚持按滨海市委自身的意图对瀛江市委进行了人事调整,这是秦永明始料未及的。

秦永明于是又主动找赵国平谈话,秦永明说:"国平同志,我们两人共事有一段时间了,我感觉我们共事还是很愉快的,配合也很默契,可能你也听说了,我马上就要调离瀛江到滨海去了,我也不向你隐瞒,我之所以向组织上推荐由胡耀宗同志来接替我的职务,完全是从全局和工作角度出发,因为我觉得胡耀宗同志比较熟悉瀛江的情况,希望你能理解我的一番良苦用心。当然,你的工作能力和水平是有目共睹的,现在组织上仍然决定由你来接任瀛江市委书记,我也是举双手拥护的。"

"秦书记,我完全理解你的心情,向上级组织推荐你认为合适的瀛江市委书记人选,是你的职责所在,这很正常。"赵国平说着淡然一笑,"至于我个人,组织上安排我做什么工作,我都会尽职尽力去做好,不会辜负组织上的培养和期望。我也祝贺秦书记担任更重要的领导职务,承担起更重要的工作,在新的工作岗位上工作顺利。"

三

过了没多久,新任滨海市委书记林杰豪和滨海市委组织部部长来到瀛江市,在瀛江市委常委会议上宣读了省委的决定,免去秦永明同志瀛江市委书记职务,调任滨海市委副书记。随后,组织部部长又宣读了滨海市委的任命文件,由赵国平接替秦永明担任瀛江市委书记,仍兼瀛江市市长。

干部调整的传闻沸沸扬扬地传了很久以后,一切终于尘埃落定。

秦永明心中无限感慨,马上就要离开瀛江市了,离开这个工作生活了近五年的县级市了。正是在这个小城市里,他的人生和思想观念都发生了巨大的变化,他从某种程度上影响和改变了瀛江市,至于这种影响和改变是正面的抑或是负面的,是对是错,是功是过,也只有留给历史和瀛江人民去评判了。当晚,秦永明将徐丽莎叫到办公室,深情地望着这个温柔可爱的女人,有些依依不舍。他柔声说:"丽莎,谢谢你长期以来对我的照顾……今后有什么困难和要求,可以找耀宗同志,他会帮你解决的,也可以直接来找我……"

徐丽莎显得很温和沉静，她平静地看了一眼秦永明，轻声说："你好好保重，祝你工作顺利！不要挂念我，我一切都很好。"

秦永明在刹那间心中涌起了一股歉疚之情，他真希望徐丽莎能提出一些要求来，哪怕是很苛刻、很刁钻的条件，他也愿意尽全力去满足她，仿佛这样可以让自己的良心安稳一些，可是徐丽莎始终都没有提出任何要求。秦永明在心里长长地喟叹了一声。

四

吴荣发在省城待了几天后灰溜溜地回来了，这次省城之行几乎是一无所获，不但没有得到贷款，反而受到人家的嘲讽，弄得灰头土脸的。人家告诉他，现在从中央到地方都在开展整顿金融秩序行动，国家开始加强金融行业监管，在清理违规和不良贷款，收紧银根，别说是贷新款，就连欠的旧账都要限期归还。南江省由王浩省长亲任金融整顿领导小组组长，开始大刀阔斧地进行整顿了。

吴荣发是瀛江市知名的民营企业家，连王省长都知道有他这么一个人物。但这一次，他是懵里懵懂地撞在了风头上了，王省长在一次整顿金融行业的工作会议上专门提到了他和他的万亿达集团："……我们支持民营企业发展，大力扶持乡镇企业，这个总的方针和政策不会改变，方向是正确的，但是这与我们加强金融监管并不矛盾，我们要把民营企业、乡镇企业的信贷扶持纳入规范化的轨道，一切要按程序和规定办理……我听说有一家民营企业，在我们南江省是很有名的，叫作万亿达集团，万亿达集团为我们的经济发展做出了巨大的贡献，但是也存在着一些问题。管理混乱、效益低下是一些企业的通病，市场经济是讲究公平竞争、优胜劣汰的，我们不能无条件无限度地为一些效益低下的企业输血，听说万亿达集团还成立了一个荣发信用合作社，到底成效如何，我看值得我们关注……"

五

王浩省长不知从何处得知吴荣发正在省城四处活动银行贷款，于是他专门打电话给省人民银行的行长："我的意见很明确，万亿达集团要贷款可以，但必须按规范程序办理，让他们先把以前的贷款还上，然后再根据实际情况发放新的贷款，决不能允许有贷新款还旧账的事情发生。我们的银行是国家和人民的,不能成为某些企业的提款机……"

以前吴荣发来省城跑贷款,只要彭文革出面打个招呼,基本就能顺利解决。几家银行的负责人见到吴荣发也都很热情,办事都很爽快,可是这次风向变了,他们见了吴荣发都像不认识似的,神情严肃,没什么话说。吴荣发急忙回头去找彭文革出面,可是在这紧要关头彭文革却找不到了,大哥大酒店的工作人员客客气气地对他说:"对不起,我们彭总出国了,至于什么时候回来我们也不知道,如果您有什么事情的话可以留话,我们为您转达。"

他拨打彭文革的手机,却一直处于关机状态。吴荣发也想着要去见彭副书记,可是彭副书记是他吴荣发随随便便想找就能找的吗?吴荣发彻底绝望了。

第八十九章

第九十章

一

秦永明到滨海市报到并走马上任不久,瀛江市就在短时间内发生了一起重大的造成极其恶劣影响的事件,荣发信用合作社拒付储户的存款事件。

消息很快就传到了滨海市,秦永明寝食难安了。

万亿达房地产开发有限公司由于动用了荣发信用合作社大量资金违规购买土地,致使荣发信用合作社呆坏账严重,流动资金几乎告罄。吴荣发本来寄希望省城彭文革,想请他出面为荣发信用合作社贷一笔款项,支撑荣发信用合作社继续运转下去,可是这一次却碰了一鼻子灰,空手而归。荣发信用合作社终于像一只失去了动力的巨大的钟表,渐渐地停摆了。

这天上午,一个储户兴冲冲地来到荣发信用合作社取款,却被告知暂时无款可取。储户一听愣了,荣发信用合作社怎么会这样?这服务态度也太差了。储户很不满,就问:"那什么时候可以取款?"

信用社工作人员却告诉他:"现在信用社正在进行经营调整,短期内暂时不能取款。"

储户一听,顿时就大声吵闹了起来:"荣发信用合作社是不是想侵吞储户的存款?"

信用社的工作人员面对储户气势汹汹的质问,无言以对,只得保持沉默。一时间,瀛江城区上下就像炸开了锅,说荣发信用合作社拒付储户的存款,原来早已倒闭了。这还了得,对于普通群众来说,这可是天大的事情啊。哪有一家银行会拒付储户的存款?群众做梦也没有想到会发生这样的事情,他们完全没有一点心理准备。

于是,关于荣发信用合作社的种种传闻很快就在瀛江市内引发了一场恐慌,恐慌造成的影响力和波及面越来越大,就像一块巨石冷不丁地投入了平静的水面,顷刻间激起了滔天的水花和层层的涟漪,不断地扩大,向更远处传播开去。很快,在荣发信用合作社的门前就聚集了一群闻讯赶来取款的储户,而且随着时间的推移,人越聚越多……

二

瀛江城区以外的储户闻风而至,也纷纷赶来了,加入了等候取款的队伍。就好像是山洪暴发一样,刚开始还是涓涓细流,继而是潺潺的小溪,再后来是河流湍急,最后则是狂涛怒浪、洪水泛滥,荣发信用合作社的拒付行为迅速引发了一场挤兑风潮。前来取款的储户们先是群情激愤地和荣发信用合作社的工作人员进行交涉、争吵,后来大家逐渐失去了理智,开始拍打柜台、摔打桌椅、用脚踹门,现场逐渐开始失控,信用社的工作人员吓得躲在柜台后面不敢出声,目瞪口呆地望着眼前怒潮汹涌的人群。信用社经理打电话给吴荣发请示处置办法,无奈吴荣发的手机一直处于关机状态,家里和办公室的手机都无人接听,经理急得像热锅上的蚂蚁,只得拨打片区民警的电话。

荣发信用合作社位于瀛江城区西城,正对着车水马龙的十字路口,取款的储户和看热闹的人群把路围堵得水泄不通,交通中断。很快,马路上的汽车就排成了长龙,司机们急得拼命地按喇叭,尖利刺耳的汽车喇叭声响彻城区,更加深了恐慌的气氛。

片区民警接到电话后很快就赶到了现场,由于现场人员太多,而且大家情绪激动,民警感到很为难,不好处置,只得呼叫派出所支援。派出所所长立即率领十几个民警赶到现场。

情绪激动的储户们本来就满肚子火气,现在见到居然有大批的民警赶到现场,好比火上浇油,人们更加愤怒了,冲着民警怒吼:"你们来这么多警察干什么?我们想要取回自己的存款犯了哪家的王法,你们还是不是保护人民利益的警察,你们到底是维护奸商的利益还是站在普通群众这边?"

民警们面对理直气壮、义正词严的人群,一个个面面相觑,不知该如何回答。派出所所长声嘶力竭地喊着:"同志们静一静,你们有什么问题需要解决,可以通过正当渠道去反映问题,依法按程序解决,不能聚众闹事,堵塞交通,更不能采取过激的行为。"

人群中有人高声回应道:"你说得倒轻巧,荣发信用合作社现在拒付我们的存款,不是你的钱你当然不心疼了,我们就找你反映问题,你能把钱付给我们吗?"

人们立刻群起响应:"对,我们也不想违法闹事,我们只想取回自己的血汗钱,如果你把钱付给我们,我们就散开。"

"对，把存款还给我们，我们马上回家。"

三

呐喊声此起彼伏，响成一片，现场气氛又沸腾起来。派出所所长的喊叫声被淹没在人们呐喊的声浪中，但他仍在徒劳地高声喊叫，试图说服愤怒的群众，控制住现场事态。派出所所长的额头汗水涔涔，衣裳也被汗水湿透了，心也揪成了一团。他想，看来今天要闹出大乱子来了，于是立即向市公安局汇报情况，请求支援。

公安局局长曹伟强很快就接到了报告。他一拍桌子站了起来，大吼道："这些人还有没有王法了，光天化日之下竟敢聚众闹事，妨碍交通。马上通知治安大队和巡警大队紧急集合，准备增援西城派出所，制止不法分子闹事。实在不行，先抓几个为首的家伙，看他们还敢不敢无理取闹。"曹伟强一边说，一边抓起办公桌上的大盖帽，一阵风似的往外走。

曹伟强在走廊上遇到了匆匆赶来的副局长李力，李力看见曹伟强迎面走来，于是大声说："曹局，今天的事情很特殊，要慎重处理，不能激化矛盾。我建议立即向市委和市政府报告情况，依照指示采取行动。"

曹伟强冷笑了一声说："李局长，这都火烧眉毛了，你还这么婆婆妈妈的，维持社会治安、保持社会稳定本就是我们公安局的职责，这是我们职权范围内的事情，有什么必要请示。"曹伟强说着一阵风似的从李力身旁走了过去，带着已在大院里整装待发的民警赶赴现场去了。

李力见曹伟强这副气势汹汹的样子，心想这毕竟是人民内部矛盾，千万不能生出变故来。出于一个党员干部的责任心，他立即赶往市委和市政府报告情况。

第九十一章

一

市委书记兼市长赵国平刚好下乡去了,不在单位。

李力只好请示市委副书记胡耀宗。胡耀宗听了报告后毫不在意地说:"我说李力同志啊,你也是老公安了,遇事要沉住气,这么一点小事就把你给吓坏了?这不过是几个储户在吵架闹事嘛,派几个人去处理一下不就完了吗?这么点小事都要市委出面解决,那你们公安局是干什么的呢?"胡耀宗说完,便将头埋在文件里,不再理他。

李力一听,半天说不出话来。凭着一种崇高的责任心和直觉,他觉得事情远不像胡耀宗说的那么简单,这件事情如果处理不好,势必激起民愤,酿成一场风波。想着想着,李力打电话给赵国平。

赵国平一听,立刻说:"好,李局,你先去现场,我这就给他打电话。"说着,他拨通了曹伟强的电话:"你们一定要保持冷静,不要采取过激措施激化矛盾,要尽全力控制住事态,我马上往回赶。"

当李力匆忙赶往事发现场时,曹伟强已经以聚众闹事、妨害公共秩序为名抓了几名聚会抗议的储户,并强行驱散了围观的群众。

公安局的行为激起了人们更大的愤怒,人们惊呆了。公安局这么做不是明摆着为荣发信用合作社撑腰,任由它肆无忌惮地侵吞储户存款吗?这还有没有道理可讲了?

二

赵国平火急火燎地赶回瀛江市委,连夜召开常委会议,听取公安局的情况汇报,分析事态发展趋势,讨论解决办法。他听说公安局为了有效地震慑不法分子和情绪失控的群众,采取果断措施抓了几个闹得最凶的群众,于是向曹伟强询问:"老曹,你说抓了几个违法闹事的人,人家到底有哪些违法不当的行为,人家不过是想取回自己的存款,由于着急,情绪激动是可以理解的,你说人家聚众闹事,人家有没有打砸抢?有没有故意伤人或袭警?有没有人故意组织煽动闹事？据我了解，这次聚集是储户们自发的行为，其动机无非是讨要存款，维护自己的合法权益，何罪之有？我们不要动不动就给人家扣帽子，在事情没有充分调查清楚之前，不要轻易定性。"赵国平说着摆了摆手："我个人的意见是立即放人，无条件放人，不要再激化矛盾了……"

曹伟强本来就不服气，听后想争辩。他见其他常委都一脸肃穆，没有人站出来为自己说话，也没有人支持自己的行为，就连胡耀宗也缄默不语，不觉有些泄气，最后只好瓮声瓮气地说："我听从赵书记的指示，立即放人。"

赵国平又问："荣发信用合作社到底是怎么回事？怎么能随便拒付人家的存款呢？存取款自由，他们连这点道理都不明白？听说万亿达集团违规经营，高息揽存，炒楼炒股，支持地下高利贷，造成了巨大的亏损以及荣发信用合作社呆坏账，有没有这回事？"

常委们如泥塑菩萨一样，呆坐不语，没有人能回答赵国平的问题，会议室里静得可怕，只有赵国平愤怒的话语声在回荡。赵国平又接着说："这次涉及的储户面还很广，如果事情闹大了，影响将会非常恶劣，后果将会非常严重，现在大家都谈谈自己的意见吧，看应该怎么办。"

三

常委、副市长杨得胜第一个发言："按我说，吴荣发的这个万亿达集团本来就不应该成立荣发信用合作社，一个乡镇企业，做好自己的主营业务就很不错了，他们哪里有开办金融业务的能力和经验，出事是迟早的事情。现在有传言说万亿达集团违规经营、高息揽存、炒股炒楼、违规购买土地、间接从事地下高利贷业务，这些都是违规甚至是违法的。我建议立即对万亿达集团及其下属企业全面展开调查，查清事实真相，然后做出相应的处理。这个是当务之急，不能再拖了。"

胡耀宗立即表示反对，他对赵国平说："赵书记，这件事情要慎重行事，荣发信用合作社的成立是经过了正当的审批程序的，省里的领导也表态支持。再说，万亿达集团是永明同志倾力扶持的乡镇企业典型，全省闻名，现在永明同志刚离开瀛江，我们就对万亿达集团进行调查，恐怕不太合适吧。牵一发而动全身，这件事情关系重大，我建议赵书记三思而后行。"

赵国平果断地说："查，马上就展开调查。省里领导也好，永明同志也罢，他们支持乡镇企业发展是正确的，但不是要支持他们乱来，现在问题已经暴露出来了,如果我们仍然讳疾忌医、护短包庇,将会使事情越来越不可收拾。如果万亿达集团已经成了一个化脓腐烂的毒疮,我们就要有剜肉疗疮的勇气,而不是养痈遗患。"

常委会开了将近三个小时,最后做出了如下决定:一、迅速由市人民银行、农村信用合作社、乡镇企业局等相关部门组成联合调查组,对万亿达集团的经营及资产情况展开调查,必要时还可以对万亿达集团的资产状况进行审计,勒令荣发信用合作社立即开放储户取款业务,不能因此激起更大的变故;二、会议预计明天会有更大规模的储户聚会和抗议活动,各相关部门要认真做好疏导解释工作,千万不能采取过激措施激化矛盾;三、立即向滨海市委、市政府汇报情况,请示办法,并向滨海市人民银行、信用合作社通报情况。

四

赵国平的分析判断完全正确。

翌日上午,瀛江市内外的广大储户们纷纷聚集在荣发信用合作社门前,等候和信用社继续交涉,要求取款。可是荣发信用合作社却是大门紧闭,关门停业了。

愤怒的人群立马就要动手砸门,但是人群当中有老成持重的人站出来制止了大家的冲动行为,说我们要求取款本是合情合理的,应该采取正当方式,如果我们失去理智,打砸公私财物,那么性质就会变了,有理也成了没理了,这不是授人以柄吗?可能有的人正希望我们这样做呢,我们不能上了人家的当。

大家听了这话也觉得有理,于是便停止了冲动行为,聚集在一起进行商议。取款无望的储户们为了维护共同的利益,迅速地聚集在一起,拧成一股绳,同心同力,协调一致展开行动。有人迅速买来白纸、笔和布幅,写了表达他们共同心声的横幅和标语:"荣发信用合作社立即归还我们的存款""我们要求政府维护储户的合法权益""欠债还钱,赖账可耻""荣发信用合作社马上还回我们的血汗钱"。

标语和横幅写好后,储户们汇集在一起,排成长队,举着标语和横幅从荣发信用合作社门口出发,经人民路、龙山路,穿过西河桥,向着位于北堤路的市委、市政府大院浩浩荡荡地进发。

赵国平听说荣发信用合作社的储户们已经浩浩荡荡地向着市委、市政府来了,要来请愿上访了,虽然已在意料之中,但还是十分震惊。

五

这时,胡耀宗匆匆地赶了过来,离他很远就嚷嚷着:"赵书记,不好了,出大事情了,储户们开始闹事了。他们串通一气,游行示威,居然还要来市政府请愿,是不是马上打电话给公安局,让他们派民警过来维持秩序?"

赵国平却气定神闲地说:"调警察来做什么?这些人都是无辜受害的储户,来向我们反映情况,我们共产党员还怕与人民群众对话?"

这时,常委、副市长杨得胜也赶了过来,对赵国平说:"赵书记,刚才接到联合调查组的报告,说万亿达集团的吴荣发失踪了,公司和家里都找不到他的人,电话也打不通。我们本来想让他来当面向储户们做一些解释和承诺,可是出了这么大的事情,他居然置身事外,不知躲到什么地方去了。这个家伙,真是害人不浅。"

胡耀宗一听大惊失色:"赵书记,吴荣发不会是被别人绑架做人质了吧?如果真是这样,事情就严重了,我们要立刻救人啊。"

"耀宗同志,这种无凭无据的话不要随口乱说,以免造成不好的影响。依我看来,储户们不过是通过正常途径反映情况,不会做出那么出格的事情来,但是查找吴荣发的下落却是很要紧的事,一来要保证他的人身安全,二来要他立即出面配合调查,澄清事实。"赵国平说着对杨得胜说,"你马上通知联合调查组,尽全力寻找吴荣发的下落,让他立即出来协助处理眼前的事情,配合调查组进行调查,必要时可以要求公安局帮助查找。"

此时,市委、市政府大院门前已被请愿的人群围得水泄不通,开始变得喧闹嘈杂起来。保卫科和信访局的干部急忙上前劝说安抚大家,要求大家保持冷静,有什么要求和意见他们可以代为向市领导转达。

第九十二章

一

人群中有人高呼,且声音越来越大。

"我们要求见赵书记,我们要反映情况。"

"公安局为什么平白无故抓人,我们要求取款有什么错?你们这不是和万亿达房地产开发有限公司穿一条裤子吗?"

"赵书记为什么躲着不肯见我们?"

办公大楼里的同志纷纷走到走廊上来看热闹,见到赵国平、胡耀宗和杨得胜三个人正站在走廊上商量事情,又连忙缩了回去。大家虽然缩回了办公室,但仍然按捺不住好奇心,偷偷地从窗口和门边向外张望。

胡耀宗觉得此刻正是表忠心的时候,于是自告奋勇地说:"这样闹太不像话了,赵书记您先回避一下吧,由我和杨副市长代表市委和市政府出面和他们对话。"

杨得胜也接口说:"是啊,赵书记,我和胡副书记先去做一些解释和说明工作吧。"

此时,胡耀宗甚至已有了一种舍身炸碉堡的悲壮感。他想,眼前大家正是情绪亢奋的时候,也许一出去就会遭到围攻,旁边又没有公安民警保护,谁知道会发生什么事情呢?可是为了向赵国平表达忠心,他也顾不得这么多了。

只见赵国平摆了一下手说:"老胡、老杨,走,我们三个人一起出去向群众做解释。"说罢,他率先走在前头,离开办公大楼,向大院门口走去。胡耀宗和杨得胜只好急忙跟上。

保卫科和信访局的几个工作人员正在对大家做安抚工作,可是好话说了一箩筐,效果却不好。正在不知所措的时候,远远地望见赵国平等人走了过来,他们急忙迎了过去说:"赵书记,您怎么来了,这里秩序太乱了,有我们就行了,您先回去吧。"

赵国平却是充耳不闻,带领着胡耀宗和杨得胜两个人径直朝着请愿的人群走去。

"你们看,那不是赵书记吗!大家小声点,是赵书记来了。"这时,人群中有人认出了赵国平,大声喊了出来,"对,是赵书记,我们先听听他怎么说。"

当赵国平等人来到人群中时,人群竟安静下来了。

二

赵国平一见感到很欣慰,同时也感到了沉甸甸的责任。他向着拥挤的人群扫视了一眼后,激动地说:"同志们,你们向市委、市政府反映情况,说明你们对党和政府是信赖的,我代表瀛江市委、市政府向你们表示感谢。由于我们工作没有做好,给你们造成了不必要的困扰,我表示歉意。据我们初步了解,从事发到现在,你们一直是按正常程序以合理的方式来表达诉求,这样很好,你们取款的要求是合理合法的,但一定要依法行事,不能因为头脑发热做出一些过激的行为,那样就不好了。关于荣发信用合作社停止取款业务的事情,市委、市政府已经派出了联合调查组,正在对事情进行调查处理,而且已经向上级组织进行了汇报,相信很快就会有一个明确的结果和处理办法,请你们耐心等待。"

"赵书记,你不会糊弄我们吧?你能不能告诉我们到底要等多久才有结果?我们可是拖不起啊。"人群中有人高声喊着,"请您给我们一个明确的期限,还有昨天公安局抓了人,那些被抓的人怎么处理?"

"同志们,我非常理解你们的急切心情,我们一定会加快处理的。但是任何事情都要按程序去办理,需要有一个过程,所以你们一定要耐心,一旦有了结果我们会在第一时间利用媒体和各种渠道通知大家的。"赵国平神情庄重地说,"至于公安局昨天抓的人如何处理,我们经过调查,那些人没有任何违法行为,已经要求公安局立即放人了。"

常委、副市长杨得胜也大声说:"同志们还有没有其他问题?如果没有的话就先散了吧,有了消息我们会第一时间告知大家的,请大家先回去吧。"

"赵书记,杨市长,我们大家都相信你们,希望你们说到做到,可不要糊弄我们啊。"

"好啊,我们就回去等结果了,希望政府早日为我们解决问题。"

胡耀宗一直站在一旁没有吭声,看着人群逐渐散开了,他几乎不敢相信自己的眼睛,一场危机就这样轻而易举地解除了?这也太容易了,在他的想象中,一定要经过一场惊心动魄的较量和斗智斗勇才能化解这场危机呢,没想到就这样轻描淡写地结束了,就好像一场激烈的战斗马上就要打响了,可是一切却突然中止了一样,真是虚惊一场啊!

三

曹伟强自始至终都没有现身,以往只要是市委、市政府这边有个风吹草动什么的,他必定会闻风而至、挺身而出,为市委领导"保驾",可是今天却有些反常。按说市委、市政府大院这边发生了这么大的事情,上访的队伍把整个瀛江市都搅动了,曹伟强不可能不知道今天发生的事情。他是在闹别扭,和书记赵国平较着劲:你不是不让公安局抓人吗?那我就干脆撒手不管了,省得总是我抛头露面做恶人,你倒来做好好先生,沽名钓誉。

曹伟强没有来,副局长李力却匆匆赶了过来:"赵书记,情况怎么样?没有什么问题吧?我担心会出什么乱子,特地赶来看看。"

赵国平看见李力气喘吁吁的样子,笑着说:"我们不要把群众想象得那么可怕,其实他们很通情达理的,只要跟他们摆事实讲道理,说明情况,他们就能理解。走,让他们都到我办公室来一下。"赵国平说着转身往办公大楼走去。

赵国平刚走进办公大楼,秘书就慌慌张张地跑过来说:"书记,您刚刚出去,滨海市委林书记就打来了电话,询问万亿达房地产开发有限公司的处理情况,我们说外面群众正在闹事,您出去做安抚工作了,他让您回来后马上回个电话过去。"

赵国平一听,心想这个秘书心眼也太实了,什么闹事,一惊一乍的,这会搞得滨海市的领导还以为瀛江这边出了什么了不得的大乱子了,这不过是一些储户们来反映一下情况嘛。

赵国平回到办公室,没急着给滨海市委林书记打电话,而是和胡耀宗等人商量解决办法。"你看这个事情怎么办?事情已经发生了,滨海的领导都已打来了电话,说不定连省里也会惊动,我们要有一个妥善的解决办法。"

四

"这个事情不能再拖下去了,再等一天时间,如果吴荣发再不露面的话就强行进驻万亿达集团展开调查,实在不行先封了他们的账号,避免有人卷款外逃!到时候捅出天大的窟窿来,还得政府替他们善后。"杨得胜有些愤慨地说。

胡耀宗听后并不赞成:"杨副市长这个办法太过激了吧,我们现在凭什么去封人家的账,强行调查万亿达集团?那可是个民营大企业啊,也有数百员工呢,万一出了乱子，怎么收场啊。到时候就热闹了，这边储户的事情还没解决，那边万亿达集团的人又闹起来了。"

杨得胜听后显然有些不悦："那你说该怎么办？你能拿出个两全其美的方案吗？"

赵国平面色沉静，似听非听，脑子里却在急速地思考着对策。他忽然抬头问李力："李副局长，你们公安局能不能马上找到吴荣发？现在都火烧眉毛了，可是他这个主要当事人却不见踪影，真是急死人了。"

"如果市里下命令让我们去找人，我们就尽全力找。"

赵国平接着说："那好，不惜一切代价，尽快找到吴荣发。这是问题的关键，我等你们公安局的消息。"

第九十三章

一

没几天,公安局就很快查明了吴荣发的下落。

原来吴荣发早就在新西兰开设了秘密账户,已将大笔资金转移到这个账户上。因为他始终觉得自己终有一天会被迫离开瀛江,亡命天涯,因此在各方面都提前做好了准备。这次万亿达房地产开发有限公司的危机爆发了,于是他把一个烂摊子扔在瀛江市,逃了……

吴荣发很狡猾,他不会像有些出了问题的人那样,习惯从深圳直接偷渡香港,他要曲线潜逃。此刻,如惊弓之鸟的他正躲藏在珠海郊区的一间农舍内,一边观望着瀛江方面的动静,一边积极准备从这里经澳门溜往海外。他很清楚,尽管手里有长期有效的护照等相关证件,随时可以出境,但眼前按正常途径经香港出境是不可能的。他明白瀛江市公安机关已经对他采取行动,正通过网络等手段对他进行通缉、追捕。于是,他积极地和珠海当地的蛇头进行联系,希望通过偷渡等方式先到澳门,再伺机转往国外。

李力不愧是长期分管刑侦工作的副局长,有着丰富的刑侦工作经验。他通过各种渠道侦查得知吴荣发正藏匿在珠海,准备偷渡出境,心里非常着急。但他多了个心眼,没有向曹伟强报告情况,而是直接找赵国平汇报。

赵国平接到报告,大吃一惊。吴荣发既然选择仓皇出逃,说明他心里有鬼,有着不为人知的事情,可能涉嫌犯罪了。如果一旦让他成功出逃,不但他本人逃脱法律的制裁,而且会将大量资金转移到国外……那样的话,瀛江市将为之蒙受巨大的经济损失。还有,他一旦出逃,许多与之有关的事情就将永远成为难解之谜了。

二

时间非常紧迫。赵国平心里瞬间蹦出的第一个念头就是绝不能让吴荣发顺利出逃。他迅速召集杨得胜、李力以及对万亿达集团展开调查的联合调查组的负责人,开会讨论处理办法。

联合调查组的负责人向赵国平等与会人员报告了对万亿达集团的初步调查结果,经查明吴荣发涉嫌行贿,做假账和提供虚假经营资料骗取贷款,擅自改变贷款用途,大肆挥霍银行贷款,违规炒股炒房,甚至暗地里经营高利贷,造成银行贷款和业主房款大量流失,形成巨额亏空等情况。还有,吴荣发涉嫌和邱添弟等人串通一气,暗箱操作,低价收购瀛江市二轻机械厂。

调查组负责人几乎是一口气说完了以上情况。

与会人员听后大吃一惊,大家都猜测吴荣发和万亿达集团会存在一些问题,但都没有想到会如此严重,黑幕会如此之深。

赵国平倒吸了一口气说:"你们大家都还记得纪委的黄广潮吧,这个同志还处在取保候审阶段,在家停职反省,现在看来,黄广潮很可能就是因为调查二轻机械厂的事情而遭人陷害了,不过还好,事情总算就要真相大白、水落石出了。"

"如果黄广潮同志确实是被栽赃陷害的,那么曹伟强也有可能参与其中,还有那个莫名其妙失踪的女孩子朱艳红,极有可能是遭受挟持的受害人之一。"李力气愤地说,"只要抓了吴荣发,就会拔出萝卜带出泥,这些问题就都迎刃而解了。"

赵国平立即打电话给滨海市委林杰豪书记,向他汇报了有关情况,并请示处理办法。

林杰豪书记只说了一句话:"依法办事,该怎么办理就怎么办理,不要有顾忌。"

赵国平放下电话,语气坚定地说:"抓,立即把吴荣发抓起来,不过一定要按法定程序办事。李力同志去向检察院申请制作逮捕决定书,迅速赴珠海将吴荣发缉拿归案。另外,现在是非常时期,情况特殊,所有与会人员对今天的会议情况一定要严格保密,有什么情况直接向我报告,如果因为哪个人走漏消息和风声造成犯罪嫌疑人逃脱,将严格按党纪国法处理。"

三

与会人员听了赵国平的安排部署和要求后都连连点头答应,表示严格按赵国平的指示办事。屋子里充满了大战来临前的紧张气氛,而赵国平则像是一个运筹帷幄、处变不惊的将军一样,排兵布阵,指挥若定。

大家都不免有些紧张和激动,今天的会议将改变整个瀛江市的经济格局,在瀛江市引发一场政治地震。

李力借口休假,当夜就带着两个刑侦人员悄然赶赴珠海,不费吹灰之力就将吴荣发像抓小鸡一样抓了起来,拘押在珠海一个派出所内进行突审。这个派出所所长是李力就读省警校时的同学,保密和警戒工作都做得很好,曹伟强连一点风声都没有探察到。

曹伟强没有探察到风声,老奸巨滑的许冠文却似乎嗅到了一种不同寻常的味道,他打电话通知邱添弟,让他迅速出去避避风头,观望一阵,如果没事再回来。邱添弟一向很佩服许冠文,认为他料事如神,放下电话后就手忙脚乱地收拾行李准备连夜出逃。谁知人算不如天算,当他提着行李箱刚走出大门,就碰到了迎面走来的李力和两个民警……

"邱添弟,怎么?想去哪呢?"李力说着伸出一只铁钳般的大手紧紧按住邱添弟的胳膊,神情严肃地说,"邱添弟,有人供述你涉嫌受贿,暗箱操作,贱卖集体资产,还参与密谋栽赃陷害他人,现在请你跟我们回去,协助我们进行调查,走吧。"

邱添弟一听立刻就瘫软在地上……

第九十三章

第九十四章

一

　　吴荣发和邱添弟先后落网后，很快牵涉很多相关人员，像倒下了一大片多米诺骨牌，又像是发生了一场大雪崩。许冠文、曹伟强、姚永久、刘壮雄等人因涉嫌严重违纪，先后被滨海市和瀛江市纪委带走接受调查，最后连履新滨海市委副书记不久的秦永明也未能幸免，被省纪委"请"去了。

　　随后，瀛江市公安局民警徐丽莎被辞退，回她的东北老家去了。瀛江市交通局工作人员林心洁，还有那个失踪的豪门大酒楼原女服务员朱艳红都突然回到瀛江市，站出来指证姚永久、刘壮雄、曹伟强、吴荣发等人。与此同时，根据群众举报，经过缜密侦查，强迫交易、称霸行业的黑社会性质组织的头目刘焱，制贩毒品的"幕后老板"翁大壮、欧金满也悉数落入法网，并随即牵出一批有通风报信、违法办案行为，甚至直接充当保护伞的藏匿于司法部门的害群之马。

二

　　这一夜，绵绵的春雨也好像知道时节似的，随着柔和的晚风悄悄地潜入夜色中的瀛江，似丝似线细细地下着，轻轻地、慢慢地飘落在瀛江苍翠欲滴的树木上、街道上……这一夜，是赵国平到瀛江任职近一年来睡得特别香的一夜。

　　翌日，赵国平一觉醒来，天已大亮。窗外几只小麻雀在啁啾着。他走到窗前，推开窗户，一阵凉风带来淡淡的薄荷味。他知道是早春雨润，草木滋长了。看楼下花圃里那一簇簇都还带着晶莹水珠的鲜花层层叠叠，在微微的春风中轻柔地拂动着……他不由在心里默默吟起唐代诗人刘威的《早春》："晓来庭户外，草树似依依。一夜东风起，万山春色归……"

　　眼前，瀛江在初升的太阳照射下，到处显现着勃勃生机。